【臺灣現當代作家
研究資料彙編】06

張文環

國立台灣文學館
出版

主委序

　　臺灣文學發展至今，已蓄積可觀且沛然的能量，尤於現當代文學領域，作家們的精彩創作與文學表現，成績更是有目共睹。對應日益豐饒的文學樣貌，全面梳理研究資源、提昇資料查考與使用的便利性，也就格外重要。

　　本會所屬國立台灣文學館自成立以來，即著力於臺灣文學史料之研究、整理及數位化，迄今已積累相當成果，民眾幾乎可在彈指之間，獲取相關訊息及寶貴知識；為豐富臺灣文學研究基礎，繼 99 年出版收錄 310 位現當代作家評論資料的《臺灣現當代作家評論資料目錄》後，今（100）年進一步延伸建置「臺灣現當代作家研究資料庫」，將現當代文學作家及系列作品建構起多向查考、運用的整合機制，不僅得以逐步完善 310 位現當代作家評論資料的確切性及新穎度，研究者亦能更加便捷地掌握研究概況、動態，進而開闢不同的研究路徑及視野。

　　為深化既有成果，也同步推動「臺灣現當代作家研究資料彙編計畫」，預計分年完成自臺灣新文學之父賴和以降，50 位現當代重要作家研究資料彙編，系統性纂輯、呈現作家手稿、影像、文學年表、研究綜述、評論文章及目錄、歷史定位與影響等。目前已完成第一階段賴和等 15 位重要作家研究資料彙編工作，此為國內現行唯一全方位的臺灣現當代文學工具書，也是研究臺灣作家、文學發展的重要讀本依據，乃極具代表性意義的起點，搭配前述資料庫，相信能為臺灣文學研究奠定益加厚實的根基；亦祈各方不吝指正，以匯聚更多參與及持續前行的能量。

行政院文化建設委員會主任委員

館長序

　　近幾年，臺灣現當代文學的研究，朝著跨領域整合的方向在發展，但不管趨勢如何，對於作家及其作品的理解與詮釋，恆是最基本且是最重要的工作。因此，作家到底是一個什麼樣的人？他的出身、學經歷究竟如何？他在哪些主客觀條件下從事寫作？又怎麼會寫出那樣的一些作品？這些都有助於增加理解；進一步說，前人究竟如何解讀作家的為人和他之所作？如何評述其文學風格及成就？這些相關文獻提供了我們重新展開深入探索的基礎，了解前修有所未密，後出才能轉精。

　　當臺灣文學在 1980 年代獲得正名，在 1990 年代正式進入學院體制，「學科化」就彷彿是一場學術運動，迄今所累積的研究成果已極可觀，如果把前此多年在文學相關傳媒所發表的評論資料納入，則可稱之為臺灣文學的「研究資料」，以作家之評論而言，根據國立台灣文學館委託台灣文學發展基金會所蒐羅的作家評論資料（310 位作家，收錄時間下限是 2009 年 8 月），總計近九萬筆。這龐大的資料，已於去年編印成八巨冊的《臺灣現當代作家評論目錄》；在這樣的基礎上，以個別作家為考量的「研究資料彙編」計畫，其第一階段的成果即將出版（15 冊），如果順利，二、三年內將會累積到 50 冊。

　　「臺灣」是我們生存的空間，「現當代」約指新文學發生以降迄今，「作家」特指執筆為文且成家者。臺灣現當代作家之所以值得研

究，乃是因為他們以其智慧和經驗創造了許多珍貴的文學作品，反映並批判社會，饒富現當代意義，如果能夠把他們的研究資料集中，對於正在學習或有文學興趣的讀者，應該會有莫大的助益。

賴和被尊稱為臺灣新文學之父，他出生於甲午戰爭那一年（1894），爾後出生的作家，含在臺灣土生土長，以及從中國大陸來臺者，人數非常多，如何挑選重要作家，且研究資料相對比較豐富者，是一件不容易的事，這就需要專家的參與；基本上，選人要客觀，選文要妥適，編選者要能宏觀，且能微視，才能提出有說服力的見解。

毫無疑問，這是一個重大的人文基礎建設，由政府公部門（國立台灣文學館）出資，委託深具執行力的社會非營利組織（台灣文學發展基金會），動員諸多學術菁英（顧問群、編選者）來共同完成，有效的運作模式開創一種完美的三合一典範，對於臺灣文學，必能發揮其學科深化的作用，且將有助於臺灣文學的永續發展。

國立台灣文學館館長　李瑞騰

編序

◎封德屏

緣起

1995 年 10 月 25 日，在臺灣師範大學教育大樓的 201 室，一場以「面對臺灣文學」爲題的座談會，在座諸位學者分別就臺灣文學的定義、發展、研究，以及文學史的寫法等，提出宏文高論，而時任國家圖書館編纂張錦郎的「臺灣文學需要什麼樣的工具書」，輕鬆幽默的言詞，鞭辟入裡的思維，更贏得在座者的共鳴。

張先生以一個圖書館工作人員自謙，認真專業地爲臺灣這幾十年來究竟出版了多少有關臺灣文學的工具書，做地毯式的調查和多方面的訪問。同時條理分明地針對研究者、學生，列出了十項工具書的類型，哪些是現在亟需的，哪些是現在就可以做的，哪些是未來一步一步累積可以達成的，分別做了專業的建議及討論。

當時的文建會二處科長游淑靜，參與了整個座談會，會後她劍及履及的開始了文學工具書的委託工作，從 1996 年的《臺灣文學年鑑》起始，一年一本的編下去，一直到現在，保存延續了臺灣文學發展的基本樣貌。接著是《中華民國作家作品目錄》的新編，《臺灣文壇大事紀要》的續編，補助國家圖書館「當代文學史料影像全文系統」的建置，這些工具書、資料庫的接續完成，至少在當時對臺灣文學的研究，做到一些輔助的功能。

2003 年 10 月，籌備多年的「台灣文學館」正式開幕運轉。同年五月《文訊》改隸「財團法人台灣文學發展基金會」，爲了發揮更大的動能，開始更積極、更有效率地將過去累積至今持續在做的文學史料整理出來，讓

豐厚的文藝資源與更多人共享。

於是再次的請教張錦郎先生，張先生認為文學書目、作家作品目錄、文學年鑑、文學辭典皆已完成或正在進行，現在重點應該放在有關「臺灣現當代作家評論資料目錄」的編輯工作上。

很幸運的，這個計畫的發想得到當時臺灣文學館林瑞明館長的支持，於是緊鑼密鼓的展開一切準備工作：籌組編輯團隊、召開顧問會議、擬定工作手冊、撰寫計畫書等等。

張錦郎老師花了許多時間編訂工作手冊，每一位作家的評論資料目錄分為：

（一）生平資料：可分作者自述，旁人論述及訪談，文學獎的紀錄。

（二）作品評論資料：可分作品綜論，單行本作品評論，其他作品（包括單篇作品）評論，與其他作家比較等。

此外，對重要評論加以摘要解說，譬如專書、專輯、學術會議論文集或學位論文等，凡臺灣以外地區之報刊及出版社，於書名或報刊後加註，如中國大陸、香港、新加坡等。此外，資料蒐集範圍除臺灣外，也兼及中國大陸、香港、新加坡、日本、韓國及歐美等地資料，除利用國內蒐集管道外，同時委託當地學者或研究者，擔任資料蒐集工作。

清楚記得，時任顧問的學者專家們，都十分高興這個專案的啟動，但確定收錄哪些作家名單時，也有不同的思考及看法。經過充分的討論後，終於取得基本的共識：除以一般的「文學成就」為觀察及考量作家的標準外，並以研究的迫切性與資料獲得之難易度為綜合考量。譬如說，在第一階段時，作家的選擇除文學成就外，先考量迫切性及研究性，迫切性是指已故又是日治時期臺籍作家為優先，研究性是指作品已出土或已譯成中文為優先。若是作品不少而評論少，或作品評論皆少，可暫時不考慮。此外，還要稍微顧及文類的均衡等等。基本的共識達成後，顧問群共同挑選出 310 位作家，從鄭坤五、賴和、陳虛谷以降，一直到吳錦發、陳黎、蘇偉貞，共分三個階段進行。

　　張錦郎教授修訂的編輯體例，從事學術研究的顧問們，一方面讚嘆
「此目錄必然能成爲類似文獻工作的範例」，但又深恐「費力耗時，恐拖延
了結案時間」，要如何克服「有限時間，高度理想」的編輯方式，對工作團
隊確實是一大挑戰。於是顧問們群策群力，除了每人依研究領域、研究專
長認領部分作家外（可交叉認領），每個顧問亦推薦或召集研究生襄助，以
期能在教學研究工作外，爲此目錄盡一份心力。

　　「臺灣現當代作家評論資料目錄」專案計畫，自 2004 年 4 月開始，至
2009 年 10 月結束，分三個階段歷時五年六個月，共發現、搜尋、記錄了
十餘萬筆作家評論資料。共經歷了三位專職研究助理，近三十位兼任研究
助理。這些研究助理從開始熟悉體例，到學習如何尋找資料，是一條漫長
卻實用的學習過程。

接續

　　本來以爲五年的專案工作可以暫時告一段落，但面對豐盛的研究成
果，無論是參與這個計畫的顧問或是擔任審查工作的專家學者，都希望臺
灣文學館能在這樣的基礎下挖深織廣，嘉惠更多的文學研究者。

　　「臺灣現當代作家評論資料目錄」的專案完成，當代重要作家的研
究，更可以在這個基礎上，開出亮麗的花朵。於是就有了「臺灣現當代作
家研究資料彙編暨資料庫建置計畫」的誕生。爲了便於查詢與應用，資料
庫的完成勢在必行，而除了資料庫的建置外，這個計畫再從 310 位作家中
精選 50 位，每人彙編一本研究資料，內容有作家圖片集，包括生平重要影
像、文學活動照片、手稿及文物，小傳、作品目錄及提要、文學年表。另
外每本書分別聘請一位最適當的學者或研究者負責編選，除了負責撰寫五
千至一萬字的作家研究綜述外，再從龐雜的評論資料中挑選具有代表性的
評論文章，全文刊載，平均 12～14 萬字，最後再附該作家的評論資料目
錄，以期完整呈現該作家的生平、創作、研究概況，其歷史地位與影響。

　　由於經費及時間因素，除了資料庫的建置，資料彙編方面，50 位作家

分三個階段完成。第一階段挑選了 15 位作家，各出版一本資料彙編。體例訂出來，負責編選的學者專家名單也出爐了，於是展開繁瑣綿密的編輯過程。一旦工作流程上手，才知比原本預估的難度要高上許多。

首先，必須掌握 15 位編選者的進度這件事，就是極大的挑戰。於是編輯小組在等待編選者閱讀選文的同時，開始蒐集整理作家生平照片、手稿，重編作家年表，重寫作家小傳，尋找作家出版品的正確版本、版次，重新撰寫提要。這是一個極其複雜的工程。要將編輯準則及要素傳達給毫無編輯經驗的助理，對我來說，就是一個極大的考驗。於是，邊做邊教，還好有認真負責的專任助理宇霈，以及編輯老手秀卿下海幫忙，將我的要求視為使命必達，讓整個專案在「高壓政策」下，維持了不錯的品質及進度。

當然，內部的「高壓政策」，可以用身教、言教的方法執行，但要八位初出茅廬的助理，分別盯牢 15 位編選的學者專家，無疑是一件「非常人」可以勝任的工作。學者專家個個都忙，如何在他們專職的教學及行政工作之外，把這件有意義的編選工作如期完工，另外還得加上一篇完整的評論綜述，這可是要大智慧、大勇氣的編輯經驗了。

有些編輯經驗可以意會，不可言傳，這是多年血淚交織的經驗與心得，短時間要他們全然領會實在有些困難。但迫在眉睫的工作總得完成，於是土法煉鋼也好，揠苗助長也罷，一股腦全使上了。在智慧權威、老練成熟的學者專家面前，這些初生之犢的年輕助理展現了大無畏的精神，施展了編輯教戰手冊中的第一招——緊迫盯人。看他們如此生吞活剝地貫徹我所傳授的編輯要法，心裡確實七上八下，但礙於工作繁雜，實在無法事必躬親，也只好讓他們各顯身手了。

縱使這些新手使出了全部力氣，無奈工作的難度指數偏高，進度又遇到瓶頸，大夥有些喪氣，這時就得靠意志力及精神鼓舞了。我曉以大義的說，他們正在光榮地參與一個重要的文學工程，絕對不可輕言放棄。

成果

　　雖然過程是如此艱辛，可是終究看到豐美的成果。每位編選者雖然忙碌，但面對自己負責的作家資料彙編，卻是一貫地認真堅持。他們每人必須面對上千或數百筆作家評論資料，挑選重要或關鍵性的評論文章，全面閱讀，然後依照編選原則，挑選評論文章。助理們此時不僅提供老師們所需要的支援，統計字數，最重要的是得找到各篇選文作者，取得同意轉載的授權。在進度流程初估時，我們錯估了此項工作的難度，因為許多評論文章，發表至今已有數十年的光景，部分作者行蹤難查，還得輾轉透過出版社、學校、服務單位，尋得蛛絲馬跡，再鍥而不捨地追蹤。

　　除了挑選評論文章煞費苦心外，每個作家生平重要照片，我們也是採高標準的方式去蒐集，過世作家家屬、友人、研究者或是當初出版著作的出版社，都是我們徵詢的對象。認真誠懇而禮貌的態度，讓我們獲得許多從未出土的資料及照片，也贏得了許多珍貴的友誼。例如楊逵的兒子楊建、孫女楊翠，龍瑛宗的兒子劉知甫，張文環的女兒張玉園，楊熾昌的兒子楊皓文，鍾理和的兒子鍾鐵民、孫女鍾怡彥及鍾舜文，梁實秋的女兒梁文薔，呂赫若的兒子呂芳卿、呂芳雄等，我們和他們一起回憶他們的父祖輩可敬可愛的文學人生。

　　閱讀諸篇評論文章，對先民所處的時代有更多的同情與瞭解。從日本研究臺灣文學的學者尾崎秀樹〈臺灣文學備忘錄——臺灣作家的三部作品〉一文中，可以清楚瞭解臺灣人作家對日本殖民統治的意識，乃由抵抗而放棄以至屈服的傾斜過程。向陽認為，其中也能發現少數因主流思潮的覆蓋而晦暗不明的作家，例如不為時潮所動，堅持以超現實主義書寫的楊熾昌。然而經過時間的考驗，曾經孤獨的創作者，終究確立了他在臺灣文學史上的地位。

　　在閱讀中，許多熟悉的名字不斷出現。1962 年，張良澤以一個成大中文系學生的身分，拜訪了鍾理和遺孀，且立下了今後整理臺灣文學史料的

志業。1977 年 9 月，張良澤主編的《吳濁流作品集》，堂堂六冊由遠行出版。1979 年 7 月，鍾肇政、葉石濤、張恆豪、林梵、羊子喬等人編纂《光復前臺灣文學全集》，由遠景出版，這些作家、學者、出版家，都為早期臺灣文學的研究貢獻了心力。

1987 年 7 月臺灣解嚴，臺灣文學研究的風潮日漸蓬勃。1990 年 4 月 23 日，《民眾日報》策劃「呂赫若專輯」，標題為〈呂赫若復出〉；1991 年前衛出版社林文欽出版「臺灣作家全集・短篇小說卷・日據時代」；1997 年自真理大學開始，臺灣文學系所紛紛成立，臺灣文學體制化的脈動，鼓舞了學院師生積極從事日治時期臺灣文學史料的蒐集。這股風潮正如陳萬益所言，不只是文獻的出土，也是一種心態的解嚴，許多日治時期作家及其家屬，終於從長期禁錮的氛圍中解放。許俊雅認為，再加上當初以日文創作的作家作品，也在 1990 年代後被逐漸翻譯出來，讀者、研究者在一個開放的空間，又免除語文的障礙，而使臺灣文學研究開始呈現多元的風貌。

1990 年開始，各地縣市文化中心（文化局），對在地作家作品集的整理出版，以及臺灣文學館成立後對日治時期作家以迄當代重要作家全集的編纂，對臺灣文學之作家研究，也有了很好的促進作用。《鍾理和全集》、《鍾肇政全集》、《楊逵全集》、《張文環全集》、《呂赫若日記》、《葉石濤全集》、《龍瑛宗全集》，如雨後春筍般持續展開。「臺灣意識」的興起，使本土文學傳統快速的納入出版與研究行列。

每位編選者除了概述作家的研究面向外，均有獨到的觀察與建議。陳建忠細論賴和及其文學接受史的演變歷程後，建議未來研究者回歸到賴和文學本體與專業研究方向；張恆豪除抽絲剝繭細述「吳濁流學」的接受及演變歷程外，並建議幾個有關吳濁流及《亞細亞的孤兒》尚待關注及努力的議題；須文蔚建議未來的研究者，可從紀弦 1950～1960 年跨區域文學傳播角度出發，彙整紀弦對上海、香港、臺灣及東南亞華文地區詩歌的影響；或從紀弦主編過的《火山》詩刊、《新詩》月刊等著手，從文學社會學

或文學傳播的角度出發。柳書琴、張文薰為顧及張文環多元面向,除一般期刊論文外,亦選譯尚未譯介的論文,希望展示海內外不同世代之路徑與成果;應鳳凰以深入 50 年代文本的研究基礎,將鍾理和的研究收納得更為寬廣。彭瑞金則分別對葉石濤及鍾肇政進行深入細膩的研究,以及熟稔精密的剖析,他認為葉石濤文學是長期累積的成果,他所選錄的 20 篇葉石濤相關評論文章,代表各種背景的評論者、評介者閱讀葉石濤文學的方法;而鍾肇政上千筆的研究資料,呈現的多是鍾肇政文學的外圍研究,較少從文學的角度去探求解析。清理分析成果後,才可以作為續航前進的動力。

然而在近二十年本土文學興盛的臺灣文學研究中,是不是也有遺漏與偏失?陳信元的〈兩岸梁實秋研究述評比較〉,也足以讓我們思考。陳義芝除肯定覃子豪詩藝的深度與厚度,以及對後繼青年的影響外,如果從文獻蒐集、詮釋的角度來看,他認為覃子豪研究仍有尚未開發的議題。

學者兼作家的周芬伶,對琦君的剖析與論述細微而生動,她細膩的文字觀察,清楚道出琦君研究的未到之處;張瑞芬則以明快的文字,將林海音一生的創作、出版與編輯完整帶出,也比較了評論者對林海音小說、散文表現的不同看法,相同的則是林海音編輯生涯中對作家的提攜與貢獻。

期待

感謝臺灣文學館持續支持推動這兩個專案的進行。「臺灣現當代作家評論資料目錄」的完成,呈現的是臺灣文學研究的總體成果;「臺灣現當代作家研究資料彙編」套書的出版,則是呈現成果中最精華最優質的一面,同時對未來的研究面向與路徑,做最好的建議。我們可以很清楚的體會,這是一條綿長優美的臺灣文學接力賽,我們十分榮幸能參與其中,我們更珍惜在傳承接力的過程,與我們相遇的每一個人,每一件讓我們真心感動的事。我們更期待這個接力賽,能有更多人加入。誠如張恆豪所說「從高音獨唱到多元交響」,這是每一個人所期待的。

編輯體例

一、本書編選之目的，爲呈現張文環生平、著作及研究成果，以作爲臺灣
　　文學相關研究、教學之參考資料。

二、全書共五輯，各輯內容及體例說明如下：

　　輯一：圖片集。選刊作家各個時期的生活或參與文學活動的照片、著
　　　　　作書影、手稿（包括創作、日記、書信）、文物。

　　輯二：生平及作品，包括三部分：

　　　　　1.小傳：主要內容包括作家本名、重要筆名，生卒年月日，籍
　　　　　　貫，及創作風格、文學成就等。

　　　　　2.作品目錄及提要：依照作品文類（論述、詩、散文、小說、
　　　　　　劇本、報導文學、傳記、日記、書信、兒童文學、合集）及
　　　　　　出版順序，並撰寫提要。不收錄作家翻譯或編選之作品。

　　　　　3.文學年表：考訂作家生平所進行的文學創作、文學活動相關
　　　　　　之記要，依年月順序繫之。

　　輯三：研究綜述。綜論作家作品研究的概況，並展現研究成果與價值
　　　　　的論文。

　　輯四：重要文章選刊。選收國內外具代表性的相關研究論文及報導。

　　輯五：研究評論資料目錄。收錄至 2010 年 10 月底止，有關研究、論
　　　　　述臺灣現當代作家生平和作品評論文獻。語文以中文爲主，兼
　　　　　及日文和英文資料。所收文獻資料，以臺灣出版爲主，酌收中
　　　　　國大陸、香港、日本和歐美國家的出版品。內容包含三部分：

　　　　　1.「作家生平、作品評論專書與學位論文」下分爲專書與學位
　　　　　　論文。

　　　　　2.「作家生平資料篇目」下分爲「自述」、「他述」、「訪談」、
　　　　　　「年表」、「其他」。

　　　　　3.「作品評論篇目」下分爲「綜論」、「分論」、「作品評論目
　　　　　　錄、索引」、「其他」。

目次

【輯五】研究評論資料目錄

輯一◎圖片集

影像◎手稿◎文物

1924年，張文環（前排右二）就讀臺南州嘉義郡梅仔坑公學校。
（翻攝自《張文環先生追思錄》，高長印書局）

1928年，張文環於岡山縣就讀金川中學。（翻攝
自《張文環先生追思錄》，高長印書局）

張文環（右）和弟弟張文鐵（左）合照，約攝於
1928～1931年間。（張玉園提供）

張文環於東京求學時期，攝於1931
年。（張玉園提供）

張文環（坐者）和弟張文鐵（右）及朋友合照，
攝於1931年。（張玉園提供）

張文環（左）和阿姨合照，約攝於1931年。
（張玉園提供）

1931年，張文環（右二）與大學同學聚會，攝於東京；後排左三為當時就讀於明治大學的巫永福。（翻攝自《張文環先生追思錄》，高長印書局）

1932年3月20日，張文環與同好組織「臺灣藝術研究會」並發刊《フォルモサ》雜誌。前排坐者左起：吳坤煌、平野書房主人、蘇維熊、張文環、施學習、巫永福，後排立者右起：王繼呂、曾石火、張文鐵、陳兆柏。（翻攝自《張文環先生追思錄》，高長印書局，柳書琴、陳淑容辨認）

落　蕾
(LO.UEBG)

張文環

別離

一、

1933年7月，張文環與文藝同好組織「臺灣藝術研究會」，並發刊純文學雜誌《フォルモサ》（福爾摩沙）。（張玉園提供）

1934年，「臺灣文藝聯盟」發起人之一賴明弘（左一）至東京訪問「臺灣藝術研究會」同人。左起：賴明弘、張文環、蘇維熊、巫永福。（翻攝自《張文環全集》，臺中縣立文化中心）

1935年，張文環（後排右一）與弟張文鐵（後排左一）及友人蘇維霖（前排中間）等人合影。（張玉園提供，柳書琴辨認）

1935年11月10日，張文環（前排右二）於東京嘉義同鄉會聚會時合影。（張玉園提供）

1935年5月5日，張文環（三排右五）參加臺灣大震災義捐音樂會，於東京日比谷公會堂。
（張玉園提供）

1936年6月7日，張文環與「臺灣文藝聯盟東京支部」同人合影於東京。前排坐者左起：楊基椿、莊天祿、賴貴富、曾石火、翁鬧、劉捷、張星建、陳垂映、顏水龍、郭明昆，後排立者右起：陳傳纘、張文環、吳天賞、陳遜章、吳坤煌、溫純和、陳遜仁。（張玉園提供，柳書琴、陳淑容辨認）

1938年，張文環（左一）與父親張察（左三）參加梅仔坑原住民祭典時合影。（莊良埠提供）

1938年，日本東寶明星高勢實乘氏歡迎會，攝於臺北蓬萊閣。（前排左一為徐坤泉、左五為高勢實乘；二排右二為張文環；三排右二為黃得時、右五為陳逸松。）（張玉園提供，人物辨認：柳書琴）

1939年，張文環（左）與作家呂赫若出遊時合影。（張玉園提供）

1939年3月5日，張文環攝於陳逸松位於草山的白雲莊別墅。（張玉園提供）

1939年8月15日，關屋敏子女士蒞臨「臺灣映畫株式會社」合影，張文環（後排左五）時任會社文藝部長。（張玉園提供）

1941年，前排左起為簡國賢、辜偉甫、中山侑、陳逸松，後排右起為張文環、黃得時、楊三郎、王井泉。（張玉園提供，謝里法辨認）

1941年9月7日，臺灣文學社於臺南佳里的「小雅園」召開「臺灣文學佳里座談會」合影。前排左起為黃得時、王井泉、陳逸松、張文環、巫永福；後排右三為吳新榮、右五為郭水潭。（張玉園提供，柳書琴、陳淑容辨認）

張文環主編的《台灣文學》創刊號（1941年6月）封面。

1941年，「臺灣映畫株式會社」主辦「音樂與電影之夜」。二排右七為張文環。（張玉園提供）

1942年，「第一回大東亞文學者大會」臺灣地區代表合影。左起為濱田隼雄、龍瑛宗、西川滿、張文環。（張玉園提供）

1943年8月16日，厚生音樂會主辦「音樂之夕」表演後紀念合影，前排
右三為張文環、左一為呂赫若、左二為王井泉。（張玉園提供）

1943年9月3日，「閹雞」一劇於臺北永樂座上演。（張玉園提供）

1943年9月3～8日，厚生演劇會於永樂座上演閣雞。二排右三張文環、右四林博秋、右五楊三郎，左五呂赫若、左六呂泉生、左七王井泉。（張玉園提供）

1944年11月26日，張文環（前排左四）參與霧峰鄉大里庄女子報國救護隊講習合影。（張玉園提供）

1944年，巫永福（中坐者）結婚與親友攝於臺中老松町巫宅前。三排右一張文環、右二吳新榮、右三王井泉、右六楊逵，（翻攝自《巫永福全集1・詩卷I》，傳神出版社）

1946年4月14日，臺中縣參議會成立紀念日合影，張文環（最後排右四）時任參議員。（張玉園提供）

1946年6月8日，張文環（前排右四）時任大里鄉長，與同仁合影。（張玉園提供）

1947年9月24日，臺灣省山地行政研究委員會合影，張文環位於二排右四。（張玉園提供）

1947年7月5日，張文環（中坐者）時任埔里能高區署長，與埔里初中第一屆畢業生合影。（張玉園提供）

1956年1月30日，臺灣人壽保險公司嘉義分公司歡送張文環經理（前排右二）留影。（張玉園提供）

1962年6月，張文環（前排右三）時任「彰化銀行臺中市北區分行經理」與同仁合影。（張玉園提供）

1972年，諾貝爾文學獎得主川端康成（前排左三）訪臺與張文環
（前排左二）、黃得時（後排右一）合影。（張玉園提供）

1974年，張文環至日本箱根旅遊留影。
（張玉園提供）

1974～1978年間，張文環（左二）與日出孝太郎（左三）、顏水
龍（左四）合影於日月潭孫悟空像前。（張玉園提供）

1975年，攝於日月潭大飯店內個人書齋。《地に這うもの》甫於東京由現代文化出版社出版。（張玉園提供）

1976年，張文環（左）與時任臺灣省政府主席的謝東閔（右）於日月潭大飯店外合影。（張玉園提供）

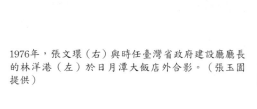

1976年，張文環（右）與時任臺灣省政府建設廳廳長的林洋港（左）於日月潭大飯店外合影。（張玉園提供）

1976年，張文環（後排左三）與楊逵（前排右一）、蔡瑞洋醫師（後排左
二）、陳秀喜（前排右二）、韋顏碧霞（前排左二）等友人聚會於臺中。
（翻攝自《張文環先生追思錄》，高長印書局）

1976年，張文環和友人於日月潭大飯店新館大廳前合影。右起：張文環、連葉、日出孝太郎夫婦、黃子欽。（張玉園提供）

1976年，張文環與友人同遊合影。左一張文環，左三四為前臺北帝大教授工藤好美夫婦，左五林龍標。
（張玉園提供）

1976年12月11日，張文環（中）、陳秀喜（右）與蔡瑞洋醫師（左）於日月潭用餐。
（張玉園提供）

張文環（中立者）與子女合攝於日月潭大飯店宿舍。前
坐左為長女里美，右為么女幸元，左立者為次女玉園，
右立者為長子孝宗。（張玉園提供）

1977年，與張良澤（右）攝於日月潭飯店庭園
中的孫悟空塑像前。（翻攝自《張文環先生追
思錄》，高長印書局）

德不孤
必有隣
張文環

1941年元月，張文環至臺南佳里吳
新榮醫師家中聚會，會後於吳醫師
之留言簿上的題字。（翻攝自《張
文環全集卷》，臺中縣立文化中心）

好友林之助（膠彩畫家）為張文環
所繪之漫畫像。（張玉園提供，吳
俊德辨認）

張文環過逝後，由張良澤與
張孝宗合編《張文環先生追
思錄》。全書收錄黃得時、
中村哲、工藤好美、王詩
琅、顏水龍、辜碧霞、李治
香、井東鑲、巫永福、池田
敏雄、鍾肇政、葉石濤、趙
天儀、河原功等40多人之追
思文章。（柳書琴提供）

張文環〈夜猿〉手稿。（擷取自「張文環日本語及び草稿全編」光碟）

きょせいどり
鬩鷄

張文環

一

亭主の阿勇は十年一日の如く、眠をすます様、日ざしに消されてゆく屋根の蔭を見つめながら、きよとんとして軒下の竹椅子に腰かけていた。
二人に村のお祭りが今日をということがわかるかしら
月里はもはや亭主を恨む気にはなれなかったが、その
うすぼんやりとした顔をみせる。
たまらなく気がいらだっ

てくるのであった。
「阿勇！台所の茶碗を洗って下さらないっ。」
妻にいわれて阿勇ははっとした自分の迷
にも気がつかない、
幽霊のように立ち上ると、渋瀬でも渡るような足取りで台所に向った。月里はもちろん亭主
に茶碗を洗わせて酷使しようとするのではなく、とのぼ
んやりした顔に少しでもこちらの言った言葉の反応があ
らわれるのを見たいと思ったのである。しかしそれも空
し「図」頼みにすぎなかった。月里が最初阿勇の痴呆状態
に気がついたときは、魂をかき消されるような思いで、
田舎て娘家に帰って両親に訴えたが、盡せるだけつき
こともみて、今更どうしようてもないという両親の口か

張文環〈鬩鷄〉手稿。（擷取自「張文環日本語及び草稿全編」光碟）

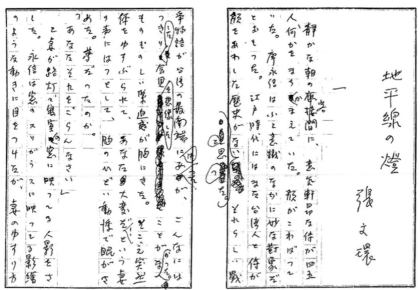

張文環〈地平線の燈〉手稿。（擷取自「張文環日本語及び草稿全編」光碟）

輯二◎生平及作品
小傳◎作品◎年表

小傳

張文環（1909～1978）

　　張文環，男，籍貫臺灣嘉義，1909 年（明治 42 年）8 月 28 日（農曆）生，1978 年 2 月 12 日辭世，享年 69 歲。

　　1927 年梅仔坑公學校畢業後赴日本岡山縣就讀金川中學，1930 年東洋大學專門部倫理學東洋哲學科第一部中途退學，此後於圖書館自學，自修文學之道。1932 年 3 月參與左翼組織「東京臺灣人文化同好會」，擔任組織部東洋大學班負責人，9 月隨同該會遭日警取締。1933 年 3 月與吳坤煌、蘇維熊等人發起「臺灣藝術研究會」，發行純文學雜誌《フォルモサ》（福爾摩沙），並擔任第 2、3 號編輯。1935 年「臺灣文藝聯盟東京支部」成立，成為支部活躍分子，同年小說〈父之顏〉參加《中央公論》獲得小說徵文選外佳作，受到島內文壇矚目。1938 年返臺，翻譯徐坤泉《可愛的仇人》為日文、擔任《風月報》日文版編輯，另任職於「臺灣映畫株式會社」。1940 年加入西川滿等人倡立的「臺灣文藝家協會」，隔年與王井泉、中山侑、陳逸松、黃得時等人成立啟文社，並創辦《臺灣文學》雜誌。1942 年 10 月赴東京參加第一回「大東亞文學者大會」，1943 年以〈夜猿〉短篇小說，獲「皇民奉公會」頒第一屆臺灣文學賞，戰後 1946 年當選臺中縣參議員，1948 年任職臺灣省通志館編纂，1974 年完成長篇小說《滾地郎》，另一長篇小說《地平線的燈》惜未完稿即辭世。

　　張文環的創作以小說為主，次為評論與隨筆。創作以外，亦積極投入

文藝活動。另與音樂家呂泉生等人,組織「厚生演劇研究會」,藉由戲劇傳達社會關懷。張文環的創作以小說爲主,另有評論與隨筆。彭瑞金論其作品特色在於民族精神和人道主義的合流,佐以反抗批判的筆鋒。如〈夜猿〉中,對民俗與民間慣習、庶民的日常生活及感情等,有非常細微生動的描寫;〈閹雞〉則是自身家鄉嘉義梅山爲背景,巧妙地將風土民俗融入小說當中,忠實描繪出日治時期的鄉村景象。1940 年張文環的長篇小說〈山茶花〉於《臺灣新民報》連載,突破以往如〈父の要求〉、〈過重〉、〈部落の元老〉等短篇小說的局限,營造出充滿國族寓意的鄉土世界而見重於文壇。1943 年 12 月,《臺灣文學》被迫停刊,張文環生活頓時陷入困境,而「二二八事件」及隨之而來的「白色恐怖」更讓他對政治失望,停筆近 30年。直至 1972 年,才重拾文筆,寫作長篇小說《地に這うもの》〔滾地郎〕,獲日本圖書出版協會推薦爲優良圖書。

　　綜觀張文環的文學創作與活動,可見其作品中濃厚的鄉土意識與文字所含納的悲憫與批判,在一系列根植於人文關懷、鄉土意識的素樸淳厚的風俗畫筆下,溫暖地描繪了庶民階層的生活態度與道德理念。雖曾遭遇政治困厄而停筆,及至晚年,仍以跨時代知識分子的自覺創作,進行自我的反省與時代答辯。誠如葉石濤所論:「張文環文學的特質在於他濃厚的人道精神。透過臺灣農民被欺凌、被損害的悲慘生活的描寫,成功地闡明了全世界每一個角落裡的農民那謙和、樸實的普遍性靈。」

作品目錄及提要

【小說】

地に這うもの
東京：現代文化社
1975 年 9 月，32 開，332 頁

長篇小說。書中描繪臺灣在日治時期人民的生活情境，做為反思後殖民者情境的文本，可以看見殖民者與被殖民者間多重的互動關係與當時的社會現象，以及張文環筆下所流露的社會關懷。

滾地郎／廖清秀譯
臺北：鴻儒堂出版社
1976 年 12 月，40 開，311 頁

臺北：鴻儒堂出版社
1991 年 11 月，32 開，317 頁

長篇小說。本書係將 1975 年由東京現代文化社出版之《地に這うもの》，經廖清秀翻譯為《滾地郎》後在臺出版。

鴻儒堂出版社 1976

鴻儒堂出版社 1991

張文環集／張恆豪編

臺北：前衛出版社
1991 年 2 月，25 開，278 頁
臺灣作家全集．短篇小說卷／日據時代 10

中短篇小說集。全書收錄〈早凋的蓓蕾〉、〈重荷〉、〈辣薤罐〉、〈藝妲之家〉、〈論語與雞〉、〈夜猿〉、〈頓悟〉、〈閹雞〉、〈迷兒〉共九篇。正文前有作家照片、〈出版說明〉、鍾肇政〈緒言〉、張恆豪〈人道關懷的風俗畫——張文環集序〉，正文後附錄張建隆〈生息於斯的「滾地郎」——張文環〉、〈張文環小說評論引得〉、〈張文環生平寫作年表〉。

日本統治期台湾文学台湾人作家作品集第四卷——張文環／中島利郎編

東京：綠蔭書房
1999 年 7 月，25 開，380 頁

中短篇小說集。本書主要為作者作品、與其評論彙編集。全書收錄〈落蕾〉、〈みさを〉、〈父の要求〉、〈過重〉、〈豚のお產〉、〈二人の花嫁〉、〈辣韮の壺〉、〈芸妲の家〉、〈部落の慘劇〉、〈論語と鶏〉、〈夜猿〉、〈頓悟〉、〈閹鶏〉、〈地方生活〉、〈媳婦〉共 15 篇中短篇小說。正文前有〈まえがき〉，正文後附錄〈作品初出一覽〉、〈張文環作品解說〉，柳書琴、陳萬益、中島利郎編〈張文環著作年譜〉、〈張文環研究文獻目錄〉、中島利郎編〈張文環略歷〉。

論語與雞／許俊雅策劃導讀，鍾肇政譯，劉伯樂繪圖

臺北：遠流出版公司
2006 年 2 月，25 開，84 頁
臺灣小說．青春讀本 7

中篇小說。本書透過一個讀私塾學生的眼睛，觀看村民們為了利益爭奪所引發的鬧劇，從中寫出了少年對私塾教師及成人世界幻滅的悲哀，暗喻臺灣傳統書房教育式微的種種樣貌。正文前有許俊雅〈總序〉。

【合集】

張文環日本語作品及び草稿全編／陳萬益編

臺中：臺中縣立文化中心

2001 年 8 月，27.5x14 公分，資料光碟

資料光碟為張文環全集編前所製，提供張文環作品的日文原典，目的在為了學術研究之利。入選行政院研考會 2002 年度政府出版品「優良出版品獎（非書資料／電子出版品）」。光碟共三張：1.序、小說；2.翻譯小說、評論、隨筆雜文、編集後記、發言紀錄；3.草稿。

張文環全集／陳萬益編

臺中：臺中縣立文化中心

2002 年 3 月，25 開

全集共八卷，分別為：小說集五卷、隨筆集二卷、文獻集一卷。日文部分由陳千武、陳明台等人主持翻譯成中文。為臺中縣立文化中心於 1997 年 4 月委託陳萬益著手編輯，1998 年 4 月完成「《張文環全集》資料輯」共 14 冊，交予文化中心與國立臺灣文學館典藏。後依據資料輯編成全集出版。每卷正文前均有張文環照片。

張文環全集卷 1．小說集──中、短篇（一）

臺中：臺中縣立文化中心

2002 年 3 月，25 開，337 頁

中短篇小說集。本書收錄〈落蕾〉、〈貞操〉、〈哭泣的女人〉、〈父親的要求〉、〈過重〉、〈部落的元老〉、〈被強制的題目〉、〈豬的生產〉、〈兩位新娘〉、〈辣韭罈子〉、〈憂鬱的詩人〉、〈藝妲之家〉共 12 篇。正文前有臺中縣長黃仲生序〈文學故鄉在臺中〉、臺中縣立文化中心序〈文學是我們寶貴的精神遺產〉、陳萬益〈復活與還鄉──《張文環全集》（中文版）序〉，正文後附錄林博秋編劇〈嘆煙花（電影劇本）〉。

張文環全集卷 2・小說集──中、短篇（二）

臺中：臺中縣立文化中心

2002 年 3 月，25 開，315 頁

中短篇小說集。本書收錄〈部落的慘劇〉、〈論語與雞〉、〈夜猴子〉、〈頓悟〉、〈閹雞〉共五篇。正文後附錄〈夜猴子〉及〈閹雞〉二篇修訂稿、林博秋編〈閹雞〉劇本、清華大學中國語文系編〈閹雞〉劇本。

張文環全集卷 3・小說集──中、短篇（三）

臺中：臺中縣立文化中心

2002 年 3 月，25 開，347 頁

中短篇小說集。本書收錄〈地方生活〉、〈故鄉在山裡〉、〈迷失的孩子〉、〈媳婦〉、〈父親的送行〉、〈戰爭〉、〈土地的香味〉、〈在雲中〉、〈日月潭羅曼史（一）〉、〈日月潭羅曼史（二）〉、〈莊稼漢〉、〈地平線的燈〉共 12 篇。

張文環全集卷 4・小說集──長篇（四）

臺中：臺中縣立文化中心

2002 年 3 月，25 開，283 頁

長篇小說。本書收錄長篇小說〈山茶花〉。書中以故鄉梅山為背景，為多角度刻畫鄉間少男少女成長經歷及其心理的一篇小說。正文前有引言〈小說〈山茶花〉作者的話〉。

張文環全集卷 5・小說集──長篇（五）

臺中：臺中縣立文化中心

2002 年 3 月，25 開，313 頁

長篇小說。本書收錄長篇小說〈爬在地上的人〉。書中以明治後期到昭和初年的臺灣農村為刻劃主題，成功塑造了殖民統治臺灣的農村典型。

張文環全集卷 6 · 隨筆集（一）

臺中：臺中縣立文化中心
2002 年 3 月，25 開，197 頁

本書收錄日治時期在雜誌、報刊上發表的評論雜文，包括〈說自己的壞話〉、〈道歉〉、〈明信片〉、〈教育和娛樂〉、〈《可愛的仇人》譯者的話〉、〈先覺者的悲哀〉、〈大稻埕雜感〉、〈論臺灣的戲劇問題〉等 61 篇。

張文環全集卷 7 · 隨筆集（二）

臺中：臺中縣立文化中心
2002 年 3 月，25 開，229 頁

本書收錄日治時期至戰後在雜誌、報刊上發表的評論雜文，〈征向戰野〉、〈高級娛樂的停止——追求不自覺的人們〉、〈生活隨想——養女的躍進〉等 19 篇；〈《フォルモサ》編輯後記〉、〈《風月報》和文編輯後記〉、〈《臺灣文學》編輯後記〉等 11 篇編輯後記與〈臺灣文聯東京支部第一次茶話會〉、〈大稻埕女服務生、藝妓座談會〉、〈對日本的印象座談會〉等 13 篇座談會紀錄。

張文環全集卷 8 · 文獻集

臺中：臺中縣立文化中心
2002 年 3 月，25 開，153 頁

本書收錄戰前評論家對張文環的重要評論，包括藤野雄士、富名腰尚武、呂赫若、澁谷精一、分部照成、中村哲、龍瑛宗、藤野雄士、楊逵、黃得時、竹村猛、鹿子木龍、藤野菊治、工藤好美、王育德、池田敏雄、野間信幸等 19 篇。正文前有張文環〈大會簡略日記〉、木口毅平〈尖兵〉，正文後收錄張孝宗〈感謝的話〉、張玉園〈憶父親〉、柳書琴〈張文環研究文獻（初編）〉、〈張文環生平寫作年表〉。

文學年表

1909 年 （明治 42 年）	10 月	10 日，生於嘉義梅山大坪村，爲長子長孫。父張察，經營竹紙業，母張沈巄。
1921 年 （大正 10 年）	本年	因父親希望兄弟兩人一同入學，與弟文鐵就讀臺南州嘉義郡公立梅仔坑公學校。
1927 年 （大正 16 年）	本年	公學校畢業即前往日本，就讀岡山縣金川中學。第三年（1929）課程修了後休學，前往東京。
1930 年 （昭和 6 年）	本年	東洋大學專門部倫理學東洋哲學科第一部中途退學。後與定兼波子（張芙美）結婚。
1932 年 （昭和 7 年）	3 月	25 日，與王白淵、林兌、吳坤煌等人組織「東京台湾文化サークル」〔東京臺灣文化同好會〕，張文環擔任組織部門東洋大學負責人。
	5 月	與巫永福結識，之後並引介巫永福結識蘇維熊（當時就讀東京帝大英文學科）、王白淵（東京美術學校圖畫師範科）、施學習（日本大學文科）、曾石火（東京帝大法文學科）等人。
	7 月	31 日，王白淵與吳坤煌、林兌、張文環會面，討論發行《NEWS》及資金募集問題。後創刊號由吳坤煌負責。
	9 月	1 日，由於震災紀念日葉秋木參加反帝示威被檢舉，「臺灣文化同好會」組織暴露，張文環與林兌、吳坤煌、張麗旭遭逮捕，雖不久即獲釋，但組織因而瓦解，《NEWS》第 2 號也胎死腹中。

11 月　13 日，與吳坤煌、巫永福等人於神田町中華第一樓召開
重建準備會，會中意見分歧，張文環、吳坤煌等穩健派
主張成立合法組織「臺灣藝術研究會」，並提案舉辦臺灣
音樂演劇之夜，籌募資金。

15 日，於巫永福住處，召開第二次準備會，意見仍對
峙，但最後仍同意採張文環等案作爲過渡性措施。

25 日，召開第三次準備會，保留「臺灣藝術研究會」名
稱，推舉各部負責者，張文環被推爲演劇部後補負責
者。研究會綱領標明爲「民族藝術」研究機關。

27 日，運用「臺灣藝術研究會」募集資金與家鄉匯來東
京之生活費於神田表猿樂町成立「トリオ」喫茶店作爲
留日學生的聚會場所，由其妻子經營。

1933 年　3 月　20 日，與魏上春、吳鴻秋、巫永福、黃波堂等人，以蘇
（昭和 8 年）　　維熊爲負責人成立「臺灣藝術研究會」。

5 月　10 日，於「トリオ」喫茶店，舉行研究會編輯部員選
舉。選出部長蘇維熊、部員張文環、會計施學習、吳坤
煌，並協議發行機關誌《フォルモサ》〔福爾摩沙〕。

18 日，《フォルモサ》編輯部員集會擬定創刊辭。由蘇維
熊起草，張文環及巫永福等人推敲後發布。之後，與施
學習、蘇維熊奔走，四處邀稿募款。

7 月　15 日，《フォルモサ》創刊號發行，封面爲吳坤煌設計，
蘇維熊爲發行人，張文環任第 2、3 號編輯，由平野書局
出版，每期 500 份，共發行 3 期。張文環並發表短篇小
說〈落蕾（LO.UMG）〉（落蕾）於《フォルモサ》創刊
號。

12 月　發表短篇小說〈みさを〉（貞操）〈編輯後記〉於《フォ
ルモサ》第 2 號。

1934 年 （昭和 9 年）	5 月	臺灣文藝大會召開，決定成立「臺灣文藝聯盟」，發行刊物。《フォルモサ》於 1934 年底在賴明弘居中協調下，自 1935 年起正式參與《臺灣文藝》活動。
	6 月	15 日，發表〈編輯後記〉於《フォルモサ》第 3 號。
1935 年 （昭和 10 年）	1 月	短篇小說〈父の顏〉（父親的顏面）入選日本《中央公論》小說徵文選外佳作。然原稿未刊出，今原稿已佚。
	2 月	5 日，參加「臺灣文藝聯盟東京支部」於東京新宿召開的第一回茶會，出席者有雷石榆、吳天賞、翁鬧、吳坤煌、賴明弘等人。
	3 月	5 日，發表〈自分の惡口〉（說自己的壞話）於《臺灣文藝》第 2 卷第 3 號。
	4 月	1 日，參與〈台灣文聯東京支部第一回茶話會〉之座談記錄刊載於《臺灣文藝》第 2 卷第 4 號。
	5 月	5 日，發表〈謝る〉[1]、短篇小說〈泣いてゐた女〉（哭泣的女人）於《臺灣文藝》第 2 卷第 5 號。 發表評論〈臺灣文壇之創作問題〉於《雜文》〔「左聯」東京分盟刊物〕第 1 期。
	9 月	發表短篇小說〈父の要求〉（父親的要求）於《臺灣文藝》第 2 卷第 10 號。
	12 月	28 日，發表短篇小說〈過重〉（過重）於《臺灣新文學》創刊號。
1936 年 （昭和 11 年）	4 月	1 日，發表〈明信片〉（明信片）於《臺灣新文學》第 1 卷第 3 號。 20 日，發表短篇小說〈部落の元老〉（部落的元老）於《臺灣文藝》第 3 卷第 4、5 號。
	5 月	29 日，發表短篇小說〈強ひられた題目〉（被強制的題

---

[1] 本文〈謝る〉講述對於自己作品〈父の顏〉發表後的感想，並感謝編輯的賞識。

目）於《臺灣文藝》第 3 卷第 6 號。

	6 月	7 日,「臺灣文藝聯盟東京支部」同仁,於東京新宿明治製果召開「台湾文學當面の諸問題:文聯東京支部座談會」,歡迎張星建抵達東京。出席者有劉捷、曾石火、吳天賞、翁鬧、吳坤煌、陳垂映、陳遜仁、顏水龍等人。會中張文環結識當時甫自法國留學歸來的顏水龍。
	9 月	因與日共分子淺野次郎往來,被捕入獄三個月。
1937 年 (昭和 12 年)	3 月	6 日,發表短篇小說〈豚のお產〉(豬的生產)於《臺灣新文學》第 2 卷第 3 號。
	11 月	30 日,12 月 4 日發表〈教育と娛樂(上、下)〉(教育和娛樂)於《臺灣日日新報》。
1938 年 (昭和 13 年)	4 月	偕妻與堂弟張鈖漢一同乘船返臺。
	6 月	15 日,發表〈譯者的話〉於《風月報》第 66 期。
	8 月	1 日～10 月 17 日,擔任《風月報》第 69 至 74 期「和文主筆」。 1 日,翻譯徐坤泉《可愛的仇人》為日文《可愛の仇人》。發表〈文章と生活〉(文章和生活)於《風月報》第 69 期。 15 日,發表〈和文編輯後記〉(和文編輯後記)於《風月報》第 70 期。
	9 月	15 日,發表〈先覺者の悲哀〉(先覺者的悲哀)、〈和文編輯後記〉(和文編輯後記)於《風月報》第 72 期。
	10 月	1 日,發表短篇小說〈二人の花嫁〉(兩個新娘)於《風月報》第 73 期。 15 日,發表〈和文讀者に送る〉(給和文讀者)於《風月報》第 74 期。

	12 月	25～27 日，發表〈大稻埕雜感（上、中、下）〉於《臺灣日日新報》。
	本年	任職美國電影代理商「臺灣映畫株式會社」之會計部長兼文藝部長。
1939 年 （昭和 14 年）	4 月	1 日，發表〈野羊を背負ふ女〉（背野羊的女人）於《臺灣日日新報》。
	7 月	29 日，8 月 1 日，發表評論〈台湾の演劇問題に就いて（上、下）〉（論臺灣的戲劇問題）於《臺灣日日新報》。
	11 月	15～16，19 日，發表〈キリストと閻魔王（上、中、下）〉（基督和閻羅王）《臺灣日日新報》。
	12 月	5 日，發表〈巷を歩きて，選舉風景を見る〉（走在街頭巷尾──觀察選舉情景）於《臺灣日日新報》。
1940 年 （昭和 15 年）	1 月	1 日，發表〈獨特なきもの存在，今年は大いにやらう〉（獨特的存在──今年也要奮鬥）於《臺灣新民報》。 23 日至 5 月 14 日，發表長篇小說〈山茶花〉（山茶花）於《臺灣新民報》，共 111 回。
	3 月	4 日，發表評論〈台湾文學の將來に就いて〉（論臺灣文學的將來）於《臺灣藝術》創刊號。
	4 月	1 日，發表〈私の姿〉（我的身影）、短篇小說〈辣韮の壺〉（辣韮罈子）於《臺灣藝術》第 2 號。 13 日，發表〈平林彪吾の思ひ出〉（懷念平林彪吾）於《臺灣新民報》。
	5 月	1 日，發表短篇小說〈憂鬱な詩人〉（憂鬱的詩人）於《文藝臺灣》第 1 卷第 3 號。
	7 月	發表〈我が友の横顔〉（吾友側影）於《臺灣藝術》第 5 號。
	8 月	15 日，參與座談會〈大稻埕女給、藝者の座談會〉（大稻

埏女服務生、藝妓座談會），記錄見於《臺灣藝術》第 6
號。

9 月　　發表〈昭和十五年度の台湾文壇を顧みて〉（回顧昭和十
五年的臺灣文壇）於《臺灣藝術》第 9 號。

11 月　　13 日，發表評論〈台湾の音樂と演劇に就いて〉（論臺灣
的音樂與戲劇）於《臺灣藝術》第 8 號。

12 月　　1 日，發表〈檳榔籠〉（檳榔籃）於《文藝臺灣》第 1 卷
第 6 號。

本年　　加入西川滿等人倡立的「臺灣文藝家協會」。

1941 年　　1 月　　1 日，發表〈文學するものの心構へ〉（從事文學的心理
（昭和 16 年）　　　準備）於《臺灣新民報》。

5 月　　20 日，發表〈酒は稚氣か邪氣か〉（酒是雅氣？還是邪
氣？）於《文藝臺灣》第 2 卷第 2 號。

27 日，發表短篇小說〈藝姐の家〉（藝姐之家）、〈編輯後
記〉（《臺灣文學》編輯後記）於《臺灣文學》創刊號。

發表〈デマ防止座談會〉（情報管控座談會）於臺灣總督
府臨時情報部《機關報》。

6 月　　9 日，發表〈本島の衣を張文環氏の話〉（本島人的衣
著）於《週刊朝日》第 39 卷第 26 號。

15 日，發表〈桃色の肌著〉（桃色內衣）於《週刊朝日》
第 39 卷第 27 號。

21 日，發表〈三つの喜び：張文環氏談〉（三種喜悅：張
文環先生談話）於《朝日新聞》臺灣版。

皇民奉公會臺北州支部成立，張文環擔任州支部參與。

辭去「臺灣映畫株式會社」職務，與王井泉、陳逸松、
中山侑、黃得時等人組織「啓文社」，籌辦《臺灣文學》
（共 11 期，其中被查禁 1 期）。

8月　30 日與 9 月 6 日，《臺灣文學》分別於臺北市「山水亭」
　　　與臺中市「新高會館」舉辦文藝座談會。該座談由張文
　　　環、王井泉、陳逸松、陳金萬主持，有 60 多位讀者參
　　　加。
　　　發表評論〈台湾文學の自己批判〉（臺灣文學的自我批
　　　判）於《新建設》。

9月　1 日，發表短篇小說〈部落の慘劇〉（部落的慘劇）於
　　　《臺灣時報》。發表中篇小說〈論語と鷄〉（論語與鷄）
　　　於《臺灣文學》第 1 卷第 2 號。
　　　20 日，發表〈媽祖さまの緣談〉（媽祖娘娘的親事）於
　　　《民俗臺灣》第 1 卷第 3 號。
　　　偕同「啓文社」同仁至臺中、臺南等地訪問各地文化界
　　　人士。

10月　15 日，發表〈田圃のなか〉（在田地裡）於《臺灣》第 2
　　　卷第 9 號。

11月　1 日，發表〈團體行動と個人生活の交流〉（團體行動與
　　　個人生活的交流）於《臺灣時報》1941 年 11 月號。
　　　26 日，發表〈舍營印象記〉（宿營印象記）於《朝日新
　　　聞》臺灣版。

12月　1 日，發表〈舍營印象記〉（宿營印象記）於《臺灣時
　　　報》。
　　　發表〈皇民奉公運動と指導者に就いて〉（論皇民奉公運
　　　動與指導者）於《臺灣地方行政》第 7 卷第 9 號。

1942 年　　2月　1 日，發表短篇小說〈夜猿〉（夜猿）、〈小老爹〉（小老
（昭和17年）　　　爹）、〈編輯後記〉（《臺灣文學》編後記）於《臺灣文
　　　學》第 2 卷第 1 號。
　　　7 日，發表〈一群の鳩〉（一群鴿子）於《臺灣時報》。

9 日，發表〈台湾語について〉（關於臺灣話）於《興南新聞》。

3 月　30 日，發表短篇小說〈頓悟〉（頓悟）、〈編輯後記〉（《臺灣文學》編後記）於《臺灣文學》第 2 卷第 2 號。

6 月　5 日，發表〈救はれぬ人人〉（無可救藥的人們）、〈地相學〉（風水學）於《民俗臺灣》第 2 卷第 6 號。

10 日，發表〈常會のうまみ〉（例會的妙味）於《臺灣時報》。

7 月　11 日，發表中篇小說〈閹雞〉（閹雞）於《臺灣文學》第 2 卷第 3 號。後〈閹雞〉由林摶秋改爲舞臺劇。

張文環擔任皇民奉公會文化部委員。

8 月　發表〈女性問題に就いて〉（關於女性的問題）於《臺灣公論》。

9 月　1 日，發表評論〈名士感談集〉（名士感談集）於《南方》第 160 期。

發表短篇小說〈露路〉（露路）於《臺灣公論》。

10 月　19 日，發表〈台湾文學賞に就いて〉（關於臺灣文學獎）、短篇小說〈地方生活〉（地方生活）、〈編輯後記〉（《臺灣文學》編後記）於《臺灣文學》第 2 卷第 4 號。

與西川滿、濱田隼雄、龍瑛宗等人赴日參加第一回「大東亞文學者大會」。

11 月　1 日，發表〈「台湾代表的作家の文藝を語る」座談會〉（臺灣代表作家——文藝座談會）於《臺灣藝術》第 3 卷第 11 期。

3 日，發表評論〈智識階級の使命〉（知識階級的使命）於《興南新聞》。

7～8 日，發表〈「日本の印象を語る」座談會〉（對日本

的印象座談會）於《朝日新聞》。

發表〈親切とにこにこ〉（親切和笑臉）於《臺灣公論》。

12 月　5 日，發表〈「大東亞戰爭と在京台湾學生の動向」座談會〉（座談會：大東亞戰爭和東京臺灣留學生的動向）於《臺灣時報》。

25 日，發表〈土浦海軍航空隊〉、〈從軍作家に感謝〉（感謝從軍作家）於《臺灣文藝》第 5 卷第 3 號。

1943 年
（昭和 18 年）

1 月　31 日，發表〈內地より歸りて〉（從內地回來）、〈從軍作家に感謝〉（感謝從軍作家）、〈台湾民謠：呂泉生氏の蒐集に就いて〉（臺灣民謠：關於呂泉生氏的蒐集）、〈編輯後記〉（《臺灣文學》編輯後記）於《臺灣文學》第 3 卷第 1 號。

2 月　1 日，發表〈小說を選して〉（評選小說）於《文藝臺灣》第 5 卷第 4 號。

7 日，〈夜猿〉獲頒皇民奉公會第一回文化賞之文學賞。由林龍標居中介紹，認識擔任評審之工藤好美。

4 月　4 日，發表〈公學校の思ひて〉（小學的回憶）於《興南新聞》。

5 日，發表〈角は犬のもの〉（角是狗的）於《民俗臺灣》第 3 卷第 4 號。

28 日，發表〈羅漢堂雜記〉（羅漢堂雜記）於《臺灣文學》第 3 卷第 2 號。

29 日，「臺灣文藝作家協會」解散，「臺灣文學奉公會」在皇民奉公會中央本部下設立。張文環參加小說部與評論部。本日亦於山水亭舉辦「厚生演劇研究會」成立典禮。

5月　1 日，發表〈臺灣文學雜感〉（臺灣文學雜感）於《臺灣
　　　公論》。

　　　9 日，張文環以「皇民奉公會臺北州支部參與」及小說家
　　　的身分，出席在臺北鐵道ホテル召開「臺灣一家」座談
　　　會。

　　　參與〈「決戰下台湾の言論方途」座談會〉（決戰下臺灣
　　　的言論・座談會），記錄見於《臺灣時報》。

6月　1 日，發表〈「台湾一家」で戰ふ台湾を語る：始政 48 週
　　　年を迎へて〉（迎接始政 48 週年：談戰時臺灣的「臺灣
　　　一家」），《新建設》。

　　　參與〈「海軍と本島青年の前進」座談會〉（「海軍與本島
　　　青年前進」座談會）、〈沈まぬ航空母艦臺灣：志願兵に
　　　就いて〉（不沉沒的航空母艦臺灣：論海軍特別志願
　　　兵），記錄見於《臺灣時報》。並於 7 月 1 日，刊載於
　　　《臺灣公論》。

　　　27 日，日本文學報國會臺灣支部成立，張文環與龍瑛宗
　　　為十名幹部中僅有的二名臺籍理事。

7月　5 日，發表〈繪の便り——多賀谷伊德氏の精進ぶり〉
　　　（繪畫通訊——多賀谷於伊德氏的突飛猛進），《興南新
　　　聞》。

　　　30 日，發表短篇小說〈迷兒〉（迷失的孩子）於《臺灣文
　　　學》第 3 卷第 3 號。

8月　16 日，發表〈茨の道は續く〉（荊棘之道的繼續者）於
　　　《興南新聞》。

9月　3～8 日，由張文環、王井泉、林搏秋、簡國賢、呂赫
　　　若、呂泉生等人加上演員達百餘人於永樂座演出〈閹雞〉
　　　（閹雞）、〈高砂館〉（高砂館）、〈地熱〉（地熱）、〈從山

看街市的燈火〉（從山看街市的燈火）等劇。

13 日，發表〈文學昂揚の基礎工事〉（昂揚文學的基本功夫）於《興南新聞》。

15 日，發表〈私の文學する心〉（我的文學心）於《臺灣時報》。

10 月　發表〈燃え上る力：松岡曹長の遺家族を訪ねて〉（燃燒的力量──訪問松岡曹族的基礎工作）於《新建設》。

11 月　1 日，發表評論〈老娼撲滅論〉（老娼撲滅論）於《民俗臺灣》第 3 卷第 11 號。

17 日，發表小說〈媳婦〉（媳婦）、〈迷兒〉（迷失的孩子）於《臺灣小說集》第 1 輯，由東京大木書房出版。

12 月　2 日，發表〈父に送られて〉（父親的送行）於《興南新聞》。

25 日，發表〈台湾演劇の一つの記録〉（臺灣戲劇紀錄之一）於《臺灣文學》第 4 卷第 1 號。

《臺灣文學》於戰時奉命廢刊。

1944 年
（昭和 19 年）　1 月　1 日，發表〈戰野に征く〉（征向野戰）於《臺灣藝術》第 5 卷第 1 號。

2 月　26 日，《新建設》〈奉公會人事〉刊載，張文環與黃得時、楊雲萍、龍瑛宗等作家並列於「戰時思想文化委員會」。

3 月　2 日，發表〈高級娛樂の停止〉（高級娛樂的停止──追求不自覺的人們）於《興南新聞》。

3 日，發表〈「台陽展を中心にと美術を語る」（座談）〉（（座談──談美術以臺陽展爲論述中心）於《臺灣美術》第 4、5 合併號。

4 月　14 日，發表〈養女の飛躍〉（養女的躍進）於《臺灣新

報》。

5月　1 日，發表〈後記〉(《臺灣文藝》編輯後記) 於《臺灣文藝》創刊號。

6月　1 日，發表〈伊藤金次郎氏を圍んで、要塞台湾の文化を語〉(跟伊藤金次郎氏論要塞臺灣的文化座談會) 於《臺灣藝術》第 5 卷第 6 號。

13 日，發表〈戰爭〉(戰爭) 於《臺灣新報》。

14 日，發表〈臨戰決意〉(臨戰決意) 於《臺灣文藝》第 1 卷第 2 號。

7月　1 日，發表短篇小說〈土の匂ひ〉(土地的香味) 於《臺灣文藝》第 1 卷第 3 號。

22 日，發表〈真に耐乏生活、增產一路、山に働く人〉(真正忍耐貧困的生活、一心一意增產、山中的勞動者) 於《臺灣新報》。

29 日，發表〈若き指導者〉(年輕的指導者) 於《臺灣新報》。

長子張孝宗於臺北州出生。

8月　13 日，發表〈增產戰線〉(增產戰線) 於《臺灣文藝》第 1 卷第 4 號。

9月　發表〈責任生產制と增產〉(責任生產制與增產) 於《臺灣時報》1944 年 9 月號。

11月　1 日，發表短篇小說〈雲の中〉(在雲中) 於《臺灣文藝》第 1 卷第 5 號。

8 日，發表〈朝〉(早晨) 於《臺灣新報》。

本年　《臺灣文學》被令停刊後，因失業加上戰爭加劇，經濟困窘，又為避空襲，便偕張芙美至霧峰，陳群則攜子陪伴公婆返回梅山大坪，直到 1945 年光復後多天，全家於

		霧峰團聚。經張星健、吳天賞奔走，得林獻堂先生之賞識，任職臺中州霧峰街役場（區公所）主事。
1945 年 （昭和 20 年）	7 月	獲林獻堂幫忙，轉任臺中州大屯郡大理庄庄長。
	8 月	兼任大屯農會會長。
	12 月	發表評論〈林爽文與大理庄的土地問題〉於《政經報》第 1 卷第 5 號。
1946 年	2 月	1 日，為光復後第一任官派大里鄉長。
	3 月	29 日，當選臺中縣議會第一屆縣參議員。
	4 月	17 日，發表〈告本省青年〉（中日文均有）於《新生報》。
	5 月	21 日，發表評論〈從農村看省參議會〉於《新生報》；〈台湾文學に就いて〉（論臺灣文學）於《和平日報》。
	8 月	19 日，發表評論〈臺拓的土地問題〉於《新生報》。
1947 年	2 月	起因於事變後被邀請加入「二二八事件處理委員會」，此外亦與戰後參與新高築港（今臺中港）之接收工作得罪某方人士有關。
	6 月	代理能高區署長（位於埔里）。
	本年	長女張里美出生。
1948 年	8 月	任職「臺灣省通志館」編纂。
	本年	次女張玉園出生。
1949 年	本年	任職「臺灣省文獻委員會」編纂兼總務組長。
1950 年	本年	三女張幸元出生。
1951 年	本年	經羅萬俥（日治時期主持《興南新聞》）提攜為「臺灣人壽保險公司嘉義分公司」經理。在此之前張文環曾與友人籌組三省堂書店未成。
1952 年	本年	次男張惠陽出生。
1955 年	12 月	1 日，〈《人魚的悲戀》序〉收入江燦琳譯《人魚的悲戀》

		（臺北：中央書局，1955 年 12 月 1 日）。
	本年	任職臺中「建和企業股份有限公司」經理。
1956 年	本年	任職桃園「天一染織公司」總經理與「神州（玉峰）影業公司」顧問。
1957 年	11 月	5 日，發表評論〈談當前臺語片的問題〉於《影劇內幕》第 2 號。
	本年	羅萬俥轉任彰化銀行董事長後，聘張文環為「彰化銀行臺中市北區分行經理」。
		〈藝妲の家〉（藝妲之家）改編為電影〈嘆煙花〉劇本。
1958 年	6 月	3 日，受邀撰寫《《鳳儀亭》序》，收入林搏秋，《鳳儀亭》（臺北：主峰影業公司，1958 年）。
	本年	父親張察逝世。
1960 年	12 月	〈難忘的回憶〉收入《林獻堂先生紀念集 3・追思錄》。
1965 年	10 月	發表〈難忘當年事〉於《臺灣文藝》第 9 期。
	本年	因羅萬俥去世，被迫自彰化銀行退休，結束九年銀行生涯。透過辜濂松介紹，二月起任職「日月潭觀光大飯店」會計主任。
1967 年	本年	母親逝世。
1968 年	本年	由於日月潭大飯店經營不穩而離職。年底，張文環返任日月潭觀光大飯店總經理，直至逝世，前後長達 13 年。
1970 年	本年	起稿〈日月潭ロマーンス〉（日月潭羅曼史），未發表。
1972 年	本年	先後受黃得時、及來訪之川端康成等作家激勵，決定寫「戰前、戰中、戰後三部作」。以日文開始撰寫《滾地郎》。張文環表示「他這回所寫的原稿，將是他的遺囑；透過這份遺囑，要把心情全部吐露。」
1974 年	11 月	20 日，《滾地郎》完稿。
1975 年	9 月	透過工藤好美幫忙，日文版《滾地郎》由東京現代文化

社出版。受日本圖書出版協會推薦爲優良圖書。

1976 年	12 月	廖清秀譯《滾地郎》，由臺北鴻儒堂出版社出版。
1977 年	6 月	發表評論〈讀《震瀛追思錄》有感〉於《臺灣文藝》第 55 期與《夏潮》第 4 卷第 4 期。
	本年	開始撰寫長篇小說〈地平線の燈〉（地平線的燈）。
1978 年	1 月	診斷出罹患心臟病。
	2 月	12 日，清晨五時，因心臟病於睡夢中逝世。
		16 日，安葬於臺中市郊四張犂公墓。
	4 月	「張文環先生逝世紀念專輯」於《夏潮》第 4 卷第 4 期。
		「張文環紀念專輯」於《笠》第 84 期。
	6 月	「張文環先生紀念專輯」於《臺灣文藝》第 59 期。
	7 月	15 日，張良澤、張孝宗合編《張文環先生追思錄》，由臺中高長印書局出版。全書由黃得時、中村哲、工藤好美、王詩琅、顏水龍等人執筆，共收錄 50 篇追思張文環的文章。
1983 年	3 月	「臺灣文學的奠基者：張文環專輯」於《臺灣文藝》第 81 期。
1991 年	2 月	張恆豪編短篇小說集《張文環集》，由臺北前衛出版社出版。
	7 月	中島利郎編日文小說《日本統治期臺灣文學臺灣人作家作品集第四卷──張文環》，由東京綠蔭書房出版。
2000 年	10 月	10 日，臺中縣文化局於臺中市立文化中心文獻室舉辦「張文環紀念展」，展出其作品、手稿和相關文獻資料。展期至 11 月 26 日。
2002 年	3 月	陳萬益編《張文環全集》，由臺中臺中縣立文化中心出版。全書共八卷，第一～五卷爲短、中、長篇小說，第

六、七卷爲隨筆集，第八卷爲文獻資料。

2006 年　　　2 月　鍾肇政譯；劉伯樂圖；許俊雅策畫導讀小說《論語與雞》，由臺北遠流出版社出版。

參考資料：

・柳書琴〈張文環生平及寫作年表〉，《荊棘之道：旅日青年的文學活動與文化抗爭》（臺北：聯經出版公司，2009 年 5 月）。

・張良澤〈張文環先生略譜〉，《張文環先生追思錄》（臺中：高長印書局，1978 年 7 月）。

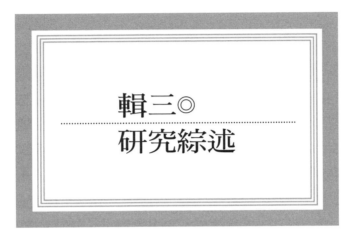

輯三◎
研究綜述

張文環研究綜述

◎柳書琴
◎張文薰

一、臺灣日語作家中的翹楚

　　張文環（1909.10～1978.2），爲日治時期最重要的日語作家之一。臺灣嘉義人，1927 年梅仔坑公學校畢業後赴日本岡山縣就讀金川中學，1930 年東洋大學專門部倫理學東洋哲學科第一部中途退學，此後於圖書館自學，自修文學之道。1932 年 3 月參與左翼組織「東京臺灣人文化同好會」，擔任組織部東洋大學班負責人，9 月隨同該會遭日警取締。1933 年 3 月與吳坤煌、蘇維熊等人發起「臺灣藝術研究會」，發行純文學雜誌《フォルモサ》（福爾摩沙），並擔任第 2、3 號編輯。1935 年「臺灣文藝聯盟東京支部」成立，成爲支部活躍分子，同年小說〈父之顏〉參加《中央公論》小說徵文獲得選外佳作，受到島內文壇矚目。

　　1937 年返臺，翻譯徐坤泉大眾小說名著《可愛的仇人》爲日文，擔任《風月報》日文版編輯（1938 年 8～10 月），並任職於謝火爐、徐坤泉創設的「臺灣大成電影公司」（1938 年～1940 年）。1940 年加入西川滿、黃得時等人倡立的「臺灣文藝家協會」，但參與不深。1941 年與中山侑、陳逸松等人成立啓文社，發行《臺灣文學》，擔任編輯，與西川滿主持之《文藝臺灣》雜誌分庭抗禮。《臺灣文學》發刊期間爲其創作顛峰期，同時亦有不少作品、言論散見《興南新聞》、《臺灣藝術》、《臺灣時報》、《臺灣公論》、《新建設》等報刊雜誌。張氏作品以取材臺灣風土、現實主義手法厚

重樸實著稱，代表作〈夜猿〉曾獲皇民奉公會「臺灣文學賞」。編輯及創作上的活力，使他成為戰時本土文壇的靈魂人物。1941 年 6 月臺灣總督府組織「皇民奉公會」，被網羅為臺北州參議，此後歷任皇民奉公會數職。1943 年 12 月《臺灣文學》奉當局命令被迫停刊。1944 年經林獻堂推薦為皇民奉公會臺中州支郡大屯郡支會霧峰分會主事，舉家從臺北遷往霧峰。1945 年 7 月擔任臺中州大里庄長直至日本統治結束後的 1946 年 1 月，並以此因緣逐漸活躍於地方政治。

戰後初期，出任國府官派第一任大里鄉長（1946 年 2 月～1946 年 11 月），同年 3 月當選第一屆臺中縣參議員。戰後初期忙於政事無暇創作，二二八事件期間受牽連一度避入山間，1947 年起代理能高區（今埔里）署長一職後脫離公職，後因政治認同及語言表現因素，長期輟筆。1948 年任《臺灣省通志》編纂，繼而轉入商界、銀行界、飯店業。1975 年利用工作餘暇，以書寫「文學遺囑」之心情，透過日本舊友幫助，在日本出版長篇小說第一部《地に這うもの》（1975 年），獲得日本圖書館協會「全國優良圖書」肯定，旅居日本的王育德於 1976 年亦撰〈臺灣版「大地」：張文環著「地に這うもの」〉一文加以讚譽。次年，經作家廖清秀翻譯，在臺發行中文版《滾地郎》。1978 年第二部〈地平線的燈〉甫完成初稿，第三部未及書寫，即因心臟病辭世，享年 69 歲。

二、1970 年代復出及其作品的漸次出土

二二八事件後中輟創作二十餘年，67 歲的張文環在臺灣整體社會臨近蛻變的時刻，留下 1972～1974 年利用夜間寫作而完成的苦難見證力作，結束了熱情起伏的一生。逝世之際，張良澤隨即撰寫〈張文環先生逝世〉一文周知文友，編纂年表〈張文環先生略譜〉，並主持追念文稿編輯工作，與張孝宗等諸家屬於 1978 年 7 月合力推出《張文環先生追思錄》。本土文藝刊物《夏潮》、《笠》、《臺灣文藝》直至 1980 年代仍陸續推出紀念專輯；同時代舊識及文友，如龍瑛宗、王昶雄、巫永福、陳逸松、井東襄等人對他

的懷念與回顧，更持續至 1990 年代。1983 年《臺灣文藝》紀念專輯中，推崇他為「臺灣文學的奠基者」；1987 年，張建隆〈生息於斯的「滾地郎」──張文環〉，更將他納入《臺灣近代名人誌》[1]之中。張文環辭世未久便獲得了文學史及歷史的肯定，繼楊逵、賴和、王白淵等人之後，成為象徵 1970 年代日治時期臺灣新文學傳統出土的文化先驅之一。從 1970 年代後期到 1980 年代前期，追思錄、紀念專輯的推出；1979 年遠景出版社《光復前臺灣文學全集》12 冊、同年明潭出版社《日據下臺灣新文學》5 集，以及 1991 年前衛出版社《臺灣作家全集／日據時代》10 冊的系列出版，便收錄其中為數不少的張文環諸代表作，伴隨同時代作家作品逐漸為後世所知悉。

三、張文環評述與學術研究的展開

有關張文環的評論與學術研究成果可溯及戰前，如《臺灣文學》陣營成員藤野雄士、黃得時、澀谷精一、竹村猛，以及臺北帝大教授如工藤好美、中村哲，作家龍瑛宗等人的文學評論與發言。相關原始文獻，多輯錄於中島利郎、河原功、下村作次郎編《日本統治期台湾文学文芸評論集》[2]之中；中文翻譯除可參見黃英哲編《日治時期臺灣文學評論集》[3]之外，亦多已收入陳萬益主編的《張文環全集 8‧文獻集》[4]一書。同時代作者的評論方向，集中於《臺灣文學》創刊過程以及對張文環小說寫實風格、鄉土題材之肯定；而少有對於張文環生平事蹟、留學生活、左翼運動、入獄經歷、《臺灣文學》與《文藝臺灣》兩大集團分合關係的探討與回溯。時至戰後，日本投降、國府接收，加之冷戰體制形成、東亞政局變化、中臺關係緊張，本土作家創作與相關論述陷入低谷，之後相當長的一段時間，臺、

---

[1]張建隆，《臺灣近代名人誌》（臺北：自立晚報社，1987 年）。
[2]中島利郎、河原功、下村作次郎編，《日本統治期台湾文学文芸評論集》（東京：綠蔭書房，2001 年）。
[3]黃英哲編，《日治時期臺灣文學評論集》（臺南：臺灣文學館，2006 年）。
[4]陳萬益編，《張文環全集》共 8 冊（臺中：臺中縣立文化中心，2002 年）。

日之間的張文環評述與研究斷續維繫,直到 1990 年代雙邊才又重開對話,而前階段評述、研究中的匱缺之處,也正是戰後張文環研究重啓時的重要方向。

　　以下,分別以臺、日兩地爲中心,略敘中國大陸地區之情形,介紹 1945 年以後張文環研究在臺、日、中三地展開的情形。

(一)首先,介紹日本部分:

　　日本方面,有關日治時期臺灣文學之學術性研究始於 1960 年代。戰前具有臺灣經驗之跨時代知識人及文化人士,扮演了關鍵性的媒介角色,代表者首推尾崎秀樹。往後以被收入《近代文学の傷痕》(1963 年)與《旧植民地文学の研究》(1971 年)的〈決戦下の台湾文学〉(1961 年初版,1962 年補筆)、〈台湾文学についての覚え書〉(1961 年)兩篇文章,開啓日本方面臺灣文學研究的尾崎秀樹,曾因父親職務關係,在臺渡過其少年時代。尾崎對於臺灣等日本殖民地的研究,乃是 1960 年代日本學界對於現代性、帝國主義、世界大戰進行省思批判的時代風潮之下的結晶。除他以外,戰前任教於臺北帝國大學、與臺灣作家多所接觸的中村哲,也在日本戰敗、離開臺灣近十五年後,以尾崎文章的問世爲契機,寫下回顧性散文〈台湾人作家の回想〉(1962 年)。其中,對於事件與名詞的記憶不免錯誤,談及戰前交往甚密的張文環,則對於其創立《臺灣文學》以及具備「寫作長篇小說」、「到內地亦通行無阻」的日語書寫能力,大爲肯定。儘管相關研究極爲有限,上述兩人的著述,仍直接影響並激發了戰後出生的日本研究者對臺灣文學的興趣和使命感。1960 年代後期,戰後出生的第一代日本研究者,以河原功、塚本照和、松永正義等人爲前驅,分別在其分屬日本文學或中國現代文學的專業領域下,從事臺灣文學研究並來臺實際調查,亦曾拜訪時任日月潭飯店經理的張文環。其中,居住於東京地區的河原功、松永正義還加入了臺灣旅日學者戴國煇先生主持的讀書會,因而與當時日本地區正在醞釀成形的臺灣史研究社群產生了連結。張文環去世

前，除了發表於島內《臺灣文藝》的〈難忘當年事〉[5]一文之外，極少數由他親自執筆的戰前活動回想紀錄〈『台湾文学』の誕生〉（《台湾近現代史研究》，1979 年），即出於此一組織的聯繫促成。而戰前藉由《民俗臺灣》雜誌而與張文環有深厚交誼的池田敏雄，於 1979 年張文環逝世後發表〈張文環兄とその周辺のこと〉（1978 年）、〈張文環〈『台湾文学』の誕生〉後記〉（1979 年）兩篇回顧性追思文，也都具備了勾勒 1940 年代張文環臺北生活與人脈往來圖像，以及揭示《臺灣文學》的文壇史定位之重要意義。

　　在日本戰後第一代臺灣文學研究者之中，任教於天理大學的塚本照和，撰有深具影響性的〈日本統治時期臺灣文學管見〉（1980 年）一文，其從 1970 年代奔忙於集結大阪、京都、奈良、天理一帶研究者，使臺灣文學成為關西地區學者關注的對象，貢獻尤多。活躍於關西地區的學者下村作次郎之研究成果，曾於 1994 年集結為《文学で讀む台湾》一書（中譯本《從文學讀臺灣》，1997 年）；其對《福爾摩沙》集團與東京左聯之關聯性研究卓然有成，亦已收錄於其另一部專著《台湾近代文学の諸相》（2005 年）之中。除上述兩位之外，松浦恆雄〈日本統治期の老作家たち〉（1984 年），對殖民統治下臺灣先行世代作家之回顧，提供有助於掌握歷史氛圍之時代圖像；此外，同樣出自關西地區學術團體「咿啞之會」、「野草之會」的野間信幸，更是從事張文環研究時絕對無法忽視的名字。野間自研究生時代開始，即以張文環為其主要研究對象，成果包括〈張文環の『地に這うもの』浅析〉（1985 年）、〈『台湾文芸』における張文環〉（1992 年）、〈張文環の文学活動とその特色〉（1992 年）、〈張文環の下宿を搜す〉（1994 年）、〈張文環の東京生活と「父の要求」〉（1994 年）、〈張文環の翻訳『可愛的仇人』について〉（1996 年）、〈張文環と風月報〉（1998 年）〈『台湾文学』における広告〉（2000 年）、〈『台湾文芸』『台湾新文学』における広告〉（2001 年）、〈張文環の戦争協力と文学活動〉（2002 年）、〈張

---

[5]張文環，〈難忘當年事〉，《臺灣文藝》第 2 卷第 9 期（1965 年 10 月）。

文環の漢文教養〉（2003 年）、〈『フォルモサ』創刊までの張文環〉（2005
年初稿、2008 年改定）、〈張文環と二つの太平山〉（2008 年）、〈張文環の
從軍演習体験〉（2009 年）等多篇。範圍從張文環的東京生活與《福爾摩
沙》成立經緯，到《臺灣文學》與 1940 年代張文環的經濟問題，以及張文
環作品舞臺東京沼袋、本鄉、臺北太平町、嘉義梅山、宜蘭太平山的空間
考察，皆有細緻而豐富的成果。向來疑點重重的張文環學歷問題，也在其
與年輕世代學者藤澤太郎考察下，確定實際狀況為 1929 年 3 月金川中學校
三年次修了退學，以及 1930 年東洋大學專門部倫理學東洋哲學科第一部中
途退學。

　　野間信幸札實的張文環論很快受到注意，並引起了相關對話。井東襄
以「灣生」日本人、師範生時代曾親近過張文環的該時代文學青年之立場，
在其《大戰に於ける台湾の文学》（1993 年）一書中，對野間所勾勒的決
戰時期張文環形象提出補充和質疑。津留信代〈張文環作品裡的女性觀：
日本舊殖民地下的臺灣〉（1995 年）、〈張文環の作品〈夜猿〉の意味〉
（1995 年），則首度從文本分析對其女性書寫及山村書寫進行了考察。此
外，藤澤太郎的實證性研究〈金川中学校から見える「都市」、岡山と東京
と〉（2010 年），推翻了張文環岡山中學、東洋大學畢業的定說；未曾獲得
高等教育正式學歷，卻持續書寫殖民地知識菁英苦惱的張文環，其小說世
界也因而獲得研究者更多聯想和思考。

　　藤澤太郎畢業於東京大學，該校中文研究室、特別是以此為據點的
「東京臺灣文學研究會」，以藤井省三教授為中心，邀集河原功、山口守、
垂水千惠、野間信幸、星名宏修、池上貞子、三木直大等日本各地不同世
代學者組成，為關東地區臺灣文學研究要地。該社群參與教授甚為活躍，
長期舉辦各式例會，參與發起「日本臺灣學會」組織，各自推出重要專
著，亦與關西地區下村作次郎、中島利郎、澤井律之等日本學者、臺灣旅
日學者黃英哲等人，進行多邊合作。以上各地學者並聯手致力於臺灣文獻
系列性複刻、臺灣小說／評論／現代詩／原住民文學之日譯，臺灣文學研

究論文集之編纂等等大型基礎工作。關東地區另一重要據點，爲一橋大學。松永正義 1980 年代起有關日治時期臺灣文學之精湛論文，諸如〈近代文学形成の構図──政治小說の位置をめぐって〉（1981 年）、〈台湾新文学運動史研究の新しい段階〉（1988 年）、〈郷土文学論争について〉（1989 年），對臺、日兩地臺灣文學研究的學院化，產生了推波助瀾的作用。關西地區學者方面，在臺灣文學研究索引、作家傳記及文獻複刻方面貢獻卓著的中島利郎教授，亦撰有不少有關張文環作品之解說（1999 年）。綜合日本學界的總體努力，1980 年代中期迄今，筑波大學、關西大學、東京大學、一橋大學、天理大學、九州大學、名古屋大學、御茶水女子大學、愛知大學、琉球大學、日本大學等，漸次出現日本本國生或臺灣留學生投入臺灣文學研究。隨著臺灣文學在日本之學術研究、資料複刻譯介及大學課程方面的進展，張文環也從 2000 年開始成爲了日本學位論文的研究主題。

　　東京大學學生食野充宏以〈張文環作品論「山茶花」の構造〉（2000 年）作爲大學畢業論文；留學日本的張文薰也先後以張文環爲中心發表系列成果：〈現代憧憬と価値回帰：ある台湾青年の辿った道〉（1999 年）、〈張文環作品論：作品のむこうに見える作家の肖像〉（碩士論文，2001 年）、〈立身出世を求める青年たち─「風俗作家」張文環新論〉（2002 年）、〈派遣作家としての張文環──『雲の中』に語られたもの〉（2002 年）、《植民地プロレタリア青年の文芸再生──張文環を中心とした『フオルモサ』世代の台湾文学》（博士論文，2005 年）。兩者的研究方法皆著重歷史脈絡下的文本分析，藉張文環小說的主題、敘事方式、人物形象、語言詞彙使用等觀點，構築一般所謂「風俗作家」、「鄉村題材」以外的張文環多面文學定位；其中張文薰的研究，則更著重於探討張文環活動經歷及文學創作與日本近代文學之間的同異，爲其特點。除了直接相關的論文之外，以留日期間研究成果進行集結與出版之李郁蕙《日本語文學與臺灣》（2005 年）一書之〈「差異化」的裝置──占有新式的表達工具〉一節，也有論點新穎、值得注意的張文環作品相關討論。

（二）其次，介紹臺灣部分：

　　1945 年 8 月日本戰敗到 1949 年國府撤臺前，臺灣文學曾有一段短暫榮景，以《新生報》「橋」副刊、《中華日報》文藝欄等副刊和一些文學雜誌爲園地，日治時期新文學運動曾以跨時代作家爲媒介，以概括性憶述方式或抗日民族主義視角受到公開討論；不過具體作家作品的深論以及文學史敘述，則並不多見。進入 1950、1960 年代反共懷鄉文學與現代主義文學盛行時期，有關日治時期文學活動的歷史記述，亦僅以諸如葉石濤評論〈臺灣的鄉土文學〉（1965 年）之微弱聲音存在。1975 年以「臺灣光復 30週年」各種慶祝活動爲契機，在保釣運動、退出聯合國等事件引發社會反思之背景下，包含文學在內的整體臺灣研究逐漸在 1970、1980 年代活絡起來。在臺灣文學領域，具體成果展現於本土新生代優秀作家的簇出、1970年代末期戰前臺灣文學作品集的系列出土、1980 年代臺灣文學正名議論，以及本土文學議題在文化公共領域逐漸獲得注目等方面。在此時期，葉石濤〈臺灣鄉土文學史導論〉（1977 年）、《臺灣文學史綱》（1987 年），揭示了包含日治時代在內的臺灣文學史輪廓，具有不可抹滅的貢獻。

　　在上述背景下，張文環文學作品及其思想的特質，也在 1970 年代末期被評論家舉出。葉石濤兩篇短評〈張文環文學的特質〉（1979 年）、〈論張文環的《在地上爬的人》〉（1979 年），堪稱先驅。他舉出了張文環文學的主要特點，譬如：濃厚的人道精神、農民性靈的闡明、對「沒有做人的條件的人」的深刻同情、敘事詩般的厚重、帶有泥土味的寫實主義等；同時，也指出了張文環在臺灣文學史上的貢獻，譬如：喧囂地主張臺灣文學確實存在、實質領導臺灣作家對抗皇民化運動及言論壓制、以民族色彩豐富的作品與不屈不撓的抵抗精神贏得殖民者尊敬、有巨人般的形象、使臺灣文學成爲知識分子抵抗運動中影響最廣泛的思想活動等。歷來無數的張文環研究雖各有拓展，然皆或深或淺受惠於葉氏的原初慧眼。除葉石濤之外，羊子喬〈張文環作品解說〉（1979 年）輯錄於《光復前臺灣文學全集8・閹雞》，亦爲早期引導讀者進入張文環作品世界的重要渠道。

　　首批細密的張文環作家作品論，緊接葉石濤之後出現於 1980 年代初期。致力文獻出土與文學史書寫的彭瑞金，其包括〈張文環的《滾地郎》〉（1977 年）、《泥土的香味》〈張文環的「滾地郎」〉（1980 年）在內的許多評論，標出張文環在文學史中的獨特風貌及位置。《地に這うもの》譯者廖清秀所撰〈《滾地郎》與〈辣薤罐〉〉（1983 年）、莊永明〈民族話劇──〈閹雞〉〉（1980 年）、張恆豪〈張文環的思想與精神〉（1983 年）、施淑〈簡析〈辣薤罐〉〉（1984 年），以及黃得時〈張文環的〈父之顏〉〉（1986 年）等文，也揭示了張文環文學與思想上的關鍵特質。其中，張恆豪參照小說文本、歷史語境、作家精神風貌所提出之觀點尤具代表性，其觀點包括：1.張文環在文化運動上具有「先覺者」與「組織性」的角色與性格。2.他具有民族精神「承繼者」與文學「盟主」的歷史地位。3.他的文學與思想特質，乃是人道精神流露在外、民族意識潛藏在內，具涵容性的冷靜基調的文學。4.他的小說從描繪庶民的生活態度和道德觀念出發，進而探討生存意義、省察人性，揭示做人的尊嚴和責任，忠實呈現當時的社會面貌，蘊含著家道中落，卻復歸大地，勤奮耐勞，以重建家邦的思想。為臺灣文學樹立了懷鄉護土、保衛家國的文化傳統，影響戰後文學甚鉅。相關論點的深化，還可見於其續後〈日據末期的三對童眼以〈感情〉、〈論語與雞〉、〈玉蘭花〉為論析重點〉（1997 年）、〈決戰下的臺灣文學驍將：張文環〉（2000 年）等文。往後臺灣學院內的張文環研究，便是在吸收與補充前行諸人觀點與框架下，在 1990 年代以後突破性展開。

　　臺灣學院內的張文環研究正值萌芽之際，環顧海外情況，此時日本學界已出現水準之作，中國大陸方面有關張文環的討論亦間雜於文學史撰述中出現。王晉民，鄺白曼《臺灣與海外華人作家小傳》[6]中，有張文環一項；白少帆、王玉斌、武治純、張恆春等人編纂的《現代臺灣文學史》[7]，

[6]王晉民，鄺白曼，《臺灣與海外華人作家小傳》（福建：福建人民出版社，1983 年 9 月）。
[7]白少帆、王玉斌、武治純、張恆春編，《現代臺灣文學史》（遼寧：遼寧大學出版社，1987 年 12 月）。

曾在「呂赫若、龍瑛宗、張文環」一節概論張氏生平及作品；包恆新《臺灣現代文學簡述》[8]也有探討「呂赫若與張文環的創作」一節；此外，古繼堂《臺灣小說發展史》[9]、粟多桂《臺灣抗日作家作品論》[10]、劉登翰、莊明萱、黃重添、林承璜等人編撰的《臺灣文學史》[11]、王景山《臺港澳暨海外華文作家辭典》[12]，也多以中國民族主義、抗日作家觀點加以論敘。然而，由於當時臺、中、日三地政治、資訊、語文多所限制，彼此成果多未吸收，交流對話也極其有限。以「賴和及其同時代的作家：日據時期臺灣文學國際學術會議」（1994 年，新竹）爲始，日、臺學者交流日趨緊密，張文環亦成爲當時獲得雙邊學者共同關注之主題之一。臺灣與大陸兩地學者的交流，也在「呂赫若文學研討會」（1996 年，北京）舉辦之後逐漸活絡起來；而後趙遐秋、呂正惠編著《臺灣新文學思潮史綱》（2002 年）、朱雙一《臺灣文學思潮與淵源》（2005 年）、《百年臺灣文學散點透視》（2009 年），以及陸卓寧《20 世紀臺灣文學史略》（2006 年）等書之中，對張文環之創作或活動亦皆有所敘及。

　　1980 年代末期、1990 年代初期隨著成大、淡大、臺大、清華等大學相關課程的開設，學院內外人士出現合力推進臺灣文學學科化之氣運。1991 到 1993 年間，以清華大學中文系陳萬益、呂興昌、胡萬川等教授爲中心，結合全臺各地關注臺灣文學、臺灣文化問題的教授，每月在清大臺北辦事處「月涵堂」定期舉辦「臺灣文學研討會」，獲得各界回響。1997 年開始爲期一年，透過陳萬益教授所主持的「《張文環全集》搜集、整理、翻譯暨出版計畫」，張文環作品、手稿、遺稿與研究文獻獲得全面整理。以計畫成果爲基礎，2000 年 10～11 月在臺中縣立文化中心舉辦「在地上爬的人——小說家張文環紀念展」；2001 年 8 月《張文環日本語作品及び草稿全

[8]包恆新，《臺灣現代文學簡述》（上海：上海社會科學院，1988 年 3 月）。

[9]古繼堂，《臺灣小說發展史》（臺北：文史哲出版社，1996 年 10 月）。

[10]粟多桂，《臺灣抗日作家作品論》（重慶：西南師範大學出版社，1991 年 6 月）。

[11]劉登翰、莊明萱、黃重添、林承璜編，《臺灣文學史》（福州：海峽文藝出版社，1991 年）。

[12]王景山編，《臺港澳暨海外華文作家辭典》（北京：人民文學出版社，2003 年 7 月）。

編》發行；2002 年 4 月《張文環全集》8 冊問世；2003 年 10 月以全集出版作基礎，更於國家臺灣文學館召開了有史以來首次以張文環爲學術會議主題的「張文環及其同時代作家學術會議」。此外，擔當全集翻譯工作的資深作家陳千武，曾以親身接觸經驗發表〈我的文學前輩作家——關於張文環〉（2007 年）；共同譯者陳明台亦於《臺中市文學史初編》（1999 年）撰寫作家小傳。張文環全集計畫開風氣之先，隨後陳萬益、呂興昌教授亦投入《龍瑛宗全集》搜集、整理、翻譯暨出版計畫、《吳新榮選集》出版計畫、《呂赫若日記》翻譯暨出版計畫等基礎工作。此等成功案例影響了各縣市文化中心與學院展開更多合作，日據時期臺灣作家作品集之收集、編譯與出版工作，如雨後春筍般接續展開。

　　日治時期文獻整理及出版工作的進行，提供了張文環研究更堅實的基礎。在此背景下，從 1990 年代開始，清華師生群陸續推出帶有清新氣息的單篇論文和學位論文。陳萬益〈張文環的小說藝術〉（1991 年）、〈一個殖民地少年的啓蒙之旅：析論張文環的小說〈重荷〉〉（1996 年），揭示張文環小說整體成就及筆法特色，並藉由文本細讀指出張文環獨樹一幟的兒童視野，及其擅長透過日常生活書寫凝視殖民傷害的藝術特質。游勝冠〈臺灣命運的深情凝視：論張文環的小說及藝術〉（1995 年）、〈閹雞變雄雞：張文環原著林博秋改編劇作「閹雞」演出及相關問題初探〉（1996 年）、〈論戰爭期張文環國策言論中的「政治無意識」〉（2002 年）、〈轉向？還是反殖民立場的堅持——張文環〈父親的要求〉〉（2003 年），分別指出了張氏小說隱晦、陰柔的特質如何表現於札根土地揭示戰爭期精神出路和以女性韌性隱喻臺灣兩方面；其小說被改編爲劇本時被賦予的陽剛特質；以及，其轉向小說及戰時言論顯現之意識形態鬥爭之複雜性。柳書琴〈謎一樣的張文環：日據末期張文環文學中的民俗風〉（1996 年）、〈驚鴻一瞥：論張文環〈父親的要求〉〉（1998 年）、〈被動員去動員：張文環與殖民地的戰時動員〉（1998 年）、〈活傳媒：奉公運動下臺灣作家張文環的異聲〉（1999 年）、〈忠義的自問：從〈地平線的燈〉論張文環的跨時代省思〉

（2003 年），則勾畫張文環從左翼運動回歸鄉土書寫的社會背景及思想掙扎、民俗書寫特點、身為本土活躍作家「被動員去動員」的宿命、置身「皇民奉公會」借助文類差異暗表異聲的言論策略，以及晚年對本土知識分子跨時代經歷的重審與自評。橋本恭子〈張文環「閹雞」に於ける小說の言語と思想（一）〉（1999 年），從張文環獨特帶有臺灣韻味與活潑感的日語文字風格切入，探討語言特性、情感模式與作家思想之關聯性；稍後本議題更延伸深化為〈張文環的小說書寫──以〈閹雞〉為例〉一文（2003 年）。陳建忠〈鄉土即救贖：沈從文與張文環鄉土小說中的烏托邦寓意〉（2002 年）、〈一個殖民地作家的自畫像：論張文環小說中的「成長」主題〉（2003 年），前者以鄉土小說的精神史內涵比較張文環、沈從文兩位作家之創作特點；後者從成長小說觀點鳥瞰張氏小說中反覆出現的成長主題，以及該主題在殖民地社會出現的隱喻及意義。

　　張文環的活動及作品中的後殖民意涵，更成為游勝冠〈殖民進步主義與日據時代臺灣文學的文化抗爭〉（2000 年）、柳書琴〈荊棘之道：臺灣旅日青年的文學活動與文化抗爭〉（2001 年提出，2009 年出版），兩本博士論文主要的研究對象。游勝冠〈殖民進步主義與日據時代臺灣文學的文化抗爭〉以賴和及張文環作參照，區辨位居新文學運動前導位置之中文作家，與後起支撐於戰爭期的日語作家，在文藝特點、精神風貌、文化戰略、後殖民話語方面的異同。柳書琴〈荊棘之道：臺灣旅日青年的文學活動與文化抗爭〉則將張文環置於臺灣旅日青年的文化抗爭與文藝創作系譜中，描繪謝春木、王白淵、吳坤煌、張文環、巫永福、吳天賞等《福爾摩沙》系統作家，從 1930 年代到戰後初期，建構臺灣文化、再現臺灣人情感、豐富現代文藝創作的軌跡及貢獻。此外，在碩士論文方面，陳雅惠《日據時代臺灣文學的童年經驗》（2000 年），亦於〈洋溢著大自然芬芳的情愫──張文環〈夜猿〉〉、〈殖民地兒童的〈重荷〉〉、〈淘氣的女孩──張文環〈論語與雞〉、〈頓悟〉〉等小節中，討論了張氏小說中反映的殖民地兒童的日常生活、自然感受及文化衝突體驗。

　　在臺灣其他大學方面，從 1990 年代到 2010 年，隨著臺灣文學研究據點的漸次增加，各校師生陸續出現了從不同角度出發、深具創意和啓示性的單篇論文。諸如：游喚〈張文環小說〈閹雞〉裡的臺灣文化典故〉（1992年）、許俊雅〈日據時期臺灣小說中的愛情與婚姻〉（1993 年）、〈〈閹雞〉集評〉（1998 年）、許惠玟〈張文環小說的女性形象分析〉（1997 年）、沈乃慧〈日據時代臺灣小說的女性議題探析〉（1995 年）、賴松輝〈張文環的〈重荷〉〈論語與雞〉研究〉（1997 年）、陳修齊〈無奈地偏頗的現代性批判：論張文環日據時期作品的啓蒙內涵〉（1999 年）、伊象菁〈導讀決戰下的臺灣文學：張文環的「頓悟」〉（1999 年）、陳芳明〈殖民地傷痕及其終結──張文環：臺灣作家的苦悶象徵〉（2000 年）、江寶釵〈張文環〈閹雞〉中的民俗與性別〉（2000 年）、〈從臺灣日據時期小說中「自然」的三種形態看張文環〈夜猿〉的殊異性〉（2000 年）、高嘉謙〈張文環與原鄉追尋〉（2000）、徐照華〈鄉土的樂章：論張文環的〈夜猿〉與〈閹雞〉〉（2001 年）、張良澤〈張文環的〈父の顏〉〉（2001 年）、彭瑞金〈張文環在決戰時期的文學發言與文學創作〉（2003 年）、〈張文環──與土地相連的作家〉（2005 年）、洪錦淳〈張文環〈閹雞〉中的月里〉（2003 年）、王慧芬〈張文環小說中鄉土世界的探究〉（2003年）、柯喬文〈講三〇年代故事的人〉（2003 年）、李進益〈讀張文環〈地平線的燈火〉手稿〉（2003 年）、〈張文環〈山茶花〉創作前後的相關問題〉（2004 年）、梅家玲〈身體政治與青春想像：日據時期的臺灣小說〉（2004 年）、陳淑容〈開眼看世界：張文環〈山茶花〉的認同之旅〉、曾文樹〈日治末期張文環小說中的環境建構〉（2005 年）、楊照〈殘廢者的生命尊嚴：重讀張文環的〈閹雞〉〉（2008 年）、陳龍廷〈隱喻與對抗論述：決戰時期張文環的民俗書寫策略〉（2010 年）、曾秋桂〈歷史小說としての張文環『地に這うもの』：二つの歷史的事件に遭った台湾人の表象〉（2008 年）、〈試圖與日本近代文學接軌，反思國族論述下的張文環文學活動〉（2008 年）、

〈一部張文環自傳性、日據時代臺灣人的集體記憶小說《滾地郎》：眾生相、自在觀境界的極致〉（2009 年）、陳玉慧〈女性自覺是悲劇？：也談〈閹雞〉的女性形象〉（2008 年）等。以上僅限以張文環爲研究主題的單篇論文而言，此外以其他議題爲焦點而旁及之單篇論文、學位論文，或者短評、解說、簡介、年表一類著述中，也不乏精采重要者，然因數量繁多，無法逐一介紹。

　　在學位論文方面，除了前述出身國內、外中文系背景的游勝冠（2000年）、柳書琴（2001 年）、食野充宏（2000 年）、張文薰（2001 年／2005年）之外，以張文環爲研究課題的學位論文，事實上更早即起動於日本文化研究所或日本研究所等領域。東吳大學張光明在蜂矢宣朗教授指導下完成的碩士論文《張文環研究：人とその作品》（1992 年），爲首部以張文環個人生平及其作品爲研究主題的學位論文。該文指出張文環小說中的人道關懷面向，同時也關注了其參與雜誌《福爾摩沙》與《臺灣文學》之貢獻。森相由美子《日據時代文學：張文環の〈山茶花〉作品論》（1997 年），從小說之構成及特徵、人物性格、命題涵意等方面，揭示長篇小說〈山茶花〉所蘊含之鄉土關懷。2003 年以後，受到《張文環全集》譯介出版所帶動，中文所、語言教育所、臺灣文學所研究生繼而投入，張文環成爲日據時期學位論文研究中的一股熱潮。吳麗櫻《張文環小說中女性題材之研究》（2004 年），掌握了張文環創作初期至決戰時期小說中女性形象的關鍵特質與階段性變化，展演不同形式的生命自覺與女性主體的追尋。王萬睿《殖民統治與差異認同——張文環與鍾理和鄉土主體的承繼》（2005 年），考察兩位作家如何以「鄉土主體」的書寫策略作爲文學創作的實踐精神，藉此劃出與統治者意識形態的差異界線。鄭昱蘋《張文環的文學世界》（2005 年），分別由外在困境對其文學書寫的引動與激發、張文環及其同時代作家的文化實踐與貢獻、完成於戰後的小說《爬在地上的人》的創作意圖三部分，試圖勾勒作家的整體文學風貌。童怡霖《張文環小說研究》（2007 年），藉由小說多元考察，嘗試釐清作家作品的分期脈絡與特色。

吳明軍《張文環小說人物研究》（2007 年），凸出張文環作品中的「原鄉」意識，及受此影響的小說人物塑造情形。鍾惠芬《張文環的文學活動及其小說主題意涵研究》（2007 年），旨在整體評析張文環的文學活動與創作歷程，以及小說的主題內容與意涵。蔡瑩慧《從張文環的〈山茶花〉中顯現的女性形象——順從和抵抗之間——》（2008 年），透過作品分析，探討家庭教育與受教育程度對女性自我意識、婚戀觀的影響。曾慧敏《張文環小說中的鄉土民俗書寫》（2008 年），梳理張文環作品如何利用與鄉土民俗相互滲透的藝術手法，表現文學內在深層的價值意境，並展現自己的文學理念。

至於中國大陸方面，由於論議範疇與討論框架傾向採取宏觀脈絡，或者以文學史、文類史、寫作史、殖民地文化或語言現象之探討爲目標，因此直接以張文環爲主題的學位論文尚未出現，旁及者有李詮林《臺灣現代文學史稿（1923～1949）》（2006 年）一部。期刊論文方面，同樣未有專論，但旁及者不少。舉其代表者，有黎湘萍〈超越壓抑：從語言選擇到敘述——觀察小說寫作史的一個視野〉（1992 年）、〈文學母題及其變奏〉（1995 年）、〈失敗的反叛：「圍城」母題〉（2003 年）、計璧瑞〈日據臺灣的語言殖民和語言運動〉（2004 年）、〈現代性的接受與反思——論日據臺灣文學的殖民現代性表徵〉（2008 年）、〈論殖民地臺灣新文學的文化想像——在日文寫作中〉（2010 年）、蔣朗朗〈臺灣日據時期小說文本精神內涵的解讀——以受難感爲例〉（2005 年）、劉勇、楊志〈論日據時期小說的民族認同主題〉（2005 年）、張羽〈臺灣「新」身體：疾病、醫療與殖民〉（2008 年）、閻純德〈臺灣女性文學的歷史與現狀〉（2009 年）等等，值得一讀的論文。

四、小結

綜上所見，張文環研究之期刊論文，遍及其投身之「臺灣藝術研究會」、《福爾摩沙》雜誌、《臺灣文藝》與中／日／臺跨國左翼文藝活動、

《風月報》編輯、《臺灣文學》編輯、皇民奉公會宣導活動、戰爭末期及戰後初期地方行政經歷，以及晚年寫作各時期。在學位論文方面，包含傳記研究、作家作品論、主題分析、形象研究、作家比較研究、文學史研究、文藝思想研究、作家系譜分析、性別理論分析、後殖民地理論分析等，高達 15 部之多。在作品研究方面，以其膾炙人口的山村書寫、女性／兒童視野的系列，以及知識分子系列小說，引起最多探討。投入研究之學科，則有從日本文化研究所、日本研究所為始，繼而中文系生力軍加入，再轉而由臺灣文學系所為主力之拓展與遞變過程。整體而言，數十年來有關張文環文學的研究，各種議題、角度兼容並蓄，成果驚人；不僅一直為臺灣文學研究界中一個跨國研究主題，也具體映現了臺灣文學從民間文化界邁入學院教研體系，進而又從臺灣跨足東亞之文化史、學術史成長軌跡。為顧及張文環多元面相，本書除挑選重要期刊論文之外，亦選譯尚未譯介的論文，輯錄收集較為不便之會議論文，以期展示海內外不同世代學者之研究取徑及成果。張文環研究成果極為豐富，除本輯綜介及收錄者之外，限於篇幅，實多有遺珠之憾。歷來著述敬請參見評論資料索引，並祈指正。

輯四◎
重要評論文章選刊

我的文學心思

◎張文環
◎陳千武譯[*]

　　跟前日在《興南新聞》文化欄中我的論述一樣，我是被迫走入文學之路，或自己不知不覺而搖搖擺擺走進來的。總之，鄉下人的我，不像都市的孩子那樣，從小就有很大的抱負。只是想當學校的老師，或至少面對人的交流能夠真摯，就認爲是人生最大的幸福了。我誕生的故鄉在深山的部落，都以持有和平的家庭，能跟部落的人們親近，認爲是人生最大的希望。還有能夠在安寧的所在，求得安定的生活，才覺得是人倫的命運。春天有春天的祭典，秋天也有秋天的祭典，部落的人們好像被這些行事追逐著似地，拚命工作。祭典時，部落的熱鬧，還有遇到人家辦結婚典禮時，都會湧現一股溫暖快樂的心情，使部落的人們，一片喜氣洋洋。每日單純又平凡地工作著，但是在生活裡，也隱藏著別人感受不到的羅曼迪克。娶到美麗而性情溫和的新娘，生下有如秀玉的孫子，這些都屬於說也說不盡的喜悅的一種。讀詩或給部落的人們講述道德，也是爲了建立好的部落的夢。在這個部落籠罩起濃霧快接近冬天的時候，農夫們就準備做竹編的副業。我成長在這樣的環境裡，到了要進入公學校，才不得不跟深山的部落分離。不過公學校的所在地，也是在山麓下的一個村子裡，可是村子的人們，跟深山的部落居民不同。那是十分俗氣的人們，也因此我原有天真的童年生活，便結束了似地，如今童年時代的生活，仍然深刻地烙印在我的腦海裡。畢竟人要齷齪勞苦經營，是爲了追求心靈的和平而已吧。建立和

[*]本名陳武雄。翻譯文章時爲臺南市臺灣第四部隊二等兵，現已自公職退休，專事寫作並積極參與文學活動。

平的家庭，為了不受外敵的襲擊，而堅守國家，不外就是要得到國人民心的和平。為天皇盡職忠義，也就是國民總體一條心的實現。

在此出現了一個精神的問題。於是，回顧以往盲目突進，而走來的路，自問是不是因此我的煩惱才萌芽？我曾在《興南新聞》文化欄敘述過的是，在東京讀到有關臺灣的讀物都會覺得很憤慨。不以正確的看法來判斷，就不會得到正確的理解。而缺乏正確的理解的地方會有怎麼樣的文化？我想這是重要的問題。我們必須迅速建設臺灣的文化。如果臺灣沒有文化，那麼從日本內地這支樹幹伸出來的臺灣樹枝，會形成怎麼樣的姿態呢？這是不難想像的，這一點臺灣地方文化的任務相當重大。日本吸收了世界各方面的文明，而予以消化，磨亮過 2600 年來的文化。這一樹枝的臺灣，從樹幹流進來的養分，誰會相信臺灣的土地不會湧出文化來？前面也說過。文化是土地實情的環境湧出來的，不是一朝一夕的連結就能形成。

我在此要安靜地思考，就算是菜花的輪瓣，也要經過歲月，以愛情的水孕育才會開花，因此我對文化的希望也不會持著焦急的心情來面對。譬如夫婦的愛情，也不是單純的戀愛就能育成，在那兒必須要有忍耐與理解，才能孕育健全的夫妻愛。從深山走到都會來，我完全染上了山裡的氣氛，但是那只有使自己痛苦而已，對自己或社會一點助益都沒有。因而，我想在文學這一條路上，認清自己的身姿，在社會的浪潮裡，被搓揉著搖搖擺擺走到這裡來。

所以對自己是否有文才？自己都沒有時間去考慮。因為我所思考的不是文學的問題。老實說，覺得文學不是問題。在文學之前，是人的問題。如果人的問題解決了，繼續下來的是文學或非文學，對我來說感到不是很重要。也因此我毫無考慮前後，只是一直走過來。可是如果有人明白告訴我說，你所做的實在不像樣，我便會立刻屈膝敬禮道謝，而跟這一條不知不覺走過來的文學之路訣別，回去深山裡當幼稚園的老師。

話說回來，像是脫線了，就立刻回到文學之路來吧。我在這裡不想引用以往任何人的議論。我只是知道自己追索現實的空虛，同時也知道夢的

空虛。沒有夢的現實的空虛，和沒有基礎的夢，看起來同樣是可笑的，因
爲造那些空虛，我才不會胡亂講一些有自信的言詞。只有文學之路，是不
能只關心人家的工作。要罵人寧可罵自己比較快，要打人伸出手也很難打
得到，卻可以就近打到自己啊。一樣是爲了寧靜自己的心，那麼就採取最
近的路，才能早一點得到省悟。

　　說到臺灣的文化，事情就大，而有點誇張，但是仔細想想就覺得從小
開始做的話，誰也都會做得好，不需要什麼文才。於是我認爲文學是荊棘
之路，但有時又會感到非常的快樂。雖然是荊棘之路，但是偶爾會看到美
麗的花。這使我越加思考。經過了痛苦的結果，能否像釋迦得到了悟道那
樣，看了一支樹枝或草，也都會充滿喜悅的感受呢？所以我想文學的路，
終究就是人的問題，不是文學的問題。文學是因爲有一種人性的情感交
流，才有文學的價值。由於這個原因，我們不能隨便的只熱衷於文章。我
不能隨便抽出統計或古典來研究。那是要委任他們專門的人去做，我只是
從人的痛苦當中，充滿著想要發現一種喜悅的心情而已。這有時候會受到
誤解，譬如在前述，我說日本是樹幹臺灣是樹枝，這句話或許有人會說，
那麼你是認爲首先要研究日本的古典，不然不會有臺灣文學？不過對這質
問，我也只能以偶爾會看，但是沒有研究，做爲回答而已。我在五月號的
《臺灣公論》，以臺灣文學雜感寫過這樣的文章。但是這很容易被誤解意義
而予解釋，所以重新在這裡舉例來說明。

　　要學習古典，不然就無法理解皇道精神，也就是不能理解日本精神。
我很贊成學習這一點，不過我認爲不必那麼極端考慮。沒有學習古典文學
的內地人，就不懂得日本精神嗎？絕對不會吧。這是關係血統的問題，如
果要這麼說，我便來說說我自己的情況吧。以我來說，我並不是讀過《徒
然草》或《源氏物語》或《萬葉集》才開始寫日本國文。其實應該說，我
是看過《金色夜叉》才想開始寫東西，這比較近於事實。

　　以上是其論述的一節。對於這些就說我在這種時局下，提出《金色夜
叉》等，寫些不符合時局的情形。我當然不是把說那些話的人的文學論，

當做問題來討論，不過可以知道臺灣文學運動的現狀就是如此。似乎也因此，臺灣的文學運動才很難上軌道。有人喜愛把事情搗亂扭曲解釋。不過，想到這也是文學之路的一種，我就會越認真起來。沒有這些事情，我就不會擔任雜誌的編輯者也說不定。我在前面說過，文學是人的問題為先，因此我終於決意要做我所想的人性的事項。因此即使被扭曲了，我也想把它弄直。本來我是喜歡安靜工作的性質。不必像戰車那樣轟轟勞動也可以履行任務。我本身非常清楚身為日本國民必須開創這個時局的使命，為了履行任務，我自覺很認真地在做。

於是我的文學心思，說要做一個正當的日本人，我想這也就是做好一個人的問題。要做好一個人必須有人性優異的地方，因而我需要的是內部反省。

也因此我想在文學作品裡，要包含著各種的面貌。就是依其素材，會有成為興奮劑，或成為沉靜劑的東西。

我想時局與文學家的任務，是存在於這裡。必須堅定國民的總體，進而邁向大東亞的建設。因此要掃除阻礙這偉大建設的一切困難。這就是現況時下的實情，這些不會不映入文學者的心吧。如果是具優異的人性都會知道那些如何映在心裡。面對著重要的事，人需要的是冷靜，在此以前不管如何興奮都沒有問題，但是面對著重要事情時，過於興奮的話，大都會失敗。做人成功不成功就這樣子決定。能夠助成這些問題也許就是文學之路。文學不能僅止於口號，必須培育士氣與冷靜才行。

也因為如此，在臺灣的文學問題，絕對不能是陳腐的，同時也不能隨便寫出令人興奮的事情。目前我們的日常生活裡，過於令人興奮的事情太多了。像「喔慈島」的我國勇士玉碎精神，山本元帥輝煌的業績，看到這樣粲然的精神，國民的血潮就沸騰。然而我們要沉思默想衝進敵人的要害才行。因此，雖說今日的文學，也絕對不能過於興奮而寫出浮顯的東西。在臺灣內臺一如的問題，是不能否定的，但是在此時不能草率處理它。

所以在臺灣的文學問題，取材自勞務奉公隊，也是重要的事。同時描

繪培育今日臺灣的背後流動的問題，也很重要。我們要描繪臺灣的生活時，最會感到痛苦的事，是把實際生活搬上文章時的筆者的感覺，跟內地人有其不少的差距，而難以迅速執筆。我們必須要克服這一過程。這一點還有人以意識云云來討論，主要是那個人，還把文學當作一種趣味的工作而考慮的原因吧。我所畏懼的是，那個人是不是把那種想法，做爲附帶條件在處理他的趣味工作這一點。我的文學的心思在於完成自己。我相信那樣子會產生吸引力。因而要磨練自己，磨練了就會有辦法。不是說玉不琢磨就不會發出光亮嗎。其實不只是玉，石頭經過磨練的話，或許也會造成玉一樣的價值也說不定。所謂不知道自己身體的痛疼，怎能會治療對方的創傷？在此從此文學的我的心思，像深山的泉水那麼澄清，不管何時靜止也好，不靜止也好。這等於就是我誠心專意從事的工作，畢竟會做到什麼程度的問題。所以這像石頭的腦筋，如此像戰車轟轟轉動不停。只希望有一天該安靜下來。

——原載《興南新聞》，1943 年 8 月 16 日

——選自《張文環全集卷 6．隨筆集（一）》
臺中：臺中縣立文化中心，2002 年 3 月

關於張文環和《山茶花》的備忘錄

◎藤野雄士*

◎陳明台譯**

關於臺灣文學，我能談論的大概就是張文環和他最近的作品吧！我現在居於和文學遠遠隔離的立場，這幾年來，我所過的是，對自己周遭有無文學出現，或是否將會出現，一點都不知情的日子。

但是，可以想像的是，假使，我的周遭有文學萌芽，進而發葉生枝，順利成為新木的話，那必然是強壯而美麗的民眾文學。

現在，我通往文學唯一的窗口就是張文環最近的作品《山茶花》。在還沒寫《山茶花》以前，他就是我通往文學的窗口，而由於他寫了這篇作品，我通往文學的窗口因此顯得更加的愉悅、明亮。對每天天未亮就起床，繼續不斷的寫成這篇作品的張文環，我必須致上深深的感謝。今年正月，《臺灣新民報》開始連載《山茶花》時，我的胸中產生了異樣的興趣之感，那種感覺甚至抑制不住地，要衝出口來。

「近秋時節，山裡來的親戚，說他們那邊正在流行雞瘟。感到害怕的母親，於是忙著清掃雞窩，連庭院的角隅都弄得乾乾淨淨的。賢因為母親要他幫忙，感到十分的生氣。」以如此冒頭的一段，開始了這一長篇小說的張文環，他那餘裕十足，冷徹的將素材組合、鋪陳，從容地加以料理，愉快的樣子，和宛如磐石般的自信，首先，就讓我感覺十分地喜悅。

*發表文章時為《朝日新聞》臺北支局記者。
**翻譯文章時為淡江大學日本語文學系副教授，現專事寫作。

　　自去年秋天以來，他就和我談到創作這篇作品相關的種種事情，因而，帶給我快樂與無限的感動。

　　張文環是臺灣南部依山地區，信守義理人情的農家出身。特別是在清淨、田園風味的環境中渡過他的少年時代，是個朝氣勃勃、身體健康的人，擁有南部人特有的誠懇待人，真性至情的男子漢。

　　我有時會為他細緻貼切的友情而感動，但是，他那明朗開放的交際手腕，凜然有力固守義理人情的模樣，實在難以用粗雜的筆觸來加以形容。《山茶花》可以視為張文環半生的自傳。他曾經說過，希望盡可能地，讓更多內地出生的青年讀到這篇作品，其實，內地來的青年，最想了解的是，今日在從事臺灣文化工作的本島知識分子，他們堅忍成長的經歷。張文環的這篇作品對他們而言，不只是最佳的讀物，對心中牽掛著，而極力想知悉「臺灣的情意面」的各地方人們而言，更是不可或缺的一本好書。

　　《山茶花》是本超過五百張稿紙的長篇巨著，現在，才不過踏出了這異色敘事詩的第一步。對這本書正式的批評，自然必須等待他日。我私下期待這本書能廣泛地，被各式各樣的人閱讀，產生各種角度的批評觀點。在此，必須提供他發表的舞臺，《臺灣新民報》的黃得時氏表示無任的感謝。天天手中拿著《山茶花》一書，我是邊傾聽著不可思議的心跳，邊在閱讀著。

——原載《臺灣藝術》第 1 卷第 3 號，1940 年 5 月

——選自《張文環全集卷 8 · 文獻集》
臺中：臺中縣立文化中心，2002 年 3 月

文學的場所

給龍瑛宗・張文環兩氏

◎**富名腰尚武**[*]
◎**陳明台譯**[**]

　　屈指一算，跟二位邊談著雜誌的計畫、文學的種種，邊漫步在永樂町街上，已經是一年多以前的事了。當時提到的雜誌的計畫終究沒有實現。雖然如此，三個人現在即使分別隸屬於不同的刊物，不管如何，還是時常有機會相互讀到對方的文章，這確實是令我感到高興的一件事情。

　　那時，張文環君提到的雜誌的計畫，我本來就不表示贊成。本島人的你們，不惜一切，燃起創辦雜誌的熱情，為達成心願，寄望以我等為他山之石的心情，雖然不難理解，但是，我總覺得當時張君的心情顯得太過謙虛。我以為，擁有實際生活體驗的是你們，所以，當前臺灣文學的振興，也只有依賴你們來貢獻心力。除非本島人之中，有人能全心全力投入經營文學，透過這些人的努力，釀造出不是遊戲性質的，真正有意味的文學氣氛，提供示範，否則，我們這些內地人的文學，不管到何時，就都只能成為生活喪失者的文學而已，即使要脫離旅人文學的範疇，也是極為困難的。

　　本刊新年的問卷調查，對「臺灣當前最需要的東西為何？」的訊問，我答以「浪漫精神的發揚」。所謂浪漫精神，指的不是作白日夢，或對不實在、虛幻游離故事的憧憬，而是堅持追求夢想的精神。更進而言之，即是渴望自己抱持的夢想能在現世實現的精神，同時是，把他人的渴望視同自

---

[*]日治時期文藝雜誌編輯，曾創辦以臺北高中生為對象的詩刊《カドラ》。
[**]翻譯文章時為淡江大學日本語文學系副教授，現專事寫作。

己的渴望的精神。總之，絕非是恣意任性，而應該是充滿積極的熱情的。更絕不該因為是渴望的精神，而充滿了物質的欲望。必須是，對現今世人顯示的暗淡無望加以反動的健康的東西。務必是要將那黯淡改變成光明的，激烈的新的氣息。只是把黯淡、晦暗掛在嘴邊的話，任何人都做得到。為了能讓這個世界變得光明，若無法將「渴望的精神」轉化為「付諸實踐的希求」，就毫無意義。所謂「實踐為臣之道」、「大政翼贊」等時代的標語，若非抑制舊習陋俗、浪漫精神的體現，那究竟是什麼？依我個人的觀點，維新這一句話，其實正是包含了，否定世間一切無價值的東西，和使有價值的東西更加昇華成為美事，這兩個層面。

　　暗含諷刺來解釋事情，或勉強倒反過來看事情，這種犬儒主義風潮，有一陣子曾在一般知識分子之間大為流行，甚至產生抱持有那樣的態度才是「高尚」的錯覺。但是，想一想就知道，只要有心，那不過是像模仿狗的樣子一般，是十分簡單的事，成為犬儒其實是極其造作，毫無意味的事。想發現腐臭的東西，只要隨處走走都可以找得到。縱使如此，若僅僅露出臭臉叫喚著「臭呀！臭呀！」，說世間有病，怨恨諸神，雖然能顯出人生的一種高姿態，卻無法獲得人生高尚的生活態度。前些日子，有機會讀到龍瑛宗氏的作品〈邂逅〉。也許有些讀者對這樣的作品會說：「這是什麼東西？真沒意思！」而棄置不顧。可是，作者毅然地對待作品中可堪憐憫的主角的文學態度，實在讓我尊敬不已。我雖不願說，全部本島人作家都應該學習龍君的態度，但，還是以為，像他這樣曾經寫過〈植有木瓜樹的小鎮〉的作者，不拘早晚，顯示出在〈邂逅〉一文裡可以發現的文學的立場是有必要的。比較起來，龍君去年的創作，就沒有一篇讓我覺得口服心服，反倒覺得把那些東西視為文學，多少有些危險的感覺。我在其他的雜誌發表過的文章裡，曾如此地寫著：「不管是巴爾札克也好，杜斯妥也夫斯基也好，甚至年僅 32 歲的太宰治也好，他們都清楚，凝視自身，以自身的細緻和縝密來和現實對峙，文學方才得以成立，他們都知道文學的所在。」龍君是否已經抵達了文學成立的所在？雖然，這還得看他今後的文

學作品才能斷言，但是，我想說的是，至少從〈邂逅〉一篇創作已經稍可見出其徵兆。

　　龍君，忘記是什麼時候了，你曾經說過：「我從來沒有夢想過以自己一個人之力來使臺灣文學有所成就，但是讓自己的文學成爲臺灣文學的踏腳石卻是我至衷的心願。」這樣的一句話。從長遠處著眼，其實所有人的生活和行爲，都必須成爲後代的踏腳石，這是毋庸贅言的。但是，要引自身爲喻說出這樣的話，並不是任何人都可以辦得到的。說自我犧牲，總會令人感覺有些不舒服。可以說是帶有一些自虐的意識吧！我以爲自虐是浪漫精神的極致，是這個世間激情的最終模樣。我在《臺灣》創刊號發表的〈抒情的周圍〉一文，料想兩位都讀過了吧！在文中我大概是這樣寫的：「自虐之所以異於儒家的禁欲主義，也不同於基督教的克己主義，即在於它既非爲了處世的方便，也非夢想著天上的樂土，而只專心一意地，以地上莊嚴爲念。冀望自我滅亡的激情，是和珍惜地上莊嚴的刹那與短暫那種宿命的心情息息相關的，能成就地上莊嚴的人，本來就無可避免地，會招來神的嫉妒，那是經由對神的挑戰，來固定自身和神的距離，而能真誠地在地上享受『生』的人，義無反顧地自我肯定，是將人生的一切在一瞬間記錄下來，而企圖斬斷人生的激情。」畢竟，自虐是殉身於自己的夢、無悔無怨的心情。「我活過，我做過，我無悔無怨。」這樣的境地，豈非才是我等所祈望的最高的文學所在嗎？要抵達那兒的過程，是既險惡又遙遠的。會有多少的困難險阻在我等的前方？但是，只有忍受得了這些艱難，文學才有成立的可能。有，也只有在人生的瞬間，激情的斬斷自己，才能促使自身的文學得到昇華。

　　張文環君主持的《綠色地帶》馬上要出刊了，知悉你的風格的人，一定沒有人會懷疑，你所想做想爲的，總是潛藏在內面深處吧！

　　《綠色地帶》因著你強而有力的氣魄，會生動地出現。衷心地期待著那一天到來的，絕對不會只是我一個人。我想，龍君也會在這雜誌上一展身手，大爲活躍吧！我所期望的就只是經由兩位的努力，臺灣的文學界能

不輸給朝鮮和滿洲,踏實的成長而已。念及此,區區也將尾驥於二位之
後,執起禿筆,略盡綿薄之力。

——原載《臺灣藝術》第 2 卷第 3 號,1941 年 3 月

——選自《張文環全集卷 8．文獻集》
臺中:臺中縣立文化中心,2002 年 3 月

作家和其素質

◎竹村猛*

◎陳明台譯**

　　〈藝妲之家〉、〈論語與雞〉、〈夜猿〉、〈頓悟〉等，這些自《臺灣文學》創刊以來，每期在雜誌上連續發表的張文環的作品，若要從其中選出最為優秀的創作，只要是能理解小說的讀者，恐怕都會各有所好吧！就是以全體著眼，要在平均點上來判定作品的價值，恐怕讀者依各自的觀點也會顯示出相當大的差異吧！問題在於，要正確判斷這些作品優劣的標準，事實上是十分曖昧不清的，讀者各有所好，換言之，乃是由於對這些作品未能加以算計所致。讓讀者能對作者的心境加以解讀的餘地絲毫都不存在。張文環只是從自己的筆記裡透過作品來發洩各自的主題——不如說是人物——而已。因此，可以認定，當這位作家將其素材撿拾、記錄下來時，他的「架構之眼」就已經存在了，作者所以用心於作品的創作，不過是顯示對讀者的一種親切罷了。

　　所以，從讀者的角度來思考，不管是傾心於〈藝妲之家〉中采雲的讀者，感動於〈夜猿〉中石的讀者，或是贊同〈頓悟〉中阿蘭的讀者，各自的想法和主張都可存在，都是正確的。

　　也就是說，若對作品中所描寫人物的型或像加以追蹤，則張文環的作品，至少前面所提及的那些作品，會給與我們充分的滿足感，而這是作者的親切直接帶來的結果。

　　如此，對讀者的體貼，是不是會造成他的辛苦，即所謂創作時的「深

*日本文藝評論家，於 1942 年來臺。

**翻譯文章時為淡江大學日本語文學系副教授，現專事寫作。

思苦吟」呢？絕對不會！在此場合，他還是和一般作家一樣，排列出人物，做一個配合計畫，只是不讓這些人物當場顯示出他們的動作而已。

他的素材納入他的筆記時，他已經充分體驗過作家深思苦吟的滋味。所以，專注於作品創作之際，他想都不會去想到整理筆記的事了。

大抵，作家著手於作品之際，他所整理的筆記的內容，早已明瞭而直接地呈現在讀者的面前。這也就是在某種意味上，所謂的讀者與作家必須同甘共苦。但，張文環卻不將痛苦加諸於讀者身上。他的書寫的苦楚和讀者毫無關係。一切均在他自身中來來去去。

或說張文環是「強韌有力」的，我雖不能完全同意，但是，他之所以看來多少有些「強韌」，應該是源自他身為作家必須經歷的「苦吟深思」未曾強加於讀者這一點。前面我所提及的，他對讀者極其體貼，即親切這一句話，其實意指的也是：到最後終會顯示出來的作品和讀者之間的距離，除此無他。

他對自己作品所受到的評價大概是極不關心吧！至少，對「這人物應該如此才是」「這樣的場合，要如此作品才生動」等的批評，充其量，他就只會說句「那倒不見得！」搖搖頭而已。事實上，縱然真如對方所言，不那樣改不行的話，除了讓作中人物消失以外，實在是無計可施的。烙印在他腦海裡的人物，乃是隨其動向而被造型的人物不是隨其計算而能有所增減者，當然也無所謂誤算，也無法加以修正。

想要表現自我，藉人物提出一種主張，乃至描寫人的典型或類型，這種心情，和他的目光所關注者都相差甚遠。但是，這絕不意味著他是漫不經心的。十個人物之中，究竟有幾個人能引起張文環的興趣？大概只有一、兩個吧！而最後他的興趣所在，還是在於以捕捉到的人物為中心來作全面的迴旋。對張文環而言，是十中選一，或百中選一，比率並不成問題。他尋求的不是千分之一、十分之一，這種換算出來的值，在他的世界裡，唯有「其中之一個分子」這一「整數」才具有魅力。

所以，收錄在他筆記裡豐富的、各式各樣的人物像，既無法強制他自

身以作家的立場來反省，也無法成爲一種對抗力來要求延宕創作。其中，儼然存在的，只有他「以作品來宣洩」的強烈意圖而已。

關於〈藝妲之家〉，采雲被帶到別墅的部分，作者曾如此敘說：「在此，作者並不想再往前寫下去。既已前往別墅，再追述這些人也無意義。像如此的社會，只要女人不曾忘記虛榮，非但永遠無法解放，還必須一個人獨自背負著悲劇向前走，采雲也因此而成爲他母親的犧牲品」。作者在這裡，完全忘懷了他花費數頁的篇幅才得以順理成章地，敘述故事的經緯所提出的證明，只是爲了讓「宣洩」更形乾淨，而加上此一說明。

一般的作家，精於計算的作家，在此會採取的方式，毋寧是空下這部分的篇幅，而繼續往前寫。而如果他們能如此做的話，這部分大概就不會被視爲作家的「弱點」，而可以免於接受批評了。

然而，〈藝妲之家〉的讀者接下來，就會爲了接二連三地，突然出現的新的事件，反而能和作者一起，安穩的坐下來喘一口氣。

由於在這些事件的展開裡，能使讀者勉強地喘一口氣，一時不察才會把事件的經緯當作是作家的本質，因而極容易把他視爲是風俗作家。只窺見到他十分特殊的筆記，而無視於採集資料時，張文環這位作家的眼光和筆記之間有機性的關聯。這也只能說，他確實具備了風俗作家的潛在才能，但是，若只將其限定爲風俗作家，恐怕連他自身都難以忍受。

我曾經從張文環的作品中，舉其二、三作爲例子，批評他的小說在緊要關頭會像洩了氣般，應該結束卻讓人感覺尙未結束。這樣說，和前面我所提及的宣洩作用似乎有所矛盾，其實在看似該完結的地方沒有完結，並非意味著他的宣洩作用沒有完了的意思。正如前面反覆提到的，那是他對讀者的體貼帶來的結果，一直都會在讀者心中殘留下來。

對於讀者，他不過度地去擁護身爲作家的自己，所以，他的作品，作爲當然的謝禮，會顯示出對讀者的好意。

我曾在張文環的作品〈憂鬱的詩人〉中，頭一次發現了作家的猶疑和反省，對於近來，他如何像以往所創作的諸作品一般，獲得一貫的整數值

的「型」這一點，我左思右想，實在不免感到疑惑難解。

前面，我提到，我對張文環的〈憂鬱的詩人〉此一作品，和他近來一連諸創作的距離感覺的訝異，但是，我現在卻認為那是由於謙讓和自信嚴密交錯的結果，導致他自身自主性地毅然作一了斷，步向另一個方位所致。

張文環為了雜誌《臺灣文學》傾注所有的力量，費心於作家生活範圍之外的事務，這些雜務造成他做為作家可能更往上發展的阻害、惡劣的條件，顯然獲得人們極大的同情。但是，我現在從他諸多創作中所感受到的卻是，那些顯並不成為問題。他在公開的場合，常常以獨特異樣的口吻陳述自己的信念。說完後，不拘高妙與否，總是帶著笑容返回坐席。不會說話的他，是不曉得事先要和鄰座商量再行發言的。一講完話，他就顯出安心的臉色，看不到絲毫疲勞的樣子。就和透過作品宣洩以後一模一樣。所以，其餘韻反而會捲襲向讀者或聽眾，雖結束了卻像沒有結束的感覺。

因此，反而是讓他切斷了「尾巴」或讓他感覺更加疲勞也是好的！

若是太過疲勞，導致他文學的不安定，也不致帶來反面的效果。不管寫多少，最近，對他的作品的評分，都在平均點以上，他的名聲反而令人感覺有些不符身價，應該更加有所超越才是。

我現今正私下在想，他的長篇小說《山茶花》裡，必然有著前些日子他曾經寫過的某些東西，正等待有個機會，好好的讀它一讀。

——原載《臺灣文學》第 2 卷第 4 號，1942 年 10 月

——選自《張文環全集卷 8．文獻集》
臺中：臺中縣立文化中心，2002 年 3 月

張文環〈《臺灣文學》的誕生〉
後記

◎池田敏雄*
◎陳明台譯**

一、

　　這裡所發表的張文環氏的日文文章，是他應臺北東方文化書局所託，爲複印出版日本殖民時期 1930 年代當時主要文藝雜誌的計畫，而於 1977 年執筆的。無法等到計畫完成，作者在翌年，1978 年 2 月，即以 69 歲之齡逝世。使得這篇後記，不期然地，竟成了張氏的絕筆之作。

　　1976 年冬，我抵臺訪問，湊巧東方書店的莊楊林氏前來與我商談前述文藝雜誌複印的事宜，乃一起前往日月潭，介紹他認識張文環氏。由於此一因緣，在張氏遺族和書局的安排下，遂決定在本刊刊出這篇遺稿。

　　張氏是 1909 年出生於現在的嘉義縣梅山鄉大坪村，家中從事的是以竹子爲原料的造紙業。東京留學時代，參加留學生的左翼文化組織運動爲成員之一，曾和同志一起遭受檢舉，不久脫離左翼運動，1933 年，參與成立「臺灣藝術研究會」的文藝性組織，發行《福爾摩莎》雜誌。此一雜誌刊行到第 3 期即宣告停刊，但張氏隨即成爲島內日益活潑的新文學運動的開路先鋒。在此前後和定兼波了（張芙美）女士結婚。1938 年，30 歲返臺，在電影公司就職，同時大量發表小說創作。戰爭期間的 1941 年，以臺灣人

* 池田敏雄（1916～1981）民俗研究者。日本島根人。發表文章時爲日本《平凡社》副刊編輯。
** 翻譯文章時爲淡江大學日本語文學系副教授，現專事寫作。

爲中心集結創刊了《臺灣文學》雜誌，被選爲出席大東亞文學家會議的臺
灣代表。他的代表作品有〈山茶花〉、〈夜猿〉、〈藝妲之家〉、〈閹雞〉等，
是臺灣最具代表性的作家。戰爭末期被官派爲村長，隨即迎接日本的戰
敗。我認識張文環氏是在他創刊《臺灣文學》前後，擔任雜誌《民俗臺
灣》編輯的時代。

　　張氏在戰後被推選爲縣議員，親身體驗了 1947 年發生的全島性規模的
二二八事件。事件後，歷任代理區長、文獻委員會職員、公司職員、銀行
職員等職務，未再執筆小說創作。自銀行退休後，被任命爲日月潭觀光大
飯店經理，1972 年起，利用業餘時間再度開始小說寫作。戰後不久，臺灣
即清一色使用中文，報紙、雜誌不再刊載日文。張氏用日文寫小說，1975
年，65 歲時完成以戰爭中，所謂「皇民化運動」時期的農村爲舞臺的長篇
小說《爬在地上的人》，於東京出版。不久，臺灣也有了中文譯本問世。戰
前知悉張氏的人，莫不對其復出感到高興，但他的作品，在戰後世代之
間，似乎並未引發特別的反響。然而，談及戰前到戰後的臺灣文學淵源，
不管如何，作家張文環已是無法忽視的人物。

　　所謂「小人物」才會登場的張文環文學，雖無政治色彩，卻反映了強
烈的鄉土色彩。成爲其底流的乃是臺灣人的意識吧！透過都市或農村的庶
民生活，讀者必然能深深品味到做爲臺灣人的喜怒哀樂。近年來在臺灣，
引發議論的所謂「鄉土文學」的源流，很容易地可以在張氏的文學裡發現
到吧！

二、

　　日本殖民統治下的戰爭時期，對張文環文學給予評價的，是在他回憶
錄中也曾出現過的工藤好美教授。當時，他是任教於臺灣大學的英美文學
研究者，卻成爲臺灣人作家諮商的對象。這位工藤先生，在張氏和具代表
性的兩位日本人作家濱田隼雄、西川滿，同時獲得皇民奉公會第一屆文化
獎及文學獎時，曾在一篇文章中提及：「臺灣人作家中，像張文環這樣徹底

的現實主義作家，大概不存在吧！」[1]。當時，他對張文環的小說，曾加以批評，謂其「方法雖十分札實，卻缺欠以明確的情節為中心的緊密結構，令人漠然地感受到一股巨大的壓力……」、「散逸而無法清晰地集中焦點」。張氏晚年的著作《爬在地上的人》發揮了現實主義強有力的優點，不只寫實的表現了迷失在皇民化運動中，尋求各種對策而活下去的村人的模樣，在被指謫的情節欠缺架構這一點上，也下了極大的工夫。若以前年，張氏的自身說法，此為三部曲連續大製作中的第二部。第一部意圖表現的是民族運動高昂時期，1920 迄 1930 年初知識分子的模樣；第三部則為戰後篇，意圖描寫國民黨統治下的臺灣人的遭遇。

在此，我曾提及皇民奉公會文學獎的事情，當時，張文環並不是寫了迎合時局的小說而得獎的。因為他的短篇小說〈夜猿〉成績廣受認定：「忠實正確地表現了臺灣最廣泛的生活層的模樣，沒有絲毫賣弄小技巧的作風，令人恰如其分地感受到臺灣大眾的生活片斷。」[2]是他被推薦得獎的理由。當時，文學部門的審查委員包括臺灣大學的矢野禾積、工藤好美、島田謹二三位。其中，尤以島田、矢野和《文藝臺灣》雜誌有密切的關係，工藤則對《臺灣文學》雜誌有甚大的影響力。

張氏在戰後之所以遠離文學，是由於對新的社會體制難以適應，以及日文轉換為中文的語言問題。還有，二二八事件深刻的體驗，想必與他後來的沉默也有極深的關聯。

和張氏屬於同一世代，戰前獲得《改造》雜誌小說徵文獎，寫了作品〈植有木瓜樹的小鎮〉的龍瑛宗氏，與張氏同樣，在戰後也有過漫長的遠離文筆活動的經驗。龍氏和張氏不同，他始終是《文藝臺灣》的成員，可能由於後來該雜誌的戰時氣氛日益濃厚，受困於其中，導致他無法繼續小說創作。他受到張氏創作《爬在地上的人》的刺激，最近也完成了長篇日文小說《紅塵》。這篇作品的時空橫跨了日本統治時代和戰後，寫的是，看

---

[1]工藤好美，〈臺灣文化獎和臺灣文學〉，《臺灣時報》（1943 年 3 月）。
[2]池田敏雄，〈臺灣文化獎〉，《新建設》（1943 年 3 月）。

準臺灣「光復」一片混亂之際，巧妙地利用機會搭上時代潮流的，一個投機的臺灣人為主題的故事。現在在臺灣日文小說的讀者只限於能讀懂日文的人，因此龍氏的這本小說，正等待時機在日本出版。

戰後將近三十年，全無音信的張氏，曾經突然地把他的心情傳達給我：「臺灣人背負著陰影而活著，滑稽地存活著，隨而逝去。有些人被槍殺了，殘存下來的人則逃亡了！」我所認識的張氏是個一見樸實無華、一板正經，卻充滿睿智，特別善於講農村男女的淫猥之談，無憂無慮的人。他竟然特意對我傾吐出這麼深沉的話，確實是出乎我的意外。

過了不久，我才知道他隔了 30 年，又再度執筆，正在創作日文小說《爬在地上的人》。張氏一定是在回顧他們的世代從殖民地時代以迄戰後的歷史之餘，覺得不把那樣的心情傳達出來就坐立難安吧！理解皇民化時代臺灣的種種的我，深深為他的表白所感動，也因此而感到自責不已。

三、

關於張氏的這篇回憶文章，其實，他回顧談到《臺灣文學》這並非是第一次。早在十多年前的 1965 年 10 月，他就曾以〈難忘當年事〉為題，用中文在吳濁流編輯的雜誌上，發表過回憶文章[3]。依《追思錄》年譜，張氏戰後發表文章是在臺灣島民還對新政府充滿期待，光復不久，他擔任縣議員的時候。除投稿報紙發表過的三篇時論性質的文章外，前述的回憶記就是唯一的東西了。

二二八事件以後，沒有再寫任何東西的張文環，之所以會在《臺灣文藝》上發表追悼王井泉的文章，乃是緣於王氏是張氏在《臺灣文學》時代難以忘懷的友人。王氏是山水亭大飯店的老闆，演劇和音樂的愛好者，對文藝也很關心。為人慷慨重情義，張氏在負責發行《臺灣文學》時，他曾主動出面擔當經營事務。張氏用中文寫的〈難忘當年事〉和日文寫的〈《臺

---

[3]張文環，〈難忘當年事〉，《臺灣文藝》第 2 卷第 9 期（1965 年 10 月）。

灣文學》的誕生〉兩篇都是追憶《臺灣文學》的文章，有不少重複的部分，特別是，日文的一篇難免令人有「重炒冷飯」的感覺，但是，其中提到中文裡沒有提起的重要的往事、軼事，卻是此文貴重之所在。比如說，張氏和援助出版經費的陳逸松、負責雜誌販賣的蔣渭川之間的「絕交騷動」即是一例。

陳逸松當時是位律師，是飽受爭論的人物，戰後經營事業，也活躍於政治界。《臺灣文藝》的王井泉追悼特集中，陳氏也寄來一文發表，提及出資援助《臺灣文學》的原委。陳氏後來在競選臺北市長落敗，離臺東渡日本，傳聞曾足跡美洲大陸，不久又前往中國大陸。大概是由於他已離開臺灣，不再心存顧忌吧！文中還透露，張氏在戰後才從王井泉那兒得知的事情，即為雜誌經營的問題，陳氏曾暗中策畫欲將張氏逐離雜誌社。

張文環為專心一意編輯《臺灣文學》雜誌，之所以辭去電影公司的工作，應該是由於生活方面另外有了著落所致吧！大概，經費是由陳逸松負擔。後來，清水書店的王仁德氏提出有利於雜誌經營的方案，張文環之所以急著接受，也可以認為是，不想長期繼續接受陳氏的生活援助所致。清水書店的王氏雖還年輕，卻對出版事業胸懷大志，那時正致力於出版、發行高品質的研究書籍和文藝書籍。

張氏將《臺灣文學》雜誌的出版、販賣，完全轉託清水書店負責時，日光書店的蔣渭川氏大為生氣，向全島的書店散發中傷張氏的信件。這件事，張氏也在文中首次加以揭發。蔣渭川氏身為民族運動鬥士，是英年早逝的蔣渭水氏的弟弟，十分有名。當時，陳逸松和同鄉的蔣氏，居於同一陣線，宣布要和張氏絕交。但是，果如張氏的預測，不久，陳氏和蔣氏之間即變得水火不容。蔣氏在二二八事件中，因女兒代替他被殺，逃過一死，後來，不知緣何，成為臺灣人中的異例，獲拔擢擔任民政廳長。

從外表上看，《臺灣文學》雜誌是由張文環和陳逸松搭檔，加上暗中支持的王井泉，結合三人的力量而創刊的，但從前述可知，事實是到中途即產生了裂縫。還有，《臺灣文學》和《文藝臺灣》兩個雜誌的合併，是透過

西川滿氏對張文環氏運作所致，當時曾使張氏陷於困難的處境。基於此，主持《臺灣文學》的三年間，對張氏而言，是相當用心勞苦的時期。

四、

《文藝臺灣》創刊於 1940 年，名義上是臺灣文藝協會的機關雜誌，實質上則是西川滿個人色彩濃厚的雜誌。但是，臺灣由於戰爭的關係，1930年代的新文學雜誌，以《臺灣新文學》殿後，先後都走向停刊的命運，而隨後暫時有一段文藝的空白期。《文藝臺灣》在封面和插圖兩方面都下了一番工夫，內容也不止於詩和小說，帶有一種綜合雜誌的性格，所以它受到部分人士的歡迎。臺灣人有楊雲萍、龍瑛宗、黃得時、張文環等參與成為成員。但是，並非所有的臺灣人和日本人文藝愛好者都與之同一步調。

對《文藝臺灣》產生反彈的情緒，起初雖有所參與，不久就感覺無法滿足，以張文環、中山侑等為中心，另行創刊了別的雜誌，此即《臺灣文學》。知道此事的西川滿，曾對張文環多所干涉，對此，張氏在中日文兩篇回想記中均有記載當時《文藝臺灣》第 2 卷第 2 號曾以「來者有時拒之，去者有時追之」提到有成員退出，暗示張文環等的《臺灣文學》為敵對部隊，加以攻擊[4]。雖然有過這麼一段原委，但後來，張氏卻還是受邀和西川滿就雜誌的合併，合著小說集等事作協議，遭友人誤解。在日文的回想記裡略去此事，中文的回想記中則有詳細的記載。張氏應西川滿的邀請，也只不過去過他家一次，卻被王井泉大罵「混蛋」。可見《臺灣文學》成員對他和西川的接觸，是何等的感到厭惡。

張氏雖對他和西川的關聯有所辯解，聲明自己未隨對方的要求隨之起舞，但依《追思錄》所附張良澤編的年譜記載，1942 年，張氏和《文藝臺灣》成員濱田隼雄、龍瑛宗、西川滿四人曾一起前往參加東京召開的大東亞文學家會議，回臺後的 12 月，非但在《文藝臺灣》第 5 卷第 3 號發表過

---

[4]河原功，〈《文藝臺灣》〉，《亞細亞經濟資料月報》(1975 年 2 月)。

散文〈土浦海軍航空隊〉。接著又受聘，和西川、濱田、龍共同列名，擔任文藝「小說徵文獎」的評審委員。1943 年 2 月發行的《文藝臺灣》第 5 卷第 4 號〈選後評語〉。張文環會列名於自身所對抗的雜誌《文藝臺灣》上，擔任文學獎的評審委員，確實令人感覺奇怪。

隨後立刻發行的《臺灣文學》1943 年 4 月號的編後記有底下一段：「對本刊編輯責任者張文環有尖銳的批判之聲，此擬對這些風評作澄清。張文環氏除了是《臺灣文學》的成員、編輯責任者之外，不隸屬於其他任何雜誌的成員、編輯。不用說張氏自身，就是本刊全體成員也願在此公然宣示，以正文壇諸賢視聽。對迄今為止種種的風聞，張氏自身也明確表示，『簡直胡言亂語！絕對沒有那樣的事！』務請各位賢士聽到風評時，把它當作讒言。」故意刊出這一段，應該是由於自大東亞文學家會議以來，張氏突然接近《文藝臺灣》的一連串行動，引發雜誌內外的疑慮所致。

在此擬對當時的社會情勢做一說明。戰爭時期的統制，不只是經濟面，言論的管制，和用紙的節約，也波及報紙與雜誌，刊物的合併和停刊簡直如同家常便飯。《民俗臺灣》也是停刊的謠言滿天飛，《臺灣文學》當然也面臨此一危機，而感覺不安。曾經被攻擊為敵對部隊，什麼時候會被戴上敵對雜誌的帽子，實未可知。張氏必然是因為處在那種黯淡的絕望中，心生動搖，才被《文藝臺灣》所利用。真希望張氏也能記下當時這一段事的原委始末。

結果《臺灣文學》與其說是外部的壓力，毋寧說是受到《文藝臺灣》的壓力而停刊。1944 年 5 月起，二本雜誌統合為一，成為臺灣文學奉公會的機關雜誌，以《臺灣文藝》為名重新發行。正如張氏也提及的，《臺灣文學》這邊，由張氏以編輯委員身分參加，而居於主流勢力的則是《文藝臺灣》的成員。決定雜誌停刊的前年 11 月，在臺灣文學決戰會議上，《文藝臺灣》陣營的代表有過三次發言，披瀝了基於文藝雜誌「戰鬥配置」的必要，極樂於「獻上」《文藝臺灣》雜誌的心意。如此一來，《臺灣文學》也就無法不和它同進退了。

　　張氏在回想記中曾提到：「就結果看，還是只有文藝雜誌最早遭到統制的命運。」他此言確實不錯！由於中日戰爭爆發，報紙漢文欄被禁，與此互為先後的中文版娛樂雜誌《風月報》的發行何以被許可，其事情經緯雖難以明瞭，但這本雜誌卻成戰爭期間，唯一的中文雜誌存續下來。其中途雖曾改名為《南方》，卻始終沒有遭到廢刊一直出版到戰爭結束。《民俗臺灣》也頻傳廢刊的危機，卻平安無事渡過難關。此一雜誌在 1945 年 1 月號發行最後一期宣告停刊，是由於印刷廠被轟炸，無法開工所致。文藝雜誌的《文藝臺灣》若不是自己自動表示「獻上」的話，下場如何實未可知。

五、

　　《臺灣文學》作為反映臺灣人立場的雜誌，達成了什麼任務呢？曾經在《文學評論》發表過〈牛車〉而確立作家地位的呂赫若，和反體制派的楊逵，都是有力的作家，他們卻是從頭到尾都沒有參加《文藝臺灣》（或許是沒有被邀請）。呂氏做為《臺灣文學》的成員，發表了〈財子壽〉及其他雄心滿滿的作品。楊逵則似乎與《臺灣文學》沒有太深的關聯，究竟原因何在？雖非小說創作，吳新榮的中篇非虛構隨筆〈亡妻記〉，和張文環的〈藝姐之家〉在《臺灣文學》創刊號同時刊載，成為爭相談論的話題。具有強烈臺灣鄉土色彩的這些作品，在皇民化的時代，顯示出臺灣人有臺灣人的想法，有臺灣人過活的方式，讓我們不由自主地，留下強烈的印象。

　　還有 1943 年 2 月，彰化的醫生中文作家賴和逝世時，雖然他被視為危險的人物，但《臺灣文學》第 3 卷第 2 號還是為他出了追悼號特輯。楊逵、朱石峰、守愚等執筆寫了追悼文章，張冬芳則將賴氏一篇文章翻為日文。此舉若非《臺灣文學》就做不到，達成了歷史性的任務。

　　賴氏在太平洋戰爭爆發的早期，突然被檢舉入獄。理由是中國大陸的雜誌刊出消息，謂賴氏為中國國民黨派在臺灣中部地區的地下工作者。從當時的情況來判斷，顯然，這只是逮捕他的藉口而已。是時，賴和患有心臟病，警察當局強迫賴氏要寫悔過書，作為釋放的條件，賴氏不肯屈從。

後來賴氏所以被釋放，是因爲他的弟弟通堯，透過總督府的特務警察菊地氏運作的結果。菊地在通堯留學東京時，是警察大學的學生，也來自臺灣，湊巧兩人是鄰居，有過親密的交往。這是今年春天，我在彰化從通堯本人那兒聽說的。

據說賴和氏的墳墓，現在依然是寸草不生。那是由於前往祭拜的人迄今源源不斷，將墳墓清理得乾乾淨淨的緣故。但賴和的名字，在戰後長期被視爲禁忌。那是因爲賴和本來以抗日人士奉祭於忠烈祠，不久卻和同鄉的社會運動家王敏川一起，因思想上不合宜的理由而遭除名所致。對此的恐懼導致其小說，甚至討論他的文章，都長期地消聲匿跡。不過，最近有了改變，肯定他的文學和有關報導、照片都紛紛出籠。由李南衡編的著作集——《賴和先生全集》也在臺北出版了。

在此讓我想起除了《臺灣文學》之外，《民俗臺灣》上，也刊載過一篇追悼他的文章。即楊雲萍氏所寫的〈賴和氏追憶〉，他那悲痛的文章令人讀之動容。楊氏到醫院探望賴和時，不意間談到魯迅，突然賴氏大叫，「我們對新文學運動的苦心努力，到頭來都是白費了！」說著，挺起一直睡臥著的上半身，用左手按住痛苦的心臟。楊氏驚慌失措地，強忍住眼淚回答說：「不會的，三、五十年後，人們想起我們的時候一定會到來！」而請賴氏吃他帶來的自家種的橘子。中日戰爭時，在臺灣很難以中文發表作品，賴氏因而陷入停筆的狀態，其內心的鬱悶和遺憾不言可喻。

我們對《臺灣文學》上所載，留下印象的作家和作品，新人作家的發掘，乃至編輯意見的對立等諸多問題，都有興趣聽聽張氏的說法。也想了解在言論統制極爲嚴格的當時，刊出賴和追悼特集，有沒有遭遇到什麼問題。張氏在如上述關於編輯的內容方面，卻未曾留下隻字片語。反而是對和《文藝臺灣》的西川滿，社內的陳氏，或憲兵隊、警察、特務之間的相互應酬，乃至被演劇、新聞統制委員會傳喚，堅持表明臺灣人的立場，這些費盡苦心的事情，談得不少。張氏對《臺灣文學》的成員無法諒解他，顯然十分感慨。

　　文中提起和憲兵間的「改姓名」問答即是「苦差事」的一個例子。閱讀此段，甚且導致我年輕的友人鮮明活現地，憶起戰後似乎已經風化的事情，感覺異常的困惑。張氏搬出「八紘一宇」、「大丈夫之道」爲憑藉，弄得憲兵陷入七里霧中。當時在殖民地，高唱「陛下的大御心」乃是唯一護身術。賴和等人就是由於不知運用此一符咒，受到警察的監視。

　　戰爭時期的張文環做爲作家，並未特別顯示其反骨精神，但也非御用作用。從其風貌產生聯想，他被稱爲「臺灣的菊地寬」而受到尊敬。他那大而化之、厚重的人品，使他在戰爭期間被推崇爲臺灣文化界的代表性人物，但張氏對自己居於臺灣人的立場，始終未曾妥協，極其堅持。張氏把自己比喻爲羊，個性柔弱，素不喜與人爭。從他和西川氏之間的關係即可看出。1975 年秋天來日時，張氏曾在飯店與久違了 30 年的西川氏會面。

六、

　　張氏曾說過自己往日所編的雜誌、其他紀錄，幾乎都已遺失了。對事物不介意，是個性不拘小節的人。文章也是想到就振筆疾書，一氣呵成。極少在完成後加以推敲、訂正。

　　因此，張氏僅憑記憶寫成的這篇回想記，往往有人名（特別是日本人）記錯或混同，即使是相同的事，中文和日文所記載的時間卻有差距的情形。比起日文的回想文，中文在列舉人名上較爲具體。就我個人所見，如保安課長後藤吉五郎誤爲後藤末雄，後藤氏來臺灣赴任，是 1941 年 9 月，當時《臺灣日日新報》的大澤（貞吉）主筆已退職前往皇民奉公會，張氏文中卻有後藤課長拜託大澤主筆幫王白淵安排工作的記載。以上，是中文回憶錄中可發現的問題，在此特別記上一筆。日文的回想裡，出席新聞統合委員會的臺日報社幹部，河村徹社長誤爲是小川社長，所載大澤主筆則應是杉野（嘉助）主筆才對。

　　底下，對與本文有關的事情，舉出二、三點補充說明。爲統制整合電影、音樂、演劇，臺灣演藝統制公司於 1942 年 3 月設立。社長是臺日報社

社長河村徹，常務董事是張文環服務於臺灣電影公司時的上司真子萬里，
依張氏回憶，經由總督府保安課當局的推薦，張氏自己也被賦與高級幹部
的位子，由於他不喜歡真子，所以拒絕了。張氏以唯一的臺灣人身分參加
的電影演劇統制委員會，應該是在統制公司創立前成立的委員會吧！

　　居於臺灣人立場的興南日報社，成立藝能文化研究會是在 1943 年 4
月。主其事的責任者是林獻堂的三男林雲龍氏，指導 30 名團員演技的是皇
民奉公會外圍組織臺灣演劇協會專程自東京聘來的松居桃樓氏。松居所著
眼的目標是欲達成演劇的「皇民化」，演出的劇目全是強調戰爭、軍國色彩
的日語劇，第一次的公演於七月，在臺北市公會堂舉行，演的是八木隆一
郎的作品《赤道》。戰役的松居氏，曾在東京拾破爛部落的自救團體聚集的
「蟻之街」生活過，而成為轟動一時的話題。

　　有意與上述的組織對抗，張文環氏和其他《臺灣文學》的成員王井
泉、林博秋、簡國賢、呂赫若、呂泉生、中山侑等，組織了厚生演劇研究
會，同年九月，於三流館的永樂座，召開第一回研究發表會。演出的劇目
包括張文環作，林博秋演出的《閹雞》，林博秋作、演出的《高砂館》、《地
熱》等，音樂由呂泉生編曲，指揮演奏臺灣民謠，舞臺裝置、衣裳及其他
均強調臺灣鄉土色彩。反映民族意識的此次演出，受到壓倒性的歡迎[5]。張
氏文中所提及興南演劇挺身隊實即前述的藝能研究會，《南國之花》公演，
指的是第二回的發表會吧！還有，上述呂泉生的著書，有厚生演劇研究會
公演之際，臺詞使用臺灣話的記載，其實正確的應該是，張氏文中所記的
日語才對。當時臺灣話已遭禁止使用，自不可能准許用臺灣話來演戲。將
臺詞改用日語來對應時潮，舞臺裝置、衣裳、配樂卻大大地發揮臺灣色
彩，想必是意圖發散對當時戰爭期、軍國色彩的不滿吧！

　　反映臺灣色彩的厚生演劇研究會公演成功，使得張文環對演戲的關心
更形增加。而甫光復的臺灣，全島也都洋溢在電影、戲劇的狂熱中。在張

---

[5]呂訴上，《臺灣電影戲劇史》（臺北：銀華出版社，1961 年）。

氏的周圍，先前演出《閹雞》的林博秋創立了玉峰電影公司，創業作品選用了張氏的作品《藝妲之家》，在臺北近郊的鶯歌山中開始訓練演員。張氏也常常從臺中前來做演技指導。日文被中文所取代，無法再寫小說的張氏，實務能力不足，也無法成為白領上班族，只好把夢想寄託在演戲或電影上。臺中則有評論家張深切等創立藝林電影公司，張氏也在召募演員時，被聘任為評審委員，一時之間，令他有意在電影界發展，但，張文環氏的脾氣一向和張深切氏合不來，後來甚至不願在集會上與他同席而坐。

而且，張氏和經濟界有力人士的羅萬陣十分接近，被視為是羅派的人馬。光復後，國民黨接收全島日本人經營的電影院配給權時，據說原有拋售給羅萬陣氏的打算，羅氏也基於想幫助張文環的經濟的心理，本欲接受，中途卻感覺厭煩，改變主意而放棄了。如此，戰後無法繼續小說創作的張文環，寄託於電影、演戲的夢想也轉而落空。勉強算是實現的夢，大概就只有戰爭期間，在厚生演劇研究會公演時，認識了陳群女士這件事吧！以上是今年春天，我從光復不久才認識張氏的 J・C 氏那裡聽說的。這篇回想記顯示出，張氏在《臺灣文學》時代最快樂的回憶是劇團公演，應該是由於他一直難以捨棄寄託於演劇的夢所致吧！文中張氏也想起，當時曾暗中資助《臺灣文學》的日本人電器商，和三井物產公司臼井課長等，令人讀之印象深刻，極為感動。

最後，張氏在回想文中，列舉不少現今年輕世代不知悉的人名，關於這些人的消息，則在最近才出版兩本特別的書裡，筆者所撰的追憶文章中，有所提及。

〈亡友記——吳新榮兄追憶錄〉（《震瀛追思錄》，佳里，1977 年 3 月）

〈張文環和其周遭的種種〉（《張文環先生追思錄》，臺中，1978 年 7 月）

　　　　　　——原載《臺灣近現代史研究》第 2 號， 1979 年 8 月

　　　　　　　　　　　——選自《張文環全集卷 8・文獻集》

臺中：臺中縣立文化中心，2002 年 3 月

〈辣薤罐〉簡析

◎施淑[*]

　　〈辣薤罐〉原發表於民國 29 年（1940）4 月出版的《臺灣藝術》，是張文環所擅長的臺灣風土人物的素描作品之一。小說塑造了「阿婆」和「阿九」兩個角色，由他們身上，可以找到臺灣鄉土人物的諸多特徵，如樂觀、善良、詼諧、親切。這是絜根於泥土的人民所共有的，也是生息於這島上的人們任天災、人禍、以至於歷史給他們的不幸，所改變不了的，更是他們賴以抗拒那汲汲乎斬斷臺灣傳統文化臍帶的日本殖民統治的最牢固的憑藉。在 1930 年代以後日本人雷厲風行的皇民化運動中，這些代表多數人民的，以自己的面目生活著的臺灣鄉土人物，無異是對日本所謂皇民化、所謂大東亞共榮圈的病狂的生動、正義的嘲諷。

　　但是在這幅臺灣民俗畫的內裡，也不可避免地要看到存在於鄉土人物的意識中的負面成分。那便是他們原有的狹隘的世界觀及易於滿足的脾氣，當結合了以聚斂為目的的商業性的累積行為後，所產生的以利己為已足、以個人為一切的心態，在社會發展中的阻礙作用。小說中像地母一樣，一方面以她的女性，一方面以她的長袖善舞，馳騁在光復前「山腳下的庄市場」的阿婆，正預見了今日商場中橫衝直撞的暴發戶的來臨。

——選自《中國現代短篇小說選析·第 2 卷》

臺北：長安出版社，1984 年 2 月

---

[*]本名施淑女。發表文章時為淡江大學中國文學系副教授，現已退休，並為淡江大學中國文學系榮譽教授。

張文環的思想與精神

◎張恆豪[*]

一、

　　在對於日據時期臺灣新文學進行研究、比較、評估之際，同時也蘊涵著另一個重要的旨義，那就是對於先行代文學家的精神遺產，也應該重新冷靜去檢視、去考察、去發揚。配合當時的時代背景和歷史條件，追索其動機、行為和精神，探討他對當時和後來的影響，如是才會浮現出他在歷史上的特殊意義和地位。

　　張文環的文學生命，萌發於日據時期臺灣新文學運動的「開花期」，而在「戰爭期」成熟，以至達於頂峰。

　　1927 年，這位原籍嘉義梅山鄉的山村子弟離開家鄉，渡海前往日本進入金川中學就讀，這時臺灣本土的近代非武裝抗日運動，正發生所謂「革新家態度」的問題，釀起「階級鬥爭與民族運動」的辯論，而導致分裂鼎立、爭鳴齊放的多元化局面。1931 年，張文環再入東洋大學深造，這一年正是日本軍閥製造「滿洲事變」公然對中國啓釁的開端，當時局勢險惡，人心沸騰，中日全面戰爭有股一觸即發的暗潮，而臺灣的民族政治運動由於自身分裂、時局壓力和日據當局的壓迫，不免趨於凋萎沒落的景況。

　　這時張文環到日本已有數年，在觀察昭和年代日本內部的政治權力鬥爭和社會苦悶、經濟蕭條的現象，而聯想到憂患頻仍的祖國、苦難踵繼的臺灣，自然有相當的感觸和殷憂。不禁會思及：在局勢演變惡化中，一個

*文學研究者。

被支配的臺灣人能做些什麼？有道德良心的知識分子應如何自處？如何觀
照殖民地在變化中的時代命運？如何關懷自己同胞的做人條件？如何以行
動劍及履及去參與、去實踐歷史所託負的使命？尤其，在異民族企圖有計
畫消滅漢民族的生活習俗下，它會不會遭到破壞無遺？這些深思感懷，他
固表現在文化參與以爭取立場，也反映在文學作品而微言大義，沒有激昂
的抗議，沒有憤怒的譴責，在表面看來冷靜細緻的鄉土民情描繪中，另有
一番深沉的寄託和懷抱。他的創作觀點，都和那個不安定的年代、不自由
的空氣有密切的關係。

二、

　　1932 年，臺灣新文學運動在歷經十年的孕育後，進入蓬勃的「開花
期」，這年張文環發表處女作〈父親的臉〉，該篇曾被選入日本「中央公
論」佳作的小說，奠定了他在文學上的地位，「該篇描寫手法與構造，極有
大家之風，使他有似一顆光芒燦爛的鑽石之出現」（林芳年語）；同年九月
爲日本震災紀念日，因張氏友人葉秋木在參加反帝示威遊行中被日警檢
舉，所以張文環自己和吳坤煌、林兌、張麗旭諸人也遭到逮捕，他人所決
議成立的臺灣文化聯盟亦被發覺。其時張氏 24 歲，這兩樁青年時代的事
件，可以合而觀之，反映了張文環在文學創作上和參與上一個基本的方
向——反帝的、人道的、民族的思想和精神。

　　1930 年前後，在臺灣的島內和島外，以及中國、日本的情勢都發生了
急遽劇烈的變化。其時日本由於一次世界大戰的緣故，帝國主義的發展與
社會運動趨向於深刻化，該國內少壯軍閥勢力因一方面對社會主義的嚮
往，一方面爲解決 1930 年的經濟恐慌對日本國民經濟體系的搖撼，於是勾
結民間的右翼團體，乃有所謂「血盟團」、「櫻會」的軍事法西斯組織，及
「三月事件」、「十月事件」的政治陰謀，企圖以武力改造其國家，並介入
「滿洲問題」，以奪取其國內政權，進而將魔掌撲向中國。

　　而此際，中國正發生天災和內亂，長江水患波及了沿江，數省都成澤

國，而寧粵分裂、國共內爭，更使社會動盪不安，人心惶惶。日本軍閥於是藉此機會，公然冒犯東北，以逞其「大陸政策」的野心，建設所謂「皇道社會主義」或「軍部社會主義」，乃製造九一八「滿洲事變」，並成立「滿洲國」，翌年更得寸進尺，發動一二八「上海事變」。

　　日據當局為配合全面性的侵華戰爭，乃對臺灣本土的民族解放運動施加彈壓，加緊思想箝制。其時臺灣的民族解放運動，在由早期民族的性格，轉變為多元化、思想的性格後，復因受到日本國內的「左右傾辯」與中國發展中情勢的影響，內部趨於分裂，首先在以連溫卿為首的「臺灣無產青年會」策動下，文化協會為左派把持，宗旨轉變為無產階級運動，促使蔣渭水、林獻堂等人另組「臺灣民眾黨」；爾後新文協又分裂為連溫卿為首的「非上大派」和王敏川為首的「上大派」，1929 年 11 月連溫卿被除名，同時又發生共產主義者與無政府主義者的爭執；最後是「臺灣民眾黨」又自行分裂為左翼和右翼，右翼林獻堂、楊肇嘉等人，在 1930 年 8 月又另組「臺灣地方自治聯盟」，總之，思想分裂，意氣內訌，以及外力壓制下，終導致一蹶不振、瓦解零落的命運。

　　因此，自然不得不轉向於溫和性的文藝運動繼承命脈。1931 年 3 月 25 日，留日學生蘇維熊、張文環、吳坤煌、巫永福、王白淵、劉捷等人在東京創立臺灣有史以來第一個文藝社團——「臺灣文化聯盟」。後來因為遭到取締，翌年 3 月 20 日，另組「臺灣藝術研究會」，決議創辦《福爾摩沙》雜誌，期在「圖臺灣文學及藝術的向上為目的」「從文藝來創造真正的『華麗之島』」（發刊辭）。這個宗旨予以日後的臺灣文學運動很大的刺激，直接、間接影響到後來《南音》、《臺灣文藝》之方向。同時由於這群倡議者在日本留學時受到近代文藝思潮的洗禮，故能兼顧到作品的思想性和藝術性，提升了文學創作品質，使得後來的文學發展，藝術純度漸受到重視。由此可顯出張文環諸人在文化運動上具有「先覺者」和「組織性」的意義。

三、

　　1937 年 5 月，全臺日刊報紙漢文欄被日據當局強制廢止，蘆溝橋事變後，中日戰爭全面爆發，當局爲配合戰時體制，對思想的箝制日甚。1941 年 4 月成立「皇民奉公會」，推行一連串企圖消滅臺灣人風俗習慣與民族思想的「皇民化運動」，要臺灣學習日本的風俗習慣，和日本聯手，以供驅遣效死，向中國及南洋之世界性經濟進軍。張文環因不滿思想壟斷，乃與王井泉、黃得時等人於 1941 年 5 月另組「啓文社」，創辦旨在反映臺灣人立場的《臺灣文學》雜誌，和日本人西川滿《文藝臺灣》分庭抗禮，而形成了戰時思想上對立的兩大陣營。

　　至於張文環創辦《臺灣文學》的動機，在其〈《臺灣文學》雜誌的誕生〉（1977 年，葉石濤譯）有如下說明：

> 　　有關《臺灣文學》的回憶真可以說是悲喜交集。在激烈的戰爭中發刊文學雜誌，是否妥當，此外，能夠刊載何種程度的作品，也不得不叫人考慮，然而以當時的情況而言，已達非刊行不可的環境。
>
> 　　當時發行的文學雜誌只有西川滿氏所主編的《文藝臺灣》一種而已。西川滿氏是當時臺灣總督府機關報的《臺灣日日新報》的第二課長，而他的父親為西川純先生，昭和炭（煤）礦的社長，同時又是臺北市議會議員。因此，西川滿氏有背景且資金也很豐富。可是西川議員是法西斯型人物，滿先生也是個御用文藝家。他所編輯的雜誌過度傾向於他個人為中心的趣味性。這並非只是臺灣人的想法。寧可說，幾乎所有傾向於人道主義的日本人都不太歡迎它。我雖然也是《文藝臺灣》同仁中的一分子，但每當召開編輯會議時，我就覺得頭痛。與其說是他的獨裁風格，寧可說是像富婆辦家家酒似的，那種樣子，真叫人忍耐不住。
>
> 　　在朋友中（包括日本人）首先提議大家來辦雜誌的是廣播電臺的文藝部長中山侑氏。之後，陳逸松公和王井泉氏熱烈地贊成發刊雜誌。只要有

一本雜誌在，就可以號召臺灣島的文化人，同時也可取得聯繫。

對於創辦《臺灣文學》的艱辛、困難和悲哀，該文亦有詳盡披露。《臺灣文學》的發行，可說是在漢文全面被禁止，日據當局企圖撲滅漢民族思想之際，為民族文學留下了一脈香火，保存了許多可貴的臺灣農業社會的民俗史料，隱示臺灣人固有臺灣人的風俗信仰，日本帝國的荒謬行徑，不過是蚍蜉撼大樹地自不量力罷了。尤其 1943 年 1 月 30 日，出獄未久的賴和因心臟病發逝世，《臺灣文學》第 3 卷第 2 號策畫了一個包括楊逵、楊守愚、朱點人三人所執筆的「賴和先生悼念特輯」，三位前輩的道義之聲，在皇民化氣燄盛囂之際，誠然令人有正氣凜然之感。同時，刊載於該雜誌的作品，有不少是新文學發展以來成熟的、特出的佳作，如張文環的〈閹雞〉、〈夜猿〉、〈藝妲之家〉、〈論語與雞〉，巫永福的〈慾〉，王昶雄的〈奔流〉，呂赫若的〈財子壽〉、〈風水〉、〈闔家平安〉、〈月夜〉、〈玉蘭花〉、〈柘榴〉，龍瑛宗的〈蓮霧的庭院〉以及吳新榮的散文〈亡妻記〉等，這些傑作在充滿對人的關懷、民族立場的堅定不移外，藝術性的造詣亦頗可觀，設若沒有這些豐碩的成果，在對日據下新文學遺產進行再評價時或將會遜色不少。日本學者池田敏雄在〈關於張文環的《臺灣文學》的誕生〉一文中，很難得對《臺灣文學》有相當公允的肯定，謂其「在戰爭中完成了歷史底使命」，這實在是持平中肯之語。於此又足以反映出張文環之「承繼者」的民族精神和在文學上「盟主性」的歷史地位。

另外有一件不得不提的，便是被張文環自己引為創辦《臺灣文學》的快樂部分——即「厚生演劇研究會」一系列的公演。為對抗皇民奉公會在 1943 年所公演的舞臺劇「南國之花」，張文環與王井泉、林博秋、呂赫若、呂泉生、簡國賢、中山侑等人所組織的「厚生演劇研究會」，於同年 9 月也在第三流劇院「永樂座」，演出張文環原作、呂泉生編曲、林博秋改編的「閹雞」，和林博秋編劇的「高砂館」。據王白淵在〈文化先覺王井泉兄的回憶〉（1965 年 10 月）說：「對白雖用日語，但舞臺的裝飾與背景，完

全是中國色彩，古色古香，使我感覺非常高興。在日人皇民化運動的高潮時，如此濃厚的中國氣味，有使人心不死的感覺，是時的公演非常成功，每場滿座，有許多人，不能入場，站在外面戀戀不捨而去，這是本省演劇界的最高峰，又是民族意識最高的表現。」

這種不讓皇民劇「南國之花」一枝獨「秀」，適時地以其道還治其身地給予顏色，以同樣的戲劇形式來反映民族色彩，來表現臺胞的思想懷抱，又是一次對皇民化運動的反擊，也是先覺者另一次機智地演出，由此又可窺出張文環為維護傳統風俗信仰的「衛道者」情懷，和與群眾結合的「大眾化」作風。

「厚生演劇研究會」的成功，給予張文環相當信心，使得光復後張氏曾有一度欲寄託於戲劇的美夢。

四、

在文化參與上，張文環始終堅持民族立場，是個民族主義者；在文學實踐上，他則是個人道主義者。蓋在作品的表現上，他的人道情懷流露在外，民族意識則隱藏於內，民族和人道之合流是其文學思想的特質。在有良知的被殖民的文學家中，斯二者其實是很難劃分的。

張文環的小說，多以嘉義梅山鄉的山村為經（如〈藝妲之家〉），以臺灣人的風土民情、生活習俗及民間故事為緯，描繪圍繞在這個偏僻、幽靜、刻苦、淳樸、自給自足的山村裡，一些村夫村婦、市井人物和街鎮上南北奔波的藝妲、深夜的按摩者、租人房子的麵攤人家……的生活態度和道德觀念，進而探討人的生存意義，省察人性的善、惡、愛、欲、真、偽，揭露做人的尊嚴和責任，忠實地呈現出日據社會的生活真相和社會面貌，蘊含著家道中落，復歸大地、勤奮耐勞、以重建家邦的思想，在皇民化的高漲聲中，反映出臺灣人磐固不移的民族感情，為臺灣文學樹立了懷鄉護土、保家衛國的文學傳統，影響光復後的文學命脈甚鉅。如〈夜猿〉裡石有諒一家人當在街鎮挫敗，決心回鄉重振家業後，便刻苦耐勞和環境

搏鬥，在忙碌或寂寞中不怨天尤人，後來石有諒因不滿商號的剝削乃挺身
與之抗擊，其妻阿娥則為了趕到街鎮照顧出事的丈夫，那種攜帶著幼兒像
母猿奔逃的影子，都浮現出人性可貴的品質；〈閹雞〉裡的月里，則是個可
愛又可敬的角色，在遭到一連串的橫逆，家道中落，人事凋零，但其求生
的意志反而更為強烈，在遇到阿凜之後，她受到了啟蒙，自我發現了生命
的真諦；而阿凜雖是肉體的殘廢者，卻是精神上的巨人和先知，最後月里
願背著整個村落人的奚落，與阿凜去追求自由的天地，他們相濡以沫的精
神結合，反映出人間最崇高的情操；〈迷兒〉裡擺麵攤的大目仔，儘管生活
再蹇迫，也不願去出賣自己女兒的靈肉，和〈藝妲之家〉那位見利忘義的
養母，恰成顯明的對比；〈滾地郎〉裡的陳啟敏則是石有諒與月里二人形象
的綜合，一個遭到橫暴，克勤克儉，從大地去發現新生意義的人子，土地
不僅具有經濟效用的實質價值，也具有重拯自我的精神意義。總之，這些
處境拮据卻有情有性的人物，雖沒什麼文化修養，但有自己一套的道德觀
念，平常任勞任怨，樂天知命，但當陷身逆境，真正的本性和能力便會完
全顯露出來，去履行做人的責任，執行做人應有的原則。

　　在張文環的小說裡，反抗或批判的筆觸可說很少，即使有也只是隱微
的、輕描淡寫的。它的基調是涵容的、冷靜的，在一個內憂外患的國度，
將文學充當改造或抗議的工具，本是無可厚非，但反抗和批判，畢竟只是
一種手段，是文學發展中的一種變態，文學的常態乃需根植於對人性的探
索和發揚，對人類普遍性的觀照和關懷。張氏小說中，除在反映做人的條
件，發揚守護鄉土的意識外，對於臺灣農業社會的風俗習慣、民間傳說、
生活方式，及四季遞移的描繪，也占了相當比例，呈現出臺灣社會的生活
面貌，頗富有民俗學的價值。在一個缺乏做人尊嚴的殖民地社會、在一個
日據當局處心積慮要拔除臺灣固有風土民情根脈的時代，張文環在一系列
素樸淳厚的風俗畫小說中，反映了市井的小人物為維護做人尊嚴而所作的
掙扎和努力，這豈不是在人道關懷中寓涵著極深刻的民族意識？

五、

　　二次世界大戰結束，日本帝國主義覆敗，臺灣歸返祖國以後，由於其內部潛伏的齟齬，以及種種主觀、客觀因素的衝激，1947 年不幸引發了近代中國的沉痛悲劇「二二八事變」。在這次有如韓石泉所說的「爆發性、衝動性、煽惑性、普遍性、強迫性的社會精神異常暴躁症」中，不少日據時期在政治上、文化上頭角崢嶸的菁英分子被驅入於恐怖陰慘的噩運。有的人遭到殺戮，有的人失蹤不明，有的人被羅織入獄，有的人則逃到香港，或轉往大陸淪為中共紅旗下的「臺盟」分子、或是轉往日本另起「臺獨」爐灶，也有些人改名易姓奔往美國或世界各地。總之，歷史性漲潮的衝擊，改變了大多數人的命運，時局的突變，環境的逆轉，人生際遇的浮沉，真令人感慨歔欷。

　　至於張文環的遭遇，30 年後在池田敏雄的〈張文環兄及其周邊的事〉有如下記載：

　　和吳兄（按：吳新榮）、呂君（按：呂赫若）一樣地，張兄（按：張文環）也逃進山裡避難。過了三十年之後，在東京的旅館聽他講那段故事，他卻以講民間故事的口吻，好像講著「古早古早，有一個所在，有一個老頭」為開端的蛇郎君或虎姑婆那種古老的故事。

　　他說：事件之後，慌恐的他逃進山裡。晚上躲在農家的茅草屋裡，白天則爬到樹上，瞭望山下的動靜。有一天，有一村姑入山刈草，眼看她一步步走近，走到樹下便一蹲，撒起小便來。聽那強烈而大聲的拉尿聲，樹上的他一直屏著氣，悄悄由上望下。這時候，他突然充滿真實感，感覺自己還活著。

　　日暮時分，他又回到茅草屋，看到門口立著鋤頭表示有異。這間小茅屋原來是農家姑娘的房間，被他找到一包小心隱藏起來的東西，用兩手捧還給姑娘；姑娘急急拿過去，又藏在原來的地方。這時，他又充滿我要

活下去的意念。他眼淚簌簌而下。云云。

　　然而浩劫餘生者，又當如何呢？或因語文的關係，或因心理上仍留有餘悸，或因家族經濟的緣故，大多不得不沉默束筆，停止文學的創作。雖然日後有些人棄文從商，成為當今臺灣工商界的中堅角色，也有些人遭時不遇，一直抑鬱地在現實邊緣上殘喘。

　　從〈張文環先生著作年譜〉（張孝宗、張良澤合撰），可以略悉光復以後張文環的一些行蹤：當選臺中縣參議員、代理能高區署區長、擔任臺灣省通志館編纂、文獻會編纂兼組長，以及任職臺灣人壽保險公司、彰化銀行，最後出任日月潭大飯店經理、總經理。

　　然而，這些都不過是外在的一連串經歷變遷而已。至於其光復以後的文化活動，毋寧是較值得注意的事。從日文轉變為中文而寫不出小說來的張文環，由於受到戰時舞臺劇──〈閹雞〉演出成功的鼓舞，光復不久，曾有一度將他的藝術之夢寄託於戲劇或電影。在池田敏雄的〈張文環《臺灣文學》的誕生後記〉如此提到：

　　光復不久的臺灣，電影、演藝的熱潮席捲臺灣。
　　以張氏（按：張文環）身邊的人而言，以前導過張氏作品〈閹雞〉的林博秋創辦玉峰映畫會社，第一次採用張氏的〈藝妲之家〉，在臺北附近的鶯歌山中開始訓練演員。張氏據說常常從臺中趕來指導演員技巧。
　　在臺中，評論家的張深切等人創辦了名為「藝林」的電影公司，張文環也被推荐為招募演員的銓衡委員，有一度有意思進入電影界，但張文環本來和張深切脾氣不合，後來甚至在聚會時也討厭同席。
　　此外，張文環較接近經濟界有力者羅萬陣，被認為是屬於羅萬陣系統的人。光復後，據說國民政府把接收的日本人以前經營的電影院配片權出售給羅氏。羅氏本來有幫助張文環經濟之意，所以有一度很感興趣，但在中途時覺得厭煩而放棄了。如此這般地戰後寫不出小說的張氏作為第

二個夢而寄託的電影、演劇工作終於無法如願以償。

既無法以中文寫作，而這第二個夢又無法實現。在以後將近三十年裡，張文環絕少再涉足任何文藝活動，被邀請參加座談或聚會，也都盡量婉拒。直到一九七五年長篇小說《滾地郎》在日本出版，世人才得悉他一直沒有背棄文學之神。而這段沉默期間，其心境感觸如何？想必是值得吾人追索的問題。這個謎底在池田敏雄的〈張文環兄及其周邊的事〉有所透露：

敗戰後，我們回到日本好容易才安定下來的時候，才漸漸聽到臺灣友人的消息，不久便有書信往返。但唯有張兄（按：張文環）音訊杳然。
隔了好久，我聽說張兄在日月潭，便介紹一位研究日據時期臺灣文學的日本青年往訪。那是一九七二年左右的事。果然張兄託那青年帶回口信如下：
「臺灣人背負著陰慘的影子活下來，然後死去……」
這是鬱積三十年才吐出來的張兄的心聲。

對於戰前一代的臺灣人，特別是這樣一位終生堅守民族情操、信誓人道思想的文化實踐者而言，這句心聲我們不難理解，而心聲的背後所隱藏的意義，於今觀來似乎還發人深思。或許它是對臺灣歷史命運的一種觀照吧？滿清將臺灣視爲「化外之地」；葡萄牙、西班牙、荷蘭、日本等帝國主義者將這塊陽光沃土視爲可以榨取的富源，支配者與被支配者的意願總是背道而馳；而由帝國主義的割裂所引發的血肉相殘，更令人有椎心之痛。

然而，鑑往知來，悲劇雖是歷史前進中難免發生的插曲，但由悲劇而衍生的悲觀卻絕不是歷史進化的動力。悲觀不能克服動亂時代的災難，憂傷無法治療不幸歷史的瘡疤，它只會使近世紀以來在帝國主義鐵騎下呻吟掙扎的母國遭受到更大的危機、更深的羞辱。從整個人類長遠的歷史觀

來，這也正如同張文環一生所擇執的人文精神一般，人才是歷史的重心、才是推動歷史的主力，有人就有改變的希望、就有新生的期待。歷史未必永遠在固定的軌道上循環不前，人的智慧、人的奮鬥有時也足以打開命運的樞紐而創造嶄新的歷史。如同克魯泡特金的互助論，對於優勝劣敗、對於超人哲學對於階級鬥爭未嘗不是強有力的抗衡，適時制堵壓迫者的口實，寫下人類文明光輝的一頁；一次大戰前後那些風起雲湧「新自由」、「民族解放」的思潮，對被支配的弱小民族有多大的震盪？不是根本改變了二次戰後亞非殖民地國家的命運嗎？

　　因此，對歷史不必悲觀自傷，一切事在人為。我們對於戰前的那一代臺灣人，誠然有無限的敬意、感思，但時代的腳步是永遠在前進著，戰後在臺灣出生的這一代超越省籍之分的新臺灣人，卻注定要在更艱鉅的未來接受命運的挑戰，何必常懷著歷史的憂傷呢？因此，臺灣人不應該再是「閹雞」，不應該再是「白薯的悲哀」，不應該再是「亞細亞的孤兒」，不應該再是「在地上爬的人」，不應該再「背負著陰慘的影子活下來，然後死去」。而應該掙破所謂「殖民地的性格」勇敢地活下來，就像《滾地郎》裡的陳啟敏，在歷經重重的橫逆摧折之後，終換得一身的剛勁的風骨，自有一番雍容的器宇，而成為大地的主人，主宰自己的命運。尤有甚者，在強調戰後年輕一代臺灣人精神之重建的同時，懍於歷史的責任，我們更應該懷抱著較廣闊的胸襟，以世界性的視幅去省察近代中國的悲劇癥結，一方面固要破除猜忌的幽深，一方面也要消除分裂的迷惘，以更磅礴的愛、更強悍的信仰去投入、去縫合，聯手去抵禦陰魂不散的帝國主義的再行肆虐，這才是歷史的龜鑑，才是憂患民族淬勵奮發之道。

——選自《臺灣文藝》第 81 期，1983 年 3 月

論張文環的《在地上爬的人》

◎葉石濤*

　　我們的前輩作家張文環是日據時代最有名的臺灣作家之一。如果說得更清楚一點，他是日據時代臺灣作家中的翹楚，在戰爭時期（1941 年）創辦了《臺灣文學》雜誌，實質上領導臺灣作家透過創作活動去抗拒日本人的皇民化運動及言論壓制。1942 年，以推動皇民化運動為主旨的總督府「皇民奉公會」，不得不對他的短篇小說〈夜猿〉頒發了第一屆「臺灣文學賞」。同年十月，他赴日本東京參加了「大東亞文學者大會」。正如所有生活在殖民地統治下的作家一樣，他以民族色彩豐富的作品和不屈不撓的抵抗精神贏得殖民統治者的欽佩和公正的評價。誠然，並非每一位臺灣作家都能贏得殖民統治者的青睞，很多臺灣作家經常遭受殖民地統治者的迫害，惶惶度日，在憂患中創作，唯有張文環突破困境，不亢不卑，始終不喪失理直氣壯的風度，有巨人（Titan）般的形象。

　　他一生以日文寫作，雖然在漫長的四十多年創作生涯中留下的作品不能算多，但他的重大功績並不在於作品的多寡，而是在於他能夠喧囂地主張臺灣文學確實存在，帶動臺灣文學的蓬勃發展，努力於聯繫及獎掖後進臺灣作家的實踐活動。他以他豪放的性格帶來的良好人際關係為基礎，使得臺灣作家的作品成為臺灣知識分子抗日抵抗運動中影響力最廣泛的思想活動。

　　雖然光復後臺灣的政治體制及經濟結構有激烈改變，使得現時臺灣社會的面貌跟以往的殖民地社會完全不同，但是因應著臺灣歷史性、社會性

---

*葉石濤（1925〜2008）散文家、小說家、翻譯家、文學評論家。臺南人。發表文章時為高雄縣甲圍國小教師。

背景的民族文學傳統卻沒有什麼改變；因為做為一個臺灣作家，他負有忠實地反映民眾的現實生活情況，給民眾帶來改革社會的力爭上游的精神力量的使命。因此，張文環的生活、思想和小說，當能提供現代作家以省察自己創作路線的一面鏡子。

　　張文環生於 1909 年，死於 1978 年，享壽 70 歲。他原是嘉義縣梅山鄉偏僻山村的人。由於父親是地方上有錢的商人，因此 1927 年得以赴日就讀岡山中學，1932 年從日本東洋大學畢業。他的一生除童、少年時期之外都幾乎在日本、臺北、臺中等地度過。1937 年跟定兼波子結婚。他的作家生涯發軔於 1932 年，他在東京參加「臺灣藝術研究會」，發行綜合性刊物《福爾摩沙》（FORMOSA），在這短命的刊物上發表了處女作〈父親的顏面〉，從此連綿四十多年多難的寫作生活開始了。

　　他較重要的作品幾乎都是中、短篇小說；依次為〈父親的顏面〉（1932年）、〈自己的壞話〉（1935 年）、〈哭泣的女人〉（1935 年）、〈父親的要求〉（1935 年）、〈過重〉（1935 年）、〈部落的元老〉（1936 年）、〈豬的生產〉（1937 年）、〈兩個新娘〉（1938 年）、長篇小說《山茶花》（1940 年），中、短篇小說〈辣薤罐〉（1940 年）、〈憂鬱的詩人〉（1940 年）、〈部落的慘劇〉（1941 年）、〈夜猿〉（1942 年）、〈頓悟〉（1942 年），〈閹雞〉（1942年）、〈地方生活〉（1942 年）、〈藝妲之家〉（1943 年）、〈媳婦〉（1943年）、〈泥土的味道〉（1944 年）、〈雲之中〉（1944 年），長篇小說《在地上爬的人》（1975 年）。他的最後一篇短篇小說〈雲之中〉是發表在光復前一年由臺灣文學奉公會創辦的《臺灣文藝》刊物上。這本雜誌是日本殖民統治者為控制言論，推行皇民化運動起見把西川滿的《文藝臺灣》、張文環的《臺灣文學》強制廢刊，統合而成的文藝刊物。發表了〈雲之中〉一作以後，張文環在漫長的 30 年中一直不再有作品發表，因此，世人誤以為藝術女神（Muse）已經唾棄了張文環，他墮落為一個純然市儈了。那裡知道，原來他就是一座休火山、一隻不死鳥，在熄火的噴火口底下，創作的熊熊火焰還在繼續燃燒呢！1975 年在日本刊行的他的日文長篇小說《在地上爬

的人》，充分證明了他的高貴的文學精神依舊光芒四射，他觀察歷史性、社會性的臺灣民眾現實生活的銳利眼光還沒鈍，他仍然是臺灣文學史上的一個英雄人物。我們並不知道，這光復 30 年來的激烈的臺灣社會有某種結構的變遷在他的身心上留下了怎樣殘酷的痕跡，他在苛酷的現實生活的鞭打下如何地掙扎和抵抗，然而我們卻知道不容任何人否認的一椿事實；即張文環的長篇小說《在地上爬的人》，是臺灣文學史上最豐碩的收穫之一，在描寫日本統治時期 50 年的臺灣民眾生活的許多小說之中，這本小說不但是重要的歷史見證之一，而且是藝術技巧極優美的鉅作。

　　日據時代的臺灣作家都懷有一種崇高的共同意願；那就是掙脫日本殖民統治者的殘酷壓制的腳鐐，獲得解放與自由，重歸祖國的懷抱。然而由於每一個作家的出身背景和階層、依附統治權力機構的社會性質、世界觀和天分各不相同，所以在描寫統治者的嘴臉、統治者和臺灣民眾之間的人際關係、殖民地社會各層面的形象時，每一個作家在作品裡呈現出來的世界都不盡相同。我們在賴和的小說裡看到的是對殖民者猛烈的指控和抗議。一般說來，賴和在描寫殖民者和臺灣民眾接觸層面時較尖銳，完全是站在被壓迫者的立場控訴，似乎殖民者和臺灣民眾之間除去衝突和殘酷的迫害事實之外，任何和解都不容存在。賴和熾烈的戰鬥精神有助於鼓舞臺灣民眾的民族意識，堅定他們獲得解放的意願。然而由於賴和過分地把精神關注在這一塊狹窄的土地和人民的結果，無可避免地忽略了以廣闊的世界性、巨視性的立場來分析殖民社會各種現象的態度和觀察。承繼著賴和的戰鬥精神的楊逵發展了較豐富的藝術技巧以及更複雜的分析能力。他吸收了社會主義理念，把臺灣殖民地社會的命運和世界上各弱小民族的未來遭遇連結起來，試圖在聯絡世界上所有被壓迫民眾的基礎上開展臺灣的抗日民族運動。然而楊逵過分注重小說中人物的歷史性、社會性因素之結果，往往使得小說中人物流為類型化，有時捕捉不到人性繁複的快樂和醜惡的層面。

　　出身於地方豪族的吳濁流，較傾向於舊式自由主義思想。他對殖民者

的慎懣同時也轉過來針對被壓迫民眾的怨氣，化爲諷刺和嘲弄。他似乎是個懷疑論者，在殖民者身上看到醜陋的、畸形的形象，同時也在被壓迫民眾身上看到奴隸根性、懦弱和迎合。他的理想主義是動搖的，他始終搖擺不定，從這擺盪中才產生他的詼諧、挖苦和冷澈的現實觀點。也許在描寫殖民社會所塑造的人性墮落上，他是最成功的一個作家。

　　龍瑛宗的小說較富於抒情性質，有一股知識分子的自憐、頹喪和哀傷。當他對社會主義政治體制的憧憬，碰到殖民地社會苛酷的現實生活層面時，往往化爲無可奈何的詠嘆。然而，在龍瑛宗的小說裡，我們可以很明顯地看出歐美現代小說手法的廣泛應用。世紀末的頹廢思想介入，使得他的作品中人物，特別是知識分子，揹負著苦難的十字架，兀自哀傷自己生爲被壓迫民族一分子的命運。

　　最冷嚴的觀察者莫過於呂赫若了。他深刻地掌握了臺灣社會結構裡濃厚地留存下來的封建意識，同時他很清楚殖民統治者如何地同封建性階層勾結來剝削臺灣民眾。他以地主、農民的「家庭」及家族之間人際關係的齟齬爲基礎，描畫了臺灣民眾離合悲歡的現實生活。我們可以說，日據時代臺灣作家的寫實傳統，在呂赫若的小說裡獲得了登峰造極的成就。透過封建性體制瓦解的精細觀察，呂赫若堅強的批判精神表露無遺。呂赫若的筆觸完全和龍瑛宗不同，他是既客觀又冷靜的，在他的小說裡很難找到一絲絲自憐或吶喊。

　　那麼，張文環的長篇小說《在地上爬的人》提示了一種什麼樣的世界？在他的世界裡，殖民者和被殖民者之間發生了怎樣的悲、喜劇？作爲一個臺灣作家，他對臺灣殖民地社會有怎樣的觀照和分析？

　　在他的這部小說裡我們看不到賴和的尖銳指控，楊逵的社會主義理念，吳濁流的冷笑，龍瑛宗的哀傷，呂赫若的批判性寫實；而是站在另一種精神次元的敘事（narrative）的厚重且帶有泥土氣味的寫實。簡言之，他的這一部小說試圖完整地重現臺灣民眾歷史的、社會的固有生活。因此在小說裡看到的鄉土色彩和多彩的風俗習慣，並非追求異國情調

（exoticism）的結果，毋寧說是從倫理的、全體性的立場試圖去掌握臺灣民眾特殊的生存方式。因此日本人在臺灣這一塊土地上永遠是異民族，永遠是陌生人；他們在臺灣的歷史階段裡就只是瞬即消逝的暫時客人，他們永遠無法了解漢民族的靈魂，總是徘徊在每一個臺灣家庭的窗外求其門而不得入。張文環的小說從正面否定了殖民者皇民化運動「一視同仁」等天大謊話。從孜孜不倦地仔細描寫漢民族固有生活的寫實中依次浮現出來的是張文環頑強的民族意識。面對他的小說，日本人一切甜言蜜語變成愚昧的自言自語，他們的迫害和壓制變成徒勞無功的虛妄行為了，由於肯定日本人只是臺灣歷史裡短暫的統治者，而且是永遠無法跟我們溝通意識心態的純粹異民族，所以在殖民者和被殖民者的接觸情況時，張文環既不指控更不揭露那醜惡的層面。他寬恕了他們，以漢民族愛好和平的泱泱大國民的風度，刻劃了統治者善良人性的一面。在他的小說裡，日本人和臺灣民眾是和平共存的；既然他們在此塊土地上是客人，何必瞪眼苛責他們呢？如果我們在張文環小說裡看不到尖銳的敵對，而以為張文環缺乏民族意識的話，那就犯了重大的錯誤。

　　其次，我們在這部小說裡看到的是張文環悲天憫人的人道主義的偉大情懷。小說中的主角毫無疑問的是陳家養子陳啓敏以及他的老婆秀英。這兩個人在現實生活上都是被欺凌踐踏的可憐蟲。但是他們堅定地守著一塊山田，像所有窮苦的中國農民一樣從事艱苦的勞動，從泥土裡討得生活之糧食。這一對農民夫妻的禱告是令人感動的謙虛、平和、誠懇的：「神呀！請庇護我們三個人平安無事吧！我們沒有到天堂去的狂妄念頭；只要平安無事就行了！」靠天吃飯的窮苦農民只要沒有天災和苛政，三頓飯能溫飽，他們也就沒有任何非分的慾望。張文環以滿腔同情和悲憤寫下來的這農民平凡謙和的禱告詞替我們說出了千千萬萬窮苦民眾心裡的願望。

　　事實上這部長篇小說是以陳啓敏和秀英的身世和遭遇為中心展開的。而這兩個人恰巧是「社會某一階層沒有做人的條件」的真實寫照。不僅是臺灣，在所有世界的每一個角落裡，總是有許多人被壓在社會底層，在缺

乏「做人」的條件的環境下為生存而奮鬥。陳啓敏和秀英象徵著為了滿足
原始的、起碼的生存慾求，必須付出慘重代價的低收入階層民眾的面貌。
在這兒，張文環成功地以臺灣殖民地社會農民生活的殊相闡明了整個中國
及世界農民的一般性生活形態。

　　在這部二十多萬字的長篇小說裡，張文環透過日據時代 50 年的臺灣民
眾生活的描寫，企圖表現中國農民頑強地札根於大地的不屈的靈魂。臺灣
這一豐饒的土地是他們生活的現實，他們的生命，民族發展的根源，而時
代的風暴，殖民者的橫行跋扈，都會掠過而去。所有苦難和憂患，不管是
殖民者所帶給他們的，或者他們個人身心上醞釀的，都在可靠的土地前面
變成瞬即消逝的煙霧。最後的勝利者乃是他們這些札根於大地的人們；我
們這古老的民族，不管是在大陸或臺灣，在悠久的歷史裡，就是這樣子生
生不息地繁衍下來，依靠大地，度過悲歡離合的一生。

　　根據張文環的世界觀而言，任何一種強悍的帝國主義者都無法搖動我
們民族生活的根，縱令他們征服了我們，控制了我們的土地，奴役了我
們，仍然無法消滅我們，無法改變我們民族固有的生活方式、多采多姿的
風俗習慣以及我們愛好和平的性靈。以我們悠久的歷史而言，像日本人這
樣膚淺的統治哲學也許能有效地改變我們物質生活環境於一時，但無法毀
滅我們的民族性格。張文環的這種世界觀帶有一些老莊哲學的虛無、忍
從、深邃的諷刺，因此日本人一直無法瞭解張文環文學的本質，只好無可
奈何地說：「張文環的小說帶有大陸樣的謎」，這句話等於給張文環文學下
了最佳的註腳。

　　這部小說開始於臺灣割讓，抗日義軍的抵抗失敗之後的某一時間；因
為陳家的第一代剛剛把辮髮剪掉。結束於太平洋戰爭末期，臺灣光復前的
某一年。雖然張文環沒有以明確的年代來標明時間的推移，但我們在民眾
日常生活的瑣屑事上可以看得出來。

　　小說的舞臺設定在張文環故鄉嘉義縣梅山。這裡是一個偏僻的山村，
現時以出產筍乾、梅果加工物、檳榔以及各種水果聞名。大約這鄉村的生

產結構從日據時代到現在都沒有多少改變；就只是現時梅山已成為觀光遊覽勝地，四季遊人如織，已沒有往昔那寧靜、隱祕的情調罷了。

在這樣一個山村裡，掌握更多的土地成為大地主也並非不可能，但陳家的發跡，是靠經營山產致富的。對於陳家第二代人的生活和遭遇，張文環的著墨不多，他主要描寫的對象是第一代陳久旺以及第三代陳武章、陳啓敏，特別是養子陳啓敏，在塑造陳啓敏的形象上，張文環花了很多心血，他是張文環心愛的小說主角，透過陳啓敏被欺凌、被污衊而默默地忍受的生活遭遇的描寫中，張文環呈現了他對弱者——「沒有做人的條件的」——熱烈的關懷、同情和共鳴。

陳家第二代當家主陳久旺曾經受過舊式書房教育和日本小學教育四年，所以他是過渡時期人物，很有濃厚的舊式知識分子的氣質，同時也懂得殖民者生活表相的皮毛。所以他迎合了日本人，成為日本人統治體制最下層的一個齒輪——保正（村長）。張文環並沒有責怪陳久旺生存方式的意思，究竟他只是歷史、社會變遷中的一個階段的範例而已，再說難道追求榮華富貴不就是人性的共同趨向嗎？

在描寫陳久旺封建地主式的生活時，張文環所採取的手法是「金瓶梅」式的。他從陳久旺的結婚、家庭生活、男女關係、思考模式的刻畫中，成功地提示了封建性家族間的人際關係，四季風俗習慣，我們民族固有的飲食起居生活。這便是日本人永遠無法改變也無法瞭解的我們民族的生活方式。雖然陳家每一個成員都改姓名為「千田某某」，但他們的語言、生活方式、思想仍然是屬於漢民族的，改姓名究竟是權宜措施，只是基於功利主義的貪婪的人性弱點罷了。

陳家的第三代當家主陳武章是徹底的投機主義者；他是日據時代師範學校畢業的小學訓導（教師）。在日據時代，臺灣的知識分子除去做醫生和小學教師以外，幾乎沒有揚眉吐氣的生活途徑；這是日本人容許的最光耀的，用玫瑰花瓣鋪成的路。陳武章的生活力求日本化，他喜歡講日本話，盡力推行皇民化，然而我們仍然懷疑他是否真的認同了日本人，因為張文

環的陳武章人物造型是不太明確的,留下曖昧富有陰翳的層面。不過不容否認,在日本統治時代末期的確出現了許多屈服、投降的犬儒式的知識分子,究竟同日本人 50 年的相處也給臺灣人帶來深厚的影響,而民族意識的逐漸淡薄,也是無可避免的吧!

陳啓敏是陳久旺所收養的農民之子。在幼年時代的某一段時間,陳武章還沒有出生的時候,他的確有過被關懷的日子。之後每況愈下,他被陳家蔑視、欺凌終於淪落爲陳家的佃農。然而他有農民特有的忍從、堅強、仁慈的性格。從頭至尾,他不接受皇民化的意識也不懂得皇民化的意義,他只由衷冀求平安無事的活下去。由於他欲求很少,所以他柔順地接受命運而毫無怨言。張文環刻畫了中國農民一個鮮明的典型,而且賦給善良、偉大的形象。陳啓敏是最後的勝利者。日本人在陳啓敏的生活和意識裡就只有一種插曲(episode)而已。陳啓敏最畏懼的是大自然,絕不是渺小的殖民者。

陳啓敏的老婆秀英同她丈夫一樣是個養女,她的生活歷程同陳啓敏相差無幾。正如所有臺灣婦女一樣,她的身心,受到封建制度的摧殘最多,她被蹂躪、玩弄,結果生下了女兒阿蘭。她的養父母是擁護她名義上的哥哥的,她被養父母歧視、虐待,而最後堅強地選擇同陳啓敏結合之路。她是聰明、勤勞的。沒有「做人的條件」的兩個被欺凌者,終於找到了最可靠的歸宿──土地、耕種以及養牲畜。秀英是所有臺灣婦女命運的象徵;在臺灣歷史的每一個階段裡,英勇地同男性伴侶並肩抵抗入侵者,默默地負起生活的重擔,保育兒女,辛苦地工作不停的無名英雄。

張文環的這部長篇小說《在地上爬的人》,1972 年寫成,費時二年。1975 年 9 月由日本現代文化社出版發行,入選當年「全日本優良圖書一百種」。1976 年 12 月由廖清秀譯成中文爲《滾地郎》,中文本由臺北鴻儒堂上梓。此時張文環已 68 歲,正是他去世的兩年前。在他的構想裡還有第二篇長篇小說《從山上望見的街燈》,可惜起稿不久因心臟病發作,1978 年 2月 12 日於睡眠中逝世。

　　按：本文參考了張良澤、張孝宗合編的〈張文環略譜〉，1978 年《笠》詩刊 4 月號。

——原載《民眾日報》，1978 年 12 月 13 日

——選自《葉石濤全集‧評論卷（二）》
臺南：國立台灣文學館，2008 年 3 月

《福爾摩沙》創刊前的張文環

◎野間信幸[*]
◎鄒易儒譯[**]

一、關於張文環的東京生活

　　張文環以作家身分而為世人所知曉，應該是在昭和 15 年（1940）於《臺灣新民報》上連載長篇小說〈山茶花〉之後的事。當然在〈山茶花〉刊載之前，張文環已於文藝雜誌中發表過數篇作品，因而在臺灣的文藝界已有一定知名度。

　　但〈山茶花〉發表前張文環的知名度，是來自於擔任昭和 8 年至 9 年（1933～1934）之間在東京發行的文藝雜誌《福爾摩沙》之編輯者，在昭和 10 年 1 月 1 日（1935）於《中央公論》第 50 卷第 1 號中，以〈父之顏〉獲得小說徵選的「選外佳作」（得獎作以外的佳作）。昭和 9 年（1934）起臺灣文藝聯盟在臺發行《臺灣文藝》，張文環亦是該聯盟東京支部的主力成員。昭和 12 年（1937）返臺之後，擔任漢文雜誌《風月報》的日文欄編輯，並在翌年將徐坤泉的著作《可愛的仇人》翻譯為日本語等等，多為文學活動。

　　不過能讓包括〈山茶花〉在內的張文環之文藝活動，直至今日仍備受注目的最大原因，是張文環於昭和 16 年 6 月（1941）創辦季刊文藝誌《臺灣文學》，並擔任該誌的編輯發行者。張文環於雜誌中發表〈藝妲之家〉、

[*]東洋大學文學部中國哲學文學科教授。
[**]政治大學臺灣文學研究所碩士。

〈夜猿〉、〈閹雞〉等佳作，充分展現出其身為作家而源源不絕的創作力。

簡言之，張文環是依據昭和 16 年至 18 年（1941～1943）《臺灣文學》發行期間，所從事的一連串文學活動，方正式確立其於文學史上的重要地位。

從昭和年代後期（1935～）開始，在臺灣文學界中嶄露頭角的張文環，其文學的出發點，當可溯及至東京求學時代所刊行的《福爾摩沙》。同時，追蹤張文環滯留東京期間的生活及其思想，對於了解《福爾摩沙》與張文環的文學背景，也具有關鍵性的意義。但張文環於此一階段的相關資料極為有限，而其自身也並未留下自傳性文章可供參考。

因此，論及此一階段的張文環時，往往是被裹覆在一層不透明感之下，而其中又以學歷及逮捕經驗最為難解。關於逮捕的經歷，當事人傾向避而不談是很容易可以理解的，然而其學歷所呈現的不透明感又該如何解讀呢？

無論如何，關於張文環的東京生活，由於發現了以下幾項新的事實可供判明，因而本文亦將以此為立論主旨。

二、學生服之姿的張文環

張文環身著學生服之姿，從《張文環先生追思錄》[1]中所收錄的數張照片可以得見。其中包含了註記為「大學時代」的、以及可能是《福爾摩沙》創刊紀念的照片。但即便書中收錄有張文環穿著學生服的照片，卻受限於影像模糊難辨，而無法以此做為判斷其所屬大學的線索。

然而，2003 年 10 月 18 日至 19 日期間，臺南的臺灣文學館曾舉辦「張文環及其同時代作家學術研討會」，在主辦單位所發送的議程表中卻登載有張文環身穿學生服制服的清晰影像。這是筆者初次見到這張照片。由於該照片被放大為研討會所張貼的宣傳海報，筆者因而向主辦單位提出請

---

[1] 《張文環追思錄》（臺中：私家版，1978 年 7 月 15 日）。

求並順利取得該海報。

　　從海報中的影像可以清楚看到張文環所戴的帽子及其上徽章之輪廓。至於帽上徽章及其衣服鈕釦的花紋則仍然無法清楚辨識。

　　歸國之後，筆者曾以該海報就教於東洋大學井上円了紀念學術中心。查證後得知，制服上有五個鈕釦部分，確與當時東洋大學相同。然而，有別於張文環所戴的制服帽為圓形帽，東洋大學則為菱形帽。再者，其帽上徽章為松葉圖案，東洋大學則為八咫鏡。綜上所述，僅憑藉張文環的學生服之姿，實難以發掘其與東洋大學的具體關聯。

　　那麼，張文環究竟穿著的是哪一所學校的制服呢？透過井上円了紀念學術中心的豐田德子女士，筆者向全國大學史資料協議會提出詢問，目前仍無法進一步確認。順帶的題外話：在該協議會的幾次回覆之中，亦有對於張文環穿衣風格表達讚賞之感想。

三、張文環的學籍

　　透過對學生制服所進行的調查，筆者原本以為張文環與東洋大學的關聯十分稀薄。但以此為契機，筆者再度針對井上円了紀念學術中心資料室所藏之史料進行探查。由於前此大多是以昭和 6 年（1931）作為張文環進入東洋大學就讀的時間點，因而筆者亦以此年為中心著手展開考察。筆者過去在進行相關研究時，即針對昭和 6 年度版的《東洋大學一覽》及被視為是該書續刊的昭和 9 年度版《東洋大學一覽》予以考察，進而提出關於張文環學籍的可疑之處[2]。

　　然而這次的調查，在該資料室豐田德子女士的協助下，意外尋獲前次考察中未能得見的昭和 5 年度版《東洋大學一覽》（1930 年 7 月 1 日，學友會出版部發行，共 166 頁），並且在 150 頁的上段處發現張文環的姓名。

　　在這一頁中所列出的是，專門部倫理學東洋文學科第一部的「乙第一

---

[2]野間信幸，〈張文環の東京生活と「父の要求」〉，《野草》第 54 號（東京：中國文藝研究會，1994 年 8 月 1 日），頁 44 及注釋 13～15。

學年」學生姓名。「乙第一學年」全體共有 136 名學生。「第一部」即爲日間部之意，而倫理學東洋文學科亦設置有第二部（夜間部）。在學年之前所加註的「乙」，相對於甲，是意味著日後進入大學就讀時的資格範疇。具體而言，相對於甲班在學科課程中並不包含外國語，乙班則規劃了每週四小時的英語課程作爲必修科目。倫理學東洋文學科乙班的課程內容，是「爲了適於做爲大學部的預備教育而制定，亦能做爲與升格後的東洋大學文學部相銜接而設置的學科。」[3]從這點來看，可視其爲具有特殊待遇性質的升學班課程。

專門部的修業年限爲三年。張文環當初是以進入大學就讀爲目標，而計畫在此就學三年的吧。

無論如何，張文環曾就讀東洋大學（專門部）一事，在此已可獲得正式的確認[4]。

張文環雖然確曾進入東洋大學就讀，但在翌年的昭和 6 年（1931），卻已經不見其學籍紀錄[5]，因而不得不判斷其在此一年間已從東洋大學休學。若一併考量當時東洋大學亦設置有其他僅需修業一年的課程的話[6]，則張文環在學一年的紀錄也算不上是特別短暫。然而由於張文環所屬的學科是必須修畢三年課程後方得畢業，所以從退學的方向來思考似乎較爲合理。

如果是退學的話，退學的證明文件即成爲資料蒐查的下一個目標。一旦查有退學的相關文件，或許就能進一步掌握事件詳情及其背景也說不定。遺憾的是，東洋大學並未留有昭和 5 年度入學者的退學紀錄（或未將之製成名簿，又或者已編製成冊卻散佚遺失，皆未可知）。關於專門部倫理

---

[3]《東洋大学百年史・通史編 1》（東京：東洋大學發行，1993 年 9 月 20 日），頁 1081。且根據 1929 年 4 月 9 日的文部省告示，「倫理學東洋文學科乙」的畢業生可免除參與高等文官預備試驗。

[4]在東洋大學所保存的昭和 5 年 4 月入學學生之「學籍・成績簿」（非公開）中，僅收錄 1933 年 3 月畢業的學生資料，而未留下張文環的成績簿。

[5]在昭和 6 年度版的《東洋大学一覽》中，記錄全體在學學生的姓名，但並未見有張文環之名。

[6]在張文環入學的昭和 5 年（1930），文部省於 4 月 5 日公告認可設置修業年限爲一年的專門部專修科。前引《東洋大学百年史》，頁 1086。

學東洋文學科，雖然保留昭和 6 年（1931）入學者的「退學‧除籍者學籍（成績）簿」（非公開），但僅僅在此一年之前的資料卻未獲得保存。

四、從學籍資料來看

透過昭和 5 年度版的《東洋大學一覽》，已可證明張文環的就學事實。在此一覽表中同時記載了學生姓名及其住所。其所記錄的地址並非是指租賃處等就學期間的住所，而是學生的戶籍地址。由此可知，當時東洋大學似乎聚集了來自全國各地的學生。

無論如何，藉由此一名簿即得知悉張文環的戶籍住址。而其所在位置則為「臺灣臺南州嘉義郡小梅373。」

在參加前述的「張文環及其同時代作家學術研討會」時，以王俊昌為首的中正大學相關學者，曾以其戶籍資料為基礎進行重要的調查報告。在此次的報告中，張文環位於小梅的住所雖然在大正 14 年（1925）是「小梅340」號，但昭和 7 年（1932）則為「小梅 250」號。張文環在昭和 5 年所登記的「小梅 373」號，或為地區劃分改訂之前的地址，抑或是張文環曾在山腳下較為熱鬧的小村莊中輾轉遷居。名簿所記載的住址也因而成為另一個待解之謎。

然而，最重要的仍是，藉此可進一步確知張文環的入學時間點為昭和 5 年（1930）。比起向來所傳聞的昭和 6 年（1931），更向前推進了一年。

這一年之差的影響主要有如下兩點，其一是關於張文環中學就學時間的疑問；另一點則是與其政治活動相關。

從來學界認為，張文環自小梅公學校畢業後，於昭和 2 年（1927）前往日本進入中學校就讀；由此一來，張文環在中學校的就學時間僅有三年之久，遠不及於一般規定的五年年限。

如此一來，張文環如何具備就讀東洋大學的資格呢？在調查當時東洋大學專門部的入學資格後可知，其學制分為第一種生與第二種生兩類。所謂第一種生，是具有一般入學資格而就讀者，意即是「中學校畢業生」或

是通過「依專門學校入學者檢定規章所舉辦之試驗檢定的合格者」。第二種
生由於畢業之後無法直接取得教師檢定的免試待遇，因而降低其入學的門
檻，只要是「獲得本校專門部入學資格之學力認定者」，即可獲准入學。

在張文環所屬的倫理學東洋文學科中，漢文科目確實被賦予了畢業之
後免試即可取得教師資格的優點。倘若張文環沒有一定要獲得教師資格的
話，那麼以第二種生的身分進入專門部倫理學東洋文學科就讀，應該也不
成問題。

由上述內容雖然可以合理推測張文環大學升學的情形，但另一方面在
中學校的就學紀錄上，新的疑問卻也隨之而生。

再者，其與政治活動的關係則可勾勒如下：

張文環身為臺灣文化同好會的成員而被檢舉一事，是發生在昭和 7 年
（1932）9 月[7]。隸屬於克普（日本普羅列塔利亞文化聯盟）的臺灣文化同
好會，則成立於同年的 3 月 25 日。由此觀之，上述活動皆是在張文環自東
洋大學退學之後所涉入。在《總督府警察沿革誌》中，曾於 3 月 25 日的段
落裡記載關於臺灣文化同好會的組織內容，並指出張文環為東洋大學之
「學校班負責人」。該組織表的記錄方式，就像吳坤煌同時列名為中央大學
及日本神學校的負責人所示，並無學校名以下更具體的單位名稱。

雖然尚無法確認張文環的政治活動是自何時展開的，但從文獻上來
看，應該是昭和 7 年（1932）3 月後的事。所以張文環是自離開大學之後
方才涉入政治活動的，此一先後順序與其自傳性小說〈父親的要求〉[8]主人
公陳有義極為相似。

張文環退學一事，雖然在某些紀錄中是由於檢舉事件而遭到學校處分
[9]，但在此已可明確知悉張文環並未受到大學的處分，而是在其自主意志下

---

[7] 臺灣總督府警務局編，《台灣總督府警察沿革誌第二編・領台以後の治安狀況：中卷》（1939 年 7
月 28 日），頁 55。本論文係引用南天書局於 1955 年所出版之復刻本，以下略稱為《總督府警察
沿革誌》。
[8] 《臺灣文藝》第 2 卷第 10 號（1935 年 9 月 24 日）。
[9] 《巫永福全集・小說卷 1》（臺北：傳神福音文化公司，1996 年 5 月）中的〈巫永福略歷與年誌〉

選擇離開校園的。

五、祕密會議的舞臺

　　昭和 7 年（1932）9 月，包括張文環在內的臺灣文化同好會成員遭到檢舉，進而導致組織的瓦解潰散。然「林添進、魏上春、巫永福、柯賢湖、吳鴻秋、吳坤煌、張文環等人共協議， 11 月 13 日於神田區神保町中華第一樓召開第一次重建籌備會議，商討具體策略」[10]。重建籌備會應是屬於祕密會議，然而在記錄此一訊息的《總督府警察沿革誌》中，甚而連會議討論內容（圍繞著組織重建定位問題的意見對立）都留有具體的描述。

　　會議舉行的中華第一樓位在神保町一丁目 3 號，地處於北側靖國通與南側鈴蘭通之間，包含富山房在內的街區。當時的行政區劃分較之今日並無太大差異，地址號牌也維持不變。中華第一樓便是位於此街區之中。依據昭和 5 年的地圖可知[11]，中華第一樓與富山房相鄰，其店鋪則是面朝現今的鈴蘭通而建。

六、トリオ的所在位置

　　在《總督府警察沿革誌》的紀錄中，昭和 7 年（1932）11 月 27 日王白淵初抵東京之際曾召開歡迎會，並於席間討論臺灣文化同好會的重建事宜。

　　關於臺灣文化同好會重建一事的意見對立，有意延續既往克普所屬的非法組織之強硬派，與打算以「臺灣藝術研究會」進行合法活動的穩健

　　一文，在 1932 年的項目中記述「葉秋木參加以反帝國主義為訴求的遊行而被捕，致使組織相關情事暴露，全員因而遭到逮捕。張文環亦因此被退學……。」葉秋木，1908 年出生，屏東人。是 1947 年的二二八事件中眾多被槍殺的犧牲者之一。李筱峰著，《二二八消失的臺灣菁英》（臺北：自立晚報社文化出版部，1990 年 2 月）。
[10] 《總督府警察沿革誌》，頁 56。
[11] 《散步的達人》2005 年 1 月號（東京：交通新聞社，2005 年 10 月 1 日），頁 51。關於此一地圖的存在，是由櫻美林大學藤澤太郎先生所告知，僅此致謝。

派，二者之間形成路線對立的分化情勢。而張文環與吳坤煌始終是站在穩
健派的立場。

　　因而在王白淵[12]的歡迎會中，即籠罩於「批判張文環的行動、接受楊肇
嘉所提供的資金、張文環等人對於林兌行動的誤解、在中華第一樓等地的
聚會浪費過多金錢」等等來自強硬派的指責。可見其爭論內容已不止於路
線對立，甚至對於金錢問題也多所批評。雖然無法確知金錢問題是否就是
後來的主要原因，但留下了「在會議中，張文環以運動資金的獲得、同志
聚會的場所爲目的提議經營喫茶店，而彼此協商」的結果。張文環早在是
年8月底已收到家鄉所寄送的300元生活費[13]，或許可將會議中的爭鋒相對
視爲其提出開店計畫的契機。

　　喫茶店也確實開張了[14]，在《總督府警察沿革誌》中有如下具體之記
述：「（張文環）收到故鄉所寄送的300元資金，在神田區表猿樂町以卜リ
才爲名開業，由同居人定兼波子主掌店內經營。」然而，開幕時間則未有
更進一步的紀錄。根據巫永福的回想，應是昭和7年（1932）歲末的事[15]。

　　那麼喫茶店開業所需的300元資金，其幣值大約是多少呢？

　　當時的東洋大學專門部入學費用爲5元，學費每學年85元。在昭和五
年（1930）針對東洋大學學生生活所進行的調查中，學習生活費以每月40
元至50元之間爲最多。

　　由此觀之，大致可推測300元的價值約等同於三年半的學費，或六至
八個月的生活費。這絕對是一筆不算小的金額，由此可知張文環的老家具
備了提供如此大筆生活費的財力，張文環也因而能夠毫無後顧之憂追逐其

---

[12]1892年出生，臺中清水人。臺灣議會設置請願運動的主要發起人之一，曾任清水街長、臺灣民眾
黨駐日代表、臺灣地方自治聯盟常務理事，以及臺灣新民報社董事。多次短期滯留日本，昭和
11年後曾移居東京數年之久。同時亦是文化運動的從事者。1976年歿。
[13]巫永福，《我的風霜歲月——巫永福回想錄》（臺北：望春風文化公司），2003年9月，頁57。
[14]在前引《巫永福全集》所收錄〈巫永福略歷與年誌〉的1933年項目中，記載著「5月10日，在
張文環於神田所經營的喫茶店裡，針對臺灣藝術研究所創刊文藝雜誌《福爾摩沙》進行討論」。
由此可知，卜リ才確實已經開業。
[15]同註13，頁58。

主義與志向。

　　進而以此 300 元的數字爲線索，將能更爲縮小喫茶店トリオ可能的所在位置。

　　以個人消費來說，300 元的確是一筆大數目的金額，但作爲開店資金卻稱不上充裕。在此一區域內，300 元所能租借的場地亦極爲有限。

　　《東京市神田區地籍冊》（1935 年 1 月 17 日發行，內山模型製圖社出版部）曾記載有昭和 9 年（1934）12 月底的土地出租價格。昭和 7 年（1932）的表猿樂町，於昭和 9 年（1934）時變更地名爲神保町一丁目。在此一地區之中，能夠以 300 元租借的場地全部僅有 13 處。以下則列舉出當時的地點，並於括弧內附記平成 16 年（2004）3 月進行調查時各地點的使用情形。

　　　　一〇之二（香煙鋪）
　　　　一二之二（眼鏡鋪「富田」）
　　　　十六之二（壽司店「助六」）
　　　　二二之一（越中屋米店）
　　　　四四之三（駿河台大樓）
　　　　四八之三（居酒屋「Tokiji 亭」）
　　　　四八之四（髮型沙龍「Freedom」）
　　　　五二之三（錄影帶店）
　　　　五二之四（佐竹大樓一樓「Mitsuya 商會」）
　　　　五二之五（照相排字「田下 Photo・Type」）
　　　　五二之六（合同出版社）
　　　　五二之八（蕎麥麵店「丸尾」）
　　　　六四之一（「Kitchen Jiro」）

　　以上即爲此 13 個處所。

　　再從《東京市神田區地籍圖》（可與前述《東京市神田區地籍冊》相互
對應的地圖）所刊載的區域來看，由於和 70 年後的現在相比，幾乎沒有太
大的差異，因而漫步其中不禁湧上彷若是昔日喫茶店トリオ再現眼前的錯
覺。無論如何，在這 13 個地點中，一○之二與一二之二過於狹窄的格局應
不適於喫茶店的經營。除去這兩處之外的 11 個地點，從張文環位於本鄉的
住所，經過御茶水橋，沿著陡坡向下而行，對於腳程極快的張文環來說皆
是不費吹灰之力即可到達的。

七、《福爾摩沙》三角地域

　　張文環位於本鄉區一丁目 13 號的住居[16]，同時亦是臺灣藝術研究會的
所在地，因而作爲《福爾摩沙》的發行所而被記載於雜誌的版權頁。

　　在《福爾摩沙》發行之前，張文環的住處是眾人聚集、會議舉行的地
點。《總督府警察沿革誌》曾述及昭和 7 年（1932）臺灣文化同好會的活
動，在該段落中記載「第二回的通訊係由吳坤煌主編，於 8 月 10 日在本鄉
西竹町張文環的住處召開編輯會議。」而西竹町在翌年昭和 8 年與東竹町
合併爲本鄉一丁目。

　　張文環住處訪客絡繹不絕的盛況，在當時滯留東京的《臺灣新民報》
記者劉捷之回憶中，亦留有如下之記述：「為了學習速記法而再度造訪日本
（1933 年） 之後，每天必定要到張文環兄的住處報到。張兄不僅有自己
的住處，再加上好客的個性，對於首次來到日本的文學者而言，這裡是
『一定要來露臉』的地方。」[17]張文環的宅邸儼然成爲匯聚人才與情報的重
要場域。

　　這個區域雖然幾度經歷地址標示的變動（現爲本鄉二丁目），但行政區
域仍大致維持舊貌。唯區域內的分割卻已與時更替，建築物更是爲之丕

---

[16]關於張文環的住處，參照筆者論作〈張文環の東京生活と「父の要求」〉，《野草》第 54 號，及
　〈張文環の下宿を搜す〉，《中國文藝研究會會報》第 154 號，1994 年 8 月 30 日。
[17]劉捷，〈序文〉，《我的懺悔錄》（臺北：農牧旬刊社），1994 年 1 月，頁 51。

變。例如在同一街區中，戰前的當鋪在戰後雖改由同業的池田屋所經營，但直至數年前仍可見其豎立著招牌看板。而在這一兩年間，卻與其倉庫一起消失殆盡，現況是改建爲五層樓高的住宅。

此外，被推選爲臺灣藝術研究會部長的蘇維熊，其同時亦是《福爾摩沙》創刊號與第 2 號的編輯兼發行人。

出身新竹的蘇維熊是 1908 年出生的[18]，據此看來其與 1909 年出生的張文環應是屬於同一世代。根據前述劉捷的回憶，蘇維熊當時就讀於東京大學的英文系。在《福爾摩沙》第 2 號所刊載的同人短評〈蘇維熊素描〉中，曾記敍著「靜謐的早晨／晦隱的憂鬱／他估量著／現代哈姆雷特與浮士德的混血之子／還好仍保有一點現實氣味／勇敢一點吧／把炸彈丟向他／讓他成為臺灣的羅曼・羅蘭」。此處可看出蘇維熊所具有沉著冷靜的特質，使其在路線對立的情勢中，成爲削弱強硬派勢力後所新生之臺灣藝術研究會的最合適會長人選。

蘇維熊的住處位於「東京市本鄉區金助町 28，清水文子宅」，與其戶籍所在地（新竹市沙崙 12 號）一併記載於《福爾摩沙》的版權頁中。當時的「金助町 28 號」即爲今日的「本鄉三丁目 13 號之 6」，現已改建成爲由福田電子所進駐的大樓。

根據昭和 7 年（1932）11 月所記錄的《東京市本鄉區地籍冊》[19]，金助町 28 號的地籍所有權被區分爲「28 號之一」與「28 號之二」。但兩地皆非清水文子或清水姓氏所擁有。

從蘇維熊的租屋處到張文環住所，僅需穿越市內電車所通行的本鄉道步行，在短短五分鐘之內即可抵達。而《福爾摩沙》即是在這相去咫尺的兩處之間所完成的。

在《福爾摩沙》創刊號的版權頁中，所記載的雜誌銷售處爲平野書

---

[18]下村作次郎，〈台湾芸術研究会の結成——《フォルモサ》の創刊まで〉，《左連研究》第 5 輯（東京：左連研究刊行會，1999 年 10 月）。

[19]《東京市本鄉區地籍冊》（東京：內山模型製圖社出版部，1932 年 11 月 30 日）。

房。該書房的地址爲「本鄉四丁目 17 號」，也就是現在的本鄉四丁目 2
號，其西側所接鄰的櫻木神社至今亦完好留存。

　　創刊號的內頁封面中印有平野書房的全頁廣告，宣傳由平野書房所出
版、Van De Velde 博士撰寫的《完全的夫婦》第三部（醫學士槇次雄、文
學士平野馨共譯）以及 Marie Stopes 的著作《避孕的研究》（馬島僴博士
譯）。平野書房應是以發行醫學書籍爲主的出版社。翻譯者平野馨似乎即爲
平野書房的負責人[20]。但由於書房的電話登記於平野宮子的名下，店鋪的經
營或許是由其夫人來打點一切也說不定。而後平野書房（平野宮子）於昭
和 12 年遷移至大塚，至於其在本鄉四丁目的歇業時間點目前則仍然無法確
知。

　　那麼，若以位於本鄉一丁目的張文環住所爲 A 地，金助町 28 號的蘇
維熊住處爲 B 地、本鄉四丁目的平野書房爲 C 地，則三地之間恰好構成一
個等邊三角形的圖示，或可稱之爲《福爾摩沙》的三角地域，意即是《福
爾摩沙》於 A、B 兩地之間進行編輯，進而在 C 地販售。進一步究論之，
位於 A 地的是定兼波子、B 地是清水文子、C 地則爲平野宮子，這三處地
點在當時皆是以女性之名而被標示著。不論是直接或間接，《福爾摩沙》的
確都是在日本女性的協助下，方得以順利出版刊行。

　　在《福爾摩沙》三角地域的周邊，尚可推測有居於本鄉區真砂町的巫
永福[21]，以及本鄉區九山福山町的曾石火[22]。

---

[20]在巫永福的回想文，曾述及：「（《福爾摩沙》）創刊之際，由於成員們都是學生而經費不足。所幸
獲得平野書房的平野先生資金援助，才得以發刊」（同註 13，頁 58）。又，在前引《巫永福全
集》所收錄〈巫永福略歷與年誌〉的 1933 年項目中，記載有《福爾摩沙》發行當時「蘇維熊、
張文環、吳坤煌、曾石火、巫永福、施學習、王繼呂、陳兆柏、張文鐵與平野書房主人曾合影留
念」。

[21]巫永福前赴東京之初曾居於千駄谷，文化同好會重建會議召開之時則居於本鄉區西片町，而後再
遷住真砂町。真砂町的住址，與之後《臺灣文藝》第 2 卷第 1 號（1934 年 12 月 18 日）的〈文
藝同好者氏名住所一覽〉裡所記載「本鄉區真砂町三一，清水宅」應是相符一致的。現在的本鄉
四丁目 13 號一帶，則爲獨棟建築與公寓混合的住宅區。

[22]在前引〈文藝同好者氏名住所一覽〉，記載爲「本鄉區九山福山町一五（福山公寓）」。然而《福
爾摩沙》刊行時曾石火是否居於此地則無法判定。但此地鄰近曾石火所就讀的東京帝國大學文學
部，因而其居於福山町的可能性極高。

　　位於春日通西向陡坡前的則是巫永福的住所，此處若由平野書房出發的話，雖與張文環及蘇維熊的住處方向相反，但遠近距離卻無太大差異。而曾石火所居的福山公寓，今日仍舊於原址保留「福山公寓」之名[23]，由此地前往平野書房亦是在十分鐘之內即可抵達的路程。

　　上述各地在偶然之間形成絕妙的關聯位置，位於《福爾摩沙》三角頂點的平野書房，眺望著在其視野之內的巫永福及曾石火住所，進而成為向外放射的《福爾摩沙》成員之輻輳核心。

附記

　　本稿是以埼玉大學小谷一郎教授為研究代表之文科省科學研究費基礎研究「關於 1930 年代中國人日本留學生的文學、藝術活動總合研究」的研究成果之一，曾發表於《東洋大學中國哲學文學科紀要》第 13 號（2005年 3 月 10 日），並新增後續研究成果而修定成。

——選自《磁場としての日本——1930、1940 年代の日本と「東アジア」》第 1 輯，2005 年 3 月 10 日

---

[23]「九山福山町一五」即為今日的文京區白山一丁目四番地 15 號。此處亦鄰近於周樹人（魯迅）滯留東京之際的住所「伍社」，隔著新坂（福山坂），是伍社所在陡坡上方的武士家住宅區。福山公寓位於山壁之下，周圍至今仍留有昔日下町的氛圍。又，雖然福山公寓在戰爭之後可能曾經歷過重建再造，但從其跨越半世紀卻仍挺然佇立之姿仍可窺見其舊日風采。

「臺灣藝術研究會」的成立至《福爾摩沙》創刊

◎下村作次郎*
◎莫素微譯**

一、序言

　　1930 年代以臺灣留學生爲中心在東京發行了《福爾摩沙》（臺灣藝術研究會發行），這是一本在臺灣文學史上爲人熟知的文藝雜誌。但，以刊行數而言，僅刊出了三號而已。創刊於 1933 年 7 月，第三號則於翌年六月發行。無關乎《福爾摩沙》是如此的短命，其評價卻是相當地高。例如河原功曾在〈臺灣新文學運動之展開〉[1]文中提到，在東京的《福爾摩沙》之活動成爲外在的刺激，至 1933 年 10 月於臺北成立「臺灣文藝協會」，進而「以臺灣藝術研究會與臺灣文藝協會的活動爲發軔，至全島性質、劃時代的『臺灣文藝聯盟』於 1934 年 5 月在臺中集結而成，迎接了臺灣新文學運動的最高峰。」由此而言，「臺灣藝術研究會所擔任的角色，絕對不算小」。河原功當初在寫這一段評論的時候，尙處於「未讀過創刊號」的情形。其後，《福爾摩沙》全部三期，由東方文化書局以「新文學雜誌叢刊」之名復刻出版，在今天是容易取得了，但河原的看法可謂是切中要點。只不過，如前所述，在創刊號容易取得的今天，應該要對《福爾摩沙》做更

---

*日本天理大學國際文化學部中國學科敎授。
**日本關西大學文學博士，現爲中華科技大學觀光事業管理系助理敎授。
[1]河原功，〈臺灣新文學運動的展開——日本統治下臺灣的文學運動 1〉（1978 年 12 月），該論收錄於河原功著《臺灣新文學運動的展開——與日本文學的接點》（東京：硏文出版，1997 年 11 月）。

詳細深入的探討才是。

　　雖然河原功已作了上述《福爾摩沙》的評論，但之後的研究卻幾乎沒有多大進展。《福爾摩沙》的文學活動僅到模糊的理解爲止，依然還有未被充分解明之處。本稿將以手邊所有的資料先行探索《福爾摩沙》團體在東京的活動。附帶聲明一點，爲了敘述的便利性，在本文中使用的《福爾摩沙》團體名稱，是針對發行《福爾摩沙》的相關人士之總稱。

　　《福爾摩沙》的軌跡尚有許多不明處，其原因在於發行《福爾摩沙》的中心人物蘇維熊、張文環、吳坤煌等人的相關資料並沒有被詳細討論過。或者也可說是因爲臺灣文學一路走來，都被時代的變化所操弄，而使得那機會幾乎是永遠的失去了。但是，身爲《福爾摩沙》成員且身兼記者的劉捷，於近年出版了《我的懺悔錄》[2]一書，另外，檜山久雄及北岡正子發表對左連東京支部的研究[3]，論文以與臺灣文學有具體關聯的中國詩人雷石榆的觀點，讓以往模糊的解讀前進一步，使得某種程度的推論成爲可能。甚者，在最近以研究宮澤賢治聞名的板古榮城，也在盛岡時代的王白淵研究[4]上有重大的斬獲。以下將以這些先行研究爲基礎，循著《福爾摩沙》團體的足跡，追溯其至創刊《福爾摩沙》爲止，展開下面的探討。

二、臺灣藝術研究會的成立

　　眾所皆知，《福爾摩沙》是臺灣藝術研究會的機關誌，但此研究會在當時被警視廳列爲社會不安分子而被嚴加看管。也就是說，當時是被視爲從事左翼運動之臺灣留學生團體而被監視著。因此，根據當時的《特高月

---

[2]劉捷，《我的懺悔錄——一個歷經日據時代、中日戰爭、臺灣光復、反共戒嚴時期所遭遇的臺灣同胞之手記》（臺北：農牧旬刊社），發行日未被記載。〈序文〉的日期爲 1994 年 1 月。

[3]檜山久雄，〈日語詩人雷石榆——日中近代文學交流史的斷面〉，《中國文學的比較文學研究》（日本：汲古書院，1986 年 3 月）；北岡正子，〈名爲「日文研究」之雜誌（上）——左連東京分部的邊緣〉，《中國——社會與文化》第 3 號（1988 年 6 月），同作者〈名爲「日文研究」之雜誌（下）——左連東京分部文藝運動的暗喻〉同刊第 5 號（1990 年 6 月）。另外，1997 年 10 月北岡正子發表〈雷石榆「沙漠之歌」——中國詩人的日文詩集〉，《日本中國學會報》第 49 集。

[4]小川英子（毛燦英）；板谷榮城（英紀），〈關於盛岡時代的王白淵〉，收錄於中島利郎、野間信幸編《臺灣文學之諸象》（東京：綠蔭書房，1998 年 9 月）。

報》[5]（日本內務省警保局保安課），於 1933 年 4 月號中的「在日朝鮮（臺灣）人的運動狀況」臺灣藝術研究會狀況之記載如下：

> 現居東京之臺灣人吳坤煌、王白淵、施學習為了重建於去年八月被警視廳檢舉而解散之「東京臺灣文化社團」，正積極奔走中。最近聚集了十數名成員，於三月廿日在臺灣藝術研究會名下舉行始會儀式，並任命帝國大學學生蘇維熊為負責人，同時訂定會則草案及並分配同志第一期機關誌《福爾摩沙》創刊檄文印刷等各方面工作。但各部門及委員皆尚未決定。

同報於翌月同欄中，決定該會委員並記載：

> 由現居東京之臺灣人於三月廿日成立之臺灣藝術研究會（參照四月月報），在五月十日由吳坤煌、王白淵等八名於本鄉區西竹町張文環宅集合，召開協議會，並選出尚未決定之委員如下。以及，機關誌《福爾摩沙》之發行將延至九月。
> 委員　編輯部長　蘇維熊　部員　張文環　會計　施學習　同　吳坤煌

如上引用之內容，可知臺灣藝術研究會就是「東京臺灣文化社團」的重新編組。關於此事，在《臺灣總督府警察沿革誌》[6]中：

> ……為重建文化社團而奔走，魏上春、張文環、吳鴻秋、巫永福、黃波堂等人，致力於組織合法團體身分之臺灣藝術研究會，其募集會員之結果，於昭和八年三月廿日，由蘇維熊擔任負責人進行始會式，並發表如

---

[5]參照 1973 年，政經出版社再版。

[6]參照《臺灣總督府警察沿革誌（三）》（臺北：南天書局，1995 年 6 月）。該書為 1939 年 7 月臺灣總督府警務局發行之《臺灣社會運動史》再版。全 5 冊。

　　下之會則與創會宣言（〈東京臺灣藝術研究會之成立〉）。

　　有幾乎同樣的內容敘述。

　　那麼，「東京臺灣文化社團」的重建運動究竟爲何？依《臺灣總督府警察沿革誌》之資料顯示，「東京臺灣文化社團」（以下簡稱爲「文化社團」）最初爲在 1932 年 3 月 25 日於「日本無產階級文化聯盟（KOPF）指導下」組成之文化社團。其後，此社團「王白淵[7]在昭和 7 年 7 月暑假期間再次上京，爲社團活動奔走。7 月 31 日，與吳坤煌、林兌、張文環等會合，先進行新聞發布及宣傳活動，在獲得同志的同時也決定先募集發行機關誌所需資金。新聞發布負責人爲吳坤煌，8 月 30 日印刷了 70 份創刊號，並分送給在東京的同志、臺灣人留學生及島內其他同志。」如此積極展開行動。而關於此時發行的《新聞》創刊號，現在只能從《臺灣總督府警察沿革誌》中節錄的主要記事中得知。其中以「壯大吾人之文化社團吧」爲標題的記事中，有關於該文化社團之組織目的的說明，並針對臺灣青年高聲疾呼：

　　　我們的文化社團爲對文藝（文學、美術、電影、音樂、戲劇等），以及對臺灣問題有興趣之東京臺灣青年團體。因此，對文藝方面有興趣之臺灣青年應該來加入我們。當然也非常歡迎京都、岩手等地的臺灣青年踴躍參加。並且，若是在上述地區之臺灣青年也想在當地創立文化相關社團，那則是再好不過。（中略）……吾人必須以自己之手建設臺灣真正的文化。我們成立東京臺灣青年文化社團的宗旨就是在此。
　　　我們更將促使臺灣成立正確之無產階級文化組織。現居東京之臺灣留學生也不斷地加入我們，促使我們的團體更加壯大。把我們的新聞帶回去，並分發給同鄉會及各校的臺灣人會，展開熱烈討論吧！

---

[7]時任岩手縣女子師範學校。關於王之介紹容後述。

　　由上文我們可以得知，這個文化社團乃是執行無產階級文化運動的非合法組織。但，該社團之活動只在《新聞》創刊後不到三星期便被檢舉而崩壞。前述之《特高月報》中「於去年八月被警視廳檢舉而解散」指的就是這段時間的事情。正確來說「檢舉解散」並非是在「八月」，如下所述，（同《臺灣總督府警察沿革誌》）應是在「九月」才對。也就是說：

　　　　臺灣文化社團之組織發展，雖努力透過發行新聞宣傳，但是在九月一號
　　　　震災紀念日時，於反帝國抗議遊行途中，有數十名勞工被板橋憲兵隊逮
　　　　捕，其中之一就是葉秋木。在調查過葉秋木之後，即發現臺灣文化社團
　　　　之存在，之後接著調查林兌、吳坤煌、張文環、張麗旭等人，並對文化
　　　　社團之狀況更為清楚掌握。其中吳坤煌於昭和七年二月參加日本共產黨
　　　　資金局針對臺灣留學生之活動，並查出其廣為散布《赤旗》（日本共產黨
　　　　黨刊）之事實。

　　由於此檢舉，使尚在萌芽期的臺灣文化社團之活動不久即被終結。

　　根據以上內容，最後臺灣文化社團之活動在「第二次新聞由吳坤煌召集，於 8 月 20 日在本鄉西竹町張文環居所召開編輯會議，但由於葉秋木在 9 月 1 日參加反帝國遊行，且因被檢舉而間接導致此組織被發現」，最後造成雜誌未發行就受到「檢舉崩壞」告終。

　　然「檢舉崩壞」雖說是解散，也只是短暫的，未幾就在同時進行重建文化社團之行動，且朝著成立臺灣藝術研究會的方向前進。於此，可利用《臺灣總督府警察沿革誌》追溯從葉秋木[8]的被捕，到臺灣藝術研究會成立的過程。[9]另外，考量敘述時的便利性，《臺灣總督府警察沿革誌》中文化社團成員之姓名，排序後依次為：

---

[8]李筱峯著，《二二八消失的臺灣菁英》（自立晚報文化出版部，1990 年 2 月），依此書內容，葉秋木為 1908 年於屏東出生，中央大學畢業。為二二八事件犧牲者中的一人。關於這件事，是由野間信幸的提點而得知。

[9]《特高月報》中的內容以《特》註記。

　　王白淵、林兌、吳坤煌、葉秋木、張麗旭、張文環、林衡權、翁廷森、張水蒼、吳遜龍、謝榮華等 11 名。

　　1932 年

　　9 月 1 日，震災紀念日反帝示威遊行。（關東大地震 10 周年）葉秋木被逮捕，發現臺灣文化社團的存在。

　　9 月 22 日，偵查林兌、吳坤煌、張文環等人。同日於岩手縣逮捕王白淵。（《特》昭和 7 年 10 月號）

　　10 月 14 日，釋放王白淵（《特》昭和 7 年 10 月號中記載此預定計畫），被免除教職。

　　10 月下旬，釋放林兌、吳坤煌、張文環。

　　由上所知，林兌、吳坤煌、張文環三人於 9 月 22 日遭檢舉，被拘禁至 10 月下旬約一個月的時間。在被釋放之後，林兌被證實「以日本共產黨臺灣民族分部特別幹部之身分，於昭和 4 年（1929）16 日遭到檢舉、昭和 6 年（1931）3 月獲保釋」，由於上列事證在這次的行動中被證實，因此被取消保釋，並於 11 月 4 日再次遭到逮捕。[10]但，與此幾乎同時，吳坤煌及張

---

[10]註 4 中提到的小川、板谷論文中《岩手日報》上刊載之王白淵逮捕記事全文引用。由此文判斷，逮捕王白淵的理由是，被有關當局發現他提供資金，援助吳坤煌等人的文化社團活動，記載如下：（另外，同文中所見之「吳文惶」自不待言就是「吳坤煌」）

「（前略）本年八月一日，『臺灣民族解放運動文化社團』（註：筆者認為即是指『東京臺灣文化社團』。此社團的組成如本文中所提到，是在三月廿五日，『新聞』創刊則是在八月十三日。）此祕密結社正著手製作宣傳單及其他文宣，但因資金缺乏，而得到時任岩手縣盛岡市天神町字久保田三一岩手縣女子師範學校講師，且有深厚關係的臺灣人王白淵資金數百元之資助，在金援的過程中，雙方也有數度聯絡，並且屢屢積極活動擴大勢力，以至於警視廳對此情形有所警覺。（後略）」

另外，關於此時對王的檢舉，板谷榮城對王在女子師範學校時代的學生探訪調查之後得到結果如下：

「此一檢舉行動是在上課教室中，當著學生的面發生的，對這起事件尚有記憶的學生鎌田輝（1935 年畢業）說：『一名便衣特高來叫老師出去，王老師就這麼被帶走了。就算沒做什麼嚴重的事，你…』我就聽到這些。然而，學校對整件事的真正情況則是沒多作解釋，課就這麼休講了。在學生間『聽說王老師因為赤化而被抓走了。』的傳聞也不脛而走。另外，有拿到王白淵詩集《蕀の道》的學生也說：『在學生宿舍裡，高年級生說拿著那種書的話會被警察盯上，而把書

文環兩人已在著手準備文化社團之重建。

> 11 月 13 日，準備重建文化社團活動。第一次重建準備會，於神保町中華第一樓。參加者有：林添進、魏上春、巫永福、柯賢湖、吳鴻秋、吳坤煌、張文環。
>
> 11 月 15 日，第二次重建準備會，於本鄉區西片町，巫永福住處。參加者有：魏上春、柯賢湖、吳鴻秋、巫永福、張文環、莊光榮、陳某[11]等 7 名。
>
> 11 月 25 日，第二次重建準備會，於巫永福住處。
>
> 11 月 27 日，教職被免除而上京的王白淵之慰問會。於淀橋區相木町[12]黃宗葵[13]經營之料理店。參加者有：林添進、張文環、吳坤煌、吳鴻秋、魏上春、黃波堂等人。

　　重建準備如上所述，於 11 月中旬突然有了大幅度進展。此期間之事幾乎沒有比《臺灣總督府警察沿革誌》還要詳細的資料，而相關人員的說法也沒有新的內容出現，因此只能依據《臺灣總督府警察沿革誌》中所記載的資料。而由此資料的內容顯示，文化社團之重建在一開始時意見分歧的問題就浮上檯面。也就是由主張「此文化社團應所屬於『KOPF』為非合法組織」的魏上春、柯賢湖、吳鴻秋等人之非法路線派，以及主張「再度成為非法組織的話，不只參加這些活動的我們都將立即受到彈壓，一般的臺灣人留學生也會躊躇不敢加入，因此現在的方針應暫定為合法組織路線，待發展時再夾帶並行非法活動」的吳坤煌、張文環等人之合法路線派。兩

丟了』。」

[11] 所謂陳某應為陳水蒼。吳坤煌，〈懷念文環兄〉，《臺灣文藝》第 81 號，1983 年 3 月內容指出，陳水蒼邀請吳坤煌參加第二次準備會。他是吳在國民小學時代開始的友人，在臺中一中就學，其後前往東京帝國大學法學部留學。

[12] 「相木町」為「柏木町」之誤植。

[13] 黃宗葵，之後成立臺灣藝術社並刊行大眾娛樂雜誌《臺灣藝術》。參照河原功，〈雜誌『臺灣藝術』與江肖梅〉，《臺灣文學研究之現況》（東京：綠蔭書房，1999 年 3 月）。

方的爭執一直持續到 15 日，雖非法路線派之態度強硬，但最後「激辯的結果為以合法組織為過渡型態，著手準備進行創立。」而在第三次重建準備會上，很快就開始討論針對合法創立組織的對策了。只是，兩派對立的情形依舊持續著，如 27 日王白淵的慰問會上，林添進[14]對張文環之批判，而無視於王白淵主張之「強調說明客觀情況與主觀勢力的關係，這只是目前暫定的方針而已」，而在「意見對立的情形下便告散會。」結果文化社團之重建在激烈的對立下，從「日本無產階級文化聯盟（KOPF）指導下」之非法文化社團大轉向地變為強調合法之文化活動之團體。就這樣重建準備工作進行了一年，就在剛滿一年時正式成立。另外，這個團體的命名，在第一次重建的時候吳坤煌、張文環就已經著手準備了。

其後，如眾所皆知的，張文環為籌措資金而經營「TORIO（三重奏）」喫茶店，這間咖啡店也兼做該會活動據點。此外，「TORIO」最早是開在神田表猿町，後來才搬到本鄉西竹町。

三、《福爾摩沙》的創刊

關於《福爾摩沙》的創刊，《臺灣總督府警察沿革誌》有如下記載，雖與前文提到之《特高月報》某些內容重複，但姑且還是引用一下全文。

> 昭和八年五月，於本鄉區西竹町張文環經營之咖啡店「TORIO」，吳坤煌、王白淵、張文環、巫永福、蘇維熊、施學習、陳兆栢[15]、王繼呂、楊基振、曾石火等二十人聚集，選出編輯委員，由蘇維熊擔任編輯部長、所屬部員張文環，會計施學習、吳坤煌，並協議發行機關誌《福爾摩沙》。於十八日編輯部員共同完成創刊宗旨，並廣為發送。其創刊宗旨與創會宣言的內容幾乎相同。

---

[14] 《臺灣總督府警察沿革誌》中指出，林添進為臺灣共產黨東京特別分部指導之下的學術研究會（1928 年 12 月成立）之成員，此組織的立場為「東京臺灣無產者新聞擁護同盟」委員長。
[15] 「陳兆栢」為「陳兆柏」之誤植。

　　張文環、施學習、蘇維熊等為了徵求稿件及籌措發行資金而四處奔走，昭和八年七月，在本鄉四之十七號平野書房印刷《福爾摩沙》創刊號五百本，並分發至東京主要的新聞社、圖書館、會員及島內同志等手上，但為了符合合法化發行，而特別使用較為安全的方式撰寫，使得內容較缺乏煽動與宣傳的色彩。（臺灣藝術研究會之活動）

　　此外，從引用內文可見，「為了符合合法化發行，而特別使用較為安全的方式撰寫」，昭和 8 年，亦即 1933 年 7 月所發行的《福爾摩沙》其內容為何。茲揭載目錄如下：

創刊辭……………………………編輯部
　　　　—評論—
試論臺灣歌謠………………………蘇維熊
對臺灣文藝界的期望（投稿）…楊行東
給某位女性…………………………吳坤煌
　　　　—詩歌—
自殺行………………………………施學習
春夜恨………………………………蘇維熊
啞口詩人……………………………蘇維熊
一詩一………………………………楊基振
行路難………………………………王白淵
朦朧的矛盾…………………………陳傳纘
命運…………………………………陳兆柏
淡水的海邊…………………………翁　鬧
　　　　—小說—
落蕾…………………………………張文環
頭與體………………………………巫永福

龍………………………………吳天賞

此房出售………………阿爾封斯・都德

　　　　　　　　　　曾石火譯

編輯後記

　　由此可見，除了「創刊辭」以外有評論 3 篇、詩歌 8 首、小說 4 篇（包括翻譯小說）。另外，在使用與文字上，除了四首詩歌〈自殺行〉、〈春夜恨〉、〈啞口詩人〉、〈詩〉以外，都是以日語寫成，這一點便是《福爾摩沙》的最大特色。

　　從執筆的作者陣容來看，在創刊號中，前述 5 月 10 日在咖啡館「TORIO」聚集的會員幾乎一致，沒有出現在目錄中的僅有王繼呂一人，由此可見他們對《福爾摩沙》的創刊抱有多大的期望。除此之外，還有會員同人陳傳纘、吳天賞，投稿作者楊行東、翁鬧（如後所述，之後也成為會員同人）。《福爾摩沙》的成員至此可說幾乎全員到位了。其後還有劉捷加入，及從第 3 期開始成為同仁的吳希聖，加上這兩個人之後便是《福爾摩沙》全部成員了。

　　列舉出《福爾摩沙》所有成員名字之後，再來看他們就讀的學校吧。蘇維熊（1908～1968，出生於新竹縣新竹） 就讀東京帝國大學，當時是文學部英文科學生。張文環（1909～1978，出生於嘉義縣梅山）學籍雖設於東洋大學文學部，但幾乎沒有出席過學校的課程[16]。吳坤煌（1909～1989，南投縣南投出生）到日本之後，曾在日本齒科醫學專門學校及日本神學校等學校之間轉學，此時期的詳細情形雖仍不確定，但以某種形式持續於日本大學（藝術）及明治大學（文學）等校設學籍保留學籍是有可能的[17]。巫永福（1913～2008，臺中縣埔里出生）在明治大學專門部文科文藝就讀。王白淵（1902～1965，彰化縣二水出生）如後述，自東京美術學校畢業之

---

[16]野間信幸，〈張文環的東京生活與「父親的要求」〉，《野草》第 54 號（1994 年 8 月）。
[17]同註 10。此外，大學名及學部名是以目前調查到的有限資料為基礎整理而成的。

後，任職於岩手縣立女子師範學校。但後因從事文化社團活動而遭免職，此時為無業狀態。施學習（1906～1997，彰化縣鹿港出生）就讀於日本大學中文科[18]；曾石火（1909～1945，南投縣南投出生）就讀於東京帝國大學文學部法文科，陳傳纘（不詳）就讀於早稻田大學[19]；吳天賞（1909～1947，臺中縣臺中出生）就讀於青山學院英文系。其他還有楊基振（不詳，臺中縣清水出生）就讀於早稻田大學專門部政治經濟科；陳兆柏不詳；王繼呂（生卒年不詳，新竹縣新竹出生）學籍設於立教大學[20]。

　　後來才加入《福爾摩沙》團體的劉捷（1911～2004，屏東縣屏東出生）如後述，在此時期自目白商業學校（現目白學園高等學校）畢業後歸臺。吳希聖（1909～1964，臺北縣淡水出生）臺灣，無留學經驗。他是《福爾摩沙》裡唯一沒有留學經驗的人。最後是翁鬧（1908～1939，[21]彰化縣彰化出生）他當時尚在日本大學求學，在創刊號時雖是投稿者，但之後也成為《福爾摩沙》的同仁[22]。還有一位投稿者楊行東，其人物項則尚未判明。

　　從以上《福爾摩沙》同仁留學的狀況，可以發現幾乎都是文科出身，而且設籍於英、法、中文、文藝等方面的學部又占了多數。關於這情形，在考察日本殖民地時期的臺灣人留日情形可說是相當顯著的特徵。順道一提，劉捷對此現象有如下的分析：（針對原文中可能有錯的部分改正過後再翻譯出來）

　　「臺灣藝術研究會」於 1933 年 3 月 20 日成立，成員為當時在日之留學生吳坤煌、張文環、蘇維熊等人，他們並發行了共三期的《福爾摩沙》。

---

[18]止確的學部、學科名不詳。此外，與他們有關係的學部、學科名為當時慣用之名稱之記載，甚難期以為正確。尚待今後之調查。
[19]同註 10。
[20]同註 10。
[21]參照靜宜大學中文系，《臺灣文學史料調查研究計畫（上輯）》（1987 年 6 月）。
[22]同註 10。

葉石濤在《臺灣文學史綱》中有正確的記載，這些在日留學生組織藝術研究會，並發行文藝雜誌這段期間，乃是臺灣新文學運動的「成熟期」。若要說原因的話，這些留學生團體大多為文學之愛好者，例如蘇維熊（東大英文科）、曾石火（東大法文科）、施學習（日本大學中文科）、巫永福（明大文藝科）、王白淵（東京美術學校）、張文環（東洋大文科）等人，他們都是在大學裡正式攻讀文學的青年。過去臺灣留學生大多修習法律（畢業後做律師），醫學（畢業後做開業醫）等，都是以經濟能力取得社會地位為目的。只有這個團體以文學為志向，也有像張文環、吳坤煌、曾石火、巫永福等這樣立志成為日本文壇作家的人。這樣看來，時代的轉換，可以說是臺灣人的思想及文化從政治的現實面上，飛躍性地踏上追求精神文化的新階段吧。

——前揭書《我的懺悔錄》

劉捷在此書中指出《福爾摩沙》同人的留學志願，與以前的臺灣留學生比較之下顯著的特色，也就是從法學、醫學等實用學科，轉變到「追求精神文化」的文學科系，這是臺灣留學生志向的一大變化。更重要的是，劉捷將這一現象視為「時代的轉換」。

那麼，又是什麼緣由讓這些人匯聚到「福爾摩沙」來的呢？以下將探討王白淵、張文環、吳坤煌、巫永福、劉捷等幾位主要成員相識的過程。

「福爾摩沙」團體中資歷最深的就是王白淵。他也是最早留學東京的人，於 1925 年 4 月從臺北師範學校畢業之後，便前往東京留學。本稿在前面一開始提到的板谷榮城的查考，認為王於「1926 年 3 月從東京藝術大學的前身，東京美術學校圖書師範科畢業」。其後，如前所述任職於岩手縣女子師範學校，但是依板谷的說法，他到任時是同年「1926 年 12 月 15 日」[23]。若是依照赴日的先後順序來細述，張文環是相對上比較早來到日本，

---

[23] 依註 4 所載，小川、板谷之論文內容，王白淵前往同校赴任的經過，是因為曾是東京美術學校同學的「女子師範美術老師今井退藏入伍，因此多了一個缺」，而被校長久保川平三郎採用。詳細

1927 年進入岡山中學[24]。接下來是劉捷，屏東公學校高等科畢業後，不久即擔任臺灣新聞高雄分部的見習記者，在 1928 年夏赴日，進入目白商業學校夜間部（5 年制）三年級就讀。吳坤煌與巫永福在翌年 1929 年赴日。吳坤煌似乎又稍早一點，關於吳赴日的來龍去脈，在《大阪朝日新聞》「臺灣版」（1937 年 3 月 12 日）中記載，「臺中師範在學期間投身於民族解放運動，在畢業前被處以退學處分，昭和 4 年上京」。巫永福於同年臺中第一中學畢業後，前往名古屋第五中學（現愛知縣立瑞陵高等學校）就讀[25]。如此一來，上述 5 人全部都於 1929 年在日本。

在臺灣可能未曾有過交流的這些人，赴日後是從何時開始互有往來的呢？事證就在《臺灣總督府警察沿革誌》中所記載之事件中。

> 此時（昭和五年春）任職於岩手縣女子師範學校的王白淵，出版詩集「荊棘之道」（注：正確應是「蕀の道」），因而在左翼文壇嶄露頭角，並開始和在東京之林兌、吳坤煌等人書信往來，之後也自然而然地互相交換無產階級藝術運動之心得與意見，並於昭和七年二月討論組織臺灣無產階級文化聯盟之計畫。

由此可知，王白淵與林兌、吳坤煌之間開始互有往來。這三人的交流是在王的詩集出版之後以書信往返。《蕀の道》（盛岡，久保庄書店）出版日期約是在 31 年 6 月之後。另，引用文中雖有提到「因而在左翼文壇嶄露頭角」，但此處之「左翼文壇」所指為何尚不明。關於這一點，調查了當時的無產階級文學系雜誌（包括詩雜誌）後，也沒有看到名為《蕀の道》的詩集。只是為《蕀の道》寫序（日期為「1931 年 1 月 17 日」）的是眾所皆知的謝春木，在當時謝任職於臺灣新民報社編輯部，也是在東京臺灣人當

請參照該論文。

[24]張文環赴日。《張文環追思錄》（臺中：家屬自版，1978 年 7 月）。張文環，〈雜誌「臺灣文藝」的誕生〉，《臺灣近代史研究》第 2 號（1979 年 8 月）。

[25]詢問愛知縣立瑞陵高等學校之後，得知巫永福是名古屋第五中學第 21 屆學生。

中略有名氣的記者，因此也能認爲林兌等人能夠很容易的得知這本詩集的出版。先不論此事，他們在「討論組織臺灣無產階級文化聯盟之計畫」一事上（此計畫已於前章所述），實際見面的時間，同樣依《臺灣總督府警察沿革誌》中記載，是在隔年 1932 年 3 月，王白淵「從仙台前往東京」與林兌會面，而且在 3 月 25 日「與林兌、葉秋木、吳坤煌、張麗旭[26]會面」。

那麼，林兌跟吳坤煌之間又是什麼關係呢？先前在《臺灣總督府警察沿革誌》中於檢舉臺灣文化社團時的記載，提到吳「參加日本共產黨資金局的活動，並且以臺灣留學生爲對象」，而林則是以「日本共產黨臺灣民族分部日本特別分部員」的身分進行活動[27]，可以得知這兩人在認識王白淵之前就已是舊識。

張文環與吳坤煌又是怎麼認識的呢？張在 1931 年時從岡山中學畢業進入東洋大學文學部就讀。由吳坤煌的說明，他們之所以認識乃是「經由與我同鄉且同租屋處的莊光榮的介紹，於民國 21 年（1932）的初春時，在東京本鄉區一丁目西竹町，文環兄的岳父家中認識。」[28]所謂岳父家即是張文環之妻——定兼波子的娘家。根據吳坤煌的說法，介紹兩人認識的莊光榮，與吳、曾石火、巫永福等人都是臺中一中的畢業生，之後前往日本齒科醫學學校就讀。先前舉出之文化社團第二次重建準備會的 7 人名單，他就已經名列其中，是由於吳坤煌的邀請。

巫永福於 1932 年時從名古屋第五中學校畢業，進入明治大學專門部文科就讀，詳於後述。巫永福與《福爾摩沙》的關係，也是由和張文環認識而產生的。進入明治大學就讀，而對發行文藝雜誌抱有憧憬的巫永福，他和張之間認識的經緯，由他自筆寫道：「我和他認識的時候是民國 21 年

---

[26]東京帝國大學畢業。同註 10。

[27]《特高月報》，昭和 7 年 11 月。

[28]吳坤煌，〈懷念文環兄〉（同註 10）。關於此處，這裡所舉的「本鄉西竹町」經野間信幸氏的調查後發現，1933 年 2 月「東竹町與本鄉一丁目合併」因而改了町名。因此，臺灣藝術研究會的根據地「東京市本鄉區一丁目十三之二定兼」也就是其妻的娘家。參見〈探詢張文環的居住地〉《中國文藝研究會會報》第 154 號（1994 年 8 月）。

（1932）年初，我知道他也是對文學有興趣的同好，便去他東京市本鄉區元町的住所拜訪」，就是在那時他們討論了發行雜誌的事。此外，此引用文中雖說兩人相識是在 1932 年之「年初」，但在巫永福書函內[29]，可以得知其實是「五月初」的事。也就是說，巫永福在上京之後不久，明治大學新學

---

[29] 葉笛，〈巫永福的文學軌跡〉，《臺灣文學巡禮》（臺南：臺南市立文化中心，1995 年 4 月）。從引用文中所見之「本鄉元町之寓所」是指張文環妻「本鄉區西竹町」之娘家。筆者於 1998 年 3 月 7 日完稿後，針對數點不明處向巫永福氏以書信請教。對方很快地在 4 月 3 日回信。根據此回信，對方原先一直認爲西竹町的邊界也是元町。巫氏於 2007 年 5 月所寫之《巫永福全集》全 15 卷爲傳神福音文化事業有限公司刊行，其中對《福爾摩沙》有著詳盡的描述。此次收到的回信中，雖然大體上的敘述是一樣的，但對上述各點而言，是由本函才得以明確化。因此，在取得巫永福氏的許可之後，將全文揭載於下方，以供研究參考之資料。在此想對巫永福氏之大力相助深表謝意。（由於信件原文並未附上標點符號，爲求閱讀便利，筆者自行加上。舊字體也改爲新字體。此外，後半部的三、四爲筆者提問之號碼。）

[1998 年 4 月 3 日巫永福氏之信函]
收到您的來信，現回覆您所詢問之疑問。
1932 年 3 月我從名古屋第五中學畢業，拒絕父親對我從醫的期望，4 月進入明治大學文藝科。之後開始小說及詩等等之創作。因此對文藝雜誌之創刊抱有期待。此時聽聞東洋大文科之張文環居於附近，便於 5 月初拜訪其位於本鄉元町之寓所。他與定兼波子一家同住，其弟張文欽也住在那裡。我認爲當時他們已經結婚了。西竹町的事情我不清楚。當時我 19 歲，還是個年輕小夥子。我大膽提出創刊文藝雜誌時，這提議馬上就被贊同了，他們並立刻召集友人商討，隨後在神田中華料理店做第一次的集會。來的人年紀都比我大，且都是第一次見面。在談話當中我才得知有人是文化社團的成員而感到有些緊張。在聽到此文化社團乃是左翼集團之後便有所警覺。我也聽說因爲此文化社團的關係，導致王白淵被免職，張文環、吳坤煌兩人的學業也被迫中斷。我因爲擔心這個社團會影響到我的學業，也擔心自己提議的文藝雜誌會變成此社團的機關誌。事實上他們也是這麼主張的。由於我的極力反對，當天沒有得出結論便告結束。從第二次集會開始，就是在我住的八疊大的地方舉行。我家境富裕，大哥在名古屋醫科大學，之後取得醫學博士，並在臺中開設永昌醫院。二哥當時在名古屋第八高等學校，之後京都帝國大學理學部畢業，戰後成爲臺灣大學教授。另外，我的父親在當時任職於埔里信用公會會長，也是當地有頭有臉之人。在過去，左翼思想與我無關，但這也不意謂我是右翼主義，我只是一個人道主義者。會議一直不歡而散，1933 年我剛滿 20 歲，積極和王白淵及吳坤煌會面，說明我們學生的身分參加文化社團會影響學業，並尋求他們的諒解，王白淵、吳坤煌及張文環因都是有經驗的人，贊成退出文化社團並鼓吹其他留學生參加，如蘇維熊、曾石火、施學習、楊基振、陳兆柏、王繼呂等加入，而組成了臺灣藝術研究會，並創刊了文藝雜誌《福爾摩沙》。創刊檄文由蘇維熊起草，封面由吳坤煌設計，平野書房贊助出版。名古屋五中後來改名爲熱田中學，戰後才改成現在的校名。
三、蘇維熊（1908～1968），臺灣歌謠研究者兼英國文學者，戰後任任國立臺灣大學教授。施學習（1906～1997），白居易研究家，戰時任職臺灣興南新聞社時曾被徵召前往南洋戰後長期擔任金陵女中校長。吳坤煌、吳天賞和翁鬧三人是臺中師範的同窗，其中吳天賞從青山學院大畢業後，戰時曾擔任興南新聞社社會部記者。
四、東京臺灣藝術會成員幾乎都是留學生，1935 年我畢業，這時全部成員才都畢業，組織並改名爲臺灣文藝聯盟東京支部。其成因一是 1934 年臺灣文藝聯盟成立以前，賴明弘曾到東京來找我、蘇維熊和張文環議與之合流，那時我們以等成員都畢業了再說而婉拒，所以直到 1935 年我返臺後加入臺灣文藝聯盟，東京的我們組織便納入爲其東京支部。創立福爾摩沙的相關者只剩我一個人。我也已經虛歲 86 歲高齡了。而當初投稿作者劉捷已經 88 歲，回憶起這些往事，福爾摩沙是我的一個夢。

期剛開始之時，兩人就認識了。如此，從結果上來說巫永福受張文環之
邀，從文化社團重建活動最初之時便參與其中了。當時 19 歲的他是關係人
中最年輕的。

　　劉捷從《福爾摩沙》創刊號開始，便與此刊有著密不可分的關係。
1932 年 3 月文化社團成立後，正當要開始活動時，劉捷從目白商業學校畢
業，並於同年夏天返臺。本來擔任記者工作的劉捷，如前所述，返臺後回
到臺灣新聞社擔任屏東分部的記者。我想就劉捷在《福爾摩沙》的寫作活
動另起稿論述，但關於《福爾摩沙》創刊一事則與劉捷並沒有太大關聯。

　　行文至此，雖然尚有許多不明之處，但針對臺灣藝術研究會的成立到
《福爾摩沙》的創刊為止，已經對可知的部分做了一番敘述。同時對《福
爾摩沙》中的成員間之活動，也從極少的資料中描繪了出來。最後，筆者
想就前述的巫永福進入明治大學專門部文科文藝科就讀的事情，稍作說明
並進入結論。

　　巫永福在〈悼張文環兄回首前塵〉（參照《張文環追思錄》）中有如下
之敘述：（原文為日文）

　　　當時明治大學文藝科的科長是日本的名作家山本有三，其名風靡於世。
　　有名的小說家菊池寬也來學校授課，除此之外尚有其他名人。舉例來
　　說，小說創作的教授有里見淳、橫光利一、船橋聖一，戲曲創作與理論
　　的教授有岸田國士（戰爭中任日本政府之文科部長）、豐島與志雄，新詩
　　的教授有室生犀星、萩原朔太郎，評論的教授有小林秀雄、阿部知二，
　　法國文學有辰野隆教授，俄國文學有米川正夫教授，德國文學有茅野教
　　授，英美文學有吉田教授，相對性理論有石原純教授，音樂則是由山田
　　耕筰教授教導概論，其他如生物學也是由當時日本的權威學者授課。山
　　本科長胸懷多大的抱負，由此可見一斑。而且他非常注重實地觀摩教
　　育，在一般的課堂時間，教授會帶我們去「築地小劇場」參觀，或是觀
　　賞安東・帕夫洛維奇・契訶夫的「櫻桃園」、菊池寬的「父親歸來」等等

劇作，另外，也看過「勸進帳」、「忠臣藏」這些歌舞伎演出。

　　在此文中，巫永福強調了他當時就讀之明治大學專門部的文科教授陣容是如此的豪華。在他入學的 1932 年，正好是明治大學專門部文科重整那年。《圖鑑・明治大學百年》[30]中的資料顯示，明治大學於「明治 36 年（1903），依專門學校令，由明治法律學校改名為明治大學時，雖同時新設了商學部與文學部，但由於時勢難抗只辦了兩、三年便告終止」，於「昭和 7 年（1932）盛大復活」。此處所指之「復活」除了專門部文科的重建以外別無其他。這是以「昭和六年，本學校五十周年紀念大會」為契機發起的。在重建的專門部文科以「第一部文藝科，第二部史學科」出發。巫永福在這次重建之初便進入文藝科就讀了。另提出一件值得參考之事，從當時的文科專門部文藝科之教授陣容來看，《明治大學・1956》[31]中，「專門部時代的文藝科，與其他大學的文科有所不同，以培養作家及記者這樣特殊的目標為宗旨，以第一任科長山本有三為首，當時文壇中的佼佼者皆在教壇上盡一己之力」。確實如巫永福所說，在執教陣容中當時有著非常值得驕傲的學者群[32]。在這樣的文學狀況下，是考察《福爾摩沙》文學時，絕不可遺漏的當時代氛圍。關於此點，筆者將另起新稿詳細論之。

　　附記：完成本論渥蒙劉捷、巫永福、王昶雄先生及北岡正子教授等人提供珍貴證言、重要文獻資料和親切指導，感激不盡。特別是劉捷和巫永福先生以《福爾摩沙》當事人身分，對筆者在訪談時或寫信詢問時提及的諸多問題，均不厭其詳、懇切細膩地回應，尤其從兩位當事人的談話，讓我獲致甚多的啟發和進一步的了解，在此謹致上個人最深摯的謝忱。

——選自《左連研究》第 5 期，1999 年 10 月

---

[30]明治大學創立 100 週年紀念事業委員會歷史編纂委員會編，《圖鑑・明治大學百年》（1980 年 11 月）。
[31]出版後記闕如。
[32]《昭和 10 年 7 月明治大學一覽》（東京：明治大學事務局，1935 年 7 月）。

一個殖民地少年的啟蒙之旅
析論張文環的小說〈重荷〉

◎陳萬益*

一、母子連心親情溫馨可貴

　　張文環的小說〈重荷〉於 1936 年 12 月，和翁鬧的〈羅漢腳〉、楊逵的〈水牛〉、黃寶桃的〈人生〉，同時以日文發表在新創刊的《臺灣新文學》雜誌，由於張、翁、楊三人作品中的主角都是少年男女，因此隨後刊出的簡短文評，多有把三篇拿來互相評比的情形，〈重荷〉被認為是最優秀的。

　　多年前，筆者曾草一文簡述張文環的小說藝術，文中不能完全苟同前輩所謂張文環是「粗線條的人、粗線條的作品」的說法，並提出〈重荷〉一例，表示張氏小說不盡然「情節不明晰」、「結構不緊密」、「焦點不明確」，只是此文並未對〈重荷〉做進一步的分析。民國 83 年 9 月，筆者曾以〈有關張文環及其文學的幾個問題〉做為公開演講，其中即有專節解讀〈重荷〉，得到聽眾的回響。

　　邇來，拜讀張文環新出土、新譯的一些文獻，又看到日本和臺灣學者新近的一些論述，多有肯定〈重荷〉並給予進一步申論的，許多新意頗值得肯定，對我們了解張文環的了解增進不少。其間還有些剩義，可以再加發揮，筆者乃不揣淺陋，再以精讀的基礎，輔以相關文獻，期能較完整地呈現〈重荷〉的小說藝術與內在精神，以就教於同道。

　　〈重荷〉的篇幅不大，從人物和情節來看，很容易就被定位為寫母子

---

*發表文章時為清華大學中國文學系教授，現為清華大學臺灣文學研究所教授兼所長。

親情的小說，野間的論文如此描述：

> 本篇作品的故事很簡單，描寫住在山村裡的一對貧窮的母子，到山腳下
> 的市場去賣香蕉，他們互相安慰的形影，令人聯想到現實的生活問題。
> 在內容多半悲觀的早期作品之中，這是難得一見的溫馨作品。

　　如果只是從母子關係的單一線索來看，本篇主角，11 歲的少年健，受
母親要求，不得已挑起香蕉擔，與母親同行，途經幾次陡坡，到數里遠的
市場去販售的艱辛旅程，雖然健的思緒和心境呈現幾度變化，最後還是母
子連心，互親互諒，洋溢親情，確實溫馨可貴。

　　然而健是在心不甘情不願卻又不好拒絕的嘔氣的心情下上路的，因
此，一開始就憤恨不平、自怨自艾；恨母親不曾與他買漂亮的衣服、什麼
東西都只給弟弟；怨自己不生在城裡富貴人家，穿著不體面、不便親近學
校的女生，甚至懷疑自己不是母親親生的。

二、描畫活生生的人心底深處的聲音

　　〈重荷〉中的母親則是堅忍負重，張文環有很具體的細節刻畫：

> 母親也急急拿起背帶套在才剛兩歲的弟弟腋下，用力往肩上一帶，但是
> 因為肩上還要擔扁擔，所以孩子就像一只布袋似地鬆懸在背上。背帶纏
> 了幾圈，然後牢牢在胸前打了一個結，隨後拿起扁擔，彎腰挑起裝在二
> 只甘藷籃裡的香蕉。估量大概有 60 來斤重吧？

　　這段細節呈現了加諸山村貧婦有形的外在的重荷之鉅大，也因此使健
在瞥見從山坡吃力地走上坡的「被香蕉壓駝了背」的母親的身影時，立刻
聯想到死亡，而從不滿的情緒，轉化為強烈的憐憫，激動得連喊帶淚的奔
向母親，此後就一步一趨地，不肯撇下母親一個人獨自走了。

　　健與母親到了市場，共同面對商販的殺價剝削、稅務員言詞的辱罵，母親雖然委屈求售、據理抗稅；健則眼睜睜地看著母親受辱，即使忍無可忍，也不能發一語，只能頻頻拉扯母親衣袖，退一步自保。

　　母親最後還是繳足了稅款，而以精神勝利法詛咒稅吏、嚥下不平。

　　母子親情的溫馨，尤其在苛刻的現實底下，特別凸顯；在城鎮受到挫折、屈辱之後，回家的路上，相濡以沫的話語，乃是生命的最大支撐力量。

　　全篇母親上城鎮販售香蕉的過程，母親的形象既柔又剛，她對商販和稅吏的對話，表現得獨立堅毅，雖然隱忍，然而不懼，津留信代認為「張文環的文學是在小說裡，能夠聽到主角直接發出聲音，才感到魅力。不只是提起問題而告發，他的小說確實描畫出活生生的人從心底深處叫出的聲音。」在〈重荷〉的母親的身上，我們又得到一個活生生的印證的例子。至於她把已經不在的父親的針織襯衫穿在身上的深情，以及全篇她對健的話語都出之以商量和請求，這也使得健和讀者倍覺人間的溫馨。

　　可是，除了母親的愛和家庭窮困的現實之外，健沒有太多的言語，心境卻是不斷在騷動，他最後在回家的路上，雖然默默不語，對母親的問話也只以搖頭回應其中所含藏的，除了溫馨之外，恐怕有更多的內容，也就是說張文環此篇作品透過健的行旅委婉曲折透露出來的信息，也就是前引野間文所謂的「現實的生活問題」，尤其是日據下臺灣人的現實生活問題，應該更值得推敲吧！

　　我們先看小說開頭的文字：

　　「旗日（按：國家紀念日）不去也好吧？」母親說。但是，健認為：上學的日子中，旗日是最快樂的日子，所以，一定要去。

　　小說的開頭，母親與健即形成對立，對立的原因是母親認為紀念日不必上學，要求健幫忙家庭生計是應該的；而健則認為紀念日，學校舉行的

慶祝儀式、和穿戴整齊美麗的女生等都令人神往，是上學中「最快樂的日子」。因此，健不得已接受母親要求先上市場再上學以後，兩個人上路時候的認知和期待便形成落差。在母親來講，只是尋常的上城鎮販售香蕉的行旅；對於健來說，上學校、參加儀式則是可以帶來滿足和快樂的，他的心靈追求和母親的現實目標是背離的。

西元 1935 年，日本殖民統治臺灣已 40 年，健和母親及兩歲的弟弟，住在貧困的山村，父親不在，寡母孤兒艱困地生活著。他已經是公學校三年級的學生，要走一里半的路程才能到遙遠的城鎮學校去讀書。

1898 年，日本殖民政府在臺設立公學校，收臺灣人子弟，和小學校供日本人子弟就讀。公學校的教育宗旨是使臺人兒童精通日語，並培養作為一個日本人所應有的性格，講授課程主要是日語、修身、讀書，尤以日語為主，因為「國語（日語）為我國民精神所在，其與修身一道，在國民精神培養上須占特殊的地位。」這樣的殖民教育、奴化教育，當然令有識之士失望，賴和質疑說：

> 六個年間受過學校教育的薰陶，到現在沒有一些影響留在我的腦中，所謂教育的恩惠，那是什麼？是不是一等國民的誇耀就胚胎在學校裡？絕對服從的品性是受自教育？

可是，一個世代過去了，舊的書房沒落了，大部分學齡兒童都進了公學校，賴和也只好送他的孩子進學校，他也只能渺茫的希望學校不要再使他的孩子和他一樣的失望 。

總督府顯然貫徹了它殖民教育的精神，健即使要跋涉遠路就學，即使只是三年級，他已經完全遵從殖民教育的規範，認同殖民教育的建制，並且接受了殖民教育的價值。譬如他對師長必恭必敬的鞠躬，他努力追求甲等的操行成績，他戰戰兢兢地反躬自省：

三年來，自己一向是規規矩矩地鞠躬、行禮，但是關於禮節，似乎還是很難做到盡善盡美、合度得體，或許該學習的地方還多著呢。是不是因為自己是鄉下人的孩子，就連骨氣也沒有了，才會這樣膽怯、畏縮；見不得人似的？就連有時候進辦公室，也總是顯得局促不安，連手腳都不曉得往那兒擺才好。或者這跟自己不曾當過級長也有密切的關係？以後還得更用心才好。

這樣的自我責求、刻意迎合，甚至於自覺到性格之膽怯畏縮，沒有骨氣了，還要求自己更用心，這不正是被殖民被馴化的具體說明嗎？雖然如此，上學讓健對人生有所期望，有個目標——在陽光下閃閃發光的金質杓形肩章，以及燦爛生輝的腰際佩刀，代表老師的榮耀的物質，正是他所仰慕追求的最高價值，當他脫帽向老師行最敬禮的時候，「宛如自己是偉大人物的僕人」。而老師勉勵他們的話：

> 你們看看這個（指佩刀），只要你們肯用功，就可以得到判任官喔！

健全牢記這話，將人生的目標鎖定在那樣出人頭地、衣錦還鄉的老師職任，想要盡快去讀師範學校。

三、藉「民俗風」作品創造另類空間以延續其控訴

張文環在 1942 年為文描述其創作文學的心情，有如下的一段話，可見健的求學和人生目標曾經是張氏本人人生某一階段的告白，他說：

> 鄉下人出身的我，從小就不曾抱持過像都市小孩那樣偉大的抱負。最多當個學校的老師，盡孝供養雙親，我覺得這樣已是人生最大的幸福了。我的故鄉是個深山裡的小村落，村人們以擁有和睦的家庭、受村人們接納的歡迎為人生最大的願望；而且認為定居到應該落腳的地方是人倫之

常。春天有春天的祭典、秋天有秋天的廟會，村人們簡直為了這些例行
儀式活動如被追趕般地工作著。廟會期間村裡的熱鬧氣氛，哪家有人辦
喜事時所洋溢的溫馨歡樂，在在使這些村落的人們歡心鼓舞。就是這些
平凡和單純的活動在運作著，然而生活中卻有著未被任何人發覺的浪
漫。連娶個又漂亮、性情又溫和的兒媳婦、生個寶貝孩子，這些事不必
說也是喜事一樁。讀詩書、講道理給村落的人們聽，畢竟還是為了使村
子更加美好的一個夢想。濃霧籠罩著這個村子，快到冬天的時候，農民
們就準備做竹器工藝的副業。我就是在這樣的環境下被撫養長大。雖然
為了進公學校讀書，我不得不離開這個深山裡的村落，但是公學校座落
之處仍舊是個位在山腳下的村莊。可是這村子裡的人們與住在深山裡的
人們不同，淨是些非常俗氣的人。大體上，覺得好像是在那裡從此斷絕
了我孩子般的天真生活。

　　張氏這一段自述，中間部分對於山村的溫馨歡樂，洋溢著依依之情，
在他後期的作品如〈夜猿〉、〈閹雞〉等有相當具體感人的呈現，或者以為
在日治末期，張氏已藉此類「民俗風」的作品，創造出一個「具有懷鄉性
和抗外性的另類空間」以延續其左翼文學精神和對社會體制的控訴，而在
〈重荷〉文中，莊稼漢對母子生活的關懷，以及文末簡短山村霧景和山谷
牛叫所展望的對母子挫敗心靈的撫慰，已經透露了張氏對土地感情和心靈
的追求。而引文中張氏當老師的抱負以及遠離山村進公學校，和不得不面
對「俗氣」的人們，終於斷絕孩子的天真生活，與〈重荷〉中健的情形，
幾乎符節完全相合，幾令人不禁懷疑健就是張文環。

四、無父的被殖民者的生存現實

　　張氏所謂的「俗氣」說得很含蓄，不夠具體，而他所喪失的「天真生
活」的具體內容，以及此後的轉向，也完全沒有道及。這就好像〈重荷〉
中的健，在他原本是最快樂的日子，在他期待著與可愛女生一同慶祝，在

他滿心希望在老師面前好好表現的時刻，在頌讚我皇治世的〈君之代〉國
歌合唱「像寧靜的湖水般漾了開來」，健竟然「連說要上學的力氣都沒有
了」，即使仍然來得及，他還是沒有接受母親的善意催促上學，沉默搖頭，
此等不言之言，實質表示健因為上學，因為老師的鼓勵等等隨著殖民教育
體制所帶給健的少年的天真的生活的幻想隨之崩潰，而在陰慘的影子籠罩
下，弟弟沒來由的哭聲，以及健和母親急急趕路下，健的精神的無形的重
荷在憶起父親被奪走的景象具體深刻的浮現：

> 健想起那一天早上的父親，腳步不得不也跟著加快。彷彿後頭有人在追
> 趕著他們似的。將來，母親是不是也會跟父親一樣被奪走呢？

天真的消失，陰影的籠罩，健終於醒覺自己所處的現實——一個無父
的被殖民者掠奪踐踏的生存現實。

五、觸動靈魂愁慘陰影揮不去

王白淵說：「在殖民地長大的人，都一樣地帶著民族底憂鬱症。」可
是，憂鬱之來，有早有晚，謝春木為王氏的《荊棘之道》作序，曾道及兩
人被殖民的自覺情形，他說：

> 一樣十六歲的時候，我們一同進臺北師範念書，那時我已經著了憂鬱之
> 蟲，但是他很天真，很快活，好像在春前明朗地歌唱而跳舞底小鳥一
> 樣。他受大家的愛著而離開了學堂。和小孩子們坐一起的他，一定很幸
> 福的罷……但是經過兩年中間，他亦受著種種社會的苦難，因為血的不
> 同，事事受差別的痛苦，沒道理的壓迫等，使他明鏡一般清澄的心裡密
> 集了一朵黑雲。他亦充分地嘗過了在殖民地長大的人不能不嘗的東
> 西……

　　王氏屬於後知後覺，在踏入社會以後才逐漸去除了無知和天真，1931
年出版《荊棘之道》，吐露了「臺灣人的悲哀」；而從〈重荷〉此篇對於張
文環個人或者同時代許多臺灣人都具有相當代表性的殖民地少年的啓蒙之
旅來看，在 1940 年代戰爭時期，總督府殖民高壓統治下，臺灣文學改批判
爲內斂，變直接爲隱微，相對於 1920、1930 年代的淋漓痛快，張氏的篇章
更具有觸動吾人靈魂的力量，和揮之不去的愁慘陰影。

——選自《中央日報》第 19 版，1996 年 6 月 29～30 日

一個殖民地作家的自畫像
論張文環小說中的「成長」主題

◎陳建忠[*]

一、前言

　　張文環（1909～1978），身爲一個日本帝國新式教育下成長起來的日文作家，必然有與先前的漢文世代，乃至前幾個世代不同的成長經驗。我以爲，張文環日後遍歷荊棘之路（如其篇名〈茨の道は續く〉），雖多爲與時局應對之作（先不論是抵抗或協力），但，殖民地下臺灣知識分子的特殊命運，常使張文環感到焦灼難安，是無庸置疑的。此種尋求自我安頓的困難，使他對於自我的成長歷程時時顧盼，亦每每行諸文字，若將它們連綴讀之，一個殖民地作家的自畫像於焉顯影。

　　這些作品雖未成系列，但也自成其內在理路，足以構成一個以「成長」爲主題的小說群落[1]。而本文所以由這個角度切入來重讀張文環小說，與筆者對於「成長小說」此一小說次文類的興趣有關。閱讀臺灣成長小說，除了可以同樣經歷文本中主角的成長歷程外，也可藉此省思自我的成長經驗，相互對照之下，對於臺灣文學史與自我生命史都會有新的體悟，這可能又是另一次成長的開始。

[*]發表文章時爲清華大學臺灣文學研究所助理教授，現爲清華大學臺灣文學研究所副教授。
[1]高嘉謙曾在其論文中提到：「啓蒙與成長作爲張文環小說的核心主題，確實也是其原鄉追尋中可貴的價值」，應是較早有意識地、整體地提出張文環對於描寫成長歷程之小說的論文，但此點並非其論文重心。本文則進一步將張文環文學置於整體臺灣成長小說的脈絡中觀察，也加入新譯出的〈山茶花〉一併討論，試圖提出筆者以成長主題角度閱讀這些小說時的個人觀點。高文觀點見氏著，〈張文環與原鄉追尋〉，《多向的蛻變：第三屆全國大專學校文學獎得獎作品專集》（臺北：行政院文建會，2000 年 10 月），頁 534。

　　筆者試圖將臺灣作家描述成長歷程的小說史，視爲臺灣人自我認識的
經驗總和。也即是透過不同時代的成長小說，看待臺灣如何面對各種文化
的衝擊，從一個世界史中的所謂「化外之地」，而逐漸成長變爲如今的面
貌。除了張文環外，其餘值得注意的作品，略舉其例還有像賴和〈阿四〉、
〈無聊的回憶〉，周金波〈「尺」的誕生〉，吳濁流《亞細亞的孤兒》，鍾肇
政《八角落下》與《濁流三部曲》，王文興〈命運的跡線〉與《家變》，七
等生《跳出學園的圍牆》，吳祥輝《拒絕聯考的小子》，白先勇〈寂寞的十
七歲〉、《孽子》，陳映真〈我的弟弟康雄〉與〈鈴鐺花〉，林懷民〈蟬〉，吳
錦發《春秋茶室》，林雙不〈大學女生莊南安〉，朱天文〈小畢的故事〉，張
大春《我妹妹》等，均可以由成長小說的角度，提供讀者思索作者、讀者
與臺灣的成長經驗，並可窺見整個 20 世紀臺灣成長小說與臺灣人自我認識
的演變[2]。

　　因此，這裡有必要針對成長小說在西方發展的過程略加說明。作爲一
種「類型小說」，成長小說（bildungsroman 或 educational novel）意指：「小
說主角從童年進入成熟期透過多種經驗，特別是一次心靈危機，終於能認
清自我及他在世界的處境，在這個過程中他所有的內心與性格發展即是此
類小說的主題」[3]。

　　成長小說的發展大約起於 18 世紀歐洲的啓蒙運動。當時歐陸諸多思想
家相信只要有良好的人文教育，就能培養出成熟有用之人。而成熟之準
則，便在於其個人是否能成功地融入社會體系。但也有人認爲，成長小說
是一則「天真喪失的寓言」，認爲童年與原始狀態是對照當下社會的一種理
想狀態，而「天真的喪失使他獲得經驗」、「童年和天真的喪失使許多西方
文學爲之著迷，至少從啓蒙運動起就是這樣，當時人被宣稱爲性本善，只
是後來受到社會的腐蝕。假如我們能夠回歸童年，或崇高的原始狀態，假

[2]這方面的主題研究，目前已陸續有研究者投入，可參照陳瑤華，《王文興與七等生的成長小說比較》（清華大學中文所碩士論文，1994 年 1 月）。鄭雅文，《戰後臺灣女性成長小說研究──從反共文學到鄉土文學》（中央大學中文所碩士論文，2000 年 6 月）。
[3]M. H. Abrams, *A Glossary of Literary Terms*. New York: Holt, Rinehart and Winston, 1981. p.121.

如我們能保持童年的自發性，那麼我們的主使者和個人問題將不復存在」[4]。

　　成長小說之出現在西方世界自有其特定的思想背景，西方人對於教育、兒童的關切，正與他們新興的資產階級文化對於「新人」的期待有關。因此，在談成長小說時必然需要先談及 18 世紀後期發展起來的「教育小說」，這種小說，是啓蒙運動思想家宣揚其哲理的一種形式之一，因此也被歸入於所謂「哲理小說」之列。

　　18 世紀的歐洲，興起盧梭（J. J. Rousseau, 1712～1778）等思想家引發的啓蒙運動，盧梭的主使者政治觀與教育理念，正是當時新興資產階級反封建、反教會思想的展現。教育方面，當時的歐洲，傳統的古典主義教育正占據統治地位。在法國，天主教會統治著學校教育，兒童個性發展受到壓抑，古典主義和神學占統治地位，教學內容脫離生活實際[5]。盧梭的「自然教育思想」，所要培養的就是資產階級的「自然人」、「新人」，並且尊重兒童天性的發展，他的《愛彌兒》（*Emile*, 1762 年）就是這種典型。

　　此外，「藝術家成長小說」（ "Künstlerroman" ），也被歸屬於成長小說之一類，內容多描述藝術家如何成長並肯定及運用自己才華的過程，如喬依思（James Joyce, 1882～1941）的《一個青年藝術家的畫像》（*A Portrait of the Artist as an Young Man*, 1916），托瑪斯‧曼（Thomas Mann, 1875～1955）的《托尼奧‧克羅格》（*Tonio Kroger,* 1903）及《浮士德博士》（*Doktor Faustus*, 1947），普魯斯特（Marcel Proust, 1971～1922）的《追憶似水年華》（*Remembrance of Things Past*, 1913～1927）等皆是。本文題目便轉化喬依思的小說篇名，一方面取其藝術家（小說家）成長之意，一方面也取其「自畫像」的題意，希望指出張文環如何藉由小說描繪出殖民地作家成長的自畫像。

---

[4]孫勝忠，〈成長的悖論：覺醒與困惑——美國成長小說及其文化解讀〉，《英美文學研究論叢》第 3 輯（上海：上海外語教育出版社，2002 年 10 月），頁 263～264。
[5]單中惠編，《西方教育思想史》（太原：山西人民出版社，1996 年 10 月），頁 196。

　　循著以上臺灣與西方成長小說的脈絡，以下將由張文環作品中發表時間較早的〈重荷〉（1935 年）開始探討，這篇爲張文環初出文壇時的作品，當時張文環正帶著先前入選中央文壇的盛名由日本歸來不久；其後，進入戰爭期，隨著文壇地位的日益重要，張文環已經無法免於被動員去參與戰爭宣傳，這時的作品中，〈論語與雞〉（1941 年）與〈山茶花〉（1940 年）較爲具體地呈現了主角成長的歷程，而且現代性、殖民性與本土性的糾葛殊深，尤其後者因是長篇，故著墨尤多，將是本文討論的重點。戰後，擱筆二十餘年後，張文環終又推出《滾地郎》（1975 年）一作，在戒嚴時期發表的此作，同樣在成長歷程的描寫裡寄託遙深。

　　本文想關注的是，透過這些關於主人翁成長（啓悟）過程的故事情節，張文環對於殖民地下的知識分子特殊的成長經驗有何看法？張文環如何透過小說將成長歷程反芻，從而解決他置身戰前與戰後兩個時代間的生存意義的探問？並且，其描寫的主人翁之成長，透露出他對於山村與都會的觀感似乎有所偏重，做爲風俗小說家的張文環，又將成長與空間的關係做了何種詮釋？[6]

　　現在，就容我們走進作家爲自己創造的畫廊，凝視並思索一個殖民地作家的自畫像裡的奧義。

二、艱困的精神角力：認識我族命運的旅程

　　1909 年，張文環出生於嘉義縣梅山大坪村。1927 年從梅仔坑小學畢業後，張文環就到東京去，「穿上印有久留米碎白點花紋的禮服，決定到東京去，右手拿著籃子，完全一副鄉下青年的打扮，離開了故鄉」[7]，在這裡展

---

[6] 本文有幾處行文改寫自先前已發表之探討張文環的論文，唯關於成長主題之探討，本文另有取徑，先予以說明如上。筆者之文見〈鄉土即救贖：沈從文與張文環鄉土小說中的烏托邦寓意〉，《文學臺灣》第 43、44 期（2002 年 7 月 15、10 月 15 日）。

[7] 張文環，〈小學的回憶——慶賀義務教育的實施〉，《興南新聞》（1943 年 4 月 4 日）。陳明台譯文參照陳萬益編，《張文環全集卷 6・隨筆集（一）》（臺中：臺中縣立文化中心，2002 年 3 月），頁 149。又，本文若無特別註明張文環作品之中譯版本，所引文字皆出於此全集。

開他殖民地知識分子在現代性與文化認同追求上的「荊棘的道路」[8]。在東京，1933 年張文環參與了「臺灣文藝聯盟東京支部」，同年並以〈父親的臉〉一作得到《中央公論》1 月號佳作；1938 年回臺後兼職做《風月報》日文編輯；1941 年與王井泉等人成立「啓文社」，創辦《臺灣文學》。戰後因故終止創作，迨 1975 年才又以《滾地郎》面世，陸續要創作的三部作小說之二《從街上望見的街燈》尚未完成就於 1978 年去世。

　　誠如張恆豪所言，張文環的小說：「多以嘉義梅山鄉的山村爲經，以臺灣人的風俗民情、生活習慣及民間故事爲緯」[9]；而根據張文環，〈小學的回憶——慶賀義務教育的實施〉一文，他回憶說：「我因爲出生在深山的部落，所以過了十歲才進小學就讀。這以前，我都在自己出生的故鄉大坪的書塾讀四書」[10]。這些現實人生的經歷與〈重荷〉、〈論語與雞〉當中的敘事時間與空間脈絡形成一種「互爲文本」（"intertextuality"）的現象，現實中的山村記憶成爲成長故事中的背景，與作品似乎也就存在一種自傳式地對照。

　　在張文環回臺初期積極發表的一批作品中，〈重荷〉是值得注意的一篇，不僅是因爲當中兒童的角色與視角成爲顯現山村生活的表達重點，而且在掌握殖民地問題的敏銳度與藝術構思的精巧度上，都可看到張文環帶回臺灣的日文文學作品，較之漢文文學作品，已然有更獨到的思考與呈現方式。

　　在〈重荷〉當中，張文環就藉一個小男孩「健」之眼，窺見了鄉土、母親、臺灣（以及那消失的父親）所承受的資本與殖民壓迫。在「健」隨同母親一起到市場而後歸返的這段路途，似乎成爲他思想變化上的一個折

---

[8]關於張文環旅日期間相關問題的詳細考察，可參照柳書琴，《荊棘之道：旅日青年的文學活動與文化抗爭》（清華大學中國文學所博士論文，2001 年 7 月）。

[9]張恆豪，〈人道關懷的風俗畫——張文環集序〉，《張文環集》（臺北：前衛出版社，1991 年 2 月），頁 8。

[10]參照陳萬益編，《張文環全集卷 6・隨筆集（一）》（臺中：臺中縣立文化中心，2002 年 3 月），頁 146。

返點，這個「啟蒙之旅」[11]，讓一個著迷於老師的配刀與金質肩章的渾沌中的被殖民者，鑿開了認識我族命運的眼睛。

　　按照「成長小說」的文類傳統，為表現其成長歷程之所需，通常較多的作品皆屬長篇小說，然而，亦有用短篇形式來寫「啟蒙時刻」的，通常就稱之為「啟蒙短篇」（"initiation story"）。小說中的啟蒙時刻，就好比頓悟（epiphany）降臨，用喬依思的話來說，是一種「精神的突然顯露」，其間，事物的本質或姿態向觀察者散發出光芒[12]，而成長小說也常追求這種瞬間的頓悟時刻（張文環恰巧亦有小說名為〈頓悟〉），〈重荷〉當中當然也不乏這種元素。

　　小說中「健」對於上學的渴望，與從老師身上的配刀與肩章所代表的成就有關，擁有這些東西，意謂著「出人頭地」，而若能那樣，或許就可以解決他沒有體面衣服穿，而不敢站在那些可愛女孩旁邊的困窘吧！從他對於敬禮姿勢完美與否時的緊張、在意，連帶對於體認自己身為鄉下人面對外界時的膽怯也時時在意來看，充分顯示出「健」的身體與心智當下正在經歷殖民教育機制的「規訓」（規範化訓練，discipline）過程[13]。而複雜機巧的階級與殖民問題，遂在小說中化為一齣再日常不過的生活戲劇，張文環舉重若輕地讓他的主角接受這種屬於被殖民者的教育。

　　「健」原先抱怨自己為何不生長在城市裡富貴人家，而要做窮鄉下人的兒子，卻在眼見母親背負沉重的香蕉擔子，與在市場受到商販與稅務員的刁難與詈罵（「難怪人家說山裡人野蠻，像生蕃！」）後，似乎意識到某種同學校所謂「出人頭地」的教育不同的另一種生活的教育，同時也在生活教育中得到「啟悟」而成長。

---

[11]參照陳萬益，〈一個殖民地少年的啟蒙之旅——析論張文環的小說〈重荷〉〉，《中央日報》（1996年6月29～30日）。

[12]孫勝忠，〈成長的悖論：覺醒與困惑——美國成長小說及其文化解讀〉，《英美文學研究論叢》第3輯（上海：上海外語教育出版社，2002年10月），頁268。

[13]參照福柯（M. Foucault）著；劉北成、楊遠嬰譯，《規訓與懲罰：監獄與誕生》（北京：三聯書店，1995年5月），頁153～258。

　　於是小說最終，健放棄了想到學校參加典禮會場布置的念頭，他想到父親被帶走的一幕，文中雖然語焉不詳，但終究暗示了似乎與一種不尋常的抗爭活動攸關。由於這一轉念，使「健」將他與先前所見母親在市場的情景連接起來，興起這些惡勢力是否也會將母親帶走的恐懼感。終究，他決定與母親一同走回山中的兩道身影，連帶著遠方傳來的呼喚似地牛叫聲，似乎暗示了山村鄉土才是歸宿的去向：

> 母親眼前鋪展開來的平坦路面上像籠上一層霧的夢景，霎時間模糊起來。山谷間傳出哞哞的牛叫聲。
> 她悄悄拉起衣袖拭淚。前方是一個陡坡，母子便很快又氣喘呼呼起來。[14]

　　〈重荷〉當中成長主題所涉及的，其實是山村少年「健」與殖民現代性（colonial modernity）遭遇的故事，他對於改造自己的精神與形貌的努力，說明了成為進步的現代人所必須付出的殖民化的代價，本土的人物則被歸類為膽怯與有待學習的。因此，可以說現代性既是日本殖民者所引進，在文化位階上臺灣人實被視為落伍者，這樣就使現代性無法不具有和殖民主義的共謀關係，過度認同殖民現代性的優越，就無形中默認了臺灣文化從屬的地位，從而也在貶抑本土性（nativity）的劣等，其悲劇之極自然就是「同化」（或云皇民化）。這也就顯示現代性認同的問題，也會影響到被殖民者反殖民的力量消長，因為相對的，本土性的消亡無疑也是反殖民力量的消亡。所幸，張文環的成長小說在歷經試煉後，還是讓他的主角獲得成長，與母親一同回返山中家園。

　　至於寫於戰爭期的〈論語與雞〉，雖然創作的時代背景迥異，但在敘事時間上，仍然被限定在山村當中。小說描寫的是「阿源」上書房的經驗，顯然未涉及步出山村的成長歷程，因此，也適於在此一併討論。

---

[14]張文環著；李鴛英譯；張恆豪編，〈重荷〉，《張文環集》（臺北：前衛出版社，1991年），頁55。原作發表於《臺灣新文學》第1期（1935年12月28日）。

　　〈論語與雞〉中的阿源，是傳統書房的塾生，他「很希望能夠下山去街路的公學校念書，戴上制帽，操一口流行的『國語』，好好地嚇唬一下這裡的鄉巴佬們」[15]。後來因為對先生失望與時代因素，書房的孩子大半輟學，連阿源的父親也表示「將來希望能搬出街路做做生意，一方面也是為了小孩讀書方便」[16]。而之所以對先生失望，在大人而言是因為先生疏於管教童生，於阿源則是因為目睹先生搶食村人賭咒斷了雞頭的雞屍，令他獲得一種啓悟。

　　公學校所代表的殖民文化或書房所代表的漢學文化，在阿源心中似乎有著不同的位階，漢儒的形象之崩潰與漢學價值之可疑，顯示張文環對於山村中盤據的傳統漢文化故舊一面的批判態度。如果本土性的價值受到質疑的話，那麼殖民現代性的價值獲得肯定似乎是很顯然的，這似乎也是新舊文化交鋒後，一個在殖民地臺灣既成的事實。

　　重點在於，張文環在戰爭期所寫的〈論語與雞〉，除了顯示一個新舊文化交替中，本土性與殖民現代性的勢力消長此一時代潮流外，並沒有像〈重荷〉那樣有一個較為明確地文化抗爭意識。也就是說，偏向於自然主義式的呈現殖民地文化演變的脈絡，也就失去了成長小說較為明確的意向性。阿源的啓悟如果僅止於認定漢學已然落伍，那麼就像小說裡所說的，對於姑媽所說的昔日打罵式教育與做官的傳統，已經像是「講故事」一樣；而一旦拜拜的祭典（傳統文化形式）過去，村子馬上失去生氣，「又發出黴味來了」，這使阿源很想跟著演戲的離開這村子[17]。

　　在這裡，張文環似乎對於啓悟後、成長後的少年，指出了一條精神的出路，那就是走出山村部落，然則前途未卜。正如張恆豪先生所觀察到的：「與〈重荷〉中隱藏在日本淫威下深沉的臺灣人意識比較起來，〈論語與雞〉倒顯得有些『異質』，成人的矯飾、道學的反諷、書房的衰敗、新文

---

[15]張文環作；鍾肇政譯；張恆豪編，〈論語與雞〉《張文環集》（臺北：前衛出版社，1991 年 12 月），頁 118。原作發表於《臺灣文學》第 1 卷第 2 期（1941 年 9 月）。

[16]同註 15，頁 133。

[17]同註 15，頁 116～117。

化勢力的入侵、少年族群的見風轉向……，一切的一切也盡在不言之中」[18]。認識我族命運的旅程，顯然要在出走後更加荊棘遍布，於此，殖民現代性與本土性角力之成敗，由成長的主題看來，不免透露出作者的一抹黯淡心緒。或許，這也正意謂著殖民地少年成長之艱困吧！

三、從山村部落出走後：一則關於天真失落的寓言

如果說，在〈重荷〉與〈論語與雞〉當中，揭示了成長歷程與新舊文化遭遇的問題，主角的啓悟基本上都植基於殖民現代性與本土性的衝突，有時確認啓悟後歸去的方向，有時則不免對山村中盤據的傳統文化感到失望，顯然，臺灣少年的成長試煉，不免荊棘遍布。然而，張文環面對新舊文化消長的態度，是像被動員去宣揚戰爭那樣顯示臺灣人的精神敗北？抑或是承認了那樣精神角力的艱難情境之餘（即殖民現代性的進步性與殖民性，以及本土性中的落後性與救贖意涵），其實依然將理想寄託在某種人物、文化或是空間上？這倒是需要更爲仔細探究的問題了。

在張文環的隨筆〈我的文學心思〉（〈私の文學する心〉，1943 年）一文裡，他提到住在深山的部落與進公學校兩個階段的生活差異，這個對「空間感」變化之描述，意謂著張文環對空間連帶其文化意義的思考。他說：「到了要進入公學校，才不得不跟深山的部落分離。不過公學校的所在地，也是在山麓下的一個村子裡，可是村子的人們，跟深山的部落居民不同。那是十分俗氣的人們，也因此我原有天真的童年生活，便結束了似地，如今童年時代的生活，仍然深刻地烙印在我的腦海裡」[19]。而山中部落的生活是怎樣的呢？自承也是「鄉下人」的張文環帶著濃重的感情回憶說：

---

[18] 參見張恆豪，〈日據末期的三對童眼——以〈感情〉、〈論語與雞〉、〈玉蘭花〉爲論析重點〉，《呂赫若作品研究》（臺北：聯合文學出版社，1997 年 11 月），頁 88。

[19] 張文環著；陳千武譯，〈我的文學心思〉，《臺灣時報》（1943 年 9 月 15 日）。參照陳萬益編，《張文環全集卷 6，隨筆集（一）》（臺中：臺中縣立文化中心，2002 年 3 月），頁 164。

鄉下人的我，不像都市的孩子那樣，從小就有很大的抱負。只是想當做學校的老師，或能夠對雙親力盡孝行，就認為是人生最大的幸福了。我誕生的故鄉深山的部落，都以持有和平的家庭，能跟部落的人們親近，認為（是）人生最大的希望。還有能夠在安寧的所在，求得安定的生活，才覺得是人倫的命運。春天有春天的祭典，秋天也有秋天的祭典，部落的人們好像為了被這些行事追逐著似地，拚命工作。祭典時，部落的熱鬧，還有遇到人家辦結婚典禮時，都會湧現一股溫暖快樂的心情，使部落的人們，一片喜氣洋洋。每日單純又平凡地工作著，但是在生活裡，也隱藏別人感受不到的羅曼迪克的（存在）。娶到美麗而性情溫和的新娘，生下有如秀玉的孫子，這些都屬於說也說不盡的喜悅的一種。讀詩或給部落的人們講述道德，也是為了建立好的部落的夢。在這個部落籠罩起濃霧快接近冬天的時候，農夫們就準備做竹編的副業。[20]

　　這裡不憚其煩的徵引張文環的自傳性的回憶文字，無非想透過作者的話說明「山村」、「鄉土」對於張文環具有的特殊意義。在張文環的認知裡，離開部落去上公學校，是「中斷」了美好鄉土經驗的開端，而證諸這位日據末期重要臺灣小說家的來日，確實也是「人生識字憂患始」的又一例證。然而，為求學、文學離開鄉土的張文環，反倒在小說中極力形塑鄉土的形象與人物，這「離」與「返」的辯證，就著實值得我們深思再三。

　　在戰爭期皇民化運動推動時的隨筆中，張文環經常提到童年山村生活的美好[21]，這一美好回憶本身同時具有的兩個重要元素：童年與山村，對比於成年與城市，正如同他日後走出熟悉的山中、離開童年，步入社會後受盛名之累不得不扮演動員臺灣人參與戰爭的角色。童年與山村生活竟爾成為他生命中可以回溯的「故鄉」，這也就是在公開的宣傳活動之外，張文環

[20]同上註。
[21]如〈媽祖娘娘的親事〉（1941 年）與〈小學的回憶──慶賀義務教育的實施〉（1943 年）都曾提及。

必欲構築一個山村的場景與奔跑於其中的孩童形象，或者是堅毅女性的形象，這在文本中重新被建構出來的故鄉鄉土與人物，在此就具顯了「救贖」的意涵。

由此一觀點回溯去看他的諸多戰時小說，當不難發現，為何張文環的小說總是以山村為背景，而又經常出現孩童與女性形象的真正底蘊。山村中的童年生活如果說是未進入展現殖民統治成效的市街前傳統而美好的記憶，那麼堅毅女性在封建體制或殖民體制的壓迫下展現的韌性就是張文環再三致意的理想人物類型。因為在山村中的童年才是張文環最不需承受殖民壓力的時期，而女性的堅毅形象則從另一方面凸顯了張文環對幸福人生追求的渴望，對被殖民菁英的張文環而言，這種鄉土塑造無疑是具有相當程度的「自我救贖」的意味，對照整體的殖民情境來說，自然也成為一則關乎反殖民、反同化的烏托邦寓言。

當年，日籍記者藤野雄士曾經從與張文環時相過從的經驗，在〈關於張文環和〈山茶花〉的備忘錄〉一文中，提及〈山茶花〉（1940 年）可視為「張文環半生的自傳」，可以讓內地來的青年了解「今日在從事臺灣文化工作的本島知識分子，他們堅忍成長的經歷」[22]。因此，我以為，〈山茶花〉是張文環另一個有關成長主題的小說，它與其他戰爭期小說，共同構築了張文環戰時的生存哲學，值得與他其他經常被解讀為各種意圖的小說再次辯證地加以探討。

〈山茶花〉講述的是一個山村中少男少女成長歷程的故事，從主角童年時代寫起，特別是描繪了山村生活中的起居作息，讓人也如置身與世無爭的另一個世界，渾然不覺那是一個戰爭時期，這也許正是論者所說的「時代背景都選擇『皇民化』運動開始（1937 年）之前，而且把舞臺設定在深山裡」，從而使得「作品世界不致於染上戰時的色彩」[23]。但一個更有

---

[22]藤野雄士，〈張文環と〈山茶花〉についての覺え書〉，《臺灣藝術》第 1 卷第 3 號（1940 年 5 月）。參照陳萬益編，《張文環全集卷 8，文獻集》（臺中：臺中縣立文化中心，2002 年 3 月），頁 9。
[23]野間信幸著；涂翠花譯；黃英哲編，〈張文環的文學活動及其特色〉，《臺灣文學研究在日本》（臺北：前衛出版社，1994 年 12 月），頁 14～15。

趣的視角則是張文環以自己也曾經歷過的童年生活來敘寫，使這樣的書寫特色不僅具有建構「山村」這個鄉土世界以與殖民者世界相隔絕的民族寓言一般的意味外，更是張文環個人美好記憶的寄託，從這裡我們看到鄉土哺育滋養並收容作者的重要意義。

　　鄉土對張文環而言並非一絕對完美的意象，例如〈山茶花〉這部長篇，和早期一些小說〈部落的元老〉、〈豬的生產〉、〈兩位新娘〉，或戰爭期其他幾篇短篇小說如〈藝妲之家〉、〈部落的慘劇〉、〈地方生活〉、〈閹雞〉等有類似的關懷，都是針對鄉村中封建體制或其對女性的壓迫而寫。在這些小說中，張文環一貫以啟蒙者的角色批判了鄉土社會中的封建思想，同時也塑造了殖民地下的女性群像。像〈山茶花〉當中與主角「賢」相戀的表妹「娟」，見證著姊姊被決定的婚姻，想到女人的「茱籽命」因而感到恐懼：

> 人被比喻為植物，卻比植物較不幸。娟想到了這些，她了解因為植物沒有煩惱。雖然沒有煩惱，卻希望被種在肥沃的土地上，可是要把希望轉為行動被種在好地的意志都無法表現，所以只想堅強地活下去而已。對啦，什麼也不想，傻傻地活下去吧。畢竟，鄉下姑娘不論怎樣掙扎也沒有用。娟在火車站送走了姊姊之後就在心裡一直喊著什麼都不想了。[24]

　　因此，在至今尚極少直接討論此作的研究裡，柳書琴評論這個愛情悲劇與殖民地青年去留問題時，便著眼於文本中所表現的鄉土世界的某種封閉性與落後性，而使殖民地青年必須出走，甚至把希望寄託於帝都「東京」，視之演繹殖民地青年男女進退失據的時代故事：

---

[24] 〈山茶花〉曾在 1940 年黃得時編的《臺灣新民報》「新銳中篇創作特輯」上連載五個月（1 月 23 日～5 月 14 日）共 111 回。此處引文為陳千武譯。參照陳萬益編，《張文環全集卷 4‧小說集（四）》（臺中：臺中縣立文化中心，2002 年 3 月），頁 193。

表面上健康、堅韌、開朗、充滿活力的「娟／故鄉」，實則固陋、盲目、
投機、缺乏自尊與主體，因而不可能對一個在外面世界遭遇價值危機的
遊子提供堅定的信仰與慰藉。隨著戀愛的失敗，「賢」的故鄉幻想也隨之
破滅，此時的他終究無法在故鄉找到安頓，因而只能再度成為一個失鄉
的浮萍，帶著留學生的新幻想向「東京」飄去，而「娟」唯有自暴自
棄、飲恨痛哭，……。[25]

　　這樣解讀，相當程度指出了〈山茶花〉中殖民地青年遭遇的時代問
題，也印證了前述〈重荷〉與〈論語與雞〉中同樣具有的殖民現代性與本
土性的糾葛。然而我們還需要再加以補充說，正如被殖民現代性所吸引是
一種殖民地的潮流，張文環並非一概排斥，甚至也藉以對照本土社會的某
種落後性。但描寫事實之餘（自然主義式的書寫），張文環在戰爭期對於
「山鄉」的描繪與寄託，也需要一併加以思考。〈山茶花〉略帶通俗劇的寫
法，使它未專注把愛情故事與時代議題做更細密的縫合，多少有點受限於
通俗文學「程式化」模式所顯現的問題[26]。〈山茶花〉與其他如〈夜猿〉、
〈閹雞〉等合觀，可以看到，「山鄉」此一自然空間，其實是具有相當重要
的文化意涵，僅由此作來估定張文環對於處理殖民地青年人生抉擇的看
法，似乎還需斟酌。

　　換言之，〈山茶花〉固然在結尾處設計了「賢」遠赴東京尋找前程，而
勸誡娟安心於故鄉婚嫁的情節，但，少年「賢」的成長故事中「鄉土」雖
也具有落後性，不過作為與「都會／市街」對照的空間，卻也是永遠等待
遊子歸來的「母土」。小說中對於啟蒙的轉折固然並不明顯（無論其愛情啟
蒙或知識啟蒙），但依偎於鄉土與市街、愛情與前途、傳統與進步之間的男

---

[25]柳書琴，〈從部落到都會：進退失據的殖民地青年男女——從〈山茶花〉論張文環故鄉書寫的脈
　絡〉，《臺灣文學學報》第 3 期（2002 年 12 月），頁 102。
[26]臺灣日據時期的通俗小說，對於性別角色設計與倫理觀念，還未脫啟蒙與男性中心的窠臼，相關
　分析參照筆者專文，〈大東亞黎明前的羅曼史——吳漫沙小說中的愛情與戰爭修辭〉，《臺灣文學
　學報》第 3 期（2002 年 12 月）。

女主角們，或許不免於時代限制而顯現出「進退失據」之態，不過「鄉下人」張文環顯然並未忘記「山村」對他（或他們）的吸引力，從而隨著時代兒女們的出走或慟哭而「流離失所」。

　　試看小說寫到「賢」在公學校時代全班坐火車北上旅行的段落，有如一段殖民地少年的啓蒙之旅[27]，山村與都市的對比顯然是張文環有意藉由少年之眼凸顯出來的。當「市街的孩子嘲笑鄉下佬而看不起他們」時，山中來的孩子們則是說：「市街的孩子只會用嘴巴，一點膽量也沒有」，並且疑問「爲什麼市街的孩子都狡猾而心術不良？」而遊歷過象徵殖民者「地標」的總督府、芝山巖等地回來的孩子們，縱使心情仍爲新奇的事物所牽引，但故鄉卻還是更令人懷念的，張文環再寫從市街回歸山村的心情：

　　　這一隊伍在自己莊裡的車站下了車的時候，不無感到稍些幻滅的悲哀，但是看到父兄姊妹來迎接的臉，懷念之情便湧上來塞滿了心胸。夕陽染紅了甘蔗園，牛車揚起沙塵要回莊下而走，完全跟從前一樣。想要回去安靜的村莊強烈的心情，對都市偉大的感覺卻毫無一點懷念，只有一些情景慎重地淤塞在腦裡。被嘲諷爲土包子的言語，還在耳邊徘徊不去。[28]

　　值得注意的事，在關於成長歷程的自然主義式地寫法外，張文環的筆凡是觸及故鄉的風土，總是充滿抒情的語調，像是：「回到故鄉來，感到最好而快樂的當然就是早晨的景色。眼前看到的東西都很清新。在一夜熟睡的潤澤之後，期待即將出現的太陽光維持忍耐下去的自然的努力也會給人

---

[27]陳萬益教授的〈一個殖民地少年的啓蒙之旅——析論張文環的小說〈重荷〉〉一文也做了這樣「啓蒙之旅」的說法，似乎可以再連結此處所論說明張文環強調由山村走向市街所產生的啓悟。陳文見《中央日報》第 19 版（1996 年 6 月 26～30 日）。

[28]張文環，〈山茶花〉，《臺灣新民報》「新銳中篇創作特輯」（1940 年 1 月 23～5 月 14 日）。此處引文爲陳千武譯。參照陳萬益編，《張文環全集卷 4，小說集（四）》（臺中：臺中縣立文化中心，2002 年 3 月），頁 87～89。

自然的力量吧？」[29]，這種文學感性，也許無法與少年的成長歷程做太多連結，但顯現的是張文環對山村部落此一鄉土世界的歌詠，則隨處可以感知。

從這個角度再看後續的作品，也許就更為清楚其發展脈絡。如〈夜猿〉（1942 年）這篇被選為 1943 年皇民奉公會「臺灣文學賞」的作品，當然不會被解讀具有反殖民同化的意涵[30]，但誠如論者所言，〈夜猿〉當中的山村：「農人們用舊的曆法，依節氣生產，過傳統節慶，以花開花落判斷季節，用猴子搶巢判斷天氣，藉湯圓來占卜新生兒的性別⋯⋯，民俗與民間習慣構成了這個社會的生存秩序」[31]。這樣的山村生活簡直是「山中無曆日，寒歲不知年」的日據時代版，當中有農民辛勤的耕種，媽媽帶著小孩守候父親歸來，有遠方的阿婆來訪會帶來些許有趣的時光，但這是一個沒有日本殖民者的山村，沒有必須稱讚國策的文學報國書寫，張文環所構設的這樣一個鄉土世界，連帶其鄉土生活、民俗細節的描寫，所獲致的效果正是對山下那個殖民者政策下發展出來的資本主義市街的刻意區隔。

如果用〈媽祖娘娘的親事〉（1941 年）這篇隨筆來加強說明，或許更能理解敷衍民間傳說的張文環的用意。他說：「雖說是非常牧歌式的，但是，我一想到鄉下女孩的結婚、戀愛觀，就會在腦海裡浮現出媽祖娘娘的傳說。大概是荒蕪至極的都市生活讓我深感倦怠，導致我會時時想起鄉下那蒼茫的原野，和野羊的叫喚聲吧！出生在鄉村的人，縱使都市生活是何

---

[29]同上註，頁 134。

[30]其實，統治者也未必了解張文環的鄉土寫實主義文學具有的反殖民同化用意，在戰爭末期 1943 年由西川滿主導，以「狗屎現實主義」對張文環等臺灣作家的批鬥，就是對這種以鄉土史或家族史為題材的鄉土小說的反撲。西川滿曾謂：「這『狗屎現實主義』，如果有一點膚淺的人道主義，那也還好，然而，它低俗不堪的問題，再加上毫無批判性的生活描寫，可以說絲毫沒有日本的傳統。⋯⋯在本島人作家依舊關注『虐待繼子』的問題或『家族葛藤』的問題，只描寫這些陋俗的時候，下一代本島青年早已在『勤行報國』或『志願兵』方面表現出熱烈的行動了」。原文為西川滿，〈文藝時評〉，《文藝臺灣》第 6 卷第 1 期（1943 年 5 月 1 日）。參照曾健民譯文，《噤啞的論爭》（臺北：人間出版社，1999 年 9 月），頁 124。

[31]柳書琴，〈謎一樣的張文環：日治末期張文環小說中的民俗風〉，《第二屆臺灣本土文化學術研討會論文集》（臺北：行政院文建會，1997 年 5 月），頁 118。

等有趣，出於本能的，卻還是時常會產生眷戀鄉村的感覺」[32]。在這段以都市與鄉村對比的文字中，可以看到張文環用「本能」來詮釋眷戀鄉土的感情。更重要的，是在敘述完媽祖與大道公的愛情傳說後，結尾一段頗堪玩味的「自我消毒」，更是張文環以臺灣鄉土文化抵拒殖民同化的明證：

> 這種事如果發生在人世間，清靜也許不是不好，但一定是不符合國策吧！到現在，我也常常會重拾童年的心境，去追想那空想和現實生活的牧歌式的情景。[33]

似乎在必須符合國策的時代，張文環雖無法拒絕不去參與皇民化運動，就如同成長中的少年無法不步入殖民現代性與殖民性的精神角力中，走出山村是天真的失落，但也是尋求出路的表徵；然而，所幸臺灣的鄉土世界與民間故事卻提供了他一個寄寓理想的載體。〈山茶花〉這部成長小說的主角在東京歸來後將歸於何處？相信張文環未必是全然悲觀的吧！

四、從殖民到後殖民：追尋生命安頓的處所

延續上一小節，我們想要進一步指出，戰爭期小說中的空間政治學（山村部落與市街的對照），連帶其對鄉土空間充滿民俗風的書寫方式，除了有張文環刻意「偽裝」的反殖民、反同化意圖外，若連結張文環戰後的作品來觀察，臺灣被殖民菁英對鄉土的詮釋，毋寧已成為更具普遍性的臺灣人生存哲學的哲學意涵，思考這份鄉土情結，可以使我們對張文環操作「鄉土」此一符號的用意有更加深刻的理解。

是的，故鄉在山裡，對張文環而言，山鄉不僅是他生命起源的開始，也是他生命安頓的處所。即使在日後已然脫離了日本殖民統治，但他仍然

---

[32] 張文環，〈媽祖娘娘的親事〉，《民俗臺灣》第 1 卷第 3 期（1941 年 9 月 20 日）。後有陳明台譯文，收於陳萬益編，《張文環全集卷 6，隨筆集（一）》（臺中：臺中縣立文化中心，2002 年 3 月），頁 71。
[33] 同前註，頁 73。

在小說中以此時期與題材創作，這或許是忌諱白色恐怖的陰影所致，但何嘗不因此而益顯小說家終其一生想要建構的鄉土世界之救贖意義，因為只有土地會永遠給人以慰安。在完成而未發表的小說〈故鄉在山裡〉（里は山のなか）當中，敘述王主定與楊思廷兩人對在市街的生活感到厭倦，想要回歸故鄉山裡耕農的理論，說明了小說家對「回歸鄉土」確實存在著情結：

要在俗世跟人家爭利而生活，寧可過著與自然為伍的生活更輕鬆。土地是不背叛人的，假如被背叛了卻較容易死心。

土地會給勤勉者用之不盡的物產。而且從事農耕，只要自己有修身的道德觀念就夠了。[34]

　　由此鄉土情結再看長篇小說《滾地郎》（一譯《爬在地上的人》，1975），應該就更容易掌握張文環由戰前到戰後建構梅山山鄉作為小說場景的用意。戰後的張文環雖然長達二十多年刻意不再寫作，但在晚年公開出版的《滾地郎》，「它描述了從 1909 年到 1943 年之間，四代臺灣人的生存狀況……，作品世界包括了各階層人物，令人覺得是集戰前作品之大成的作品」[35]，這樣的一部小說，在我們看來，應該放在歷經日本殖民與國府白色恐怖的小說家的生命歷程來觀察，才能說明小說家終其一生始終在演繹鄉土意涵的深意。

　　張文環的山鄉，無疑也是具有龍瑛宗視鄉土為救贖、安頓的意義[36]，這

[34]〈故鄉在山裡〉（里は山のなか）的故事與日據末期完成的〈地方生活〉（1942 年）頗為雷同，此處引文為陳千武先生所譯。參照陳萬益編，《張文環全集卷 3，小說集（三）》（臺中：臺中縣立文化中心，2002 年 3 月），頁 49。
[35]野間信幸著；涂翠花譯；黃英哲編，〈張文環的文學活動及其特色〉，《臺灣文學研究在日本》（臺北：前衛出版社，1994 年 12 月），頁 18。又《滾地郎》原名《地に這うもの》，先在 1975 年 9月由日本的現代文化社出版，翌年由廖清秀譯為中文。
[36]關於龍瑛宗小說對「鄉土」賦予安頓身心的意義，可以用來與張文環的部分小說互相印證，足見「鄉土」在皇民化運動時期實具有特殊價值。參照筆者所著，〈尋找熱帶的椅子——論龍瑛宗1940 年的小說〉，「龍瑛宗文學研討會」論文／新竹縣政府主辦（2000 年 7 月 15～16 日）。後刊

其實並非偶然。對我們的殖民地臺灣作家而言,沒有不參與政治的權利是如此令人厭倦,自然或鄉土,會成為作家選擇的重要場景,容或有賦予其積極(張文環還具有以風俗反殖民的意涵)或消極(龍瑛宗則較傾向遠離塵世)意義的差別,但「鄉土」此一符號被一再挪用,正顯示出在臺灣文學史中被臺灣作家所擴深的鄉土意涵。

小說的敘述時間被設定在日據時期,如果說,寫於戰後的這部小說依然要像皇民化運動時期那樣遮掩什麼反抗意圖,那恐怕絕非因為日本因素,而應當有意在言外的寓意[37]從殖民時期到後殖民時期,鄉土書寫始終是作家演繹其美學與思想的舞臺。張文環似乎是堅定地將他的文學之花開在看似貧瘠與黑暗的時代裡,戰前如此,戒嚴時代亦復如是,就中頗有值得細察、玩味之處。

《滾地郎》的故事可說集中在主角陳啟敏與其妻秀英身上,身為養子的陳,被梅仔坑莊的陳久旺夫婦收養,但陳家陸續出生了兒女後,啟敏不僅無法讀書,還不得不淪為撿拾柴薪的勞動者。就在皇民化運動中,陳久旺一家人因諂媚日本人而家業發達(陳久旺當上保正伯),陳啟敏卻娶了同為養女而且命運坎坷(被強暴後產下一女)的秀英為妻,夫妻與女兒阿蘭三人刻苦卻幸福地在山中生活。

這樣的一個故事,除了在兩個家庭對比中顯示出反殖民的意圖外,更重要的毋寧是養子與養女這樣「被遺棄者」的自立生存之道的演繹,「天道酬勤」,這裡有最簡單卻最深刻的「棄兒」獨立追求幸福的深意[38]。養子啟敏在養家受到排擠,想到深山中務農的自由自在:

於《臺灣文藝》第 171 期(2000 年 8 月 20 日)。

[37] 按照張文環的知友池田敏雄的說法,寫戰爭期問題的《滾地郎》應是計畫中三部作的第二部,至於第一部則以 1920 到 1930 年代知識分子的動向為主,第三部便是戰後。其餘幾部雖未發表,但由遺稿看來,《地平線的燈》(可能即為尚未尋獲的《從山上望見的街燈》)中曾涉及戰後初期有可能是第三部,至於第一部可能涉及張在東京時期的活動,可惜尚未見任何遺稿。

[38] 這樣的養子或棄兒情結,又與吳濁流的《亞細亞的孤兒》有著異曲同工之妙。

啟敏在陳家的地位，說養子不如說撿柴與承擔水田的長期工人來得妥
當。陳家的生意越來越繁華，養父保正在街上是最有聲望的保正。在不
懂日語的人簡直被當做傻瓜的環境裡，養父勉強可用日語，加以有訓導
兒子跟在後面，他們在殖民地臺灣是模範家庭，但做那模範家庭的雜
工，不如做山上農民比較輕鬆。[39]

　　終於，被迫與養家一同改姓名的啟敏卻沒有享受任何利便，反而是成
家後被放逐出養家的「自由」倒是始料未及：

改姓名者在殖民地人中，屬於最高階層，但啟敏只有多餘的精神負擔罷
了。讓他分家後，不管好歹，他有生活的自由。但現在他不能只想自己
一個人，有一個家庭要跟他連在一起。他對於生活有了信心，也為了維
持這個家，他要不斷地使用神經才行。[40]

　　屹立在鄉土上，虔誠向土地尋求慰安的啟敏一家人，知道土地不會辜
負他們，因為「泥土也呼吸，如果非不斷地耕種，不會長出五穀、蔬菜
的」，而秉持這樣的鄉土情結與土地倫理信仰的人物形象，或許正是張文環
所塑造的臺灣人的代表，有如石頭一般堅強、篤實：

從大地自然產生的石頭，縱令被風吹雨打，都是泰然自若的。人的生命
力也真像那樣。中元節一過，插秧完的水田稻穗，綠青青地長著。站在
田埂，可看見中元節放在石頭突出處的銀紙，因雨水像橡皮膏那樣貼在
石頭上。妻、我、阿蘭都希望像石頭那樣堅強…。[41]

---

[39] 張文環著；廖清秀譯，《滾地郎》（臺北：鴻儒堂出版社，1976 年 12 月），頁 186。
[40] 同上註，頁 267。
[41] 同註 39，頁 239。

　　曾經在戰後封筆二十多年的張文環，仍然選擇以日據爲背景當然有刻意避免碰觸戰後現實問題的用意，但歷經白色恐怖的他，恐怕依然在尋思的還是臺灣人生命如何安頓的問題，這樣來看待他戰後的鄉土書寫勢必能有另一種領悟。他在給池田敏雄的信中透露了他不輕易示人的悲痛心情，而這些鄉土小說似乎就是他自我救贖的烏托邦，他寫道：

> 臺灣人背負著陰影生存下來，而且活得像個笑話，然後默默死去。有人被槍殺，而活下來的人，有的亡命他鄉。[42]

　　而在時代陰影的另一旁，文本中山鄉裡的臺灣人卻篤定安怡地活著。《滾地郎》中主角一家的成長與啓悟，於此巍然成爲張文環安身立命的生命哲學表徵，陳啓敏的成長終於找到安頓的處所，那可能也是張文環試圖昭示給背負陰影的臺灣人一個生命安頓的處所。

五、結語：臺灣人的生命哲學

　　誠如成長小說的研究者所說的：「成長小說體現出文化上的一種悖論，那就是覺醒與困惑。人從蒙昧狀態走向啓蒙狀態是一次覺醒，或『頓悟』。而覺醒與痛苦相伴而生。……人們渴望成長、成熟，渴望知識、文明，但知識的獲得卻將美好的夢想、天真爛漫的幸福擊得粉碎」[43]。對於殖民地下的臺灣人而言，成長原本應該是自然的，也存在覺醒與痛苦的必經過程，但當成長與殖民現代性糾葛一起後，顯然就必須面對更多的試煉。

　　因此，從成長小說的角度，重新閱讀張文環文學中關於描述「成長」

---

[42]池田敏雄，〈張文環《台灣文學》の誕生後記〉，《臺灣近現代史研究》第 2 號（1979 年 8 月 30 日），頁 191。此文後由葉石濤翻譯爲張文環〈《臺灣文學》的誕生〉，收入氏著《小說筆記》（臺北：前衛出版社，1983 年 9 月）。不過，本文所引用的這段信件內容，在譯文中卻被刻意略去不翻譯出來，自然，所謂被槍殺、亡命他鄉，如果不是指白色恐怖的效應又是什麼？
[43]孫勝忠，〈成長的悖論：覺醒與困惑——美國成長小說及其文化解讀〉，《英美文學研究論叢》第 3 輯（上海：上海外語教育出版社，2002 年 10 月），頁 274。

主題的小說，我們看到的是一位殖民地作家的自畫像。這幅自畫像當中的臉孔不僅面向過去，也面向未來。順著他面向過去的雙眼，我們看到殖民地少年成長歷程將遭遇的問題，從〈重荷〉、〈論語與雞〉、〈山茶花〉到《滾地郎》，山鄉與都市、殖民現代性與本土性這兩組對立的概念，讓主角苦於思索諸如我族認同、現代化、反封建與反殖民等人生課題。但順著他面向未來的眼睛，我們也看到自畫像中的作家正在提醒歷經多次殖民的臺灣人，如何「爬在地上」而猶不失去對於生命與土地的信心，因為這可以說是臺灣人用血淚換來的生命哲學之體悟。

在前文就提及的張文環〈我的文學心思〉一文，描述了他自稱「鄉下人」而在山村生活的狀況，雖然是為了回應西川滿「非國民」的指控，而出現了做日本皇民應如何如何的時代性話語。但仔細解讀他所強調的臺灣鄉土特性，除了是要將臺灣特殊性的描寫解釋成也有利於戰爭外，更重要的是他試圖扭轉唯有「同化」、「做日本人」才是臺灣人出路的殖民政策，而把「做人」當成是更重要的問題，張文環在殖民者作家惡意相逼的局勢下，顯然是透過「鄉土特殊性」與「人性普遍性」來化解臺灣人的「非同化不可」的壓力。他說：

> 於是我的文學心思，說要做一個正當的日本人，我想這也就是做好一個人的問題。要做好一個人必須有人性優異的地方，因而我需要的是內部反省。[44]

說到底，追求人性的優異，在張文環而言就是那特殊的山村文化，其中反殖民同化的意涵不言可喻。而更具普遍性的鄉土價值則足，面對臺灣史上層出不窮的殖民文化與壓迫形式，臺灣農民根植於鄉土所培養出來的人生哲學與土地倫理，是任何統治者都無法侵奪的，這，或許才是「在地

---

[44]張文環著；陳千武譯，〈我的文學心思〉，《臺灣時報》（1943年9月15日）。參照陳萬益編，《張文環全集卷6，隨筆集（一）》（臺中：臺中縣立文化中心，2002年3月），頁168。

上爬的」張文環終其一生透過小說想要訴說的罷！

　　透過「成長」主題的角度閱讀，我們閱盡一個殖民作家自畫像中的奧義，而小說主角的人生旅程，應該也已經找到他身爲臺灣人特殊的成長經驗之真諦。至於，後世讀者將在這幅自畫像中看到屬於自己的怎樣的過程與未來，或許那將是另一個成長故事的開端。

參考書目

・李揚，〈第三章經典文本分析：《青春之歌》與成長小說〉，《抗爭宿命之路——「社會主義現實主義」（1942 年～1976 年）研究》，長春：時代文藝出版社，1993 年 6 月。

・李若文，〈日治時代、梅山地方之發展與變遷——一個「協力者」鄉莊的形成與認同〉，《「南臺灣鄉土文化」學術研討會論文集》，嘉義：中正大學歷史系所，2000 年 9 月。

・池田敏雄，〈關於張文環的《臺灣文學》的誕生〉，葉石濤翻譯，《小說筆記》，臺北：前衛出版社，1983 年 9 月。

・高嘉謙，〈張文環與原鄉追尋〉，《多向的蛻變：第三屆全國大專學生文學獎得獎作品專集》，臺北：行政院文建會，2000 年 10 月。

・陳萬益，〈一個殖民地少年的啓蒙之旅——析論張文環的小說〈重荷〉〉，《中央日報》19 版，1996 年 6 月 29～30 日。

・陳萬益編，《張文環全集》（全八卷），臺中：臺中縣立文化中心，2002 年 3 月。

——選自《日據時期臺灣作家論：現代性・本土性・殖民性》
臺北：五南圖書出版公司，2004 年 8 月

從部落到都會

張文環〈山茶花〉與進退失據的殖民地青年男女

◎柳書琴[*]

一、前言

〈山茶花〉是張文環以故鄉爲背景，多角度刻畫鄉間少男少女成長經歷及其心理的一篇小說。〈山茶花〉構思於 1939 年秋[1]，次年 1 月 23 日到 5 月 14 日刊載於《臺灣新民報》學藝欄，前後共 110 回。除〈山茶花〉之外，同期《臺灣新民報》還連載了其他本土作家的小說。策劃此一「新銳中篇創作」特輯的是 1937 年 3 月接任徐坤泉之後出任《臺灣新民報》學藝欄主編、出身臺北帝大東洋文學科的黃得時。該特輯從 1939 年開始持續近一年，總計連載九篇小說，〈山茶花〉爲其中第五篇[2]，而這也是張文環唯一的一篇報紙連載小說。

受惠於報紙連載較自由的篇幅，張文環完成了就當時文壇及他個人而言罕有的長篇。在連載開始前的預告中，他流露了首次挑戰長篇的興奮之情[3]。此後直到日本統治結束以前，由於文藝誌的限制及小說單行本出版困難，作家沒有機會再嘗試長篇創作。日文小說〈山茶花〉全篇多達二十萬餘字，可與《滾地郎》（《地に這うもの》）並稱爲張文環兩大長篇。不過由於《臺灣

---

[*]清華大學臺灣文學研究所副教授。

[1]參照藤野雄士〈張文環と〈山茶花〉についての覺え書〉，《臺灣藝術》第 1 卷第 3 號（1940 年 5 月），頁 63～64；中譯文〈關於張文環和〈山茶花〉的備忘錄〉，收於陳萬益編，《張文環全集卷 8，文獻集》，頁 8～10。

[2]其餘尚有翁鬧〈港のある町〉、龍瑛宗〈趙夫人の戲畫〉、呂赫若〈季節圖鑑〉、陳垂映〈鳳凰花〉；新人作家王昶雄〈淡水河の漣〉、陳華培〈蝴蝶蘭〉、中山ちえ〈水鬼〉等篇。

[3]張文環〈山茶花──明後日より愈よ連載、作者の言葉〉，《臺灣新民報》（1940 年 1 月 21 日）。

新民報》保存狀況欠佳，有關〈山茶花〉的研究遲至 1998 年才出現[4]，未如《滾地郎》一般受到注意[5]。踰越一甲子，〈山茶花〉終於撥雲見日，重新以中日文不同版本與新世代讀者見面[6]，而日益受到研究者注意[7]。

事實上，〈山茶花〉刊出當時，便受副刊編輯、文評家、作家及讀者相當的好評；而〈山茶花〉發表之後，張文環更逐漸進入個人創作的巔峰，此後他的故鄉書寫愈益具備「臺灣」即「被殖民者的自我社會」之象徵，國族寓言的深度因而日益具足。作為「張文環的第一部長篇」，〈山茶花〉的意義在於這部跳脫篇幅限制的小說中，作家首次展現了他對殖民地社會與價值變遷的書寫自覺，並為他往後的鄉土書寫勾勒了基本的批判結構。這篇小說同時具有回溯本土傳統與批判殖民現代性的多重價值。

本節將對〈山茶花〉、其餘故鄉書寫、作家實際故鄉經驗，進行交叉比對，依序探討：1.〈山茶花〉在張文環個人創作生涯及臺灣文學史上的重要性。2.〈山茶花〉與作者故鄉經驗的關聯。3.〈山茶花〉與張文環其他故鄉書寫的互文性現象。4.作家透過描寫進退失據的殖民地新世代，對殖民現代

---

[4]〈山茶花〉最早的兩部研究均為日籍青年在臺灣與日本完成的學位論文。其一為：森相由美子，《日據時代張文環「山茶花」作品論》（中國文化大學日文所碩士論文，1998 年 6 月）。其二為：食野充宏，《張文環作品論「山茶花」の構造》（東京：東京大學文學部中文研究室學士論文，2000 年 1 月）。本稿受食野一文啟發甚多，謹此致謝。

[5]1975 年《地に這うもの》由日本現代文化出版社出版，獲日本出版協會推薦為優良圖書。翌年該書中文版《滾地郎》由作家廖清秀翻譯，臺北鴻儒堂出版社出版，也受到關心本土文學的臺灣讀者及研究者注目，1991 年該書再版。迄今該作已成為張文環在日臺兩地最知名的代表作之一。「地に這うもの」一詞頗受張文環鍾愛，1943 年他曾擬以此標題由東京的道統社出版短篇小說集，不過後來並未實現。

[6]《臺灣新民報》文藝欄所刊載的〈山茶花〉，因為部分版面污黑破損、字體模糊，以及報紙缺期等因素，無法窺其全貌。1997 年陳萬益教授主持張文環文學資料蒐集整理計畫時，承蒙家屬提供張文環生前自輯的〈山茶花〉剪貼簿，才使整部長篇拼出全貌。〈山茶花〉後由陳千武先生翻譯，收於陳萬益編，《張文環全集卷 4‧小說集（四）》。海外出版方面，岐阜聖德學園大學中島利郎教授親自繕打、校訂，以日文原文方式出版，收於中島利郎編，《日本統治期臺灣文學集成 2‧臺灣長篇小說（二）》（東京：綠蔭書房，2002 年 8 月）。

[7]近年相關研究有：陳建忠，〈一個殖民地作家的自畫像：論張文環小說中的「成長」主題〉，「張文環其同時代作家學術研討會」宣讀論文（國家臺灣文學館、靜宜大學中文系、臺灣文學系主辦，2003 年 10 月 18～19 日）。李進益，〈張文環〈山茶花〉創作前後的相關問題〉，《國立花蓮師範學院通識教育年刊》2 期（2004 年 12 月）。陳淑容，〈開眼看世界：張文環〈山茶花〉的認同之旅〉，「文學行旅與世界想像：第三屆國際青年學者漢學會議」宣讀論文（蔣經國基金會、哥倫比亞大學東亞系、哈佛大學東亞系、蘇州大學海外教育學院主辦，2005 年 6 月 18～20 日）。張文薰，〈由「現代」觀想「故鄉」：張文環〈山茶花〉作為文本的可能〉，《臺灣文學研究學報》第 2 期（2006 年 4 月）。

性提出的質疑。藉此希望能勾勒張文環故鄉書寫的整體環境、作家對鄉土傳統生活及價值的追尋緬懷，以及他對於殖民地新世代青年與鄉土社會日益疏離的隱憂。

二、張文環的故鄉書寫與〈山茶花〉

身為一位從左翼文化運動中出發的殖民地作家，張文環的文學創作與其母土關懷緊密相扣，特別在他從東京歸來以後，他成熟的鄉土書寫具體展現在他以小梅為背景的小說上。他的創作可歸納為下列四個時期：1.創作初期：1932 年參與文化同好會到 1937 年 4 月返臺期間。2.適應思考期：1937 年返臺後到 1941 年春《臺灣文學》創刊前。3.巔峰期：1941 年《臺灣文學》創刊後到 1945 年終戰止。4.晚年復出期：1970 到 1978 年逝世前。

1933 年張文環等人發行《福爾摩沙》，於此發表以鄉間女性為取材的小說，邁開他文學生涯的第一階段。1935 年《福爾摩沙》與島內最大的文藝組織「臺灣文藝聯盟」合流，張成為「文聯東京支部」的活躍分子。1935 到 1936 年間，他與吳坤煌等人與日本築地小劇場、新協劇團、《詩精神》、《詩人》、《人民文庫》等戲劇、文藝界人士交往，並促進島內文藝界與旅日中國留學生戲劇、文藝團體「左聯東京支部」、「中華留日戲劇協會」的交流；此外，他與平林彪吾、武田麟太郎、丹羽文雄、林房雄、林芙美子等作家，也略有交往。1936 年 9 月張文環、劉捷因與「人民戰線」事件相關共黨人士聯繫往來，被牽連入獄 99 天。稍後吳坤煌也以相關嫌疑被拘禁十個月，導致「文聯東京支部」癱瘓，前述支部與臺、日、中多邊的文藝交流因而式微。此前因《臺灣新文學》發刊及其他爭端，而經營困難的文聯機關誌《臺灣文藝》，在活動策劃與創作稿件方面頗依賴東京支部，受此衝擊之後終於停擺。1935 年張文環以〈父親的臉〉榮獲《中央公論》新人小說懸賞佳作。〈父親的臉〉（後來改作為〈父親的要求〉）表達了殖民地知識青年轉向、歸鄉、追尋母土價值的思考，顯露張文環從左翼理論回歸鄉土關懷的思想軌跡與心路歷程。總之，1932 年春到 1937 年春，張文環文學活動的初期在日本度過，

此時的他對東京臺灣人左翼文化運動及故鄉臺灣的文化運動，都抱持高度的關心。

經歷 1936 年 9 月「人民戰線被捕事件」之後，張文環與其他旅日文友有感於日本政治情勢日趨緊張，不利臺灣人再作任何海外運動，因而於 1937 年 4 月左右返臺，進入其文學創作的第二階段。返臺後兩年間，他曾翻譯徐坤泉大眾小說名著《可愛的仇人》，任職於大稻埕實業家陳火爐主辦的「臺灣映畫株式會社」，並擔任通俗雜誌《風月報》日文編輯。攜帶日本妻子返臺的他，以作家及文化知識分子爲職志奔波於職場，輾轉於幾個不如意的工作，無法專心寫作。此外，挾帶長年留學的光環歸來的他，也面臨缺乏理解的親友們以世俗功成名就標準對他進行的無情檢證[8]。回首旅日時期兩次牢獄之災，放眼激變的世局與蕭條的文壇，究竟該如何尋覓理想容身之處？文學之路該如何繼續下去？困擾著這位歸鄉者。因此，從 1937 年回臺後到 1940 年春發表〈山茶花〉以前的第二階段，他的發表不多，以隨筆、雜文居多，可說是他創作的適應思考期。野間信幸曾指出，這個階段在生活與精神上都是張文環充滿壓力、極不安定的時期[9]。幸而由於返臺前日本左派作家平林彪吾對他創作上的點醒，使他逐漸掌握到故鄉敘事的角度。長篇故事〈山茶花〉的誕生，象徵此一低潮的結束。

1940 年春以〈山茶花〉爲界，張文環從〈父の顏〉以來對小說之道的長期摸索有了重要突破，創作量逐漸提升，此時也與友人龍瑛宗、富名腰尙武等人提出了發行新文藝雜誌的構想[10]。最後，終於在 1941 年 5 月與中山侑、陳逸松等人創立了《臺灣文學》雜誌，與西川滿主持之《文藝臺灣》分庭抗禮。在《臺灣文學》發行的階段，身爲編輯者的他密集發表了與〈山茶花〉

---

[8]〈地方生活〉（1942 年）及〈土の匂ひ〉（1944 年）便是他以返臺初期的經歷爲靈感創作的小說，兩作之中譯文〈地方生活〉、〈土地的香味〉，皆收於陳萬益編，《張文環全集卷 3・小說集（三）》。

[9]野間信幸，〈張文環と《風月報》〉，收於啞啞之會編，《台灣文學の諸相》（東京：綠蔭書房，1998年 9 月），頁 75～104。

[10]參照富名腰尙武，〈文學の場所龍瑛宗、張文環兩氏について〉，《臺灣藝術》第 2 卷第 3 號（1941年 3 月 5 日），頁 24～25；中譯文〈文學的場所——給龍瑛宗・張文環兩氏〉，收於陳萬益，《張文環全集卷 8・文獻集》，頁 11～15。

具有血緣關係的多篇優秀創作，此後直到 1943 年底該誌停刊以前的第三階段，堪稱他創作生涯的黃金時期。張氏巔峰時期的代表作多取材於梅山故鄉或其他地域之臺灣風土，其中〈夜猴子〉（1942 年）曾獲首屆皇民奉公會「臺灣文學獎」，充分展現他樸實厚重的現實主義風格；〈閹雞〉（1942 年）則在戰火聲中被改編為戲劇與皇民劇拼臺，掀起了本土演劇史上傳奇的一頁。編輯及創作上的活力，文化建設的使命感，對殖民統治的批判意識，以及對其他臺灣作家的提掖及關懷，使他成為戰時本土文壇靈魂人物。

1941 至 1945 年間，他以職業作家被徵召擔任「皇民奉公會」臺北州支部參議、文化部委員等職，以此因緣直到戰後初期逐漸活躍於地方政治。二二八事件後避入山區，逃過一劫，此後漸離公職，轉入臺灣省文獻委員會擔任編纂工作，最後又輾轉服務於壽險、染織、銀行及飯店各種行業。在 1970 年以前的 25 年間，張文環限於語言、政治及生活問題，雖偶有短評、憶舊文字，但幾近停筆。1970 年初他任職於日月潭大飯店的晚年，重燃創作欲望。利用晨間創作，重行修改戰前舊作〈閹雞〉、〈部落の元老〉（改為〈部落の插話〉）、〈夜猴子〉（〈夜猿〉）、〈憂鬱的詩人〉（〈憂鬱な詩人〉）、〈地方生活〉（改為〈里は山のなか〉），並創作〈日月潭羅曼史〉（〈日月潭ロマンース〉）、〈地平線的燈〉（〈地平線の燈〉）、〈莊稼漢〉（〈田舍者〉）等小說[11]。1975 年他以「文學遺囑」的心情推出同樣取材故鄉生活的《滾地郎》，以及敘述跨時代前後臺灣知識人社會關懷與個人苦惱的小說〈地平線的燈〉，締造了個人創作第四階段的高峰。1978 年同系列之另一部未完成，即因心臟病辭世。晚年作品的出現，使他的故鄉書寫與文學世界更全面地成熟。

縱觀張文環創作史，故鄉梅山也正是張文環文學的原鄉。堂弟張鈗漢表示，張氏家族居住於梅山附近山村大坪歷經數代，張文環與胞弟張文鐵都在大坪出生。張文環曾祖有五個兒子，其中第四房張鈗漢祖父與第五房張文環祖父兩家，子嗣多，山林田產殷實，村人尊稱為「總理老大」及「老大」，

---

[11]以上均為張文環家屬在陳萬益教授主持的「臺中縣作家全集・張文環全集資料蒐集與整理計畫」期間，提供的珍貴手稿。除了《地に這うもの》之外，作家生前均未發表。

是村中的有力者。到文環、銃漢兩人的父親一代，尚有祖傳的山林與田產。從大坪入山、步行約半小時的「出水坑」部落，在當地向以出產竹產、野猴眾多聞名。張文環父親張察與叔父張和，早年在「出水坑」從事竹紙製造與筍乾山產銷售，後來為孩子入學才遷往小梅鎮上。張銃漢父親在小梅街役場擔任助役工作，是親族中較早搬到街上者。張文環就讀公學校的時期，眾多親族聚居小梅一帶，經營山產、米店、雜貨店、屠豬業、藥房等各種營生，十分熱鬧[12]。因此親族的故事、親戚間的往來點滴，多次在張文環的小說中登場；在部落以及小梅這十餘年間的幼年生涯，是他許多膾炙人口小說的靈感泉源。

張銃漢表示，小梅地區入學年齡偏晚而且早婚，因此張就讀公學校時已是少年，同學中甚有更年長而已婚者。張文環成績優秀，日文流利，擔任級長，朝會時常被校長派上臺對全校演講，深受校長、老師喜愛，也十分有女性緣。小梅公學校曾有一位高女畢業的女教師，十七、八歲左右帶著查某嫺來校教書，對年齡相仿的文環十分有好感，常邀他到宿舍閒談。此外他與美麗的堂表姊妹們之間，也有很多羅曼史[13]。從張銃漢的回顧可以證實，〈山茶花〉中「RK庄」的人物與環境、優秀學生「賢」的形象、「賢」與表姊妹與女教師之間的感情，都與故鄉生活經驗密切相關。

故鄉與童年，獨特空間與美麗時光的交織，造就了作家張文環獨自的鄉土世界。對他來說，廣義的「故鄉」為臺灣，狹義的「故鄉」則應該包括小梅街（舊名梅仔坑、今名梅山）和小梅附近的山區部落大坪、出水坑等地。在小說中張文環多以「街市」或「街路」稱呼前者，以「部落」稱呼後者。所謂「童年」其實廣泛包括兒時、少年與青年前期，亦即他19歲負笈他鄉以前。出生於大坪山村的張文環入學甚晚，13歲才進公學校，赴日時已是青年。從臺灣中央山脈邊緣的農村到日本內地的岡山、乃至帝都，跳躍性的異空間／異社會轉換，使張文環的成長充滿了戲劇性的衝擊與轉折。因此，

---

[12]張銃漢口述，柳書琴採訪，1999年3月13、28日。
[13]同上註。

也造成了他對故鄉及幼年獨特時空的孺慕之情；各種豐富的情感，一一綻放為故鄉書寫的花朵。

〈山茶花〉也是張文環眾多以小梅街上熟稔的親友鄰人來造型書寫的佳構之一，標題「山茶花」乃美麗山間故鄉的象徵。在〈山茶花〉之前張文環雖然也曾以故鄉為靈感，創作出〈落蕾〉、〈貞操〉、〈重荷〉、〈豬生產〉、〈部落的元老〉等小說，但是如歷如繪地塑造一個名叫「RK 庄」的空間、揭示它與周圍部落或市鎮的社會關聯，同時有血有肉地賦予生存其間的人們與環境的競爭、人物彼此之間同中有異、異中有同的個性與命運，確實始於〈山茶花〉。此外，〈山茶花〉前半部以孩童之眼呈現淳善、明朗、愉悅的山村社會，也與〈落蕾〉、〈貞操〉等帶著沉鬱黯淡色彩的小說不同。不論就整個日據時期的鄉土書寫或張文環個人的故鄉書寫而言，不以充滿敵意的、露骨的批判視野著墨殖民地的黑暗陰慘，而以感動人心，引發思慕懷想，生活步調與生存價值自成一格的美麗小社會來吸引讀者，召喚共同感情，從而揭示異民族社會的文化及價值差異，正是〈山茶花〉故鄉書寫的一大蛻變。以上皆是〈山茶花〉作為一則嶄新的殖民地鄉土書寫，出現在臺灣文學史上的重要意義。

三、文壇之曙與〈山茶花〉

關於〈山茶花〉在張文環創作生涯及臺灣文學史上的意義，還可以從文壇變遷的角度加以解明。

1937 年中日事變爆發後文壇大不如前，對臺灣作家而言尤其如此。事變前後由於漢文欄廢止令、社會動盪及殖民統治強化等因素，1920 年代開始以臺灣作家為主體、標榜自由主義或社會主義理念的臺灣新文學運動陷入空前低靡。在文藝誌方面，凝結島內外多數臺灣作家的《臺灣文藝》與《臺灣新文學》先後於 1936、1937 年停刊，直到 1941 年 5 月張文環等人創立《臺灣文學》以前，以臺灣作家為主體或強調本土立場的新文學雜誌付之闕如。在作家方面，漢文作家失去舞臺而喪失了文學的發言權，日語作家在激變的

時代中也失去了創作的從容與方向。龍瑛宗曾以「文學之夜」稱呼事變到
1940 年文壇復甦前的此一階段,黃得時也稱之爲「臺灣新文學運動的空白
期」[14]。

　　在文學之夜中,殖民地的文壇生態也產生了相當大的變貌,以詩歌創作
者、俳人、青年學生爲中心的日文詩歌誌林立,取代了以小說、批評爲主的
綜合文藝誌。日籍作家不再與臺灣本土文壇隔閡,改以積極活躍的主導態勢
介入本土文壇,甚至在臺、日作家逐漸接軌的殖民地文壇中成爲主流族群。
相應於此,文壇中有關「臺灣文學」的定義與詮釋,也開始產生了變化。以
島田謹二爲代表的、強調外地史觀的臺灣文學史論述,反映「臺灣文學」的
詮釋方向,正日益由臺灣中心的「本土/臺灣」轉換成大東亞視野下的「外
地/臺灣」。原爲臺灣民族運動一環的臺灣新文學運動被吸納到殖民文化的
脈絡中進行新評價,其內容也逐漸被外地文學的詮釋角度所浸透和置換。在
臺日本文學者的活躍,使事變前由本土文學菁英領導的文壇,逐漸改變成以
日本人主導或日臺人激烈交流競爭的文壇。

　　戰爭宣傳與文學動員的環境以及新的文學群落之間的競爭,刺激了事變
後低靡的文壇。1939 年 9 月在西川滿、黃得時等日臺文學者合作下促成的
「詩人俱樂部」及 1940 年 1 月的「臺灣文藝家俱樂部」成立,使文壇逐漸
復甦。隨後《臺灣藝術》、《臺灣文學》的創立更進一步使文壇邁向多元互動
的繁盛局面。不過,整個發展也意味著,在 1940 年代以日文書寫爲主流的
文壇中,臺灣作家已不得不從 1920、1930 年代的主導位置退而與日籍作家
交流分享,甚至幾經漢文欄廢止等惡性官方文化控制後淪於文壇客體,成爲
文學的弱勢族群。最後,隨著大東亞文學者大會等一連串的文學統制與作家
動員,1943 年 12 月張文環主編的《臺灣文學》接獲當局停刊通知,臺灣作

---

[14] 參照龍瑛宗,〈ひとつの回憶、文運ふたたび動く〉,《臺灣新民報》(1940 年 1 月 1 日);中譯文〈一
　　段回憶——文運再起〉,收於陳萬益編,《龍瑛宗全集 5・詩、劇本、隨筆集》(臺南:國家臺灣文
　　學館,2006 年 11 月),頁 20～22。黃得時〈輓近の臺灣文學運動史〉,《臺灣文學》第 2 卷第 4 號
　　(1942 年 10 月),頁 7;中譯文〈輓近臺灣文學運動史〉,收於葉石濤譯,《臺灣文學集 2:日文
　　作品選集》(高雄:春暉出版社,1999 年 2 月),頁 93～110。

家勉力維持的舞臺終於面臨了全面性的喪失。

　　1940 年左右臺灣文壇的復甦，雖受惠於戰爭局勢的穩健發展，以及本土文化者對大政翼贊運動地方文化扶掖政策的巧妙運用，當時各報文藝欄的努力與合作也功不可沒。西川滿編輯的《臺灣日日新報》學藝欄和黃得時編輯的《臺灣新民報》學藝欄，是其中較活躍者。〈山茶花〉等優秀作品在《臺灣新民報》學藝欄的連載，對本土作家與整體文壇發揮相當程度的振興作用。最早從事臺灣文學史書寫的黃得時，曾表示「新銳中篇創作」的出現，是「臺灣新文學運動空白期」宣告結束的重要指標之一[15]；張文環也肯定，以臺灣中青代作家為主的此一特輯對文運復甦有相當助益[16]。此外〈山茶花〉連載稍前，黃得時翻譯的《水滸傳》也開始在《臺灣新民報》晚報上連載，造成轟動[17]。1940 年元旦《臺灣新民報》文藝欄刊載了張文環、黃得時、龍瑛宗三人的新年感言，三人以事變後少有的樂觀認為「文學之曙」[18]已提前到來。《臺灣新民報》學藝欄編輯者充滿活力的方針與優秀作品的連載，在文壇復甦的過程中發揮了一定的催化作用。

　　在本土知識人苦悶驚惶的年代，1939～1940 年間連載的「新銳中篇創作」促使本土中青代作家連袂寫作，提振了臺灣作家的士氣。長篇小說〈山茶花〉的誕生，與其他作品一起預告臺灣新文學運動再次被承繼的訊息。它與特輯中的其他小說，共同為沉寂的文壇掀起了一次小小的文學復興。張文環倍受歡迎的〈山茶花〉，正是以本土文壇破冰系列之一的力作姿態，綻放在這樣一個由剝而復的文壇之中。

　　〈山茶花〉刊出當時，受到各方好評。《臺灣新民報》文藝欄主編、「新銳中篇創作」特輯策劃人黃得時，於該作連載前（1940 年 1 月）在報上表

[15]同上註，頁 7。
[16]張文環，〈獨特なものの存在，今年は大いにやらう〉，《臺灣新民報》，1940 年 1 月 1 日；中譯文〈獨特的存在——今年也要奮鬥〉，收於陳萬益編，《張文環全集卷 6・隨筆集一》，頁 43～44。
[17]〈水滸傳〉從 1939 年 12 月 5 日到 1943 年 12 月 26 日連載，共 1131 回，大受歡迎。因此後來在東京出版單行本，並由日本出版配給株氏會社在臺灣、日本、朝鮮、滿洲各地銷售。參照黃得時，〈日據時期臺灣的報紙副刊：一個編者的回憶錄〉，《文訊》第 21 期（1985 年 12 月），頁 62～64。
[18]「文學之夜」與「文學之曙」均係龍瑛宗之語。

示〈山茶花〉優秀的質量令人感覺荒廢的本島文壇,終於再度有「像創作的創作承繼下去了」[19]。他也提到在張氏眾多的小說中,〈山茶花〉和〈閹雞〉為近期傑作,特別受各方讀者喜愛[20]。從一般讀者的回響可見,小說中對鄉間青年男女的命運描寫頗能打動讀者,一名女性讀者投書表示,捧讀〈山茶花〉彷彿看見了自己逝去的青春年少[21]。日籍記者藤野雄士在張文環構思〈山茶花〉時,與張過從甚密,常聽張談論情節的構想。他表示:「〈山茶花〉可視為『張文環半生的自傳』、是讓內地來的青年了解『臺灣的情意面』及『今日在從事臺灣文化工作的本島知識分子,他們堅忍成長的經歷』的最佳讀物」[22]。1940 年代本土文壇另一位重量級作家呂赫若則於翌年回憶到,當時「曾經和臺中的友人一起,閱讀文章開頭描寫『雞生病,麻雀喝醉』的部分時,捧腹大笑的往事」[23]。此外,呂赫若並予〈山茶花〉極高的評價,他認為「能創造出這種文學,所憑的絕非理論,也不是埋首桌前努力一番就行的。完全是源自生活能力、浪漫、體內沸騰的血,是天才的所為。我時常以為,張文環文學的強有力之處,張文環的生命,就在那裡。」[24]

誠如前述種種回響,張文環文學中自傳色彩、自成一格的淳樸鄉土社會、殖民地知識青年的成長／啓蒙歷程、愉悅濃郁的臺灣情意、召喚懷想／認同等幾項特質,戰前戰後皆令不同世代、背景的讀者印象深刻。然而,〈山茶花〉的特色與價值,不僅於此。在〈山茶花〉發表以前,已經有六年餘創作經歷的張文環,已在〈落蕾〉、〈貞操〉、〈哭泣的女人〉、〈父親的要求〉、〈重荷〉、〈部落的元老〉、〈豬的生產〉、〈兩個新娘〉等八篇小說中,從個人成長背景取材,對故鄉梅山的鄉土社會人情、人物悲歡、青年成長與啓蒙、女性

---

[19]黃得時,〈山茶花──明後日より愈よ連載〉,《臺灣新民報》(1940 年 1 月 21 日)。
[20]同註 14,頁 11。戰後他也提到當年〈山茶花〉係他向張文環邀稿,獲得讀者一致好評。參照張孝宗、張良澤編,《張文環先生追思錄》(臺中:家屬自版,1978 年 7 月),頁 42。
[21]參照林清文,〈玉刺繡〉(山茶花歌),《臺灣新民報》(1940 年 5 月 29 日)。李氏秋華,〈南方的果實──「山茶花」を讀んて〉,《臺灣新民報》(1940 年 5 月 21 日)。
[22]同註 1。
[23]呂赫若,〈想ふままに〉,《臺灣文學》創刊號(1941 年 5 月 27 日),頁 107;中譯文〈隨心隨想〉,收於陳萬益編,《張文環全集 8・文獻集》,頁 16～17。
[24]同上註。

命運等，進行書寫。期間他嘗試刻畫各種人物（農村女性、兒童、留日青年、老嫗、理髮師傅），並屢次變換不同書寫視角，也創作了像〈落蕾〉、〈貞操〉、〈父親的要求〉、〈重荷〉等完成度甚高、與後期作品相較絲毫不遜色的佳作。

但是若從「張文環文學」整體建構、勾勒的殖民地「社會像」，及其企圖對這種殖民地社會現象提出詮釋的「世界觀」來進行評價的話，〈山茶花〉之前諸作除了少部分例外，儘管人物或情節的描寫出色，但是作者欲表現、傳達的「社會像」與「世界觀」卻不免顯得片段和模糊。如果我們把張文環透過文學的藝術行為所展現的社會像與世界觀比喻為一個與日俱變、逐漸成熟的藝術與思想的混合體，那麼〈山茶花〉以前諸作顯示張文環對自己企圖表現／表達的這個主體，尚處於朦朧意識的摸索階段，因此便出現了這些與後期帶有清晰殖民批判意識或殖民現代性反省的小說相較，有如側寫般未能完整捕捉議題關鍵的作品。

張文環對於自己身為一位殖民地作家書寫／詮釋的基點、取向何在，曾有過幾階段的思考，〈父親的臉〉得獎後及〈山茶花〉撰寫時均是，此後直到終戰他仍不斷思索這些問題。在他對此一問題尚未有充分答案以前，他的作品中呈現一些完成度不高、主旨模糊、近乎片段素描的作品。這樣的缺陷在〈哭泣的女人〉、〈部落的元老〉、〈豬的生產〉、〈兩個新娘〉幾篇相當明顯。在〈山茶花〉之前，完成度比較高的四篇小說中，除了〈重荷〉之外，一般說來，多半具有自然主義色彩高過現實主義，封建批判多於殖民批判的特點。〈山茶花〉雖然沒有完全掙脫結構鬆散、主旨飄浮的缺失，但是作品顯示張文環已意識到梅山並非一獨立世界，梅山小社會與整個殖民地大社會之間具有不均衡的結構關係，而殖民統治力又深深地衝擊著、牽制著梅山鄉鎮及梅山人的集體或個別命運。在此之前，除了〈重荷〉一篇之外，張文環對此似乎沒有太多自覺性的書寫。

在張文環逐漸增強了身為被殖民者一員的主體批判眼光之後，在〈山茶花〉及其後的作品中，對殖民現代性的滲透描寫與批判意識逐漸增強。在〈山茶花〉中，張文環企圖以自身經歷為基礎，對山村青年的成長史進行回眸，

以殖民力對鄉村人民的塑造力，對其曾經處理過的兒童、女性、成人等各式人物進行再書寫。藉此對殖民政經統治力及其現代化波濤入侵梅山後，梅山的社會與價值變遷，進行批判性的重審。這樣的回眸與重審，不再只是追憶或描繪，它一方面具有對個人先前鄉土書寫欠缺的社會向度進行自我挑戰的企圖，另一方面也爲作家日後更豐富的故鄉小說整理了各式素材，並鋪設了一個有特定隱喻意涵的大舞臺。至此「梅山／故鄉」作爲「臺灣／被殖民者的自我社會」的象徵，「故鄉書寫」帶有與殖民主爭奪歷史詮釋權的「國族寓言」的意圖，也才逐漸具足。

不論就鄉土書寫或作家本人而言，〈山茶花〉都是一道具有劃期意義的曙光。在〈山茶花〉的摸索之後，張文環對自己書寫／詮釋的基點流露自信，掌握熟練，各篇小說越發結合成一個個焦點清晰的有機體。它們往往具有共通的舞臺、互文性的人物與情節、相互衍生的意義，共同型構並體現出洋溢張文環個性的、帶有臺灣知識分子批判觀點的社會像與世界觀。

四、〈山茶花〉與張文環的小說世界

〈山茶花〉既是作家第一次擺脫短篇限制自在揮灑的一篇小說，又是一篇在文學史與作家創作生涯中均具有劃期意義的作品，那麼這篇小說與他其餘作品有什麼關係呢？我們可以從人物、背景、時間、主題等方面的設計來觀察。

在人物方面，〈山茶花〉以屬於殖民地第二世代之少年賢（ケン）、少女娟的成長與兩人感情發展爲主軸。以賢爲中心，旁及就讀 R 中學的劉萬傳，以及街上、山中其他未繼續升學的少年。以娟爲中心，旁及姊錦雲、同學嬋（娟之對照組）、公學校女教師（嬋的分身）、早夭表姊（錦雲的分身），以及其他村姑。除上述之外，還有以配角存在，卻以人格特質、教養方式、學業婚姻安排，對青年男女們的價值觀與命運造成巨大影響的殖民地第一世代，譬如賢父、娟母、嬋父、劉父等。

在小說舞臺方面，〈山茶花〉堪稱張文環學生時期的文學自傳。參考張

文環生平及其他小說推測，張氏戰前以故鄉為舞臺的小說，背景多集中在大正 8、9 年（1919、1920）到昭和初年（1926）之間。取材於他部落私塾兩年及小梅公學校六年，即 1919 到 1927 年間的生活經歷。不過，〈山茶花〉設定的時間稍晚。小說從「賢」公學校六年級的秋天寫起，經歷 R 中學四年、臺北的高校三年，到進入大學的該年夏天為止，即主人公 14～22 歲的九年期間。〈山茶花〉研究者食野充宏認為「賢」公學校畢業的時間應在昭和元年（1926 年）之後[25]。以此推算，那麼〈山茶花〉設定的背景可能是 1926 年到 1934 年，或稍微向後推移幾年；然而，比對張文環 14 到 22 歲之間的經歷及其他小說來推測，賦予〈山茶花〉創作靈感的應該仍是他 1919 到 1930 年之間的經歷，即從公學校到岡山中學時期才是。

在故事時間設定方面，張文環多數作品都以故鄉為舞臺，因此故事與故事之間往往具有血緣性。若以故事發生的時序而論，故事時間設定在〈山茶花〉之前的有〈夜猴子〉、〈重荷〉、〈論語與雞〉（〈論語と鷄〉）對淳樸美麗的山野生活的戀慕、「父」對「部落」農民被街市商人剝削的體驗以及與商號發生的債務衝突。〈重荷〉描寫「父不在」時（暗示可能因先前某衝突而暫失自由），從部落挑香蕉外賣的農婦與少年「健（ケン）」對市街原有不同認知。母親以公權力施行及經濟交換的場所觀之，少年則視為文明與進步的所在。最後兩人因體驗了商販的狡獪與稅法的剝削，從而共同體會殖民權力剝削的本質。〈論語與雞〉，描述山村部落書房教育的沒落。小說中也出現了少年「源（ゲン）」和夫子千金「嬋」等角色。嬋的地位原本高於源，後來由於其父的偽善使嬋在源心中的好感與地位一落千丈。小說中的人物關係與〈山茶花〉中「嬋」畢業女學校、任教公學校、嫁給村中富豪之子，「賢」反而覺得她庸俗的情節類似。「賢」、「源」、「健」等讀音酷似（ken 或 gen）的「青少年」們，似乎是異名同體的[26]。

故事時間設定在〈山茶花〉之後的，有〈父親的臉〉、〈父親的要求〉、〈土

---

[25]食野充宏，《張文環作品論〈山茶花〉の構造》，頁 8。
[26]除了男性人物具有異名同體的互文性之外，張文環各篇小說中的女性人物一樣具有血緣性。

地的香味〉、〈故鄉在山裡〉（〈里は山のなか〉）等。〈父親的臉〉及其改作小說〈父親的要求〉描寫殖民地青年「阿義」悖離父母立身出世期望，投身社會主義運動身陷囹圄，從而重新思考安身立命之道的故事。〈土地的香味〉、〈故鄉在山裡〉則從學成歸來的男性菁英眼光，思考臺灣新／舊女性的差異、新／舊教育對女性人格的影響，以及新教育對他個人的意義等問題。小說中也描寫到青年返鄉後，另嫁他人的舊情人來家中作客對青年刻意冷眼以待的一幕，有如〈山茶花〉中賢、娟破裂後的後續情節。

　　青梅竹馬的戀人「賢」與「娟」無緣的結局，似乎是張文環生命中一個遺憾的片段。張文環首篇小說〈落蕾〉中，也曾描寫青年「義山」因戀人決定另嫁他人而前往東京求學，從此兩人命運殊途。情投意合的戀人因種種社會壓力或觀念落差未能結合，在張文環多篇小說中重覆出現。在張氏筆下，愛情婚姻的挫折最足以反映困縛於傳統社會陋習、利己主義，以及對殖民近代文明盲目崇拜下的臺灣民情與社會性格，如何深深影響人們的命運。同樣地，「阿義」也帶有「義山」或「賢」的後身之意味。

　　故事背景的設定與〈山茶花〉部分時間平行的，則有〈貞操〉、〈哭泣的女人〉、〈閹雞〉等不幸女性的故事。這些題材的靈感在〈山茶花〉中，都曾以細節閃現。〈貞操〉描寫困縛於現實生活壓力與傳統婦德觀念，無法勇敢追求愛情與婚姻自主的「秀英」，不被戀人諒解又被婚家退婚，終於進退失據的故事。透過這篇小說可以更容易理解〈山茶花〉的主題，也就是賢娟戀失敗的根本原因。「賢」認為應從全盤思考人生價值的態度，來積極掌握、爭取作為人生、家庭、社會一環的婚姻與愛情問題。「娟」則由妻以夫為貴、都會憧憬、私奔等，封建、投機、自利的想法，虛榮、斷裂地看待婚愛與社會的關聯。因此表面上頗有個性、主張的「娟」，在遭遇社會保守力量的威脅時，實際上欠缺正面對決的智慧和勇氣。結果和聽任安排、逆來順受的傳統女性「錦雲」，或與富戶聯姻、形同利益交換的新女性「嬋」，同樣不具有女性的主體性。

　　「嬋」、「娟」到「錦雲」構成的新舊女性光譜，反映了張文環對日本統

治後誕生的新世代女性的思考。〈鬪雞〉中因追逐商機的自利父母，成爲交換婚姻下之犧牲品的主人公「月里」，其坎坷的命運在〈山茶花〉中如同「山茶花」或「百合花」般的「錦雲」，以及「像被風吹落的梅花般」早夭的姑母女兒身上也隱約可見。兩部小說中都再三感慨「女人的命運像菜種」。在張筆下，婚姻對臺灣女性而言有如狂風驟雨，善良美麗的妙齡女子一旦涉入婚嫁，很少能不如殘花飄零。〈哭泣的女人〉是一位在溽暑中路過墳場的青年，對不明原因獨自在兄嫂墳前痛哭的某女性素描。這段令人印象深刻的奇遇，哭斷肝腸的悲泣聲也以一個回憶的片段回盪在〈山茶花〉的細節中。

　　〈山茶花〉的主要舞臺設定於殖民基礎建設才初步整備[27]的 RK 庄（其他小說中有時稱 R 庄、SS 庄、R 部落、R 町）。RK 庄的環境、民情、輿論與習俗，深深影響此地成長的青年男女們的性格與命運。小說中對鄉下人盲目的都市崇拜、家庭人際封建的階級關係、利益交換的買賣婚姻、功利主義的立身出世觀等，多所批判。不過在另一方面，以 RK 庄爲中心所輻射出的外圍山村、城鎮或都會，對小說中青年男女的命運同樣有不可忽略的影響力。這些外圍舞臺有：1.RK 庄往山區方面深入的山村部落。2.從 RK 庄出發，藉由糖業輕便鐵路向外伸展 1 小時左右可抵達的 TA 庄、O 庄。在某些小說中它們也被設定爲輕便鐵路與西部縱貫線的接合點。3.比 TA 庄、O 庄更遠一些的 R 市、K 市（嘉義）、彰化市等中部都會，它們是中學、女子公學校高等科的所在地。4.修學旅行時藉由長程縱貫線才能抵達的臺北、基隆、淡水、士林等北部都會。

　　除了北臺灣各地之外，〈山茶花〉描寫諸地其實也都是張文環其他小說常出現的舞臺。歸納來說，張文環的小說世界以「RK 庄（及其異名同體者）」，即作家故鄉「梅仔坑」爲中心。以此爲中心，向山區方向輻射出幾個「部落」。向中部平野，以現在已經不存在的新高製糖會社的「會社線」與臺灣西部「縱貫線」聯結，而有研究者推測爲「大林」的 TA 庄（「大」之擬音）與 O（「オ

---

[27]同註 25，頁 8。

バヤシ」之擬音）[28]。此外稍遠則有可能是嘉義市的「K 市」，以及所指不明、可能是縱貫線或阿里山線[29]周邊城鎮或都會之「R 市」等。張文環故鄉書寫主要舞臺，如下圖所示：

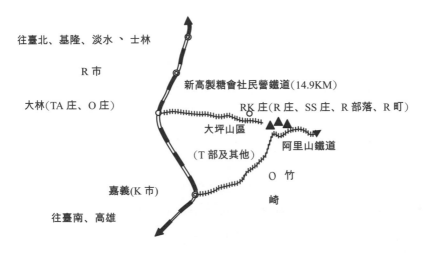

往臺北、基隆、淡水、士林

R 市

大林（TA 庄、O 庄）

新高製糖會社民營鐵道（14.9KM）

RK 庄（R 庄、SS 庄、R 部落、R 町）

大坪山區

（T 部及其他）

阿里山鐵道

嘉義（K 市）

O 竹崎

往臺南、高雄

張文環故鄉書寫舞臺簡圖

　　張文環其他小說，也提供我們進一步理解這些舞臺彼此關係及其象徵意義的線索。〈閹雞〉[30]，以小鎮少婦「月里」大膽扮演車鼓旦的原委，鋪陳一段家長交換婚姻下被犧牲的鄉村女性的自覺過程。小說以環繞鐵道線延長所引發的房地產預期利益，進行鄭三桂、林清標家運興衰與人物禍福的描寫。在新站建設的傳聞、狐狸鬥智的老謀深算、老辣媒人的婚姻磋商、滑稽土氣的半新舊婚禮，以及林家店面改造、鄭家新樓起建之中，禍福相倚，故事一幕幕展開。充滿變數的地方建設案、急功近利的謀略、傳統祭典與戲劇、閨房女兒心事、冷眼旁觀的農民們，前景後景，互為表裡。展演出傳統社會在殖民現代化激流中，無德無學、投機算計、自利主義掛帥的人們，最後終究

---

[28]同註 25。

[29]當時小梅地區的出入要道，除了東向可達的新高製糖廠會社線之外，還有南向可及的阿里山線。從小梅沿公路南下，可達阿里山線上鄰近小梅的最近據點竹崎站。

[30]〈閹雞〉原載《臺灣文學》第 2 卷第 3 期（1942 年 7 月）；中譯文〈閹雞〉收於陳萬益編，《張文環全集卷 2・小說卷二》，頁 144～190。

難逃更爲隱形龐大的新興資本洪流撥弄之荒謬本質。在〈鬪雞〉中造成一對青年男女悲劇的關鍵，即「TR 庄」（「大林」之擬音）起始的「會社線」在「SS 庄」（小梅，可能爲「ショオ」之擬音）的延長問題。長達 14.9KM 的會社線[31]，終點站設立於小梅庄邊緣，居民必須以臺車接駁貨物，十分不便；此事〈山茶花〉中也曾提及。SS 庄的「鄭父」覬覦鐵路延長後山產輸運的利益，以子女聯姻爲由，將自己的藥房與 TR 庄渴望行醫致富的貨運行老闆「林父」交換。結果「會社線」並未延長，開南客運公司通車，貨運利益落空，造成鄭家破產及林女的婚姻悲劇。

〈夜猴子〉（〈夜猿〉）[32]以張氏兄弟幼年跟隨父母前往工作的「出水坑」竹紙工廠爲舞臺，刻畫「石有諒」遷回山村從事祖業的原委、石赴街市接洽時妻小獨自在深山中寂寞相依的情景、後山部落的人情溫暖、竹紙廠開工的熱鬧蓬勃、資金陷阱與厄運的降臨等等情節，藉此訴說山村竹紙業生產者石姓一家的興衰。小說表面上大幅鋪寫民間慣習、庶民生活的豐富細節，營造淳美溫馨的山村田園情調；但是對於無孔不入的資本主義、對村居生活造成破壞，實則隱含尖銳的批判。〈夜猴子〉營造的是一個詩意的臺灣文化主體殘存空間，作家以生動具體的風俗人情來經營這樣一個最後的夢土，除了流露對傳統社會的鄉愁，反映出對戰爭／皇民化的疏離與抗拒，也表現他批判殖民資本主義的一貫立場。石氏一家寄身於猴群聚居的部落，在「R 部落」與人發生債務爭執的「石父」、獲悉消息後漏夜攜帶幼子從部落趕到 R 部落，又繼續向前趕路的「石母」，共同向讀者揭示了一幅「竹紙廠部落——R 部落——更中心的×鎮或×市」的階層式空間構圖。

〈重荷〉中，健與母親居住的「部落」，與「R 町」相去一里半、以崎嶇的山間坡道相通，小說也同樣以「部落／街市」關係來襯托人物的性格與命運。〈地方生活〉與〈故鄉在山裡〉也提到與主人公居住的「K 市」相隔

---

[31]此係食野充宏的調查。
[32]〈夜猿〉原載《臺灣文學》2 卷 1 期，1942 年 2 月；中譯文〈夜猴子〉，收於陳萬益編，《張文環全集》卷 2，頁 42～85。

6 公里的「R 部落」(可能爲小梅鎭)與「T 部落」(可能爲大坪村)，有親友、祖墳、工廠、幼年訂親的未婚妻、兒時讀過的書房等。〈山茶花〉中，修學旅行時天未亮便走山路下來的「部落」小孩、「賢」偶爾去拜訪的「開滿山茶花」的部落，應該和上述一樣是鄰近小梅的幾個山村小聚落。

　　張文環在渴望破繭而出的時期，創作充滿回憶及自傳色彩的〈山茶花〉，其動機是什麼呢？或許與一位悖離殖民地社會主流成就評價期待(譬如：醫生、律師)，而以作家、文化人爲職志的知識人歸鄉後的自我追尋有關。張文環的追尋包括個人安身立命之道，也包括我族社會的集體未來。這樣的焦慮展現在文學創作時，便以對故鄉小社會及個人成長歷程的回顧與探討展開。〈山茶花〉因而整理了不少重要的個人社會觀察與自我成長經驗，其中有的早先曾片段表現於〈山茶花〉之前的早期創作中，有的則成爲他續後巓峰時期深入書寫的題材。

　　不過〈山茶花〉絕不只是一篇寫作備忘錄或成長回憶而已。它更重要的意義在於與他篇共同從政治、經濟、教育各層面，揭示臺灣鄉村被殖民統治吸納、控管的過程。以上的空間構圖，不僅僅是作者爲架構小說偶然鋪設的背景或舞臺而已。在一幅幅由相近空間呈現的動人風土與人物悲歡之外，作家同時有意識地以鐵路線、教育體系等殖民力的物質與精神羅網爲隱喻，揭露外來統治力侵入、浸透、扭曲臺灣社會的霸權地圖。

　　張文環 1940 年代的作品甚至開始突破山村視野，關注流離於都會的鄉下人或其他底層民眾，〈頓悟〉[33]、〈迷失的孩子〉(〈迷兒〉)[34]皆屬此類作品。〈迷失的孩子〉以大稻埕獨眼花生湯攤販之痴兒「黑面仔」的走失，所引發的一場小風波爲中心，呈現戰時下都會小市民紛亂的道德價值與人心樣貌。父親「大目仔」，是在都會底層營生的鄉下人之一，子孫三代蝸居在狹小的三樓租屋裡。他們與其他底層市民或者盲眼的走唱者，和諧互助，辛勤卻知

---

[33] 有關〈頓悟〉的討論，參照柳書琴，《荊棘之道：旅日青年的文學活動與文化抗爭》第 6 章第 1 節 (臺北：聯經出版社，2009 年 5 月)。

[34] 〈迷兒〉原載《臺灣文學》第 3 卷第 3 期 (1943 年 7 月 30 日)；中譯文〈迷失的孩子〉收於陳萬益編，《張文環全集卷 3・小說集 (三)》，頁 83～94。

足的生活著。但是住在二樓的富裕房東，卻不惜讓女兒從事賤業以追逐更多金錢，同時鼓動大目仔讓女兒賣笑，遭到大目仔嚴峻拒斥。在痴兒走失風波中，弱者安貧樂道的誠實生活與富者笑貧不笑娼的虛榮敗德，孰迷孰醒，成了鮮明對比。

在張文環的小說中我們看見他一貫關心的是：臺灣舊有的社會共同體在無力抗拒殖民統治、資本侵略、殖民現代主義等洪流沖刷下，如何逐日崩解？社會變遷與民眾命運的關係如何？在共同體崩解與價值轉換的過程中，人們感情、意識、價值的發展變遷又如何？因為那不僅是民族的命運，也正是小說家自身及其同時代人的難題。那便是——進退失據。

五、進退失據的殖民地新世代

綜合張文環及熟稔其構思過程的友人藤野雄士的說法，〈山茶花〉的創作動機大致有兩點。第一，召喚臺灣人有關鄉土的愉快回憶[35]。第二，勾畫「臺灣的情意面」及「今日從事臺灣文化工作的本島知識分子堅忍成長的經歷」[36]。前者或許考慮到連載小說的趣味性，後者則是他長期從事文化活動的一貫關懷。

上述兩大動機彼此雖不衝突，但是性質卻略有不同。畢竟殖民地知識分子被夾擊在新舊價值之間被教養、訓練，其堅忍成長的經歷往往無法十分愉快。不同創作動機的拉扯，使小說部分情節略嫌蕪蔓、情調也欠缺統整[37]；另外，小說中幾個原本似乎具有譬喻人物命運用意的小標最後並未發揮作用，也是一例。食野與森相等研究者都曾指出，臺灣傳統戲曲歌仔戲中膾炙人口的《孟麗君》、「映雪」故事[38]，以及張氏岡山求學時期改編自法國小說

---

[35]同註 3。
[36]同註 1。
[37]小說前半部筆調愉悅，偏重故鄉人情淳良美善的一面，後半部卻充滿衝突與決裂的陰影，並集中於揭示鄉人自利愚昧的種種可憐相。與此相應，小說中幼年階段的故鄉描繪生動活潑；青年期以後的故鄉描寫則顯得抽象黯淡，略有理念先行的意味，多少折損了小說的美感與完整性。
[38]故事內容大致如下：父親將才貌雙全的孟麗君許配給皇甫少華，引發失意的仰慕者（皇后外甥劉奎璧）的奪婚奸媒。劉用計誘殺少華並迫害皇甫一家，意圖強娶麗君。結果麗君乳母以女兒映雪偽裝

而在日本風靡一時的電影《曼儂》（「マノン・スコオ」），都被使用爲小標。
但是這些具有戲劇性命運、充滿個性的女性，與小說中的女性卻無明顯關聯
[39]。但是，除了這些缺失之外，〈山茶花〉意圖反省殖民現代性的意圖及其成
就，卻是很明顯的。以下試由小說的主要情節，探討張文環〈山茶花〉故鄉
寫作的主題。

　　小說以青梅竹馬的「賢」、「娟」成長、戀愛、分手爲主軸，穿插故鄉其
他人物與事件。表兄妹「賢」與「娟」原爲公學校同班同學，成績優秀，不
相上下。但是後來「娟」因父母反對她參加修學旅行，無緣見識都會，憤而
自動退學，此後表兄妹命運各異。「賢」往後的人生，一如搭乘會社線、縱
貫線北上向總督府、博物館、專賣局、植物園、芝山巖等殖民象徵事業頂禮
的修學旅行一樣順利，從中學而高校而大學一路未間斷地向帝都奔進。然而
與此同時，「賢」卻也從天真善良、充滿同情心的少年，變成爲了立身出世
逐漸與鄉人脫節，最後成爲帶著批判之眼俯看親友的深沉青年。他一次次負
笈他鄉成爲在殖民教育中出人頭地的新知識人，然而卻也在同一個過程中一
步步失去了自己的故鄉與容身之所。相反地，「娟」在輟學之後喪失社會上
升之路，卻在日復一日的農林山野勞務生活中，出落爲亭亭玉立、健康開朗
的姑娘。

　　都會中的漫長求學生活，使「賢」逐漸感到迷失、疲憊。一次返鄉的偶
然邂逅，使他想從堅韌開朗、充滿活力的「娟」（故鄉、接納者的象徵）身
上找到認同和慰藉。「娟」也基於與其他繼續升學的女同學（嬋）的競爭心

代嫁。映雪與麗君情同姊妹，因而預謀於洞房花燭夜刺殺新郎復仇。事敗，映雪投河，被丞相所
救，收爲義女。此後孟家欺瞞劉氏，因此也遭迫害。麗君女扮男裝潛逃，投考科舉入朝爲官，受
丞相賞識而許以映雪爲妻。皇甫少華在劉奎璧殺奸謀中，因劉妹燕玉相救逃過一劫，之後以匿
名與父親於朝鮮戰役中苦戰，立下戰功。經過諸多波折之後，麗君、少華終於爲兩家伸冤，有情
有義的四人也終成眷屬。
[39] 食野充宏在論文中，對標題的使用有一些討論。另外，森相由美子曾以殖民主／被殖民者對立構
圖的觀點，闡釋標題「山茶花」、其他若干小標題，以及諸如麻雀、雞等細節的隱喻意義，相當有
意思。參照《日據時代張文環「山茶花」作品論》。不過筆者認爲，作家的主題意識或隱喻意圖，
往往透過小說的語言、人物、情節、結構整體來呈現，有時亦透過多部作品之間交互輝映的意義
之網來呈顯，因此本文採取較宏觀的視角來分析。

理，而期待藉由與「賢」的戀愛，重獲地位晉升之階。幼年時期倔強而充滿自信的「娟」，曾在寫生課時以原野中一株高突的野菊，抒發自己企圖從現實中脫出的渴望。然而這個願望在該次課程結束後不久，便因修學旅行事件而難以己力實現了。此後成為家庭生產工具的她，再想脫出，唯有憑靠最傳統的女性出頭模式——婚姻。然而，就在幸福之神靠近的時刻，卻因為某些輕率行為流露了對都會青年與殖民物質價值的盲目崇拜，鑄成他與「賢」的愛情破滅。「娟」始終有如一朵未能舒展的花，其因無知而薄命的處境，十足可悲。小說最後，「賢」體會到新青年和村姑之間橫亙的觀念鴻溝，使兩人的結合根本不可能。他也認識到表面上健康、堅韌、開朗、充滿活力的「娟／故鄉」，實則固陋、盲目、投機、缺乏自尊與主體，因而不可能為遭遇價值危機的遊子提供堅定的信仰與慰藉。隨著戀愛的失敗，「賢」的故鄉幻想也隨之破滅，此時的他終究無法在故鄉找到安頓，因而只能再度成為一個失鄉的浮萍，帶著留學生的新幻想向「東京」飄去，而「娟」唯有自暴自棄、飲恨伏案痛哭，小說至此結束。

「娟」憧憬都會，「賢」被父母的都會崇拜（象徵著當時臺灣社會的價值取向）推向都會。所不同的是，身為男性的「賢」前進都會憑藉的是考試升學，身為女性的「娟」則依賴愛情與婚姻。不斷延展的社會上升之路使「賢」愈益冷峻寂寞，愛情與婚姻的幻想則讓「娟」從自信開朗墮入昏愚軟弱。如果賢是不幸的，那麼娟則是可悲的。這個悲劇性的結局堪稱為〈山茶花〉中最諷刺、最黯淡的部分，然而他卻指出了殖民地新世代青年男女難以逃脫的宿命。在殖民統治主導的時代變遷中，〈山茶花〉中如「錦雲」一般具傳統婦德的女性，不得不因種種因素朝「娟」、「嬋」、「女教師」等新式或半新式女性蛻變。然而無法擺脫物質崇拜、利益婚姻、投機心理，且喪失傳統女性美德、不欲回歸、或喪失可供回歸的社會的各種過渡型女性，同樣是徘徊在淺薄、斷裂的新舊價值間，進退維谷的一群。

「賢」從部落到小梅、搭乘製糖工廠的會社線通往縱貫線上的都會，踏上臺灣的首善之都臺北，最後乘船抵達日本前進帝都。張文環小說顯示：揮

汗如雨地從顛簸小路挑貨下山的農民、辛苦攀附出世階梯向帝國中心奮進的知識青年、以婚愛向男性／都會／權利中心靠攏的女性,殖民地社會的上升路線是如此單向而狹仄。鐵道線、教育線、婚姻線,是不同區域、階級、性別的臺灣人生存競爭的黯淡階梯。臺灣的物資、人力、人才、人性,以劣等的競爭姿態,充滿壓迫感地、宿命性地輸往帝國中心,被廉價地消耗再消耗。殖民地社會與人民的活力,也在這樣的供需中耗費殆盡而沒有太多文化性的成長。這正是身為一位有良知的殖民地知識人,在他的創作中流露的焦慮。

在一次又一次對鄉間青年「堅忍成長的經歷」進行回眸時,張文環瞥見了哪些姿影呢?我們認為那是,幼年遲未入學而嚮往街市、渴望進入公學校的「源」、「健」;經歷公學校、中學、高校發現整體而言臺灣也是鄉下而意圖前進東京的「賢」;發現自己無法真正接納都會、也無法被都會接納而渴望重返鄉土懷抱的「賢」、「阿義」、「清輝」、「澤」。「源」、「健」→「賢」→「阿義」、「清輝」、「澤」,他們集體訴說了──「進退失據」是殖民地知識青年的普遍難題。同樣的難題也顯現在張文環筆下,如山茶花、百合花、梅花、茱籽一般,不堪封建家庭、交換婚姻、庸俗功名、投機或宿命思想撥弄的殖民地女性們。甚至於作家張文環本人,也一如他筆下的殖民第二世代知識青年,被迫徘徊於臺／日、本土／殖民主價值之間,成為「進退失據」的一人。歸納張文環以故鄉為背景或取材的小說可見,張文環的故鄉經驗主要來自赴日前,亦即 1927 年(19 歲)以前在梅山或出水坑的生活。此後張旅日長達十年,1937 年返臺後曾回故居小住一個月,之後便偕妻長住大稻埕直到 1944 年初,期間僅於探視父母時才偶爾返鄉。換言之,張文環的故鄉書寫都在「離鄉」之後,而且書寫對象多是故鄉的「陳年往事」。根據家屬表示,張文環返鄉後對於故鄉及鄉人日益市儈的變化、宗族分財產的糾紛頗反感,因此直到晚年均未返鄉居住[40]。張文環不曾在小說中描寫過故鄉小梅的新況,他的故鄉情結無寧使他只願意對逝去的、記憶中的、印象式的故鄉,

---

[40]張孝宗口述,柳書琴採訪,1999 年 2 月 27 日。

進行追想與緬懷。

如果說〈夜猴子〉、〈重荷〉、〈論語與雞〉著眼於「山村部落——小梅」
之間的關係，〈閹雞〉著眼於「小梅——大林、嘉義等縱貫線都會」之間的
關係，那麼〈山茶花〉、〈父親的臉〉、〈父親的要求〉、〈土地的香味〉、〈故鄉
在山裡〉則或深或淺地思考了「小梅（臺灣／鄉間／傳統）——東京（日本
／都會／殖民進步主義）」之間的關係。所不同的是，〈山茶花〉展現了一路
向帝國中心親近的臺灣知識分子回顧身後社會時，對破落的本土社會流露的
同情、焦慮、批判與期望，以及對自身一代失去價值容身之所進退維谷的難
堪與惶惑。〈山茶花〉後續諸篇則是「在東京受過教育後」，相較而言較有自
主視野的他們，迴身凝視自我社會時，在鄉土內涵中獲得的生存力量與生命
啟示。經歷〈山茶花〉的創作歷程，樸野厚實、充滿老臺灣風情的山村故事；
深刻的庶民社會凝視與文化反省視野；舉重若輕、棉裡藏針的殖民文化批
判；對新世代、女性／兒童／離散者的弱勢關懷，終於日益成為這位日語作
家在戰時文壇中獨一無二的文學風格與批評模式。

六、小結

歸納張文環整體的創作來看，他的小說世界是一個遭遇殖民外力不斷衝
撞而逐漸失序的臺灣人空間。原本在這個空間中自成一格的生產體系、人情
與傳統，受到殖民資本浪潮帶來的新權力、新經濟、新價值衝激，終於岌岌
可危。也因此研究者游勝冠曾指出，張筆下的「山村」及「女性」都帶有受
難的母親「臺灣」及「臺灣人」之隱喻[41]。

戰前對臺灣作家頗有理解的臺北帝大教授中村哲，曾在一場文藝座談會
上說：張文環的小說描寫的是「充滿矛盾的近代人」，他的創作特色在於「進
退維谷」一點，單獨一篇一篇閱讀難以理解，必須從整體加以掌握[42]。以上

---

[41]參照游勝冠，〈殖民進步主義與日據時代臺灣文學的文化抗爭〉（清華大學中文系博士論文，2000
年6月），頁313～329。
[42]中村哲、竹村猛、松居桃樓著，〈文學鼎談〉，《臺灣文學》第2卷第3號，1942年7月，頁107～
108。

說法，誠屬至言。只不過，中村教授並未進一步指出「進退維谷的、矛盾的近代人」的產生，正是殖民統治的傑作之一，而這也正是〈山茶花〉意圖指出的關鍵點。張文環在〈山茶花〉及其之後的作品如〈論語與雞〉、〈夜猴子〉、〈閹雞〉等，以成熟的懷舊風格，跳脫性的視野，回溯早期臺灣傳統社會時空，引領覆蓋於皇民化運動下的讀者思考臺灣文化所遭受的長期毀壞。除了檢討社會內部自利主義與道德淪喪的禍害，也揭示外來殖民與資本主義對傳統社會結構及價值傳統的加速腐蝕。

　　〈山茶花〉的誕生顯示張文環身為一個殖民地作家，對自己書寫／詮釋的立足點已漸有掌握。因而在作品中展現出有別於過往的，具有批判殖民統治、殖民現代主義意圖的社會像與世界觀。

　　歸根到底，張文環一代的殖民地知識分子，隨著交通線、教育線湧進殖民新社會的權力中心，經歷長年的母土生活經驗與傳統價值系統之離散，之後在各種拉扯與衝激中摸索自己的認同。此一過程備極艱辛，卻也特別可貴。然而，當他們難能可貴地建立起自己的母土認同，孜孜獻身於本土文化建設，並意圖以鄉土書寫進行歷史詮釋權的爭奪或國族寓言之書寫時，卻也難逃殖民地新知識分子與自身民族傳統、鄉土、大眾疏離隔閡的惡夢。因此重返臺灣社會之後，如何調整自己與母土社會現實之間的距離，如何在戰爭動員逐漸籠罩的文化界中，找到耕耘本土文化、關懷本土社會的位置與方法，便成為他們在 1940 年代面臨的最大挑戰。

——選自柳書琴《荊棘之道：旅日青年的文學活動與文化抗爭》

臺北：聯經出版社，2009 年 5 月 15 日

「開眼」看世界

張文環〈山茶花〉的認同之旅

◎陳淑容[*]

一、前言

　　啓蒙與成長作爲張文環小說的一個重要關懷點，陸續已有陳萬益、高
嘉謙、陳建忠等人做出相關研究。幾位論者的取材與視角互有不同，如陳
萬益以〈一個殖民地少年的啓蒙之旅〉，點出〈重荷〉中孩童「健」所面臨
的殖民地下價值混淆的問題。高嘉謙演繹張文環作品，提出其落實原鄉神
話之道乃透過民俗觀念轉化出啓蒙與成長的意義，以達到企圖追尋的人文
價值及理想。而陳建忠則指出張文環「成長」爲主題的小說群落映照出殖
民地作家的自畫像。[1]

　　此外，柳書琴的論文〈從部落到都會：進退失據的殖民地青年男女——
——從〈山茶花〉論張文環故鄉書寫的脈絡〉雖未以「啓蒙」、「成長」爲
題，但細究張文環第一部長篇小說〈山茶花〉與其他作品間的血緣性，及
其體現「進退失據的殖民地青年男女」的精神面貌，其實已將張文環的文
學文本與作家成長史做了巧妙的結合。[2]

---

[*]現於臺灣大學臺灣文學研究所進行博士後研究。

[1]三篇論著分別爲陳萬益，〈一個殖民地少年的啓蒙之旅——析論張文環的小說〈重荷〉〉，《中央日
報》（1996 年 6 月 29～30 日）；高嘉謙，〈張文環的原鄉追尋〉，《多向的蛻變——第三屆全國大專
學生文學獎得獎作品專集》（臺北：行政院文建會，2000 年 10 月）；陳建忠，〈一個殖民地作家的
自畫像：論張文環小說中的「成長」主題〉，《張文環及其同時代作家學術研討會論文集》（臺南：
國立臺灣文學館，2003 年 10 月）。

[2]柳書琴，〈從部落到都會：進退失據的殖民地青年男女——從〈山茶花〉論張文環故鄉書寫的脈
絡〉，《臺灣文學學報》第 3 期（2002 年 12 月），頁 81～108。柳書琴一文通過〈山茶花〉考察張
文環的故鄉書寫、小說世界與「文壇之曙」的關聯，本文參酌其論甚多。

扣著啓蒙、成長等主題，我們發現張文環小說世界中的重要因子——旅行。從狹義的遊歷到廣義的求學或留學，不管是自覺或是被迫，小說人物於旅行中獨有的經驗往往使人眼界大開或隨之頓悟，啓蒙因而得以致之。而旅行、成長又經常伴隨著空間的變遷，這讓我們想到所謂「離鄉背井」的故事。[3]

離開，帶出陳萬益提出的「價值混淆」、高嘉謙所謂「原鄉神話的追尋」，或是陳建忠的「鄉土即救贖」[4]、柳書琴的「進退失據」。這其中蘊含的不僅止是地理空間的變遷，而是隨著距離而產生的文化乃至認同之差距。且此差距的產生又與臺灣作為日本殖民地的獨特歷史經驗亦步亦趨，因而我們得以從中梳理出殖民地底下臺灣知識人的精神系譜[5]。

於是，關乎啓蒙、成長、旅行、故鄉乃至認同這幾個看似破碎，卻不斷出沒在張文環文學文本中的關鍵詞，以下我要用〈山茶花〉這篇小說加以連綴。這個看來大膽而冒險的計畫，也許透過小說刊出前的〈作者的話〉可引人進入此脈絡。

三十歲以上的男人，大概都有這樣的記憶：在過年或要出發去旅行的時候，從母親或祖母手中接受過神的子民標誌的銀牌，像掛上了勳章那麼高興。這種記憶回想起來總是很快樂。現在我想要寫的就是這些，所以這篇小說應該說是鄉村語言的小說，不過以鄉村來說，仍然有時代性的知識階級在此活動。因此我想以山茶花來寫。本來，要寫這樣古早的鄉村生活，最感困難的就是用和文無法表現的事項。表現不出來，筆自然

[3]關於旅行與啓蒙的部分，參考了陳平原主講，梅家玲編訂，《晚清文學教室》中〈旅行者的敘事功能〉部分（臺北：麥田出版公司，2005 年 5 月）。另外，本文篇名「開眼看世界」也是受到陳平原前揭書的啓發。
[4]陳建忠，〈鄉土即救贖：沈從文與張文環小說中的烏托邦寓意〉，《文學臺灣》第 43～44 期（2002年 7 月）。
[5]張文薰在〈由「現代」觀想「故鄉」——張文環〈山茶花〉作爲文本的可能〉一文試圖跳脫前行研究將文本作爲作家精神史的觀點，還原〈山茶花〉作爲文學作品的閱讀的可能。本文同意其論點，但在此我將作家張文環視爲另一個文本，亦即透過作家作爲文本與作品文本的交互考察，理出另一種閱讀途徑。見《臺灣文學研究學報》第 2 期（2006 年 4 月），頁 5～28。

會轉方向。轉了方向就會寫成許多奇妙的東西出來。能否表現真正親近
吾人生活的文學？這是我們正在努力的目標，但是這沒有讀者的支援還
是做不到的。在這層意義上，我想跟讀者一起來寫這篇小說。不過不要
把我的意思誤解為我願意被讀者牽著鼻子走。老實說，我寫這篇小說根
本就沒有把讀者的存在放在腦子裡，應該這麼說才對。不過我也不喜歡
因為這樣說而被誤解為自言自語。

第一次寫長篇小說，心情實在高興，請大家惠予指導。[6]

　　這是〈山茶花〉登出前於《臺灣新民報》學藝欄刊載的廣告。[7]分別於
1940 年 1 月 11 日及 21 日登出的廣告，以「山茶花／張文環作／陳春德
畫」、「新銳中篇創作第五篇」[8]、「即將連載」為標題，除了簡介作品之
外，並且附上張文環的相片以及前引〈作者的話〉，在整個學藝欄的版面上
占了顯眼的篇幅。之後該作於 1 月 23 日至 5 月 14 日連續 111 回刊載於
《臺灣新民報》上，也果真如編輯黃得時所料，在島內興起一股熱潮。

　　作品成功除了歸功於《臺灣新民報》的宣傳策略以外，敏銳考慮到讀
者存在的作家之用心也不可或忘，此點容後再敘。

　　從〈山茶花〉刊出的 1940 年 1 月這個時點出發，回望五年，張文環寫
下宣告棄離左翼理想的〈父親的要求〉，歷經轉向與革命中挫，飽受生活之
苦[9]；往後的一到四年的大東亞戰爭期間，則是「被動員去動員」，透過書

---

[6]本文討論的〈山茶花〉文本以陳萬益主編之《張文環全集卷 4・小說卷（四）》（臺中：臺中縣立
文化中心，2002 年 3 月），陳千武之譯本為主。中島利郎編，《日本統治期臺灣文學集成 2・臺灣
長篇小說集（二）》（東京：綠蔭書房，2002 年 8 月）收錄的複刻本為輔。引文部分除有明顯缺漏
逕行修正外皆引自陳千武譯文，頁 2。

[7]「學藝欄」又稱文藝欄，是類似報紙文藝副刊的版面。

[8]前此登出的四篇小說分別是翁鬧〈港のある町〉、王昶雄〈淡水河の漣〉、龍瑛宗〈趙夫人の戲
畫〉與呂赫若〈季節圖鑑〉。

[9]參照國家臺灣文學館於 2003 年 10 月舉辦的兩場研討會中之論文：張文薰,〈張文環〈父親的要
求〉與中野重治〈村家〉——「轉向文學」的觀點〉,「臺日研究生臺灣文學學術研討會」。游勝
冠,〈轉向？還是反殖民立場的堅持？——論張文環〈父親的要求〉〉,「張文環及其同時代作家學
術研討會」。

寫與發言介入臺灣軍事人力動員，也因此日後頗受爭議[10]。

　　從抵殖民到「皇民」，中間路徑曲曲折折。在抵抗、傾斜與屈從間，殖民地知識分子的自我認同幾經斷裂，其心情轉折與認同的流轉，可以說是日治時期臺灣文學最為隱晦迷人之處。

　　如果我們把認同定義為「在特定歷史空間下，一群人想像如何以區分『我們』與『他們』的集體範疇——如民族、省籍、氏族、或階級——稱呼彼此所用到的各種論述。」那麼，從前述〈作者的話〉延伸的〈山茶花〉文本，我們看到作家的化身——主人翁「賢」，圍繞著「傳統／現代」、「漢／和」、「臺／日」、「鄉／城」、「知識階層／庶民大眾」、「男／女」所展開的一段認同拉扯。這無非不是一段通過旅行而展開的啟蒙與成長之路。

　　做為「張文環第一部長篇」的〈山茶花〉，柳書琴認為「他在這篇跳脫篇幅限制的小說中，首次展現了對殖民地社會與價值變遷問題的書寫自覺，並為他往後的鄉土書寫勾勒了基本的批判結構[11]。」以此與前述 1940年的創作時間點連結，我認為張文環透過小說人物的啟蒙、成長、旅行、故鄉、認同等議題，抒發了殖民地知識青年的多重苦惱。在此脈絡下考察〈山茶花〉的敘事，因而有其意義。

二、〈山茶花〉的傳播

　　如前所述，〈山茶花〉初刊之際，於臺灣文壇引起相當的回響與討論，不少論者提到因為該作使得寂靜的臺灣文壇由衰轉盛，也有人認為〈山茶花〉是 1940 年臺灣文壇的重大收穫。

　　其中，以同年底臺灣藝術社所舉辦的「回顧昭和 15 年度的臺灣文壇」特輯最為熱烈，該特輯收錄了 16 位活躍於島內文化界人士的發言。特輯

---

[10]參照柳書琴，《荊棘之道：臺灣旅日青年的文學活動與文化抗爭》（臺北：聯經出版公司，2009 年5 月），頁 391～453。
[11]同註 2，頁 84。

中，除了郭水潭指稱「張文環的〈山茶花〉爲新民報的最大收穫」以外，
爲〈山茶花〉繪製插畫的陳春德也提到此乃張文環今春的力作，林精鏐更
指出談到昭和 15 年（1940）的收穫，首先一定是張文環的〈山茶花〉。面
對本島人作家對〈山茶花〉的推崇，日籍作家亦不專美。新垣宏一就寫
到，雖未讀過，然心嚮往之；而北原政吉則將西川滿的作品集、張文環的
〈山茶花〉、濱田隼雄的〈橫丁之圖〉、龍瑛宗的〈黃家〉以及黃得時翻譯
的〈水滸傳〉等作的出現視爲歷來本島文藝界的高水準之作[12]。

　　〈山茶花〉的魅力還不止於此，1940 年 4 月的《臺灣藝術》「臺藝新
聞」上，寫到〈山茶花〉頗受好評，甚至位於永樂町的喫茶店還因而改名
「山茶花」[13]。隔月的「臺藝閒話」指出張文環因〈山茶花〉的連載一躍成
爲街頭超人氣者[14]。

　　〈山茶花〉如何在臺灣文壇引起話題？甚至吹向大眾娛樂消費。還
有，這一部描寫本島人知識青年成長經驗的作品，如何引起臺、日人讀者
的共鳴？以下我們將作品置於 1940 年前後張文環的寫作背景及時代脈絡進
行析論，探討〈山茶花〉如何形成公眾論述？以及這些論述又如何被繼
承。

　　如前所述，《臺灣新民報》學藝欄編輯也是「新銳中篇創作集」策劃人
黃得時有意以此特輯，擺脫事變後的文壇不振，引領文壇走向曙光。因此
除了在創作集刊出前，做出系列的宣傳廣告以外，作品刊登的同時，也安
排了畫壇好手爲之插繪。與張文環〈山茶花〉搭配的畫家陳春德，跨足畫
壇與文壇，擅長速寫與筆墨，其特長是樸拙的鄉土素材，亦曾爲同是新銳
中篇創作集的龍瑛宗小說〈趙夫人的戲畫〉繪製插圖，並替《興南新聞》

[12]〈昭和十五年度の臺灣文壇を顧みて〉，原刊《臺灣藝術》第 1 卷第 9 期（1940 年 12 月）。參照
　中島利郎、河原功、下村作次郎編，《日本統治期台湾文学文芸評論集・第三卷》（東京：綠蔭書
　房，2001 年 4 月），頁 334～336。
[13]《臺灣藝術》第 2 期（1940 年 4 月），頁 89。
[14]《臺灣藝術》第 3 期（1940 年 5 月），頁 82。

與《臺灣文學》等報刊雜誌設計許多經典封面[15]。〈山茶花〉連載過程中，陳春德也不間斷地畫了 111 張的插圖，圖畫情境與小說敘事巧妙結合，〈山茶花〉被賦予具體的形貌，文學不再那麼高不可攀，符應庶民大眾的報紙副刊消費形態取代以往純文學雜誌於小眾間流通的模式，曾經進軍中央文壇的文學菁英得以走向群眾。編輯策略的奏效，可說是〈山茶花〉及「新銳中篇創作集」系列作品獲致好評的原因之一。

不過，比起同系列的另四篇創作，顯然〈山茶花〉的媒體聚焦能力更強，筆者推測其原因如下。首先，1938 至 1939 年間，除了報紙學（文）藝欄，沒有可供日文小說發表的純文學雜誌的存在，當然相關評論也付諸闕如。相較之下，〈山茶花〉刊登的 1940 年，正是事變下文壇復甦，邁向另一高峰的波動期，隨著該年初純文學色彩濃厚的《文藝臺灣》和通俗取向的綜合刊物《臺灣藝術》之創刊，〈山茶花〉的文學美學得以在《臺灣新民報》系統外被傳播。另外，將近 4 個月刊登在日刊報紙上，〈山茶花〉當有一定的曝光率，這個文學通俗化取向與資本主義結合下的產物——諸如「喫茶店」之改名，使得張文環成為街頭的超人氣者。

除了大眾傳媒的力量，更重要的原因或許可以歸諸張文環的個人特質。我們從作家在前引〈作者的話〉中明白表示希望和讀者一起表現親近吾人生活的文學可以得知，張文環已經注意到讀者的存在與重要性。因此，〈山茶花〉可說是作家面面俱到地考量各個不同種族、階級與性別的讀者下的產物。

比如，透過〈山茶花〉主角「賢」，呈現出近代文明（日文式的）之於傳統（漢文式的）；城（帝國、都市）之於鄉（臺灣、山村）的矛盾與拉鋸。套用柳書琴的話語，〈山茶花〉體現「進退失據的殖民地青年男女」。可以說反映了張文環及其同時代知識人的集體精神苦悶，因之該作可以獲

---

[15]陳春德在〈山茶花〉中的插畫應是用毛筆畫成的速寫。黃琪惠提及陳春德因為下筆迅速，準確的形體掌握能力及結合熟練的筆墨才華，相當有助於快速生產插畫設計。參照〈陳春德的創作與美術論述〉，收於黃琪惠，《臺灣美術評論全集——吳天賞・陳春德卷》（臺北：藝術家出版社，1999 年 5 月）。

致如郭水潭、林精鏐、呂赫若等文化人的共鳴，並非難以理解[16]。

　　另一方面，〈山茶花〉的故事背景主要設定在嘉義鄉下的 RK 庄，山村的景物人事、山川草木、對廣大的庶民百姓而言正是其生活的一部分，小說因而映照出知識菁英以外的另一個普羅大眾之世界，人們也得以透過小說對其生息於斯的土地加以回眸顧盼。加上「賢」與「娟」的通俗戀曲，更提供一般讀者大眾的想像與慰藉。

　　〈山茶花〉除了吸引本島人讀者以外，對於內地人也有相當的魅力。張文環好友藤野雄士在評論〈山茶花〉時就曾經寫道：

> 〈山茶花〉可以視為張文環半生的自傳。他曾經說過，希望盡可能地，讓更多內地出生的青年讀到這篇作品，其實，內地來的青年，最想了解的是，今日在從事臺灣文化工作的本島知識分子，他們堅忍成長的經歷。張文環的這篇作品對他們而言，不只是最佳的讀物，對心中牽掛著，而極力想知悉「臺灣的情意面」的各地方的人們而言，更是不可或缺的一本好書。[17]

　　可以說，張文環的〈山茶花〉及其故鄉書寫是經由殖民者的文化啟蒙，反身回顧雙方在種族／社會上的不平等位階。對此種格格不入的苦惱之抒發除了獲致本島人知識分子的共鳴以外，透過對山村失落的傳統與之追溯及抒懷也滿足了庶民大眾的共感，而「賢」與「娟」的戀愛通俗劇則提供了「啟蒙」之外的另一種世界想像。另外，鄉下風光景物的描寫在提

---

[16] 比如呂赫若在〈想ふままに〉（我思我想）一文提及張文環：「大體說來，他是個敏感、深具感性，且浪漫的男人。〈山茶花〉裡將他這一面表露無遺。……創造這種文學，絕不是單憑理論，也不是單靠桌上苦讀就一蹴可及的。這得全憑生活力，體內流動的血液，浪漫氣質以及天才而成。因此，我始終認為其作品中蘊含了張文環氏的文學趣味，以及他的生命。」原刊《臺灣文學》第 1 卷第 1 期（1941 年 6 月）。林至潔譯文收於《呂赫若小說全集》（臺北：印刻文化出版公司，2006 年 3 月），頁 380～386。

[17] 藤野雄士，〈張文環〈山茶花〉についての覺え書〉〔關於張文環和〈山茶花〉的備忘錄〕，《臺灣藝術》第 1 卷第 3 期（1940 年 5 月）。後有陳明台譯文收於《張文環全集卷 8・文獻卷》，頁 9。

供日籍作家的臺灣認識之外也有助於內地人對本島人文化的理解。這種遊走於大眾文學與純文學邊界的流動特質，加上成功的媒體傳銷策略，使得〈山茶花〉一躍成為文壇的寵兒。

以報紙連載小說的形式面世，透過日刊《臺灣新民報》迅速大量地生產、複製與傳播；另一方面，連結《臺灣藝術》、《臺灣文學》等雜誌與文壇網路，〈山茶花〉在報紙以外的場域被傳銷著。1940 年初的大稻埕、乃至島內文壇，就淹沒在這來自山村之花的潮浪中[18]。

諷刺的是，雖成於報紙的傳播，但因為日刊《臺灣新民報》散佚各地，加上並未集結成書，〈山茶花〉反而成為張文環最後被重新認識的作品。相較於對張文環諸多作品豐沛的討論成果，〈山茶花〉的研究遲至1998 年以後才陸續開展。2002 年 3 月，中文譯本由前輩作家陳千武翻譯收錄於陳萬益編輯的《張文環全集》。同年 8 月，由中島利郎主編的《日本統治期臺灣文學集成 2‧臺灣長篇小說集（二）》收錄〈山茶花〉日文重新打字稿。因之，對於〈山茶花〉，我們終於可以透過不同的語言形式與不同的詮釋角度，重新閱讀並予評價了。〈山茶花〉再現後，如何再現〈山茶花〉呢？這是評論者與作家／作品間永無止境的追逐戰。

三、詩化的地方空間

簡單回顧〈山茶花〉的傳播史之後，以下我們來看故鄉意象在〈山茶花〉中如何展現，以及這一個幾乎被詩化的地方空間蘊含著何種意義並且可能翻轉成怎樣的力量。

---

[18]除了前言提及〈山茶花〉的相關評價外，該作於《臺灣新民報》引起的回應還包括：李氏秋華，〈南方の果實──〈山茶花〉を讀んで〉（1940 年 5 月 21 日），頁 8。林清文，〈玉刺繡（山茶花歌）〉，《臺灣新民報》（1940 年 5 月 29 日），頁 8。陳氏素雲，〈都會娘と田舍娘──山茶花を讀んで〉（1940 年 6 月 25 日），頁 8。而甫於 1940 年 3 月創刊的綜合性雜誌《臺灣藝術》則是對〈山茶花〉回響最力的刊物。創刊的前幾號中，幾乎每一期都有對〈山茶花〉乃至張文環的評價以及期許。這固然和作者在雜誌《臺灣藝術》與臺灣文壇的位置有所關聯；但不可或忘的是，〈山茶花〉介於通俗文學／純文學之間的特性，吸收了各個階層的讀者群，也促成該作得以縱橫於本島庶民大眾、知識菁英以及內地人之間的盛況。

　　張文環（1909～1978），生於嘉義梅仔坑大坪地主家庭。13 歲入學梅仔坑公學校，之前接受約兩年的書房教育，18 歲赴日留學，岡山金川中學畢業後進入東洋大學就讀，1938 年返臺。

　　東京留學期間，受到左翼思想啓蒙，1932 年與王白淵等籌組「東京臺灣人文化同好會」，隔年成立「臺灣藝術研究會」，發行機關雜誌《福爾摩沙》（フォルモサ），在日期間因爲思想因素，曾兩度被捕入獄。

　　早期作品多發表在《福爾摩沙》、《臺灣文藝》、《臺灣新文學》，小說〈父親的臉〉（父の顏）更於 1935 年入選《中央公論》小說徵選佳作。

　　歸臺後，曾在 1938 年 6 至 7 月間，日譯了同在《臺灣新民報》上連載成名的徐坤泉作品《可愛的仇人》；同年在徐坤泉介紹下任職《風月報》和文主筆二個月以及「臺灣映畫株式會社」[19]。構思〈山茶花〉的 1939 年秋，面臨經濟與創作上的雙重困頓。〈山茶花〉的連載，除了協助家計外，也宣示了作家的自我突破[20]。

　　小說以 RK 庄爲中心鋪展開來。RK 庄明顯地指涉了張文環的故鄉梅仔坑。此地一方面是孕育作家文學想像的「根」（roots），一方面隨著交通線的推移，開展了通往山外世界的「路徑」（routes），張文環因而透過主角「賢」的眼睛，對故鄉顧盼回眸[21]。

　　自成一格的山村，保有漢族餘韻與傳統風習，巧妙逃避了山外世界的戰火紛擾，張文環將〈山茶花〉的背景設定在 1926 年到 1934 年間，或稍微向後推移幾年[22]。因而用了 500 張 400 字稿紙寫成的小說，關於戰爭的氣

---

[19]參照柳書琴編，〈張文環生平寫作年表〉，收於《張文環全集卷 8・文獻集》，頁 127～128。

[20]1936 年張文環在《臺灣新文學》上曾有如下發言：「如果能夠獲得報社方面的了解，我也想寫連載的作品。雖不是上等的作品，但既然要成爲他們的商品之一，應該要付出相當的代價才對。不過，如果對生活毫無幫助的話，我也只有拒絕而已。」（參照張文環，〈明信片〉，原刊《臺灣新文學》第 1 卷第 3 期（1936 年 4 月）。陳千武譯文收於《張文環全集卷 6・隨筆集(一)》，頁 7。這段文章中，張文環將在報社連載的作品視爲可以幫助生活的「商品」，4 年後，他唯一的新聞連載小說在《臺灣新民報》刊登且引發好評，因而我們在談論〈山茶花〉之際，理應將商品化與經濟等因素納入考量。

[21]相關論述參照邱貴芬，〈在地性的生成：從臺灣現代派小說談「根」與「路徑」的辯證〉，《中外文學》第 34 卷第 10 期（2006 年 3 月），頁 125～154。

[22]同註 2，頁 95。

息竟只有一行孩子們唱的軍歌〈戰友〉:「這兒離家幾百里,遙遠的滿州」。

柳書琴的研究指出,張文環的小說世界其實有既定的血緣性可尋。以故鄉為舞臺者,時間設定在〈山茶花〉之前有〈重荷〉(過重,1935 年)、〈論語與雞〉(論語と雞,1941 年)、〈夜猿〉(1942 年)等;時間設定在〈山茶花〉之後的有〈父親的要求〉(父の要求,1935 年)、〈泥土的味道〉(土の匂ひ,1943 年)等。與〈山茶花〉部分時間重疊的則包括〈貞操〉、〈閹雞〉等[23]。張文環巔峰時期的代表作多取材於故鄉風土人情,其用意何在?

或者我們可以從 1940 年 4 月《臺灣藝術》第 2 號上的一幀相片談起。穿著日式家居服的張文環,蹲坐水塘邊,此時的他呈現出憂鬱的姿影,心中想著:「有意回來故鄉,醫好在都會所受到的風波搓揉過的疲勞,可是還有生活的問題橫臥在眼前,結果仍然無法得到慰藉。我又重新跟雙親商量離開故鄉一事,也就是在這個時候[24]。」他所提到的「返鄉」與「離鄉」應該就是日本歸臺,處處無著落的時刻,大抵也是〈山茶花〉的孕育期。

這個身著日式和服、運用流暢日文、在故鄉之外書寫故鄉的作家張文環,透過故鄉書寫,撫慰遊子受創的心靈。小說中一段「賢」的心情告白,也許可以體現作家彼時之心境:

> 回到鄉下來,感到最好而快樂的,當然就是早晨的景色。眼前看到的東西都很清新。在一夜熟睡的潤澤之後,期待著即將出現的太陽光維持忍耐下去的自然的努力,也會給人自然的力量吧?[25]

相較於早晨呈現的清新美,冬天的故鄉也不惶多讓:

---

[23]同註 2,頁 93。
[24]張文環,〈私の姿〉(我的身影),原刊《臺灣藝術》第 2 期(1940 年 4 月)。後有陳千武譯文收於《張文環全集卷 6 · 隨筆集(一)》,頁 48。
[25]同註 6,第 50 回,頁 134。

晴朗的天空清楚地描繪出了冬天丘陵的風景。割稻後的殘株黑舊了，田
裡長出蒼生的雜草，艾蒿的黃花也到處開著，遠處能看到村裡的姑娘，
在那兒摘取艾蒿嫩芽的身影。賢無意中想起了在法國小說裡看過的美麗
情景，在自己的村子裡也有一樣的場面，令人感動而興奮……[26]

　　因而，即便飽受人情世事所苦，但故鄉是可以賦予人們「自然的力
量」之所在，這個力量，使得數度「離鄉」又「返鄉」的張文環選擇故鄉
作為敘事的場景。即便後來皇民化運動甚囂塵上、「被動員去動員」，作家
固守的異色殖民地山村，塑造了一個近乎「戰爭不在」的詩化想像空間，
以此填補了人們逝去的鄉愁並安頓身心。

四、啟蒙與開眼

　　前述張文環通過詩化的地方空間，構築想像與抵殖民的文學原鄉。但
隨著殖民主義帶來的近代化，故鄉原本凝滯的根被迫流動，因而開展出與
村外世界連結的路徑。

　　小說藉由山村少年「賢」的眼睛觀看世界。故事從為防瘟疫餵雞吃浸
酒米，麻雀偷吃而醉酒這個充滿想像童趣的畫面展開。「賢」的故鄉 RK 庄
有著南國山村明朗活潑的氣息。山村裡，以日籍女老師為中心的學校、課
程、糖果，為「賢」帶來了文明與幸福的感覺。修學旅行、高校、到大
學，「賢」由 RK 庄到地方都市 R 市，再到臺北，而後前進東京，逐步進入
了文明的世界，然後也失去了故鄉。

　　「賢」象徵有能力通過考試／交通線，進入文明首都的男性（不管是
臺北或東京）；至於據守山村的，則是女性以及被陰性化的父老。他們無力
抵擋外力的衝擊，於是只能守住那古老的傳統以及逐漸凋零的家園。這樣
的象徵敘事，體現了作者的世界觀，我們因而看到主角「賢」通過「旅

---

[26]同註 6，第 81 回，頁 207～208。

行」認識世界。

　　接著我們從「旅行者」──「賢」這個角度切入。

　　如前所述，透過孩童與女性的成長經驗及價值反思，張文環諸多作品如〈論語與雞〉、〈重荷〉、《滾地郎》呈現出一種「啟蒙小說」或「成長小說」的特色。所謂的啟蒙小說、成長小說，指涉的是心靈成長，而成長小說往往與人物的生活場景之變遷有直接的聯繫，這部分因此牽涉到小說人物的驅使上路，「旅行」因此成為重要的議題。陳平原提及「上路」是這些小說完成敘事很重要的契機，既展現豐富的生活場景，也讓人物的心靈得以成長。因而對小說家來說，「在路上」是一個很重要的狀態[27]。

　　〈山茶花〉中孩童們參加修學旅行之過程，除了是極富趣味的段落，更是小說人物驅使上路的重要經驗。我們可以將其拆解成三部分，分別是「去前」，包括爭取「去」的權利以及行前準備；旅行中，也就是「在路上」的見聞以及衝擊；以及歸來的分享、回憶和事後的影響。

　　關於「去前」的部分，「賢」的父親本來以經濟和安全理由而不同意旅行，但「賢」認為「連女孩子都決定要去，（身為班長的）我怎能不去呢？如果是家裡有困難當然要考慮，但是僅說一句節省就不必去……父親的想法使「賢」感到自己是落伍者……。假如，自己不能去旅行，將來就會討厭去學校，因為沒有臉可以跟那些女孩子見面啊！」在此，參加旅行與否變成一種關乎尊嚴的競賽行為，包括經濟、文化、性別等競技都被濃縮在這個社會行為中。因而「不能去旅行」的壓力遠大於「想要去旅行」的驅力。雖然「賢」的父親後來同意旅行，但與「賢」同班，成績不分軒輊的「娟」，卻因為家中經濟無法負擔旅行費用擔心被嘲笑而拒絕上學，其關係由原本的競爭對手翻轉為日後「賢」（大學生、商人之子）的遙遙領先「娟」（公學校肄業、農家之女），這成為後來兩人戀情間的最大隙裂。

　　爭取到「去」的權利之後的「賢」，接下來是行前準備。包括置裝──

---

[27]參照陳平原，〈旅行者的敘事功能〉，《晚清文學教室》（臺北：麥田出版公司，2005 年，4 月），頁 76～77。

母親為其縫製的「衣裾長到膝部的新服裝」、耳朵壞掉的提籃充當行李箱、以及慎重其事地焚香祈求觀音保佑旅途平安和關帝爺的護身符⋯⋯。

縫製新裝意味著父母親對此行的重視，體現了山裡人家「輸人不輸陣」以及好面子的性格。但是，打腫臉充胖子之餘，不得不考慮現實的經濟因素，因而做得比實際尺寸大很多，「賢」因此覺得悲哀。過大的新衣服和壞掉耳朵的提籃都是「賢」想要拋棄的，顯示在經濟狀況普遍不佳的鄉下，「旅行」仍屬於稀罕、奢侈、乃至欠缺經驗傳承的行為，因而鄭重以對地請求神明庇祐平安就顯得有其必要。

一切準備就緒，才能上路。參加旅行的孩子們在學校運動場整裝待發，其盛裝模樣有如大人穿禮服，互相競美。有人衣服過寬、袖子太長；有人特意把黃色的護身符露出來，祈求上天保佑。

「賢」的故鄉必須先搭乘糖廠的會社線到達 TA 庄，再轉乘縱貫線前往都市。柳書琴指出 TA 庄為「大林」的擬音[28]，以此推知，完成於 1911 年，由梅仔坑通往大林的這條屬於新高製糖的會社線，是殖民地糖業帝國主義下的產物，而這條會社線同時也是引領「賢」和山村孩童進入都城的路徑。

由 TA 庄轉縱貫線，意味著曲折小徑與通抵島都的大道接軌，孩童們於是在晚上到達臺北。張文環在此段用了一個十分傳神的標題：「開眼」。包括火車上見識到的海、象徵統治權威的臺北城之繁榮夜景、總督府的莊嚴與電梯、專賣局、植物園、博物館、芝山巖、基隆港、美麗的洋娃娃⋯⋯，都讓他們眼界大開。接觸到新的事物，旅行者「賢」以興奮而好奇的目光四處環顧。珍奇禮物、新知識以及短暫的都會體驗即將成為返鄉後最佳的戰利品。

旅行中固然處處驚奇但總無法事事如意。在淡水遇到臺北的學生遠足隊，被嘲笑是土包子。另外，回程來到彰化，住進內地人經營的旅館，也

---

[28]同註 2，頁 98。

被市街的孩子以鄉巴佬名之而看不起他們，為了怕受到攻擊在晚上購物的時候以 20 人結隊同行。

都市人的優越感與陌生感沖淡了孩童們對城的嚮往，逐步認清彼此是不同的存在，於是在豐富收穫背後懷著受傷心靈的孩子們，迫切地懷念起故鄉的田園風景。

即便如此，「不能說是衣錦還鄉，但是或可以說是凱旋歸鄉」地回到村莊的「賢」，在父母的帶領下燃香拜拜，報告祖先平安歸來之後，一面分送禮物，一面傳頌旅行的稀罕見聞。

這趟在殖民教育脈絡下開展的旅程，乃是通過殖民地近代化的基本工事——鐵道而進行；而五光十色的都市、大樓建築也都與殖民主義的擴張密不可分。然而，諷刺的是，滿布帝國權力的旅行網絡，卻必須通過漢族的敬天祭祖儀式才算圓滿完成。傳統儀式與故鄉因而成為此趟旅程中作家試圖自外於殖民近代化與中心都市的文化資本。

五、進學修業之旅與認同摸索

張文環用於修業旅行的標題「開眼」下得妙。「開眼」必須通過一段旅程，主角身心洗滌之後得以完成，這是狹義、短暫、有明顯始復過程的遊歷。延伸「開眼」的意義，〈山茶花〉中另一組與其對照卻不一定對立的，是「賢」從孩童到青年，歷經文化衝突、空間移動、愛情洗禮乃至世界觀的轉換，這是廣義的開眼，也是「賢」始於進德修業的人生行旅。

與「賢」的人生之旅並進的是表姊「錦雲」和表妹「娟」。「錦雲」雖未受過公學校教育，卻是鄉下精通漢學的美女，為了結婚而結婚，從此步入不幸的婚姻。表妹「娟」是有著像紅色山茶花般「花瓣不飄落，整朵花掉落下來的情形，也許不拖泥帶水令人感到清爽」，有著「熱烈和不顧前後的任性」個性的鄉下姑娘。因為修學旅行事件拒絕上學，投身於家務勞動，後來期待與「賢」的戀愛可以帶她脫離鄉村世界，但「賢」以兩人差距太大而婉拒了她。

　　於是我們看到，自修漢學且通過《孟姜女》、《山伯英台》以及《陳三五娘》等來認識世界的「錦雲」；因爲女性身分被排除於修學旅行而後放棄求學之路的「娟」；時時告誡要深思孔子所說的話而行事的「父親」；以及未受教育的「牧童」，這些陰性（或被陰性化）的角色，他們依循漢族遺風地固守山村。相較於此，一路由 RK 公學校、R 中學、臺北高校、到東京的大學修業之旅的「賢」，則伴隨著知識的累積，地理疆界的擴大，而逐漸遠離故鄉。

　　地理的疆界，只要隨著交通線的延伸，就可能跨越。然而，帝國夾縫中的漢族知識菁英，將何以自處？

　　我們因此看見敘事中不斷流洩的中國經典：「巧言令色鮮矣仁と云ふ言葉は自分の田舍人なら誰でも知つてゐる言葉である。」（巧言令色鮮矣仁，這一句話在鄉下所有的人都知道。）[29]；「史記に、野合而生孔子と云ふ言葉がある」（《史記》有一句「野合而生孔子」的話。）[30]。這是進入公學校之前，通過傳統書房教育烙在兒童「賢」腦海的話語，也是村民百年來的信守之道。然而，進入學校之後，被認爲是爲開拓這個村子的文化而來的閃亮著敏銳與理智的日籍女老師所帶來的如〈螢之光〉、〈金色夜叉〉等歌曲、可以自由想像的畫圖課等……，則是透過日語將「賢」帶入象徵進步、文明的世界。

　　因之，在進步、文明的表象之外，張文環更想要表現的是山村逐漸凋零的傳統事物。毋論其是否固陋可鄙，或者遠遠落於文明之外。也因此有了前述〈作者的話〉中所提到的焦慮：「本來，要寫這樣古早的鄉村生活，最感困難的就是用和文無法表現的事項。」挪用非我母語的和（日）文作爲表現鄉村語言與內在世界的工具，揭示了作家在語文／言繁雜混融的殖民情境下，試圖在帝國夾縫中找尋的對應之道。

　　鄉村口語的臺灣話、父老書寫的漢文、知識菁英口說的日語以及書寫

---

[29]同註 6，第 31 回，頁 84。
[30]同註 6，第 96 回，頁 247。

的日文，這些由語言與文化（臺／日，漢／和）的差異帶出的苦惱因而成為〈山茶花〉的論旨核心。張文環不斷用漢文和日文的對比來區隔傳統山村與現代的文明世界。在〈山茶花〉中，他不否定漢文所形成自成一格之世界體系，他的憂心是「混雜」——失去傳統也得不到現代。這種語言的困境來自於張文環自身的教養，以及因應 1940 年代臺灣做為日語社會的漸趨成熟。

　　眾所周知，1937 年 4 月各日刊報紙漢文欄廢止以後，日文成為文壇主流。選擇日文作為表現工具，除了自身能力所及，當然也考慮到當時的刊行處以及廣大的日文讀者群，張文環必須用日語書寫（說）另一個語言世界的故事——這是〈山茶花〉的斷裂之處，也是殖民地知識分子的悲哀。

六、小結

　　做為作家第一部長篇的〈山茶花〉，張文環有較為充分的餘裕發展小說的素材。以己身成長經驗和故鄉為背景的〈山茶花〉，我們必須將之與殖民地下的臺灣人知識分子於戰爭時期所創作的長篇敘事做一連結，才能凸顯其意義。

　　〈山茶花〉中，張文環創造出一個近乎詩化的地方空間。但在殖民地近代化的侵浸下，山村的傳統風俗也備受考驗。透過主角「賢」的不斷進出，預示著山村的完整性不再。因之，作家在演繹「賢」的開眼之旅與進學修業路途之外，其實也告示著殖民地知識菁英徘徊於「傳統／現代」、「漢／和」、「臺／日」、「鄉／ 城」、「知識階層／庶民大眾」、「女／男」等價值之間的認同矛盾與困惑。

　　這種複雜的情感投射到作品發表時的 1940 年，成功地擄獲臺、日讀者的心靈。而以報紙連載小說的形式面世，遊走於大眾與純文學邊界的〈山茶花〉，更在當時成為話題。

　　因而，不管從文學傳播、文學史或者啓蒙、成長、旅行甚至認同等主題來看，〈山茶花〉都可能因為不同的切入點而呈現互異的面貌。而這種繁

複多元的構圖，相當諷刺地，是得之於被殖民經驗。不過從今看來，卻也是這樣的經驗，眾聲喧嘩才得以可能。

——選自《第三屆國際青年學者漢學會議》會議論文集

蔣經國基金會、哥倫比亞大學東亞系、哈佛東亞系、蘇州大學海外教育學院主辦

2005 年 6 月 18～20 日

肯定差異價值的主體回復

論張文環小說中的「我族」書寫

◎游勝冠[*]

一、以反支配立場重劃文化差異的界限

　　張文環經由〈父親的要求〉、〈重荷〉兩篇直接觸及殖民統治現實的小說，調整出一條文化差異劃分的新界限，由此確立的反支配本土主義立場，讓他穿越了殖民等於進步、文明與野蠻等級關係的迷障，探觸殖民支配這個殖民地最根本的結構性問題；以支配關係取代殖民主義文、野的二元對立，他在殖民者與被殖民者之間劃下了新的差異界限。所謂文與野，得以再定義，外部殖民與內部殖民的支配者，被劃歸在新界限的支配者那邊；界限的這邊，則是主體價值得到重新肯定的被支配者。〈重荷〉之後，張文環的各類文本就沿著這條新的差異界限，一條路線寫界限那邊支配者的醜態，另一條路線則重塑界限這邊，一直被殖民主義貶抑爲非文明、非歷史的正面臺灣人形象。這條劃分殖民者／被殖民者文化差異的新界限，對照張文環 1940 年代反資本主義論述中有錢人／窮人的區分來看，因兩者同樣存在「支配關係」，也同樣被冠上「文明／非文明」的評價；「有錢人」／「窮人」的分類，可以說就是這條新的差異界限，落實到資本主義化的殖民地社會而成形的。

　　1937 年之前發表的〈部落的元老〉、〈豬的生產〉，主人翁皆是爲殖民者效犬馬之勞的甲長或保正，這種人物可以說由〈父親的要求〉的「盲乞

---

[*]發表文章時爲清華大學中國文學系博士，現爲成功大學臺灣文學學系副教授。

丐」這種典型，進一步被放到殖民地的社會關係脈絡中定位、發展而成，往下看其發展，則延伸爲張文環 1940 年代極力批判的「雙刀流」。張文環所重劃的差異界限，在內部殖民支配者身上得到了具象化，〈部落的元老〉主角榮叔，就是這樣一位接受殖民主義主體建構，以「文明開化」自我標榜的臺灣人。由郵差轉業爲理髮師的榮叔，儘管不知生意成敗，卻對店裡的先進設備，充滿了自己已是「文明化」的自信：

> 一想到整個部落中，只有自己這間理髮店走在文明先端的，他就私下感覺驕傲，…他這家店，壁上貼的全是潔白的紙，兩面大鏡子的反射作用也使房間極爲光亮，幾乎到令人眩目的地步。雖不敢自誇是文化的輸入者，至少也算得上開風氣之先，這是榮叔深以爲自傲的。[1]

日本的殖民現代化改造不僅帶來像「鏡子」這樣的物質文明；像「走在文明先端」、「文化的輸入者」等文明開化的用語，更顯示殖民主義價值觀念的深入。這種殖民統治帶來的社會價值觀變遷，還表現在重新定位理髮師這種傳統社會所不屑的行業上，榮叔的想法是：「剃頭的理髮師和吹嗩吶的樂師向來被認爲是最下等的職業，然而，現在，剃頭的理髮師不也和醫師一樣，穿上了白色的工作服嗎？實在用不著介意一般世俗人士的看法和說法。」[2]

榮叔這種「文明開化」想像，雖極爲表象，卻反映了殖民進步主義建構臺灣人主體認同的影響，不只深入殖民地知識分子的啓蒙思維，也在其他臺灣人的觀念、說法中流行。經由〈父親的要求〉、〈重荷〉清理文化等級與殖民權力的共謀關係，確立了反支配本土主義立場的張文環，在這篇小說，進一步與殖民化的臺灣人所接受的「文明開化」論述，進行了直接

---

[1] 張文環著；陳明台譯，〈部落的元老〉，《臺灣文藝》第 3 卷第 4、5 號合刊（1936 年 4 月 20 日）。收於陳萬益主編，《張文環全集 6‧隨筆集（一）》（臺中：臺中縣立文化中心，2002 年 3 月），頁 104。

[2] 同上註，頁 104～105。

的對話。從他帶著諧謔的口吻，表現榮叔以管窺天，自以爲「鏡子」、「白色的工作服」等物就是文化，並沾沾自喜於自己的「文明化」來看，張文環並不認同這種物質層次的進步就是「文明開化」，因此，在榮叔自認爲文明化的另一面，張文環爲他塗抹的，則是迷信的「非文明」色彩。小說一開始是以榮叔夫婦煩惱選不到開張的吉日，害怕犯沖、犯厄來展開情節，到了小說最後，榮叔的臨終也是如此；最後被用來挽救生命的，不是殖民統治帶來的現代醫學，而是本文第二章討論過的，用衛生分類系統本質化臺灣人爲「不衛生」的求神問卜，張文環描寫道：

> 這個部落由於接近山區，一到秋天每天早晨都會降霜，鋪著竹片的屋頂會變得雪白。就在那樣的一個早朝，榮爺在村人的追悼惋惜聲，和兩個神差拱抬神轎的吆喝聲中，斷了最後一口氣。持續三天拱抬神轎祈求神靈降下，卻是徒勞無功，榮爺終於在「神靈不至」的狀況下逝世了。[3]

張文環接著說：「主要是，他天性具有可以輕易融入任何家庭生活裡，不至討人厭的特質。說好聽點，他是與生俱來擁有高明交際手腕的人物」，因此，對「下」，「只要是相關這個部落的事，他就擁有『什麼都講』的權力。雖然位階不高，他也是甲長之一」[4]；對「上」，他則小心翼翼侍奉，因爲「能夠在那派出所主任嚴肅的臉上隨意摸來摸去的也只有榮爺一個人」，所以他「星期天總是打扮整齊地，在店裡等待派出所的老爺和村公所的年青官吏光臨」，張文環繼續深化榮叔的奴隸性格：理髮過程中回答派出所主任的問話，雖然也像盲乞丐一樣「滿口敬語」，因爲表達得不完整，差點削到主任的鼻子，嚇出一身冷汗的他，「因此花了三個月的時間去參加國語講習會」[5]。

---

[3]同註 1，頁 121～122。
[4]同註 1，頁 118。
[5]同註 1，頁 119。

　　隨著榮叔在殖民地社會的權力關係位置逐一被指出，榮叔文明化的假象，其實也就是殖民主義的假象；「文化開化」論述背後權力支配的陰影，也就浮現出來了。而上述所謂張文環以權力支配的不義，重新劃分差異界限的說法，也在張文環對榮叔在資本主義、殖民地社會的存在，做出如下的評價後，得到進一步的呼應，他說：「那麼，榮爺是不是有意識地想作個好人才鑽進人們的生活裡呢？我想這也是第三者難以理解的事情。假設他是『天生善人』那一類的好人，在布爾喬亞社會裡，他必然要是神的化身。他的德行就必需公諸全社會，他就必需成爲被學習的模範。而這從理論上或道德上看，若是錯誤的話，他就會變成阻害文化或者某種具體化的感性奴隸。」[6]

　　「阻害文化或者某種具體化的感性奴隸」，這是將「文明位階」與「殖民支配」兩層關係合而爲一，對榮叔在殖民情境中的殖民化位置所做極爲精準的掌握與定位。殖民主義以任意假定的文化等級合理化殖民支配關係，張文環則認爲像榮叔這樣自詡爲文明開化的「感性奴隸」阻礙了文化發展，他以支配權力關係重新劃下的差異界限，是一清二楚的。在同一段文字，關於榮叔的「交際手腕」，張文環的詮釋是：

> 既然他天生境遇如此，對他這個人，就可以作兩面的解釋。善意的解釋，他可說是個外交官的人材，但說不好聽一點，他是個封建制度的殘骸。善用了奴隸的劣根性。再沒有比不知道自己價值的人更可憐了，而受他人牽制卻不自知依然沾沾自喜的俗人則更加讓人憐憫。[7]

　　在這篇小說中，張文環所使用「布爾喬亞社會」、「封建制度的殘骸」的這些概念，事實上又爲 1940 年代張文環的反資本主義化與反封建意向，設定了「反殖民」基調。反資本主義等於反殖民主義，上一章已多處申

---

[6]同註 1，頁 119。
[7]同註 1，頁 118。

論，到此則又再一次得到證明，張文環所以將榮叔放在「布爾喬亞」的資本主義社會，定位他爲「沒有支配權的資本家」，來自他的左翼反支配立場，他描述榮叔的權力位置說：

> 榮爺最近成了這部落的「半紳士」，也就是，沒有支配權的資本家。說是資本家，卻不是房地產、金融業者之類的，就本質上言，他其實也是無產者之一。只是無產者完全不具任何權力，榮爺則不同，只要是相關這個部落的事，他就擁有「什麼都講」的權力。[8]

決定「其實也是無產者」的榮叔成爲「半紳士」、「沒有支配權的資本家」的社會性因素，是殖民地的權力結構。他的權力，是他一直小心奉承、伺候的日本殖民者所給予的，所以他雖然是甲長，面對地位比他更低下的臺灣人時，他的確是「擁有『什麼都講』的權力」；「不過，官方若是不聞不問的話，充其量他也僅是個有名無實的支配者而已」。

因爲「擁有『什麼都講』的權力」，所以張文環稱榮叔爲「資本家」，到此，張文環做出了「權力」等於「資本」，相對地「資本」也就等於「權力」的連結，這是張文環通過左翼反殖民的視角所看到的歷史事實，正如前文指出，帝國、殖民主義的形成，是西方資本主義擴張的結果，殖民者之於被殖民者的支配關係，即是資本主義社會中階級支配關係的一種延伸，他們都因占有資本，而成爲階級或殖民關係中的支配者。由張文環在此將權力與資本等同起來的邏輯看來，進入 1940 年代，他對資本主義的批判，究其實，也是對殖民地支配性權力的一種批判。

其次，對榮叔在這個「上、下」逢源的社會位置的表現，張文環就他與其他臺灣人的關係評價：「說不好聽一點，他是個封建制度的殘骸，善用了奴隸的劣根性」；至於位置一轉，針對他與日本殖民者的關係進行評價

---

[8]同註 1，頁 118。

時，榮叔就成了「阻害文化或者某種具體化的感性奴隸」。張文環對榮叔的定位，指出了臺灣內部的封建勢力與外來殖民支配的共謀關係，殖民支配統治的鞏固，的確有賴於前殖民社會的封建統治階層的妥協、合作，張文環到這裡所做的連結看來並不陌生，本文第二章關於左翼反支配立場的討論中，就可看到左翼知識分子對本土資產階級所做類似的指控。至於，為殖民者效犬馬之勞的榮叔，之所以被張文環加上「阻害文化」的非文明色彩，則是因張文環確立了反支配的本土主義文化立場之後，像其他左翼知識分子一樣，對支配者所謂的文明／野蠻位階重新定位，而得出的結果。

從建構新主體「立」的這個面向來看，這是張文環以「支配性」重新劃分差異界限，以新定義的文明標準，在被支配的臺灣人的對立面，重新以「非文明」定位內部、外部殖民者的所做評價；而就主體建構「破」的這個面向來看，排除日本殖民主義當然是必要的，在重新評價我族的過程中，也不能無視殖民地社會的落後性，而落入二元對立的困局，因此，榮叔「受他人牽制卻不自知依然沾沾自喜」的殖民化社會性格，就成為張文環建構被支配者的文明身分時，急於要排除的「非文明」我性。就是張文環有這種辯證性的文化態度，對於榮叔這種殖民化的臺灣人，反而被他用來取代殖民主義所要排除的非文明我族的位置，成為臺灣社會要「文明開化」，確立主體性，首先要排除的「非文明」。在接著發表的〈豬的生產〉，張文環才反過來，從相對榮叔所隱喻的非文明「我性」，而不是相對殖民主義所本質化的「我性」位置，重新架構殖民地具有辯證性的文明與野蠻的關係位置。

張文環在〈豬的生產〉這篇小說，將受過公學校教育，有著「摩登思想」的主角阿圳，放在下面的兩個困局當中：1.因為貧窮，不得不繼承父業成為年輕的道士；2.因為還欠阿春婆這家人的錢，也跟他們借了自己家門前種菜的那塊地，不得不屈服在支配者阿春婆的淫威之下，為一條即將生產的母豬作法祈福。通過阿圳在這雙重困局中的掙扎，這篇小說一方面以阿春婆連豬生產不順都要道士誦經祈福的行徑，再一次確認內部支配者

非文明的身分；另一方面則以阿圳保有「知識分子」的尊嚴與自覺，對無力反抗支配者淫威的屈辱，有「背後像有螞蟻在爬般地流著汗，感覺不是人，是豬侮辱了他」[9]的具體感受，在對立於阿春婆這種非文明支配者的位置上，保留了「知識」相對於「迷信」的文明價值。

殖民下的臺灣人任誰也無法逃避殖民現代化改造帶來的影響，面對這股「文明開化」的改造力量，被殖民者要如何迎對呢？〈豬的生產〉中面對迷信的淫威，還試圖維護「知識」的尊嚴的折衝，似乎展示了一種可能性。〈部落的元老〉榮叔將文明開化論述與其背後的權力支配關係全盤地接受下來，因而成為沒有主體性的封建制度殘骸，殆無庸置疑；但面對主體改造，被殖者所推動的解殖民化抗爭，也不是逆反殖民主義的二元對立的邏輯，徹底剷除殖民文化的影響，就可簡單地達成，如同南迪以印度的反殖民經驗所指出的：反西方是反宰制性的西方，並非全盤否定，解殖民化的力量可以與西方非宰制的力量結合。所以主要的關鍵是「選擇」，將宰制的部分去除掉。[10]日本殖民現代化改造帶來的影響，並不僅僅是一種壓迫力量，意識到文化等級的政治性，去除具有宰制性的部分，辯證地接受殖民現代化的正面影響，也可能帶來社會進步的力量。

二、「社會變遷」的政治性

正如前文所論，進入戰爭期之前，張文環已經以權力支配關係重劃了臺灣人與內、外殖民支配者之間的差異界限，這條新差異界限的劃分，讓張文環〈部落的長老〉以後的小說，循著兩條路線分別發展，上文所討論的〈部落的長老〉、〈豬的生產〉，寫的主要是差異界限那邊的非文明支配者；至於差異界限這邊，臺灣人的正面形象則在〈重荷〉稍稍露臉之後，

---

[9]張文環著；陳明台譯，〈豬的生產〉，《臺灣新文學》第 2 卷第 3 號（1937 年 3 月）。收於《張文環全集 1・小說集（一）》（臺中：臺中縣立文化中心，2002 年 3 月），頁 118。

[10]Ashis Nandy（南迪）, The Intimate Enemy:Loss and Recovery of Self under Colonialism（親內的敵人——殖民主義下自我的迷失和重拾），New York:Oxford University Press，1994。有關南迪這部分的觀點，詳見該書頁 76、77 的討論。

也成爲張文環小說主要的表現對象。這些正面的臺灣人形象，正如前文指出，是張文環放下殖民主義所假設文化等級的二元對立視角，而在非文明支配者的對立面，以新界限重新劃分、型塑的，具有拆解殖民主義的解殖民化能量。

　　1937 年之後，張文環轉而以類似的被殖民者爲主要的再現對象，張文環的這種寫作傾向，更在戰時體制中，起著對抗「南進」、「皇民化」、「志願兵」等各種形式的同化論述的解殖化功能。爲什麼寫我族的正面形象，具有對抗這些同化論述的能量，當然需要進一步做更細緻的分析，這部分留待下面討論文本時再作細部的分析。事實上，在前文，我們也已經爲這個問題，從資本主義化、封建保守勢力與殖民主義的共謀關係，我族與日本殖民者、內部支配者的對立關係，做出了宏觀的解答。同時，本文也指出，進入不能以殖民地自我定位的臺灣的戰爭期，對殖民主義的直接批判固然不可能，然而，因爲資本主義、封建勢力與殖民主義的共謀關係早被張文環做過連結，張文環進入 1940 年代對臺灣人的資本主義化與封建保守勢力的批判，因而也具有解殖民化的用意。

　　張文環 1940 年代對臺灣人資本主義化、功利主義態度的批判，本文在上一章已經做過詳細的討論，等同於殖民主義的資本主義，如何在張文環的小說中被具體化爲殖民支配的壓力，則是繼續探討張文環的小說文本時，需要先探討清楚的問題；而要釐清這個問題，我們必須先回到上文所討論的，在殖民脈絡中所構築的幾篇小說，看看它們如何在文本中具體化殖民主義的支配力。就這些明確地將情節放在殖民脈絡中發展的小說而論，殖民主義支配力量的深入，主要由下面兩個環環相扣的面向表現出來：首先是被殖民者對殖民主義所提供的文明化意象、價值觀念的認同，如〈重荷〉是健對肩章、配劍的榮耀的嚮往，〈部落的長老〉則是榮叔所自詡的「文明化」；其次，這些文明意象、價值觀念之外，殖民主義的支配權力也以各種形象，出現在這些小說中，對臺灣人造成程度不一的壓迫，如〈父親的要求〉中的民族等級位階、日本警察，〈重荷〉中不合理的稅制，

或是〈豬的生產〉中指涉對象比較不清楚的阿春姨。

　　這兩個面向，基本上都被張文環放在同一個社會變遷過程中呈現，由此可見，具有一定左翼立場的張文環是從左翼的宏觀理論視角考察殖民地問題。在 1930 年代的這些小說中，這個由新到舊、由傳統到現代的社會變遷過程，就如前文所論，是明確地被放在殖民脈絡中來看，小說批判的箭頭也直接指向殖民支配權力。進入戰爭期，既然不可能在殖民地的歷史脈絡中構築情節，則上述這兩種具體化殖民支配的表現模式是否就棄置不用呢？事實上，由張文環 1940 年代社會性、衝突強度較強的小說來看，如〈夜猿〉、〈閹雞〉、〈土地的芳香〉等，張文環仍舊是將小說結構在時代、社會變遷中新與舊、現代與傳統的衝突關係之上，而且保留了上述兩種表現模式，只不過指涉、批判的對象，不再直接地指向殖民主義，而是以殖民主義的原動力——資本主義取而代之。那麼，由 1930 年代的反殖民主義到 1940 年代的反資本主義，張文環對抗的這個對象——殖民統治，並沒有改變，只不過是由政治面把握而稱之爲「殖民主義」呢？還是側重經濟面，轉而以「資本主義」代表殖民統治呢？1940 年代，在嚴格管制臺灣人言論的時代條件中，張文環選擇了後者，避開了與殖民政權的正面衝突。然而，不論以「殖民主義」還是以「資本主義」指涉殖民統治，殖民地的社會文化變遷，就是殖民統治爲確立支配關係所造成的，在新與舊、現代與傳統的文化對抗關係中，一樣存在著臺灣人與殖民者之間政經、文化鬥爭的緊張關係。

　　由資本主義化來定位殖民統治帶來的社會文化變遷，就時空概念的變化而言，殖民統治帶來的全新時空定義之所以被臺灣人接納，可說就是「在資本主義發展的過程中的定型」[11]的殖民化。大衛・哈維（David Harvery）在〈時空之間——關於地理學想像的省思〉一文，曾提出如下的命題說：「每個社會型構都建構客觀的空間和時間概念，以符合物質與社會

---

[11] 大衛・哈維（David Harvey）著；王志弘譯，〈時空之間——關於地理學想像的省思〉，收於夏鑄九、王志弘編譯，《空間的文化形式與社會理論讀本》（臺北：明文書局，1999 年 3 月），頁 51。

再生產的需要和目的，並且根據這些概念來組織物質實踐。」這種特定社
會的時空概念，為了適應外來的壓力與影響，必須改變以「容納社會再生
產的新物質實踐」。[12]為了解釋這種公共的與客觀的時空概念的轉變，他以
北美的被殖民史為例說：

> 藉由征服、帝國主義擴張或新殖民支配，列強便安置了新的空間與時間
> 概念。例如歐洲向北美洲移民，把十分陌生的時空概念加諸平原印地安
> 人，並因此永遠地改變了這些部落的在其間從事再生產的社會架構。[13]

　　張文環筆下的臺灣社會文化變遷，就是在類似的殖民脈絡，被強制
「安置了新的空間與時間概念」所造成的。

　　這種社會變化，作為殖民統治的產物，接受了資本主義社會關係中的
時空位置，其實就是接受殖民統治，承認自己在殖民地被支配的權力位
置。〈父親的要求〉中陳有義的父親對文官考試的期待，或〈重荷〉中健對
成為警察還是老師的猶豫，背後都有順應時代變遷，接受殖民統治所帶來
的新價值，進而納入殖民體制的考量。到了〈部落的長老〉這篇小說，張
文環才明確地將小說架構在新、舊交替的時代變遷中，榮叔關於自己新開
的理髮店是一種文明化的想像，所謂「文化的輸入者」、「開風氣之先」的
志得意滿，其實都指涉了殖民統治、時代社會變遷與支配性的文化等級的
關係。

　　榮叔的轉業，也是「考慮到時代的變化」後所做出的決定，即使舊社
會鄙視剃頭的工作，他也順應新時代的價值觀點，認為不該介意說：「現
在，剃頭的不也像醫師一樣，穿上了白色的工作服嗎？實在用不著介意一
般世俗人士的看法和說法。」從殖民主義的身分認同改造來看，像榮叔一

---

[12]大衛‧哈維，〈時空之間──關於地理學想像的省思〉，《空間的文化形式與社會理論讀本》，頁
　50。
[13]同註 11。

樣跟上殖民統治所帶來的社會文化變遷的步調，並認為適應便等同於文明化，可以說就是被殖者接受殖民主義的主體建構的表現。當然，這種強加的秩序，不必然會被臺灣人全盤接受，殖民主義將不同民族納入殖民資本主義的社會關係中時，這種社會化、殖民化，經常引起猛烈的反抗，時代的新與舊、社會文化的現代與傳統之間，就提供了殖民化與解殖民化互動、對話的空間。

上文討論過的〈豬的生產〉，也是建構在新、舊時代交替的關係中。不願從事道士這個工作的阿圳，就是認為這種工作跟不上時代，拒絕繼承父親的衣缽時，他的說法是：因為「母親盡說些任性的話嘛！一點都不瞭解現在年輕人的心情，誰說是自己的好惡…說到生意，也是各式各樣種類多得很呀！只是想作作別的生意而已！那像這種跟不上時代的！」[14]。而這種所謂「跟不上時代」的「時代」，顯然是殖民統治的現代化改造所帶來的新的社會文化氛圍，他的母親將他的這種想法，怪罪到殖民教育之上：「自己的兒子之所以變成這幅德行，要怪這個時代所謂的摩登思想，不然，個性溫順的孩子也不致成為這般追求虛榮的人。真是毫無益處的影響。總之，讓他去讀小學就是一大錯誤。」[15]

1941 年 9 月發表於《臺灣文學》的〈論語與雞〉，是類似〈豬的生產〉的例子。小說中的塾師是傳統知識分子的一種典型，滿口孔教的仁義道德，但決定他的行為標準，卻是張文環一再抨擊，而本文第二章已經指出的傳統知識分子的功利主義態度，小說經由他不顧為人師表的尊嚴，搶食人家斬雞頭發誓用的雞，來揭發這種表裡不一的假面。這篇小說，同樣也放在殖民地的社會變遷過程中，塾師所象徵的傳統士族文化最後所以會被淘汰，固然有前述傳統教育本身的原因，但這同時也是殖民現代教育系統衝擊下，相形之下顯得落後的結果。小說藉姑媽對阿源講述過去生活方式的一段話，道出了日本文明入侵後傳統社會及文化逐漸式微的現實：

---

[14]張文環，〈豬的生產〉，《臺灣新文學》第 2 卷第 3 號，頁 145。
[15]同上註，頁 145～146。

> 那也是古老的事了，如今家道中落，不再有靠從前那種大家庭制度來維
> 持一家的跡象，甚至連必須培養長子讓他做官的傳統也消失了。從前一
> 個有錢人家，如果家裡沒有官老爺，財產便好像失去了保障，使人覺得
> 不保險。以前確是有種不自然的教育方法，可是現在連這樣的山裡的小
> 村子，也在高喊日本文明，因此姑媽的話，在阿源聽來像是講故事似
> 的。[16]

　　日本文明的入侵是私塾傳統教育逐漸凋零的主因，小說中阿源「希望
能夠下山到街路上的公學校去唸書」的期待，固然也有「操一口流利的
『國語』，好好地嚇唬一下這裡的鄉巴佬們」的殖民化心態，但對於讓阿源
「好想看看有圖畫的書，也希望能夠在院子裡正式地玩」[17]的殖民現代教
育，相對私塾「不自然的教育方法」[18]，張文環是認同其進步性的。

　　面對殖民現代化改造帶來的社會文化變遷，榮叔的接受態度，張文環
譏之為文明的阻礙者，比較新、舊教育形式的差異，張文環卻賦予殖民教
育進步的意義，這是迎受殖民文化影響的張文環，既要抗拒殖民支配，又
期待本土社會能保有自主性，持續進步發展，所必須持有的辯證性態度。
相對傳統教育的不自然，張文環是在「日本文明」中找到進步的質素，然
而，殖民地的社會現實中，更多是讓臺灣人應接不暇的殖民化壓力，這也
跟殖民地孩童阿源在成長過程遲早得要面對的一樣，他對日本文明、新式
教育的嚮往，當他走入〈重荷〉中健的處境，或更年長些，像〈父親的要
求〉中的陳有義所面對的民族差別待遇，並不保證不會因為他必然要面對
的這些結構性的問題而破滅。對被殖民者的解殖民化，這是個必要歷經的
過程，經過這種幻滅，才能發展出「選擇」的能力，如南迪前引文所說，
通過有意識的選擇，將日本文明的宰制性去掉，從中找到可以結合的非宰

---

[16]張文環著；鍾肇政譯，〈論語與雞〉，《臺灣文學》第 1 卷第 2 號（1941 年 9 月）。收於張恆豪編，
　《臺灣作家全集‧張文環集》，頁 116。
[17]同上註，頁 119。
[18]同註 16。

制的力量[19]，壯大解殖民的力量。當然，這個「選擇」的過程，反支配的焦點是模糊不得的，事實上，張文環也沒有，如下文所要討論〈夜猿〉、〈閹雞〉及〈土地的芳香〉，張文環在〈論語與雞〉固然賦予日本文明進步的意義，來到這些小說時，他則從另一個面向清理，隨著日本文明進入到殖民地臺灣，將我性擠壓得喘不氣、帶有宰制性的殖民資本主義。

三、性別與政治支配的「異形同體」

　　〈夜猿〉、〈閹雞〉是同樣建築在上述社會變遷過程中的兩篇小說，兩篇小說所描寫的主人翁，也都是殖民資本主義或干擾、或支配下的人們，就前文所論，張文環以支配關係重新劃下的差異界限來看，寫的就是差異界限這邊的被支配者。〈夜猿〉將社會變遷所產生的對立關係空間化，以「街市」和「山村」兩個空間，將殖民資本主義的社會關係與未被殖民化的傳統生活對比起來。由於殖民資本主義還未侵入，山村生活是寧靜、和諧、充滿希望的；反之，以資本主義的社會關係組織的街市生活，則充滿衝突與不安定感。〈夜猿〉中的石在街市的生活是茫然而毫無目標的，此外，張文環還刻意透過石與街市人們的衝突，凸顯了街市相對於山村的醜惡，嚮往街市生活的石，在回到山村繼承祖業之前，曾因芝麻小事在市場與人打起來；回到山村之後，一次去街市採購，又因為石所舉債的日昌號任意哄抬商品價格，與老闆起了衝突，石打了人，而被送進派出所去。透過這些情節的描寫，張文環賦予街市不安、充滿衝突的負面特質。

　　張文環對街市的否定，在〈夜猿〉中，固然是為了與山村生活的安定對照比較之用，但是街市作為社會組織的意義，並不侷限於〈夜猿〉所描述的——由任意哄抬價格的日昌號老闆所隱喻的資本主義的活動地點而已，它同時還是殖民統治力行使的公共場域。市街的這種雙重性，可以看到張文環的創作歷程中，對「支配力」的批判，由殖民主義向資本主義轉

---

[19]Ashis Nandy（南迪），*The Intimate Enemy:Loss and Recovery of Self under Colonialism* , p77.

化的痕跡。殖民統治權力的行使對臺灣人所造成的傷害，在〈重荷〉這篇
小說，張文環已做過深刻的呈現；如果拿〈重荷〉對照〈夜猿〉來看，〈夜
猿〉以忽略殖民政權的存在來否定不法的殖民統治的寓意，就非常明顯。
之所以拿〈重荷〉來比較，因為兩篇小說都以街市與山村兩個空間為背
景，描寫的都是人物在這兩個空間的往返及遭遇。〈重荷〉是由山村到街
市，主要在突出統治力對臺灣人生活的影響，小說最後以健與母親回到自
己土地，避開統治力做結。〈重荷〉對回到自己土地之後的生活並未著墨，
〈夜猿〉則以石一家人離開街市回到自己土地的生活為主，呈現山村中臺
灣人獨立自主的生活風貌。所以，如果將張文環的小說看作是有機的整
體，〈夜猿〉可以說是〈重荷〉的續篇，是對〈重荷〉中母子迴避殖民統治
迫害、回到山村的生活的補白，同樣的，〈夜猿〉中街市的殖民統治力橫行
的特性，在 1940 年代的時空不能明白寫出的，其實早由 1930 年代發表的
〈重荷〉呈現了。

　　面對殖民資本主義的壓迫，回歸「山村」顯然別有「解殖民」寓意，
這個部分留待下一節再作詳細討論。「山村」固然是和平、寧靜的，儘管回
歸「山村」可以避開外面正在變化的社會壓迫，但「山村」的生活還是會
和「街市」發生關係，殖民資本主義的支配力還是透過日昌號老闆隨意哄
抬價格，干擾到山村的生活。石最後的被捉到派出所，讓人聯想到〈重
荷〉中健那不知去向的父親。石、健的父親是殖民地的男性，與殖民者爭
權的結果，顯然只有不斷的挫敗而已，這個挫敗，在〈父親的要求〉中的
阿貴、陳有義身上也可以看到。這種雄性鬥爭的挫敗，使得張文環小說中
的我族多是缺乏男子氣概的，「女性化」其實是被殖民者共通的形象特質，
正如博埃默所指出的：

　　　當不同文化的優劣排列均是相對於一個主宰性的、好戰的歐洲而言的時
　　　候，這種做法就有可能引導出前文所提及的其他民族的陰柔化的形象。
　　　印度人，尤其是孟加拉人，一般都被刻畫成被動、軟弱、誘人墮落、無

精打采的形象，而且和殖民者那剛健的男子氣概相比，他們普遍都顯得女里女氣。[20]

　　張文環所以這樣描寫被殖民的我族，並不是複製殖民主義當中的男性視角，對於被殖民的臺灣人被女性化的權力位置，他有一定的自覺。志願兵制施行之後，他的回應文章〈一群鴿子〉，就從臺灣男人這個雄性特徵的被剝奪，去看志願兵制的意義，他說：「未被認做正當青年的本島人青年的煩惱時間似乎過長了。不過，想起那些煩惱也為了產生今天這種榮譽而有的，現在也沒有必要後悔。……志願兵制實施的文告發表出現在報紙的時候，或許本島人青年大都會覺得終於確立了做為男人應有的面目吧。」[21]由於張文環對臺灣人這個處境是有所自覺的，再者，由於殖民地的被殖民男性，與女性的地位並無二致，所以，對於把殖民主義有共謀關係的資本主義與封建勢力，設定為影響月里命運的力量，那麼，以被殖民女性月里的不幸遭遇為主軸的〈閹雞〉，我們就不宜只是將它看作純粹關照女性的油麻菜籽小說來看。

　　小說中，殖民資本主義的支配力是藉由製糖會社的鐵路延伸過來的，鐵路鋪設到 SS 庄之後，「SS 庄的產業因而大為發達起來」，由於傳聞說車站會延長到村尾來，資本主義的實質利益未到，資本主義的貪欲就深入了人心。如果在車站前有十間左右的房產，三桂做著美夢，那麼就可以「舒舒服服躺著也可以過下去」。另一邊是擁有車站附近的土地的清標，他剛好不想從事貨運業，原本想成為醫生不能如願的他，「每次看到醫生全部變成富翁」，便懊悔不已。三桂是覬覦清標的土地，清標則有意將三桂的漢藥房弄到手，兩人一拍即合，為促成這件生意，月里和阿勇的婚事被提了出來，張文環所極力批判的資本主義功利思想，因此就決定了月里作為油麻

---

[20] 博埃默著；盛寧、韓敏中譯，《殖民與後殖民文學》（遼寧：遼寧教育出版社，1998 年），頁 98。
[21] 張文環著；陳千武譯，〈一群鴿子〉，《臺灣時報》（1942 年 2 月 7 日）。收於陳萬益主編《張文環全集 6・隨筆集（二）》，頁 102。

茱籽的命運。

　　既然支配月里命運的是具有政治性的殖民資本主義，那麼從南迪所謂性別的和政治的支配是「異形同體」的命題來看，月里因為殖民資本主義的擴張所導致的「性別問題」，所隱喻的當然是同一個脈絡下，臺灣人被殖民支配的政治問題。南迪反省印度的殖民經驗提出這個命題說：

　　　　性別的和政治的支配之間的異形同體，是西方殖民主義不作變化就在使
　　　　用的——在亞洲、非洲和拉丁美洲——並不是殖民歷史意外的副產品。
　　　　它有在其他壓迫狀況中的它的相關物，因為這個，西方被牽連其中，美
　　　　洲被奴役的經驗是最好的證明。這種異形同體，從大部分的西方文化否
　　　　認男人心理上的雙性傾向可以得到支持，很適當地合法化了歐洲後中世
　　　　紀的支配模式，剝削和殘酷被認為自然的和正當的。殖民主義，也與他
　　　　們所表現出來的生活中的西方的性別模式和哲學相一致。它製造了文化
　　　　上的交感，其中政治的和社會、經濟的支配，象徵著男性和男子氣概對
　　　　女性和女性氣質的統治。[22]

　　其次，我們也可以從詹明信所謂：「所有第三世界的文本均帶有寓言性和特殊性：我們應該把這些文本當作民族寓言來閱讀，特別當它們的形式是從佔主導地位的西方表達形式的機制——例如小說——上發展起來的。」[23]命題來看，將〈閹雞〉作為一則「民族寓言」來解讀，通過性別與政治的支配是「異形同體」的關連，說〈閹雞〉是隱喻臺灣人被殖民命運的一則「民族寓言」，應該是可以成立的。

　　作為被日本殖民宰制的臺灣人，張文環很能體會被支配者背後的悲哀，張文環之所以關懷女性問題，可以說就是他對殖民支配下臺灣歷史處

---

[22]Ashis Nandy（南迪）, *The Intimate Enemy:Loss and Recovery of Self under Colonialism* , p4.
[23]詹明信著；張京媛譯，〈處於跨國資本主義時代中的第三世界文學〉，收於《馬克斯主義：後冷戰時期的思索》（香港：牛津大學出版社，1994 年），頁 92。

境的自覺的延伸，正因為自己是殖民社會的被壓迫者，對被支配者的悲哀有深刻體會，所以才能放棄男性在父權社會支配者的優勢地位，設身處地，將被支配女性的處境深刻刻劃出來。因此，張文環〈藝妲之家〉、〈閹雞〉等小說，寫出了在父權社會壓迫下，女性較諸男人更形悲哀痛苦的處境，以及她們的種種反抗，同時，又藉由這些被宰制的女性的處境，唱出殖民地臺灣被支配的悲歌。

四、差異界限這邊的被支配者

1933 年張文環發表〈早凋的蓓蕾〉，首次以父權社會中柔弱女性的命運為主題，小說主人翁秀英雖有心愛對象，但因母親阻擾，並代為主持門當戶對的婚事，已經懷孕的秀英被逼著墮胎，事跡爆發後終被退婚。秀英是早謝的蓓蕾，正如前論，是無力反抗社會壓迫的女性的代表。1941、1942 年張文環繼續發表〈藝妲之家〉與〈閹雞〉，兩篇都以較長的篇幅，完整呈現了女性被支配與反支配的生命史。〈藝妲之家〉的采雲，在未當藝妲之前，是秀英這種柔弱女性形象的延伸，小時候被賣為養女的采雲，長大後，先是因為養母貪圖茶行老闆的金錢，被茶行老闆奪去了貞操，接著與青年廖雖有一段段甜蜜的愛情，但終因這段過去被廖知悉而分手。到此為止的采雲，跟秀英一樣都是落蕾，任人支配、擺佈。當了藝妲之後，因為她是有個性、有特長的藝妲，而且擔起整個家庭的經濟負擔，采雲逐漸獲得自信，並開始有了女性自覺。例如，藝妲大肆鋪張，猶如辦喜事的「拆封禮」，「在采雲心中，卻解釋成為男人玩具的開始」。[24]

因為對女性在父權社會的地位有了較深刻地認知，也因為新的戀情讓她心中保有一塊道德地帶，她開始對抗那些取笑她當了藝妲後還守身如玉的其他藝妲與母親。然而，張文環筆下的采雲，是由軟弱的秀英過渡到強

---

[24]張文環著；鍾肇政譯，〈藝妲之家〉，原載《臺灣文學》創刊號（1941 年 5 月）。收於張恆豪編，《臺灣作家全集‧張文環集》（臺北：前衛出版社，1991 年 2 月），頁 104。

悍的阿粉婆、月里的中介角色，采雲雖對女性的處境有所體會，對自己與
廖的幸福也極為期待，然而在對抗母親對他命運的支配時，仍然猶豫、軟
弱。采雲較諸〈落蕾〉的秀英，對女性被支配的命運，自覺是越來越清楚
了，作者也是以對女性處境有所自覺的人物來刻畫采雲的，有了女性自
覺，然而又缺乏反支配、重新樹立主體性的勇氣，采雲只能以輕唱來面對
自己的處境，所以，〈藝妲之家〉的最後，也只能以采雲想以自殺來解決困
境，望著淡水河中在晨風裏鼓起來的船帆做結。

　　采雲的處境，和當時臺灣人被殖民支配，不能主宰自己命運的歷史處
境是類似的，然而〈藝妲之家〉就像以健的心理變化為主要內容的〈重
荷〉一樣，細細刻畫的是采雲面對自己不能主宰的命運時，油然生起的無
奈、無助情緒。張文環對女性問題的觀照，這時似乎還停留在感性的層
次，仍像其他的作家一樣，帶著知識分子同情社會弱勢者的眼光，停留在
一定距離之外，觀照帶有悲劇性卻優美的藝妲采雲及其境遇。張文環作為
殖民地的被支配者的處境之悲，顯然尚未滲透到「藝妲之家」，所以，采雲
的煩惱雖讓人憂心，受限於小說的感情強度，較難將小說的意義向外擴
散，與臺灣人整體命運勾連起來。相反地，1942 年發表的〈閹雞〉這篇小
說，小說情節的衝突、感情強度就激烈了許多，不同於〈藝妲之家〉的淡
淡憂愁，〈閹雞〉中月里對父權社會的反抗充滿激情，並有很大的詮釋空
間。

　　對女性被支配命運的同情，顯然不能說明〈閹雞〉的感情強度為什麼
如此強大，〈閹雞〉的感情強度，主要從下列四個方面顯現出來：1.對於父
權社會的支配與反支配意識型態的對立，較諸〈藝妲之家〉做了更清晰的
呈現；2.刻意渲染了女性被父權宰制的悲哀；3.透過月里對自己美貌的自顧
自憐，強化了女性，亦即弱勢者主體意識的覺醒；4.對女性、弱勢者反支
配、回復主體地位的企求，以月里化妝凸顯自己的美、渴望愛情，最後不
惜以死追求，強烈地表現出來。這四個被張文環強化表現的內容，一方面
打破了〈藝妲之家〉中張文環觀照采雲命運的距離，讓〈閹雞〉因為灌注

著作者強烈主觀感情而顯得激越；另一方面，被作者刻意強化的感情，也透露了張文環想擴大〈閹雞〉的藝術感染力，除了表達對女性處境的同情之外，還希望通過月里的處境引起類似的審美感情的企圖。

　　將上述兩點放在戰爭期的時空條件來看，灌注在〈閹雞〉中作者的主觀感情，只有從上述隱喻著臺灣人被殖民境遇的這個角度來看，才能解釋清楚。這是張文環作為殖民地被去權的男性，因為與父權社會的女性處境相同，所衍生的共通感情。經過〈落蕾〉、〈藝妲之家〉對女性問題的探究，張文環似乎從秀英、采雲的遭遇中，看到了自己，同時也是殖民地臺灣人所面對的處境，從而對女性問題的普遍性意義有了更深刻的體認。那是，父權社會的女性與殖民地的臺灣人民，既同樣是弱勢的被支配者，在強權的宰制下，他們面對的是同樣無法主宰前途的命運。

　　因此可以說，張文環通過對女性問題的探討，看到了性別與殖民之間南迪所謂「異形同構」的關連，父親所隱喻的封建保守勢力，除了上文論及的資本主義化與殖民者所形成利益共同體的關連之外；支配月里命運的傳統社會體制，就像剝奪臺灣人男性特質的殖民體制一樣，在「父權體制」上也是同質。可以說，因為支配力量的這兩層共謀關係，張文環找到了在戰時體制中表達反殖民立場，又不會得罪當局的表現管道。性別與殖民這兩個議題，因此被結合起來了，張文環在反殖民運動的參與中，反殖民支配、回復臺灣主體性的的追求，以及運動受挫後男性氣概喪失後的抑鬱，因此與〈閹雞〉中被支配的女性發生交感，從而激化了、也深化了這篇小說的感情強度與寓意內涵。

　　月里的父親清標說女人的命運像菜種，淪為日本殖民地的人民何嘗不是呢！清標在月里出嫁時想起女人的命運與菜種一樣，一切都是天命，所以叮嚀將要出嫁的女兒月里說：「嫁雞隨雞，嫁狗隨狗，這是大家常常說的話。妳也知道吧。女人的血緣雖然是在娘家這邊，但這一點與女人的命運完全無關。女人的命運是跟婆家相同的。」作為父權社會的女性，月里對攸關自己一生幸福的婚事，完全沒有發言權，父親決定她的婚事，出嫁

後，就像潑出去的水，與娘家的血緣關係也就斷了，她也只能嫁雞隨雞、嫁狗隨狗，像菜種一樣，落在什麼樣的土壤，就在那裡抽芽生長。[25]

清標的一席話，道出的是性別，其實也是殖民地之間的異民族，存在著強勢者支配弱勢者的權力關係。被支配者是菜種，是支配者爲合理化其支配權力的說詞，決定了別人的前途，卻不用負責，反而說這是被支配者的命運，要被支配者自己負起責任。被支配的月里、臺灣人，同樣被放在這樣的權力關係中，清標不顧月里的幸福，取得三桂的藥房後，月里似乎與那個有血緣的家一點關係都沒有了，阿勇家道中落，月里回娘家希望能賒欠公公的藥錢，父兄卻以月里出嫁後，是和夫家一點關係也沒有的外人，無情地回絕了。等到月里背叛村子裡的道德規律，參與了從來沒有女人扮演的車鼓陣的演出，月里又和家裡有關係了，阿兄趕來廟會，破口大罵月里破壞家風。月里、臺灣人同樣是有責沒有權的被支配者，喪失了主權，她／他們對自己的前途既無發言權，被逼入受宰制的境遇後，甚至連抱怨把他推入這個窘境的主宰者的權力都沒有，只能自己負起責任，面對別人爲她／他決定的命運。

五、肯定差異的主體回復

張文環筆下的女性可分爲兩大類，呈現出兩種生命特質與意義。1940年發表的〈辣薤罐〉，小說主角爲頗有男人之風的阿粉婆，她是相對於軟弱的秀英，而將軟趴趴的男人踩在腳下，贏過父權的女性，張文環明確指出那像辣薤一樣潑辣的阿粉婆的意義說：「阿粉婆的言行，的確能表現出被橫暴的男人壓迫而痛苦的女人反抗的一面」，與〈落蕾〉、〈藝妲之家〉中柔弱的女性形象，可說形成強烈的對比，落蕾與潑辣的辣薤，象徵著父權支配下女性迎對的兩種態度，被支配女性的悲慘處境是落蕾，辣薤則是反抗父權支配、自主獨立的女性的典型。〈閹雞〉這篇小說的前半部，寫的是月里

---

[25]張文環著；鍾肇政譯，〈閹雞〉，原載《臺灣文學》第 2 卷第 3 號（1942 年 7 月）。收於張恆豪編，《臺灣作家全集・張文環集》，頁 223。

「落蕾」的形象，後半部，產生女性自覺，開始對抗父權社會體制的月里，則是以阿粉婆的形象爲摹本。就「表現出被橫暴的男人壓迫而痛苦的女人反抗的一面」而言，月里與阿粉婆的精神立場是一致的，但月里的女權意識，除了「就像男人那樣，隨便那裡都去做工」、「說話的口氣也像男人」，表現出像阿粉婆一樣的表現之外，她對自己的性別差異，則比阿粉婆更有自覺、更肯定，小說透過「有時看著鏡子，會忽然好想化妝起來。我不是女人嗎？爲什麼不可以化妝呢？」[26]的質疑，寫出的是月里對自己性別差異的肯定。這也是女性反抗父權的一種表現，艾莉森‧賈格，在〈性別差異與男女平等〉一文說：

> 由於意識到社會不平等不僅形成了人們對性別差異的認識和差異本身，而且也形成了評價性別差異的方式，所以現在有些女權主義者有意識地重新評價性別差異，他們除了向抹煞男女生理差異說法挑戰，還開始以婦女為中心的方法來看待差異，即不把差異看成是女人弱點的評價，而看成是可能形成婦女力量的源泉。[27]

女性看似柔弱，卻擁有比男性更能承受壓力、更有韌性的生命特質，對臺灣人如何面對戰爭體制中男性特質徹底被剝奪的處境，進而延續反抗立場，可以說頗富啓示性。

因爲有一個有病的丈夫，依照村子的習俗，月里是不能過分打扮的，所以在月里眼前的，是寡婦一樣的生活。然而，月里不像大多數婦女，屈服於這樣的「村子裡的道德規律」，過著心如止水的生活。就像一般正常女人一樣，她對自己的美頗有自覺，也很在意，而道德規律的長期壓抑，反而強化了月里的女性自覺，月里特別在意自己不能在別人面前展現的美及

---

[26]同上註，頁 238。
[27]艾莉森‧賈格，〈性別差異與男女不等〉，收於王政、杜芳琴編，《社會性別研究選譯》（北京：三聯書店，1998 年 8 月），頁 203。

女性魅力。在透過跳車鼓陣展現自己女性的美及魅力之前，她有過一段覺醒過程，張文環描寫阿勇喪失心智後月里的心境說：

> 阿勇成了一隻被雨水打光了羽毛的慘兮兮的雞，月里似乎下意識地恐懼著被人討厭。也因為如此，她較前更注意服飾。有時看著鏡子，會忽然好想化妝起來。我不是女人嗎？為什麼不可以化妝呢？[28]

　　這裡呈現的是阿勇與月里之間，父權社會既定權力關係的鬆動，阿勇本是父權社會的掌權者，月里的價值本來是附屬於阿勇的，阿勇喪失心智後，月里不僅不能從阿勇身上獲得生存的依靠，甚至，失去愛的滋潤的自己，也被拖累得毫無生氣。在這種處境中，月里反而看到相對阿勇男性強權的消沈而凸顯出來的，自身女性差異的價值。女性的自我意識因而逐漸覺醒，看到歌仔戲的「男女班」來村子演戲，她羨慕那能在舞臺上展現「仙女般的古典裝扮的女人身姿」的女性，希望死之前至少能穿一遍那種衣裳。從自己的美貌，也從工作中不輸男性的表現逐漸獲得自信的她，進而「渴望看到化妝過的自己，也渴望讓別人看到」，甚者，失去丈夫的愛的她，偶而也閃過：「我不能被一個男子愛，並且愛他嗎？」[29]這種會讓她聯想到村子的道德規律，並從這種自我陶醉中驚醒的情欲。

　　月里對美貌的自覺及展現自己美麗的渴望，是女性對自己作為一個人應有的價值與權力的自覺，也是不依賴男性仍能獨立存在的價值的肯定，深刻地呈現了月里女性主體意識的覺醒。野間信幸認為這些女性小說，只是在描述女性的人生問題，並沒有任何深刻的思想[30]，事實上，從性別與殖民的異形同體關係來看，月里對性別差異的自覺，可以說就是被殖民者對文化差異的自覺與肯定。殖民文化情境中長期遭受價值貶抑的我族、我

---

[28]同註 26。
[29]同註 25，頁 201。
[30]野間信幸著；涂翠花譯，〈張文環的文學活動及其特色〉，《臺灣文藝》第 130 期（1992 年 5 月）。

性，和張文環筆下月里的女性處境是一樣的，在文化等級的支配關係中，並不能充分發散我族的生命能量，展現我性的光華。所以，張文環對月里渴望展現自己美貌的刻劃，並不只是描述女性的人生問題與心理而已，由「民族寓言」這個角度來看，隱喻的是殖民下被視為非文明、非歷史存在的臺灣人處境，或戰時體制下臺灣知識分子，漸漸失去反殖民舞臺，只能在當局設定的框框中活動的苦悶，以及突破這種困境、苦惱，渴望自主、獨立，生命能量能充分發散的意願。

女性主體意識的覺醒，使得月里成為勇於表現自我的女人，車鼓陣的表演：讓她掙脫了父權的桎梏，大膽地舞出女人的嫵媚與愛恨；此後，化妝和胭脂成了她的命根，不管人們對她的觀感如何，她也不再把男人放在眼裡，開始向男人有意無意的送秋波。她的這些行徑，雖然不能見容於封閉的山村，但女性主體意識覺醒後的她，既不為阿勇而活，也不為父親、鄉人而活，當然也不是山村的道德規律能縛得住的。面對殖民資本主義與封建保守勢力聯手的壓迫，張文環寫出月里對父權的大膽挑戰，就像殖民下的臺灣知識分子一樣，在歷史主體意識覺醒後，推動了各種形式的反殖民運動，試圖衝破殖民者所定下牽制臺灣人的「道德規律」，展現了臺灣「我性」的能量與美。

即使答應扮演車鼓旦，「希望將自己的美姿展現在眾人目前的心情，使她大膽起來」的月里，撕破了「保持男性與女性之間的尊嚴與矜持的幔幕」，可是月里也「發現村子裡的青年們是一點勇氣也沒有的，他們的自私自利使她深感憤然。」月里的「自暴自棄，生活放肆」固然有顛覆父權的能量，但顯然缺乏明確的正當性，前文論及〈貞操〉時已經指出，張文環賦予了「情愛」顛覆社會保守體制的能量，承接這種態度，張文環在小說末段，安排月里與殘廢的畫家阿凜相戀，讓月里在受制於雙腳的殘廢，不能充分展現自己才華的阿凜身上再次看到被環境支配的自我，從而認清她真正的處境。

這段「非理性」的情愛關係，使得月里的女性「情慾」的解放獲致了

正當性。月里到李懷家打工，李懷的三兒子阿凜是瘸了兩條腿的殘廢，雖
然結了婚，生了兒子，但妻子是頭部特別大、手腳又小，畸形的大頭仔。
阿凜雖是瘸腳仔，但藝術天分極高，擅長刺繡、畫畫，村子裡人人稱讚，
因此自尊心頗高，他不滿自己因為殘廢不被允許到外地學畫，又沒人為他
介紹一房正常的媳婦，而怨天尤人。一個懷才不遇，一個天生麗質難自
棄，在李家打工的月里，看到阿凜的畫，對他表示了佩服之意，熟料阿凜
卻有滿腹牢騷，他對月里傾訴不能到外地學畫盡情展現自己才華，才讓自
己的生命殘廢了的一番話，在月里寂寞的內心得到了共鳴，瞭解到有形的
殘廢並不一定是殘廢之後，讓她對自己的處境有了新的體認：

> 對啦，我也是個殘廢。月里茫然地這麼認定。然而，儘管她這樣認定，
> 可是一但看到大頭仔，便起了一種反抗心，感到一股嫌厭之情。他覺得
> 大頭仔整個人都是畸形殘廢的，而他與阿凜則是人變形而成的另一種
> 人，儘管是殘廢，卻擁有了不起的東西。好比說，大頭仔是投錯了胎
> 的，而他們則恰如變形的竹筍根，有著藝術味和深刻味。[31]

　　月里從殘廢的阿凜認清自己處境，並將受父權體制壓迫的自己，等同
為阿凜，也是殘廢的；月里面對壓迫自己、讓自己淪落到如此處境的支配
力量，顯然有了更清楚的認識；她對女性差異的自覺與情欲解放，也有了
更清楚的針對性。詹明信在〈快感：一個政治問題〉一文，對「快感」能
否具有意識形態性質，曾提出「是否把這種顛覆性的力量作為一種革命的
『要求』」的前提。經上述釐清，月里對女性美的自憐自愛、情欲解放，對
立「父權體制」的態勢既已形成，並由月里清楚意識到，這種顛覆力量便
被導向對抗造成月里困境的支配性力量，從而產生了「革命」的意義，詹
明信接著論說，「快感」要具有政治用途，必須具有「諷喻」意義：

---

[31]同註 25，頁 243。

快感的適當的政治用途必須在「諷喻」的意義上，這一點已經講得很清
楚：作為一個政治問題的特殊的快感的主題（例如，在城市的美學領域
的論爭；或對於某種形式的性解放，或為了進入某種文化活動；或社會
關係或政治機構的美學轉化）必須總是包含雙重的焦點，自這種焦點
中，局部的問題是充滿意義和自足的，但又被作為總體烏托邦和整體社
會體系革命轉變的同一且同時的形象。[32]

　　由詹明信這個視角來看，這段踰越社會道德規範的感情關係，的確具
有雙重焦點，一是月里與阿凜之間，因為處境相同所產生的這段感情，作
為「局部的問題是充滿意義和自足的」；二則是他們「缺陷美」，以及這段
感情關係，「作為總體烏托邦和整體社會體系革命轉變的同一且同時的形
象」，的確符合戰時體制下的臺灣人，受人宰制沒有主權的主體處境。
　　前述性別與殖民異形同體的關係，讓「同一且同時」的這個必要條件
可以形成，月里從阿凜身上領受到，自己因為受制於環境，所以也是「有
著藝術味和深刻味」的殘廢，與殖民主義的文化等級框架中備受價值貶抑
的我性，則是「同一且同時」的形象。儘管在殖民「他性」的貶抑下，「我
性」看起來是殘廢的，但重新劃分殖民地差異界限的張文環，卻也從「擁
有了不起的東西」，重新賦予「我性」應有的價值。因此小說的月里，未受
新式教育，成長於本土文化氛圍，並藉由「歌仔戲」、「跳車鼓」展現女性
美，肯定「性別」差異，亦即異形同體中的「文化」差異，使得她產生隱
喻「我性」的作用；另一方面，受過公學校教育的阿凜，接受的是現代文
化的影響，而阿凜所擅長的「畫畫」，則可以看做是經過張文環選擇之後，
所要吸收的非宰制性的殖民「他性」。
　　「歌仔戲」、「跳車鼓」這種本土文化，就像前父所論，一直是新知識
分子所極力批判的，然而它動搖魅惑人心的野性，與繪畫作為一種藝術的

---

[32] 詹明信，〈快感：一個政治問題〉，收於王逢振等譯《快感：文化與政治》（北京：中國社會科學
出版社，1998 年 3 月），頁 150。

感染力，都具有「酒神文化」的非理性的特性，「酒神象徵一種價值的獲
得，它是透過『生存的一般界限和限制的湮滅』來追求一種心態：即在個
人的經驗或集體的儀式中，去強行突破某種限制而獲得一種超越，從而孕
育無數的追求與動機。」[33]張文環透月里、阿凜，以及他們用以發散生命能
量的「藝術」，彰顯他在兩者中所找到的共通的「酒神文化」的精神。面對
由殖民資本主義，以及被整合到了殖民體制中的父權與村人的道德規範所
構成的「理性」世界，透過月里、阿凜及其非理性的情愛，張文環所要跨
越的，不僅是性別的差異界限，也是殖民主義任意劃定的文化差異界限，
並以「生存的一般界限和限制的湮滅」，質疑支配性權力的正當性。

　　兩個人的心靈有所交集、連通之後，月里希望阿凜為她畫畫，她希望
看到他眼裡的自己。一開始阿凜是以炭筆作畫，隨著兩人盡情交談殘廢與
人生之後的感情深化，同病相憐的灰暗色調逐漸消失，因為充滿愛意，阿
凜眼裡的月里，開始以亮麗的水彩出現在畫紙上。月里看到阿凜未以炭筆
作畫，認為這樣並不能畫出她的殘廢，她說：「不行。我覺得看起來像個殘
廢，才能表達出我的心情。」阿凜則意味深遠地回答說：

> 勉強說，這眼裡的光就是殘廢。想從環境跳出來的這種眼光，也許在旁
> 人看來是殘廢的吧。[34]

　　「想從環境跳出來」這句話，將他們「局部的問題」與「總體烏托邦
和整體社會體系革命轉變」關連了起來，將月里被父權支配與臺灣人被殖
民支配的命運，在喻依與喻體的關係上做了最緊密的結合。月里與阿凜是
在對彼此相同的生命處境，有了這樣深刻認識之後，才成為同志的，腳不
好的阿凜，既走不出宰制他的「環境」，也無力將月里從「環境」中帶出
來，其實就是失去行動力的殖民地男性象徵，其和父權社會的女性是處於

[33]郭洪紀，《文化民族主義》（臺北：揚智文化，1997 年 9 月），頁 27。
[34]同註 25，頁 244。

同一位格的，兩人都企圖擺脫「環境」對他們的支配，將阿凜和月里逐漸重疊成殖民下臺灣人的形象，同時也深刻地傳達了臺灣人想從殖民支配處境跳出來的希望。〈閹雞〉最後是以兩人投潭自盡，來擺脫環境對他們生命的支配，由此可以看到〈父親的要求〉中陳有義不妥協的反支配立場，一直到 1940 年代還是被延續著。

六、結論

　　從〈部落的元老〉中的榮叔到〈閹雞〉中的清標，雖然他們的社會位置不一樣，張文環透過他們所要呈現的，基本上是殖民主義、也是資本主義異化力量影響下殖民化的臺灣人。參照本文第二章所論知識分子的文化立場來看，不是源自新知識分子認同殖民現代化的啓蒙立場，就是傳統知識分子爲殖民支配者執彎前驅的同化意識形態。更重要的是，還能在殖民脈絡中討論殖民地問題的此時，張文環已經在〈部落的長老〉、〈豬的生產〉等小說，指出封建勢力與殖民主義、資本主義的共謀關係，這種關連，爲前一章本文對戰時體制下張文環政治立場的定位，提供了另一份證據。

　　因此，進入 1940 年代，臺灣不再能以「殖民地」自我定位，甚者，臺灣人要公開發聲，也必先要發言呼應國策，這些阻礙我們準確判斷作家立場的阻力，因此可以得到清除。這時，張文環已將資本主義化、封建落後性放在殖民脈絡下，作爲一種殖民化問題討論，當張文環將這些問題意識延續到 1940 年代，經由這時已經揭露的共謀結構的聯絡，我們是可以將資本主義化、封建落後性看做是殖民化問題的一環，判定張文環對這些問題的強調，就是對日本殖民主義的批判。

　　因此，進入 1940 年代，即使張文環言必自稱「國民」，循著上述 1940 年代的「資本主義」等同是 1930 年代「殖民主義」的邏輯，同樣的差異界限也被沿用下來，劃分出上一章所論的功利主義的有錢人與安貧樂道的窮人的這兩種人，將被支配的臺灣人與外部、內部殖民支配者區隔開來。所

以，儘管進入 1940 年代不能再像〈父親的要求〉、〈重荷〉一樣直接批判日本支配者，然而，既然內部殖民者的權力來自日本統治者，批判像〈部落的元老〉、〈豬的生產〉中的內部殖民者，或批判像〈閹雞〉中接受殖民資本主義價值觀的臺灣人，其實也就是對殖民主義的一種批判。釐清了這點，相對被資本主義異化的「有錢人」，張文環爲什麼會彰揚差異界限這邊的臺灣人？黃得時爲什麼會用「剛毅的建設精神或開拓精神」定位臺灣文學史的傳統？就不難理解了。

——選自游勝冠《殖民進步主義與日據時代臺灣文學的文化抗爭》

清華大學中國文學系博士論文，2000 年

張文環〈閹雞〉中的小說語言與思想

◎橋本恭子[*]

◎許雅筑譯[**]

一、前言

　　環諸戰前戰後的張文環研究[1]，觀察論點的中心恰好形成一種對比。戰前的日本人文學者們對張文環的作品貫穿有關臺灣人意識和思想，視而不見也不作充分討論；臺灣的人文學者們當然無法運用其思想焦點並理所當然地公開討論張文環的作品。為此，他們的論點幾乎被局限在小說的技巧方面（語言、文體、形式等等）。

　　另一方面，戰後研究的部分，挖掘來自張文環作品中的民族意識、抗議精神，被置於重點，反而文本（text）部分疏於研究。也就是說，關於至目前為止張文環作品，小說的技巧和思想同時被討論的部分，可說幾乎沒有的[2]。借助 Mikhail Bakhtin 之語來說的話，張文環作品只「在言語藝術的研究裡抽象性的『形式主義』和同樣地抽象性的『意識形態』的斷絕」中[3]被解讀下來的吧。

　　但是如這般形式和思想分離的觀點，不僅是狹隘了閱讀張文環作品的

[*]日本事業大學兼任講師。

[**]臺灣大學音樂學研究所專任研究助理。

[1]在戰前是沒有嚴格地張文環研究，文藝時事評論、隨筆等他的作品也沒有被過於談論。

[2]如柳書琴，〈謎一樣的張文環——日治末期張文環小說中的民俗風格〉，《第二屆臺灣文化國際學術研討會論文集》（1996 年 4 月），從張文環作品中的民俗素材著手，探論臺灣人意識的優秀研究也是有的。

[3]Mikhail Bakhtin、伊東一凡翻譯，《小說的語言》（東京：平凡社，1996 年），頁 8。

可能性，也壓抑文學作品本來就具有的自主性，不只是很有可能將戰前臺灣文學作品推入毫無結果的處境。特別是，引起很多「皇民文學」定位問題爭論的現在，突破以往的方式，從多面角度研究日本統治時代的臺灣文學，我認為是極為必要的[4]。

　　筆者特別以張文環於 1942 年《臺灣文學》上發表的中篇小說〈閹雞〉為對象，首先從戰前的文學家所著手，但尚未被深入研究有關張文環小說的語言和形式開始檢討，其次，筆者欲通過文本研究試著探尋他的思想。

二、戰前張文環小說語言及小說書寫方式的評價

　　深入分析〈閹雞〉之前，先試著整理戰前，張文環的小說語言和創作方式有何評價。

　　首先，關於張文環小說的語言，在日本人文學者中受到兩面性的評價。也就是說，從技術性的論點來說，他的日文絕對談不上流利，但不算是他小說致命性的缺點，反而是他的描寫能力即使和日本人作家比較，也毫不遜色。

　　例如，分部照成評價〈藝妲之家〉闡述說：

　　對話不順暢、因為國語拙劣使文章混亂等等，依此而言頗有缺點，但是首先藝妲描述得很好，連兩個戀愛故事也把幾件相當的事件編組上，深深感覺到果然是張文環。[5]

　　澀谷精一則是說：

---

[4]楊千鶴在〈呂赫若及其日文小說之頗析〉中，闡述道：過去的臺灣文學研究領域裡常偏於政治層面，刻意探索文學作品中抗議性的民族意識及殖民統治的悲情，不該只就小說人物的遭遇及其發生的事情來分析作家的定位，心理、思想及其作品藝術方面的檢討也是應該的。《臺灣文學與社會——第二屆臺灣本土文化國際學術研討會論文集》（臺北：行政院文建會主辦，1997 年），頁167。
[5]分部照成，〈文匯〉，《臺灣文學》9 月第 2 號（1941 年 9 月 10 日），頁49。

〈藝妲之家〉是我讀的八篇小說中，描寫人極為少見的最優秀作品，作
家優秀的描寫力，正可和濱田隼雄成為雙璧的感覺。[6]

另外中村哲又評：

閱讀張文環的作品最能理解人性。[7]

另一方面，從小說作法的角度來看，張文環的作品絕不會被認為得到
高的評價。澀谷精一說：

〈論語與雞〉也好，這篇〈部落的慘劇〉也好，怎麼沒有一貫的脈絡
呢。……他有太多材料，所以不知怎麼整理才好吧？[8]

楊逵同意澀谷的意見，加以如此批評：

他（張文環）似乎太有拘泥於題材的傾向。……他並不是有意寫無主題
小說。但是，他要寫這個也要寫那個，實在貪得無厭，最終模糊了小說
的主題。[9]

竹村猛也認為，張文環的小說因為有「破裂」而雜亂，結果：

在最緊要之處突然洩了氣，以為要結束了卻結束不了。[10]

---

[6]澀谷精一，〈文藝時事評論──小說的難度〉，《臺灣文學》9 月第 2 號（1941 年 9 月 10 日），頁
 13。
[7]中村哲，〈文藝鼎談〉，《臺灣文學》第 2 卷第 3 號（1942 年 7 月 11 日），頁 107。
[8]澀谷精一，〈文藝時事評論〉，《臺灣文學》第 2 卷第 1 號（1942 年 2 月 1 日），頁 199。
[9]楊逵，〈臺灣文學問答〉，《臺灣文學》第 2 卷第 3 號（1942 年 7 月 11 日），頁 165。
[10]竹村猛，〈文藝鼎談〉，《臺灣文學》第 2 卷第 3 號（1942 年 7 月 11 日），頁 107。

　　整體來看，張文環在日語的運用和小說創作等技術層面的缺點雖然多，但在描寫能力則有一定的好評，以小說家的潛力來看，可以說期待的聲音很大。鹿子木龍為此作了很好的結論：

　　張文環和呂赫若，這兩位本島人作家看來是擅長順水推舟迅速地拚命寫……這種類型的文章讓讀者產生強而有力（節奏感很快）的錯覺，同時也帶來看起來好像有什麼嚴肅的事的反效果。實際上只有艱澀難懂。外地的作者很多這樣類型的文章，其原因為他們無法將日文運用地像自己的語言一樣。針對這點批判可能有些嚴酷，所以我也是考慮過明講到底是好還是壞，其實這樣的作家若除去這缺點，可以說原本就是令人期待的人們，所以我敢坦白地說出來。[11]

　　像這樣對張文環的正面、負面評價，很有趣地可以和對西川滿的評價有所對照。鹿子木龍也在同樣的文藝時評中，對西川滿作下面的評價：

　　是個好文章卻不能說是個正確散文，這樣的情況是可能有的。西川滿的作品就是如此。事實上西川滿是臺灣作家中文章寫得最好的人之一吧。但是不知道他作品中是否有用嚴謹精神寫東西。因此他的作品，雖然寫得又系統又巧妙，不過僅此而已罷了。[12]

　　竹村猛也針對西川滿以「讀了此人的〈採硫記〉很有趣呢，感覺得出他很了解（採礦），但卻感覺不出身為作家該有的東西[13]」，提出如此技術面上的好評論，卻對其身為作家的能力提出疑問。
　　如此試著比較張文環和西川滿，擅長操作文章的人，可以說未必是出

[11]鹿子木龍，〈文藝時事評論、作品和文章──關於正確散文的提升〉，《臺灣文學》第 2 卷第 4 號（1942 年 7 月 11 日），頁 105。
[12]同上註，頁 103。
[13]竹村猛，〈文藝鼎談〉，《臺灣文學》第 2 卷第 3 號（1942 年 7 月 11 日），頁 108。

色的小說寫手。若是如此，究竟擁有什麼才算是優秀的小說呢？戰前的評
論家們為何會對在技術面上不及西川滿的張文環，反倒認同他（張文環）
身為小說家的能力？

　　但憑藉怎樣的觀點評估張文環的小說有無問題？還有是否出色？戰前
的評論家們並未多做著墨。因此釐清張文環作品技術面上的缺點，以及以
小說而言的優點也是本論的研究目的之一。

三、〈閹雞〉的日文運用

（一）比較〈閹雞〉二種版本

　　首先，在考察關於〈閹雞〉日文運用技術性的側面之前，此作品被刊
載於《臺灣文學》第 2 卷第 3 號，事前已明確的知曉有一相異內容的第二
版本是存在的。

　　現在，受到臺中縣立文化中心的委託，清華大學正在進行「臺中縣作
家全集《張文環全集》」的編集、出版作業，以中國文學系的陳萬益教授為
首，作為「張文環全集收集整理計畫」（1997 年～1998 年），作品、資料集
的收集、整理、編輯等作業已經全部結束，現在正在進行日文作品中譯。
在這過程之中，有從張文環的遺族提供數篇未發表的手稿[14]，其中有〈閹
雞〉完整手稿一篇，以及包含一篇有五張原稿用紙的不全整稿件一篇。此
手稿中僅有一個地方在漢字表記上有差異，其後因為全部相同，可以把兩
篇視為同一稿件。

　　奇妙之處在於《臺灣文學》刊登稿（以下簡稱 A 稿）和手稿（以下簡
稱 B 稿）的完成日期，兩者都是昭和 17 年（1942）6 月 17 日寫完，不過
其日語的運用、文體展開的風格，大相逕庭到幾乎很難想到是同一作者所
作。

　　目前為止關於這樣版本的研究尚未出現，特別是手稿書寫的狀況不

---

[14]來自張文環遺族所提供的手稿與訂正稿，依序為〈山村〉、〈地平線的燈〉、〈憂鬱的詩人〉、〈夜
猿〉各 1 篇，〈閹雞〉2 篇，〈日月潭羅曼史〉3 篇。

明，對此該如何看待不得不慎重。筆者認爲這兩者的比較，能使張文環小
說的特長更臻於清楚，以下從〈閹雞〉A、B 稿的差異點開始檢討，其次則
試著考察關於張文環的日文運用技術以及藝術的側面。

　　首先，試比較〈閹雞〉A、B 稿開頭部分。兩稿差異處個別在字下方劃
線。

A 稿《臺灣文學》昭和 17 年 6 月 17 日

　　軒下の竹椅子にぢっと座っている亭主の阿勇は、十年一日の如く、眼
をすえたまま陽脚に消されて行く屋根の陰を凝視めながら思い呆けて
いるようだあつた。
　「この人に村のお祭り今日だと云ふことがわかる知ら。」
　月里はも早亭主を恨む気になれなかつたが、その思い呆けてる顔を見
ると、たまらない気がいら立っていくのを感じた。
　「阿勇！台所の茶碗を洗つてくれない？」
　妻に呼ばれてはつとした顔をしたが、直ぐまた自分の涎にも幽霊のよ
うに立ち上がると、阿勇は浅瀬を渡る足取りで台所に向かつた。月里
はむろん亭主に茶碗を洗わせて酷使するのではなく、その漠然として
いる顔の表情に、せめて一すじでもいいから微かな緊張の線を引かせ
たい思ひであつた。しかし彼の顔にはもはやそんな線を描く力を失つ
ていた。月里は最初それと気づいたときは、魂をかき消される思ひで、
心が滅入り出し、周章てて里にかへて両親に訴へたが、盡せるだけ盡
しでも、今更どうしようもないと云ふ両親の口から冷然としてたもを
かんじると月里は目先が真つ暗になつた思ひでまた婚家にかへつてま
た。今はもう既に一年がすぎて、月里の暗い思ひも慢性になり、毎日
迫害を加へない幽霊と暮らしてる気持ちにも慣れでしまった。

B稿《手稿》昭和17年6月17日

　　亭主の阿勇は十年一日の如く、眼をすえたまま、<u>日ざしに消されてゆ</u><u>く屋根の陰を見つめながら、きよとんとして軒下の竹椅子に腰かけて</u><u>いた</u>。

　　「この人に村のお祭り今日だと<u>言ふことがわかる知ら</u>。」月里は<u>もはや</u>亭主を恨む<u>気には</u>なれなかつたが、その<u>うすぼんやりした</u>顔をみると、たまらない気がいら<u>だっていくるのだあった</u>。

　　「阿勇！台所の茶碗を洗つて<u>下さらない？</u>」

　　妻に言はれて阿勇は<u>は</u>つとしが、直ぐまた自分の涎にも<u>気づかないで</u>、幽霊のように立ち上がると、<u>浅瀬でも渡るような足取りで台所に向か</u>つた。月里は<u>もちろん</u>亭主に茶碗を洗わせて<u>酷使し</u>ようとするのではなく、そのぼんやりした顔に少しでもこちらの言つた言葉の反応が現れるれるのを見たいと思つたのである。<u>しかしそれも空しいそら頼み</u><u>にすぎながつた</u>。月里が<u>最初</u>阿勇の痴呆状態に気づいたときは、魂を<u>かき消されるような思ひで、あわてて</u>里に<u>かへて</u>両親に訴へたが、<u>盡</u>せるだけ<u>盡してみても、</u>今更どうしようもないと云ふ両親の口から<u>さ</u><u>むざむとした</u>ものを感じると、月里は目先が真つ暗になつた<u>やうな気</u><u>が</u>して、また婚家に<u>かへつてまた。</u>それからもう既に一年がすぎて、月里の<u>悲しみ</u>も慢性になり、毎日迫害を加へない幽霊と暮らしている<u>やうな</u>気持ちにも慣れでしまった。

　　静静地坐在屋簷下竹椅上的丈夫阿勇，一如往常木木地把眼光楞楞地盯在正在夕陽下逐漸消失的屋脊，好像傻傻地想著什麼心事。

　　「今天可是村子裡拜拜的日子了呢，真不曉得這人知不知道？」

　　月里已經不再有抱怨丈夫的心情了，可是看到他那傻呼呼地想著心事似的面孔，忍不住地讓焦灼感湧上心頭。

　　「阿勇仔！去廚房裏幫我洗洗碗筷好不好？」

被妻子這麼一吼，他好像微微一怔，但馬上就鬼魂般地起身，連正在淌下的口涎似乎都渾然不覺，踩著涉淺灘般的蹣跚步子走向廚房。在月里來說，當然並不是有意把丈夫當牛馬，讓他去洗碗筷什麼的，只不過是希望能夠在那茫然木然的面孔上，加上那麼微微的一絲緊張的痕跡也就夠了。但是，他的臉早已失去了描畫那種線條的力量。當月里第一次發現到這一點的時候，彷彿整個人魂飛魄散了似的，一顆心都差一點破碎了，連忙跑回娘家向父母哭訴，然而雙親指示告訴她，能做的都做了，還能怎麼樣呢？月里從雙親的口吻裡感受到冷漠的意味，只得抱著眼前一團漆黑的感覺回到婆家。如今又過了一年歲月，絕望已變得麻木，習慣於跟一個不會給她迫害的鬼魂一起過日子。（鍾肇政譯本）

根據以上，即使只限於小說開頭的部分，從文法（助詞、動詞的用法等等）乃至於漢字書寫法、文的長短、主語的位置、表現方法，相異點不勝枚舉。實際如此 A、B 稿之間的差異，不僅在小說開頭的部分，還涉及〈閹雞〉全篇，以致於影響登場人物的塑造和故事情節，最終甚至於引導而出相異的結局。

接著，試著整理開頭部分的不同處。

表一：

No.	A 稿《臺灣文學》	B 稿《手稿》
1	陽脚	日ざし
2	消されて行く（×）	消されてゆく（○）
3	凝視ながら	見つめながら
4	云ふ	言ふ
5	も早（×）	もはや（○）
6	いら立って（×）	いらだって（○）
7	くれない？	下さらない？
8	はっとした顔をしたが	阿勇ははっとしたが

9	阿勇は浅瀬を渡る足取り	浅瀬でも渡るような足取り
10	酷使するのではなく	酷使しようするのではばく
11	その漠然としている顔の表情。	ばんやりした顔。
12	せめて一すじでもいいから微かな緊張の線を引かせたい思ひであつた。	少しでもこちらの言つた葉の反応が現れるのを見たいと思ったのである。
13	彼の顔にはもはやん線を描く力を失っていた。	それも空しいそら頼みにすぎなかつた。
14	月里は（……）気づいたときは（×）	月里が（……）気づいたときは（○）
15	かき消される	かき消されるような
16	心が滅入り出し	（消除）
17	周章てて	あわてて
18	盡せるだけ盡しても	盡せるだけ盡してみても
19	思ひで	やうな気がして
20	今はもう既に一年がすぎて	それからもう既に一年がすぎて
21	暗い思ひ	悲しみ
22	迫害を加えない	（消除）
23	暮らしてる（×）	暮らしてるような（○）

　　從這樣來看的話，A 稿在文法、漢字書寫、主語的位置、表現上的問題點頗多，B 稿則訂正這些，使文章完整清楚。（表格的（×）是錯誤；（○）是正確）

　　首先是談到關於文法，A 稿前頁表格的第 14（No.14）的助詞用法，以及自動詞、他動詞的使用方法錯誤很多。

　　關於漢字書寫，A 稿中如「も早」、「いら立って」平假名和漢字混用，還有像「消されてゆく」動詞連用型的助詞「て」之後，加以「行く」、「見る」等等接續動詞的場合，應該以「…ていく（ゆく）」假名書寫的地方，卻使用漢字。

　　從主語的位置來看，A 稿主語置於句子中間的地方很多（參照 No.8、9

開頭一文中阿勇的位置跟上舉例處），B 稿則主語置於文章開頭，並且補充被省略的主語，因此文中的動作主體一看則明瞭。

另外，依照上舉例 No.12、13 的例子，A 稿日文表現硬，可以被舉出很多抽象表現的地方。B 稿則把這些表現修改為自然的日文書寫。

A、B 兩稿雖都是被標記為同一個完成日期，但實際上 A 稿是先完成，在《臺灣文學》發表後，B 稿則為（A 稿）訂正過後再寫過的東西。

在表二中，整理〈閹雞〉全篇被訂正之處，依據這些，張文環大概有其日文運用的技術性的問題點和他獨特的日文使用方法。

表二：張文環〈閹雞〉：《臺灣文學》和《手稿》的比較

	A 稿《臺灣文學》	B 稿《手稿》
段落編號	一～八段落	段落號碼一、二、五、七記載 三、四、六、八缺段落號碼
助詞（は、が、の、を、に、へ、で……）的用法	錯誤很多 月里は（…）	錯誤很少
文句連接	不太順暢 因果關係不清楚 標點的用法錯誤很多 前後矛盾	順暢 因果關係明瞭 訂正標點的用法
文句長短	長 類似的表現重複	比較短 刪除重複的表現
慣用表現等用法	錯誤很多	錯誤極少
對話	女性語／男性語	女性語／男性語
表現、風格	抽象的、曖昧 歐文翻譯體（歐文脈）多用 尖銳的、幽默的	具體的、清晰 理解的日文 柔軟的
主語位置	句中、另外省略 主語和動詞的關係不明	句頭、補充主語 主語和動詞關係明瞭

文末表現	能夠推測、被思考的、有意味的 歐文翻譯體（歐文脈）多用生硬的	～可能 漢字減少、以自然柔軟的表現
動詞連用形＋ ている＋	省略「い」、口語 生活的心情 刺繡中的月里	沒有省略 正在生活的心情 正在刺繡中的月里
張文環習慣的 漢字書寫	「云ふ」（說） 「周章てる」（慌慌張張） 「凝視める」（凝視）	「言う」（說） 「あわてる」（慌慌張張） 「見つめる」（凝視）
故事情節	月里認爲自己也是「殘廢」。 阿凜和月里突然投河殉情。	沒有「殘廢」的表現，但是強調月里對社會的反抗。 阿凜離開村子，和月里的關係不久後繼續，被村子裡的人發現，最後二人投河。

　　補充說明的話，首先，把動詞連用形與表現動作的狀態或者表現動作進行中的「ている」連接之後，接續名詞的地方，張文環省略「い」一字的寫法也是常見的。舉例來說：

（Ａ稿）　　　　　（Ｂ稿）
暮らしてる気持ち→暮らしている気持ち（每天……過日子的心情）
刺繡してる月里　→刺繡している月里（正在刺繡的月里）

　　這個是日文的口語用法，張文環幾乎所有的作品裡都用將「い」省略的口語文體。
　　其次，從漢字表記法來看，張文環也有其獨特之處。他大多使用「云ふ」（說）、「周章てる」（慌慌張張）、「凝視める」（凝視），Ｂ稿的話，則改爲「言う」（說）、「あわてる」（慌慌張張）、「見つめる」（凝視）。
　　這樣的書寫法在近代日本文學作品中也有，尤其是尚不完整，在漢字

書寫法尚未完全被固定的明治初期多被使用，隨著漢字機能合理化的被整理之後漸漸減少[15]。但是，像「周章てる」、「凝視める」這樣「汲取漢字的意思，適當的給予日語的唸法[16]」，所謂「意讀」是被視爲會生成一種表現效果，所以在給一個漢字一個意義的正統書寫規則建立之後，仍然使用下來。

〈閹雞〉B 稿則把意讀表記法改成易於閱讀的固定性的表記法，但另一方面則使得作者的特色變得淺薄，也無法否定地使文字在效果上變得平板。

其他，在有關 A、B 稿的文章體裁、文末表現、慣用表現、對話等差異處，也在下面詳細地論述。

接著，爲了闡明張文環的日文運用特色，針對他的其他訂正稿及未發表的手稿補充說明。

表三裡整理了張文環的小說〈夜猿〉、〈閹雞〉、〈地方生活〉的《臺灣文學》刊載稿和手稿的比較。（〈地方生活〉的手稿雖被改成〈故鄉在山中〉的題目，但由於內容幾乎相同，是否視爲同作品的不同版本（variant）比較好）

表三：張文環：〈夜猿〉、〈閹雞〉、〈地方生活〉──《臺灣文學》和《手稿》的對照表

	〈夜猿〉A	〈閹雞〉A	〈地方生活〉A	〈夜猿〉B	〈閹雞〉B	〈地方生活〉B
發表狀況	《臺灣文學》	《臺灣文學》	《臺灣文學》	訂正稿	手稿（未發表）	手稿（未發表）
創作／發表／訂正	發表1942	創作1942年	發表1941年10月	不詳	創作1942年6月17	不詳，1970年代

---

[15]森岡健二，〈現代的語言生活〉，《講座國語史 6・文體史、語言生活史》（東京：大修館書店，1972 年），頁 401。
[16]同上註，頁 405。

日期和時間	年2月1日	6月17日	19日		日	左右
作者／訂正者	張文環	張文環	張文環	張文環＋日本人（？）	張文環＋（？）	張文環＋（？）
平假名	使用舊假名	使用舊假名	使用舊假名	使用舊假名	使用舊假名	使用新假名
動詞（自、他、受、使役）	錯誤很多	有錯誤但比較少	錯誤很多	訂正	沒有錯誤	沒有錯誤
助詞（は、が、を、に）	錯誤很多	錯誤很多	錯誤很多	訂正	沒有錯誤	沒有錯誤
文的連接	不順暢	不順暢	不順暢	訂正	順暢	順暢
文的長短	長	長	長	短	短	長
日文慣用表現	錯誤很多	錯誤很多	錯誤很多	訂正	沒有錯誤	沒有錯誤
對話（男女、口語區別）	沒有區別	沒有區別	有區別	訂正	有區別	有區別
表現	尖銳	尖銳、幽默抽象的、曖昧歐文翻譯體文體	抽象的、曖昧歐文翻譯體文體	緩和表現具體的、清晰	緩和、幽默減少具體的、清晰	具體的、清晰
主語的位置	文中	文中、省略	文中、省略	文頭	文頭、補充	文頭、補充
主語／動詞的關係	不明瞭	不明瞭	不明瞭	明瞭	明瞭	明瞭

文末表現	のである のであった	多用歐文翻譯體	多用歐文翻譯體	た、だった	理解的日文	理解的日文
動詞で型 ＋いる＋ 名詞	省略 「い」	省略 「い」	省略 「い」	省略「い」	不省略 「い」	不省略 「い」
漢字書寫	云ふ	云ふ	云ふ	改正「言ふ」	言ふ	言ふ

　　從戰前被刊載於文藝雜誌上的作品乃至於到戰後的〈日月潭羅曼史〉、〈地平線的燈〉這樣未被發表的手稿看來，基本上張文環的日文技巧幾乎沒有什麼變化，我認爲將刊登於《臺灣文學》的稿子視爲決定稿比較好。

　　說到訂正稿的話，例如，因爲〈夜猿〉的 B 稿上明顯留著張文環以外的筆跡，我認爲這可能因爲有日本人幫張文環訂正日文運用上的錯誤。由此類推，在〈閹雞〉的訂正稿，或〈故鄉在山中〉裡，日本人插手的可能性很高。也就是說，日本人加入紅字（訂正、增添的文字和記號），張文環再重新改寫修正。

　　事實上，整體來看張文環的作品，〈閹雞〉的 B 稿和〈故鄉在山中〉的日文運用和文章體裁相當不同，多少可能是好也可能是壞的減少張文環書寫的文學特質[17]。因此從那些假他人之手的訂正稿和經本人之手在《臺灣文學》的刊載稿相比的話，我認爲張文環的小說語言和小說寫法的特色會更加明瞭。以下則繼續詳細地賦予討論。

（二）〈閹雞〉的日文運用及其特徵

　　比較〈閹雞〉的《臺灣文學》稿和手稿後，我們方能理解問題的所在，正如戰前日本文學家們所指出張文環的日文在技術性上難說是可以達

---

[17]在日本出版的長篇小說〈地平線的彼端〉（1975 年）也使用日文，從文章體裁來看的話，和其他作品是有差異的。

到很高的程度。那麼，將所有文法的、技術性的問題點解決的 B 稿，稱其作為小說完成度極高，不可思議的不得不說「沒有」。

B 稿確實容易閱讀，情節的開展也很自然，但反而給人平板的印象，對讀者的訴諸力也很弱。反之，似乎寫得處處蹣跚，以讀起來艱澀的日文所書寫的 A 稿，卻具備強烈的個性，作為小說極為有趣。這種文體是混合著日文的成熟與不成熟，大大地脫逸了所謂「正確的日文」的範疇，那正反而產生出作為小說的魅力。在此應該存在著書寫文法上正確的文章和書寫優秀的小說似是而非的祕密。

以下繼續整理及比較探討 A、B 兩稿的文體、表現的特長，張文環在技術性上有缺點的日語會產生出怎樣魅力性的小說。

另外，以下（）內的頁數，A 稿是《臺灣文學》第 2 卷第 3 號，B 稿則依照手稿所記載。

1. 抽象表現

若要舉出 A 稿中很明顯的、較為負面的特色，就是常用抽象表現吧。雖然在前頁也提及過，再補足幾個明顯的例子。

例如，表示阿勇的病症時，A 稿是變成「他的靈魂被一個叫做打擊的妖魔抽去了腦髓。」[18]為了不要人突然而過於曖昧模糊，B 稿是以「他患了早發性痴呆症」簡潔、具體的直接書寫。

另外，阿勇生病之後月里的表現上，A 稿是「但是使月里的思念在湖水上面隨其漂流，她過於健康。」[19]B 稿則是訂正成易於理解的「月里想繼續追尋那羅曼蒂克的思念，她過於健康。」[20]

關於「柴閹雞」的雕刻作為藥店的宣傳是很成功的，A 稿「我認為偶像崇拜開始恐怕以同樣的形式進化下來」的說明處，B 稿則刪除。〈閹雞〉A 稿的狀況不太適合抽象性的表現，從前後的文脈突出，擾亂文章自然的

---

[18]張文環，〈閹雞〉，《臺灣文學》第 2 卷第 3 號（1942 年 7 月 11 日），頁 70。
[19]同上註，頁 68
[20]張文環，〈閹雞〉手稿，頁 11。

流暢度之處很多，相反地那確實很像是合於張文環味道所產生出來的。為了這樣抽象性的曖昧表現而改為簡單明瞭文體的 B 稿，文章傳達能力變高，但文學的趣味度卻減少。

2.漢字的用法

　　A 稿中為了多使用漢字，整體上給人強硬的印象。為此，B 稿處處將二字熟語改為一個漢字，把一個漢字改成平假名。變得比較柔軟地表現。例如，除了以「放縱（放肆）」變成「乱れる」，「あげ得なかった」變成「あげえなかった」之外，還有以下的例子。

（1）彼等物知りはかう云ふ論法で（…）話題を展開していった。[21]
　　　這一班的有識之士便用這種論調（…），展開了他們的話題。
　　　村の物知りはしかつめらしくかう言った。[22]
　　　村中的有識之士慎重其事地談論。

（2）敢果ない真言のように思われた。[23]
　　　真是無情的箴言啊！
　　　なるほどそれにちがいなかった。[24]
　　　確實更加錯不了。

（3）足許からゆれるような感覚がにしみて、[25]
　　　自眼前搖晃的感覺那麼強烈。
　　　足許からゆれるような感じがして、[26]

---

[21]同註 18，頁 70。
[22]同註 20，頁 15。
[23]同註 18，頁 82。
[24]同註 20，頁 40。
[25]同註 18，頁 93。
[26]同註 20，頁 67。

感到自眼前開始搖晃那般。

3. 歐文翻譯體（歐化日文的文脈）

張文環文章體裁的最顯著特徵，大概就是「歐文翻譯體（歐化日文的文脈）」吧。張文環頻繁地使用前舉的漢字，與其說來自於漢文的素養，不如說是歐洲翻譯體的影響。

所謂歐文翻譯體（歐化日文的文脈），現在已在日文中扎根的文體，已經難以區分，原來是直接從英語的表現直譯過來，例如，被動，抽象名詞的主語，give、have、find 等等動詞，也有 too～to，it means that 等等翻譯的文體[27]。

根據大修館書店《講座國語史 6・文體史、語言生活史》，明治十年代是英國文學的繁盛時期，當時的青年們以日語獨特的方法來學習解讀外國文學的過程中，產生了所謂的歐文直譯體的文體[28]。從原本漢文直譯體衍生的歐文直譯體，給予日本人新的思考方式也大大地影響言文一致體的形成。

根據這樣翻譯文體的表達方式，文學家們也把據以放入作品裡，不僅影響現代文學體裁的形成，進而也預先形成「現代口語文」。歐文脈的使用，從島崎藤村、夏目漱石開始，特別是有島武郎最爲人所知。

張文環頻繁使用「論法」（"argumentation"）、「展開」（"develop"）、「感覺」（"sense"）等二字複合詞，「推測できる」（"suppose"）、「意味する」、「考えられる」（"it is possible that"）、「覚える」（"feel"）等稱爲歐文脈的文末表現。

事實上，張文環也多用抽象表現和漢字，基本上這是屬於歐文翻譯體，說支撐 A 稿〈閹雞〉的基礎文體是歐文翻譯體也不爲過。其他的例子

---

[27]林巨樹，〈現代文章體裁〉、森田建二，〈現代的語言生活〉，《講座國語史 6・文體史、語言生活史》（東京：大修館書店，1972 年）。

[28]同上註。

於下舉例文中處處可見。

　（1）幸福の後に惡魔を見出したよりも驚かされた。（被動）[29]
　　　　比在幸福的背後發現到了魔鬼，更叫人吃驚。
　（2）柴閣雞のある店と言わせたいためか（使役）[30]
　　　　為了想讓有柴閣雞店的人說出口。
　（3）余りにもこの店の宣傳は成功していた。（too～to）[31]
　　　　這家店的宣傳手法倒是過於成功。
　　　　この店の宣伝として役に立っていた。
　　　　這家店的宣傳手法是有用的。
　（4）住居の前にある店を嘆息で以って改造した。（by）[32]
　　　　住居の前にある店を嘆息しながら改造した。[33]
　　　　在這店的住宅前面邊嘆息邊改建了。

　　　從閱讀近代日本文學作品，可能培養張文環學習歐文翻譯體，到參考有島武郎的短篇、引用「An Incident」的其中一節，依此可見張文環的歐文脈絕不是特異的一例，這同時可以很清楚的知道是屬於日本近代文學的文學體裁的範疇吧。

　　　憤怒的小魔，睜著眼睛、囓咬著牙齒、緊縮著喉嚨，不知從身體裡面或者外面使汗水滲出在緊握的雙手中。像被包裹在火焰之中漂浮在宇宙那般，他感覺到精神眼睛極為輕鬆，所以想切斷所有羈絆，到哪裡都可以放開輕鬆吧。為了沉浸在那虛無的氣氛中，他勉勵騙自己陶醉於憤怒之

[29]同註 18，頁 63。
[30]同註 18，頁 49。
[31]同註 20，頁 14。
[32]同註 18，頁 82。
[33]同註 20，頁 40。

酒。[34]

　　在張文環的〈閹雞〉裡，以歐文翻譯體作爲基礎獨特性的文體在操作上十分成功的。但是，自然表現和說起來很難的地方也是有的，B 稿則改正這樣的日本語，因此也不得不說張文環文體的個性也消失了。

（三）辛辣、諷刺、幽默

　　同時兼具辛辣、諷刺的幽默性描寫筆法，是 A 稿〈閹雞〉的一大特徵，然而，B 稿的辛辣度較爲緩和，也爲了刪除幽默的表現，登場人物的輪廓變得較淺淡，整體上來說給予人平板的印象。

　　如果將兩稿進行比較的話，試著考察關於〈閹雞〉中辛辣、諷刺性的、幽默的表現所扮演的角色。首先，試著看看三桂和清標吵架的場面。

A 稿

　　狸のだまし合ひの様な二人の言い争ひが、頂点に達し、<u>お互いの足が出かかろうとする所へ</u>、分別盛りと云ふところの、<u>でしゃばりやの婆</u>さんが現はれたので、（…）[35]

　　爾虞我詐的兩人爭執到了頂點，正要拳腳相向的時候，愛插嘴的老婦出現。

B 稿

　　狸のだましあひの様二人の言い争ひが、頂点に達し、<u>まさに決裂しようとしいたところへ</u>婆さんが現はれたので、（…）[36]

---

[34] 有島武郎，〈An Incident〉，《現代文學大系 22・有島武郎集》（東京：筑摩書房，1964 年），頁 310。
[35] 同註 18，頁 79。
[36] 同註 20，頁 35。

　　爾虞我詐的兩人爭執到了頂點時，正要決裂的時候老婦出現。

　　「爾虞我詐的二人」、「正要拳腳相向的時候」等等的表現，不只是三桂和清標的關係加上其個性也充分地表現出來。另外，阿金婆的人物造型也不可欠缺用「愛插嘴」來形容。

　　此外，張文環辛辣的文章風格，特別是在描寫衰敗的阿勇可見其不寬恕的尖銳度。隨著生家的沒落，阿勇變成「一隻被雨水打光羽毛慘兮兮的雞」、「身體像繼子般萎縮著」辭別村公所，「淪落為採月桃」（月桃取りにまで成りさがって），不久之後患了瘧疾，變成了被形容為似乎「一顆根部腐爛的青菜，再怎麼樣澆水，葉子也不會青綠起來」的廢人。但是，B 稿中「一隻被雨水打光羽毛慘兮兮的雞」、「身體像繼子般萎縮著」等等表現被刪除，減輕了阿勇的悲慘度。

　　關於月里，她向老家的雙親生氣的地方，在 A 稿中「月里有時候想過，為了暴露出雙親的腸肚來般，和阿勇拍照寄給他們」[37]能看到強烈的憤怒表現，B 稿則抑住了「月里有時候想過，為了讓雙親知道可恥，和阿勇拍照，把它擺在他們眼前」[38]。

　　在 A 稿中張文環辛辣的描寫，我認為他能夠如窺視人類最深處那般敏銳的觀察和深度理解。戰前，中村哲說「讀張文環的作品最能了解人性」之理由就在於此吧！

　　不過，張文環不只具有辛辣度跟尖銳度，也有他天生的幽默感。雖然〈閹雞〉是悲劇，但悲慘地絕望印象是很淺的。登場的人物絕不能說是好人，我們卻不能捨棄對人的信賴，就是因為這個小說充滿著對人類肯定的張文環的人道主義以及基於這人道主義的幽默感。

　　只要閱讀辛辣度和幽默被壓抑的 B 稿，我們就感覺到這些表現在〈閹雞〉中扮演多麼重要的角色。

---

[37]同註 18，頁 218。
[38]同註 20，頁 70。

（四）俗語和慣用表現

關於張文環的日文運用，必須要特別注意他的俗語及慣用語用法，原因是，張文環適切地把那些跟日本人的日常生活緊貼的表現隨其自在地使用，反而成功地表現在臺灣山村裡每一個活著的人的生活和精神。

事實上，像張文環那樣擅長於日文俗語、慣用表現等的臺灣作家是非常珍貴的，日據時代的臺灣作家無人能出其右，特別在他的〈閹雞〉中發揮這樣的力量，俗語、慣用語的表現，使得這篇小說變得大有魅力。

換句話說，關於俗語、慣用語的表現，A、B 兩稿幾乎沒有差異的地方，為了整理 A 稿不自然的日文，B 稿消除這些抽象表現後，為了補上慣用表現，若干程度的增加使用頻度。但是，B 稿的俗語、慣用表現，大概也加自於日本人之手，到處都過於巧妙，產生了不適切的效果。例如，以形容月里使用「變得有風韻的女人」[39]的語言，即使感覺到盡量講究的痕跡，也不太適合月里的吧。為此，這裡只限定試著討論 A 稿的俗語、慣用表現。

首先，三桂的家道中落，必須要自己住租給人家的房子，試著看看追出姓葉農人的場面。

その百姓（葉）も急に家をさがすのに、随分無理なしことをし、また追立てを食らつている足許を見られて、彼も普通以上の高い家賃を払はされなければならなんぬとこぼしていた。それに、その葉の云ふことがふるつている。

「薬屋の三桂旦那が、わしの住むところに住まなければならないのだから、奴つこさんの威張りくさつた因果応報が見られてわしも愉快だよ、なあに、毎月いくらか余計家賃を払はされた所で、これも悪党をほうむる税金だと思へば、きがせいせいする。[40]

農人（葉姓）為了臨時另租房子，吃了好大的苦頭，並且他還埋怨說，因為是被趕出來的，所以租金方面也被逼付了較往常高的數目。這位葉姓農人還說了一段妙話：

「藥店的三桂老闆終於不得不搬到我住過的那種屋子住了，看他那神氣活現的樣子，真是因果報應啦，好過癮哩。房租嗎，貴一點又有啥關係，就當做是懲治壞蛋的費用吧，爽快得很哪。」（鍾肇政譯文）

在這裡能看到，即使為「有權力者」的房東所困惑，農民不屈不撓地反抗的抵抗力，被用巧妙地日文及幽默的精神表現出來。

另外，關於清標對女兒的教育方針：

女の運命は菜種子と同じやうなものだ、撒きようにもよれば、育てように依る。質ばかりよくても、後から来る過程が惡ければ、臺なしだ。それであるから、女を教育したり、手塩にかけすぎて、苦労するばかりが能ではない、と云つたりする清漂の言葉を、三桂は名言だなどどんだこと叫もあった。

女人的命運就像菜種，看你怎麼播怎麼種，便不一樣。儘管質好，如果後面的過程不好，也是枉然。清標就說過：所以嘛，女孩受教育，過分地去照顧，也不見得有好結果。對這一番話，三桂還著著實實稱許過一番哩。（鍾肇政譯文）

在這裡一邊巧妙地滑溜進所謂臺灣的俗語「女人的運命如同菜芥子」，再加上用日文的慣用表現，正確地傳達出支撐臺灣傳統的父權社會的父親的思想。

另外，在村中開通巴士的謠言中，三桂為了挽救家道中落的命運賭出

全部的場面：

　　乾坤一擲、乗るか反るか、三桂は二階建の建築と息子の結婚で村の評
　　判になつた。村で第二番目の二階建だ。三桂はこれで男をあげるか、
　　身を亡ぼすか、と色〻取沙汰されていた。[41]

　　乾坤一擲，成敗在此一舉，三桂因為蓋樓房與娶媳婦，成了村人們談論
　　的對象。那可是村裡第二棟的二樓建築哩。他會飛黃騰達呢？或者身敗
　　名裂？人們議論紛紛。（鍾肇政譯本）

　　以這樣抓住要害的慣用表現，成功地描寫趁著製糖會社的鐵道開發賺
一批錢的臺灣庶民之堅強精神。
　　以上，僅只是舉幾例，就可以看到張文環對日文的熟稔。而且，其運
用日文的巧妙度，並不是學好所謂文法正確的日文，而是將當時臺灣社會
的氣息吹進在日文之中，也就是說使臺灣民眾的精神住在日文的形式中。
因為他使用的日文在文體上雖然是在日本文學的影響圈內，其精神卻已是
和日本文化的脈絡有所切割，在臺灣的土地上紮根，講出活在這片土地上
的人的故事。
　　於此再次引用 Bakhtin 的話：「語言中的話語，幾乎都是他者的話語。
除非說話者讓自我意向和語調棲息在語言中，自己支配語言，將語言吸收
在自己的意味和表現的意向之中，他者的話語才會變成自身的語言[42]。」由
此可以說，張文環是讓臺灣人的「自我意向和語調」棲息在「他者的話
語」、「支配者的語言」的日文之中，支配日文，將它變成「自己的語言」。
　　對那樣的張文環而言，所謂「被壓迫的日本語」到底有怎麼樣的意
義？好像〈閹雞〉這篇小說的語言讓我們感覺到，即使統治者有政策通過

---

[41]同註 18，頁 82。
[42]同註 34，頁 67。

日文教育普及日本精神、試圖將臺灣人「皇民化」、「同化」，反而（臺灣人）利用這個政策，將日文說話的世界十分「臺灣化」，甚至於將日文本身「臺灣化」都是可能的。

（五）對話──口語的用法

　　臺灣人作家在日文運用上最困難的部分，大概是依著登場人物口語的對話吧。在日文的對話中依照性別、年齡、階層、人際關係的上下、親疏遠近等等，須分別使用敬語、丁寧語、謙讓語、普通語以及男性語、女性語也要分開使用。加上，語尾的終助詞「ね」、「よ」等等的有無，說話語氣的微妙差別變化。把握日文本身具有的「階級性」[43]，以及終助詞的使用方法等，對臺灣人作家來說是相當困難，是創作書寫上的障礙之一[44]。

　　在〈閹雞〉對話的部分，張文環難以把握能完全掌握日文口語裡階級性的等級，可看到 A 稿有幾個誤用的地方。

　　首先，試著看看第三段，75 頁裡三桂和清標的對話。

「三桂兄さん」
と清標は自分より三つ多い三桂を呼びいつもさう呼んでいた。
「あなたも薬屋にばかり閉ぢこもらないで、事業でも拡張したら<u>どうだ</u>。」
「君が資本を貸してくれる<u>のか</u>。」
「とんでもない、こつちは資本が足りなくて、たしかに儲けられるわかつでい乍ら、手がとどがないもの<u>もある位だ</u>。」
「鉄道のことで<u>せう</u>。」
「それも<u>ある</u>。」
「しかしそれは単なる噂に終わるのでは<u>ないのかな</u>。」

---

[43]參照野口武彦，《日本語的世界 13──小說的日本語》（東京：中央公論社，1980 年）。
[44]在楊千鶴的前揭文中，明白指出呂赫若同樣也必須面對這樣的困難。

「三桂兄」

清標總是如此稱呼比自己年長三歲的三桂。

「你也不必老是守著藥店，該擴張事業啦。」

「你想借資金給我嗎？」

「開玩笑！這樣的資本才不夠，明明知道可以賺，還是出不了手。」

「是指鐵路吧。」

「那也有。」

「但是最後只是單純的傳聞吧。」（鍾肇政譯文）

　　按照道理清標對年長三歲的三桂不得不使用丁寧體，三桂對清標使用普通體，三桂卻對清標使用丁寧體，如此便使說話主體產生混亂。

　　月里對阿勇說話的口語方式：「莫迦だね、男らしくてもない。それならやめばいいじゃないか。意気地がないのね。男が二十一と云へば、偉い人は学校の訓導になつているのですよ。」「好傻哪，真不像個男子漢大丈夫。早知道這樣，為什麼要辭掉呢？真沒出息。說到一個男人 21 歲了，如果是了不起的人，早當上學校的訓導啦。」（鍾肇政譯文）[45]可見其女性用的丁寧體和男性用的普通體混用。

　　B 稿則為了改正這樣口語的誤用，關於月里的發言幾乎是以女性味道較強的丁寧體直接改過，使得月里的人物形象產生極大的影響。

　　試著看看 A、B 稿中月里對阿勇說話部分的相異處。

（1）「阿勇，臺所の茶碗を洗つて<u>くれない</u>？」[46]

　　　「阿勇，臺所の茶碗を洗つて<u>下さらない</u>？」[47]

（2）「お父さんの新築の所へも手伝ひに<u>行きなさい</u>。」[48]

---

[45]同註 18，頁 90。
[46]同註 18，頁 63。
[47]同註 20，頁 1。
[48]同註 18，頁 85。

　　　　「お父さんの新築の所へも手伝ひにお行きなさいな。」[49]

（3）「野良に出るとき、傘かミノを持つ出ないからですだよ。」[50]

　　　　「野良に出るとき、傘か箕を持つ出ないからですよ。」[51]

　　A 稿的話，月里基本上對於阿勇沒有男女差別的普通形說話，B 稿的話全部改爲女性專用的丁寧體，月里的人物形象給人很強的柔和上等的印象。這並不是因爲張文環沒有把握日本語中的階級性，而 A 稿中月里的發言給予人普通的男性化的粗暴印象，相反地，他在這個把握之上，月里的發言方式是巧妙地根據對手的發言形式進行理解。例如：

月里→老家的兄長

「私にかまつてくださる御親があるのなら、お祭りのときにだけ来ないで、毎月来てください。それならお父さんやお母さん呼んできてて下さい。だなければ、妹々と云はないで下さい。（……）」[52]

「如果你真願意關心我，那就不要只在拜拜的時候來，請每個月都來。還有，阿爸阿母也請過來。不然的話，你就不必當我是妹妹啦。（……）」（鍾肇政譯文）

月里→阿凜

「どうしてだって、あなたが一ばんわかつてくれると思ひますが、ね、阿凜さん私の絵を描いて下さい、あなたの目からた私の姿を、私は見たいのです。」[53]

「為什麼？我想你應該是最了解的。阿凜兄，你畫我吧。我希望看到在

---

[49]同註 20，頁 49。
[50]同註 18，頁 92。
[51]同註 20，頁 63。
[52]同註 18，頁 67。
[53]同註 18，頁 99。

你眼裡所看到的我。」（鍾肇政譯文）

月里→村人

「意気地なし共、口惜しかつたら、殺せばいいじゃないか、女一人が
殺せないのか。」[54]

「沒有骨氣，那麼看不過去，那就把我殺了吧。難道連一個女人也殺不
了嗎？」（鍾肇政譯文）

　　根據以上，雖然有一些誤用之處，但月里對自己的兄長用丁寧體來表
示禮儀，對於阿凜也用丁寧體來表示尊重。對於阿勇用普通體有親密度，
對村人以普通體表示憤怒。

　　原本在臺灣話中是沒有階級、性別之分的，但是張文環把月里的日文
發言區分爲普通體與丁寧體，竟然能夠表現出一位在傳統父權社會的臺灣
山村裡所養育的柔弱的女生，經歷結婚、婚家的沒落、丈夫的發病，再加
上愛上其他男子，而成爲強勢女性的成長過程。

　　如果把那樣的月里的語言一律改爲丁寧體的話，不僅她所屬的社會上
的、文化上的脈絡，連她本身的變化也會被抹殺，那個瞬間以日本統治時
代的父權社會臺灣山村作爲小說舞臺的〈閹雞〉大概會喪失其歷史意義
吧。

　　B 稿即使讓講話者說「自己（月里）與自己的環境之間有了深刻的隔
閡，因此自己要就這樣地屈服於環境，或是要甘願身敗名裂而反抗環境、
進行戰鬥，（除了這兩個選擇之外）就沒有其他選擇」。或著，藉由阿凜之
口，以「這是想從環境跳出來的發亮的眼光。」，強調月里反抗社會環境的
意志（「これは環境に対して、そこから抜け出さうとして光つている眼で
すね。」）[55]。但是，從月里口中說出來的充滿著女性味道的柔軟口調竟背叛

---

[54]同註 18，頁 101。
[55]同註 20，頁 80。

這反抗的意志。

試著對比 A 稿與 B 稿之中月里表達反抗雙親的決心之場面。

A稿是以「我就是死了也不離開家，孤兒自己知道自己的本分就是成為幸福的方法。」（「私は死んでも鄭家から離れ<u>ていかないよ</u>。孤児は自分の本分を知るのが幸せになる方法だよ。」）[56]這種粗暴的的語氣十分能夠表達她堅強的決心。相對地，像B稿「我到死也不會離家鄭家，孤兒有孤兒的生存之道喔！」（「私は死んでも鄭家から離れて<u>行きません</u>よ。孤児は孤児らしく<u>暮らすものですよ</u>。」）[57]這種女性柔軟的口調，到底是無法表達出她的反抗意志。

另外，即使月里罵村人的場面，在A稿是「沒骨氣，那麼看不過去，那就把我殺了吧。難道連一個女人也殺不了嗎？」（「意気地なし共、口惜しかつたら、<u>殺せばいいじやないか、女ひとりが殺せないのか</u>。」）[58]有直接的氣勢，B稿的話「沒有骨氣，那麼看不過去，那就把我殺了吧。難道連一個女人也殺不了嗎？」（「意気地なし共、口惜しかつたら、殺せばいいじやないか、お前たちは女ひとりが殺せない<u>の</u>。」）[59]是敘述性的，語尾的「の」將反抗社會的意識沖淡化。

Bakhtin 曾闡道「若要正確地描寫出他者的意識形態世界，除非讓其世界自身講話、揭開其世界的語言，否則這是不可能的。」[60]月里的普通語就是其「世界自身」的語言，因此揭開它之後，才會能夠描繪生於傳統父權社會中「女性」的「反抗」意志。

確實張文環從文法的角度來看，或許還不能夠掌握正確的日文，但是在要「正確描繪登場人物的意識形態世界」這一點上，可以說，他十分理解何為日本語，甚至於何為「語言」。

---

[56]同註 18，頁 95。
[57]同註 20，頁 70。
[58]同註 18，頁 101。
[59]同註 20，頁 70。
[60]Mikhail Bakhtin，同上註，頁 148。

四、小結

　　綜上所述，看完〈閹雞〉裡張文環的日文運用技術和特徵。張文環是在近代日本文學的影響圈中，以歐化日文的文脈爲基礎型塑出獨特文體的，同時在書寫技術上不得不大大地脫離被稱之爲「日本語文法」、「書寫語言」的支配者文法系統等於言語制度。但是，一方面將俗語、慣用表現、口語等的日本民眾語言自如地運用，另一方面把臺灣民眾的精神吹進日本語之中，亦即成功地把日本語在臺灣文化的脈絡裡拿進來了。從此產生的〈閹雞〉的小説語言，充滿著臺灣民眾意識、生命力及歷史意義，結果，使遵循日語語法，訂正成「正確日語」的手稿失去其意義了。

——選自《火鍋子》第 45 號，1999 年 9 月

張文環與兩座太平山
封閉的作品舞臺

張文環與兩座太平山
封閉的作品舞臺

◎野間信幸 [*]

◎莫素微譯 [**]

一、從太平到龍眼

（一）太平村

　　為張文環的出生地，位於嘉義縣梅山鄉太平，太平以前被稱為大坪。

　　梅山鄉的中心街梅山（以前稱為小梅），位於嘉義市的北東方約二十公里處，在太平山山麓的小鎮，要前往太平山必須從梅山進去。（地圖①）雖是以前人走的步道，但由於是連續的 U 字型彎路及陡坡，可想而知是危險的路程，不過現今道路經過柏油鋪設，即使有時仍有崩落的岩石掉落，也不是高風險的道路了。這裡交通並不方便，一天公車才沒幾班，因此趕時間的旅人只好搭乘計程車。太平就是位於太平山最裡頭的一個小村落。

　　我這次（2007 年 8 月）造訪太平這個地方，已經是第三次了。過去兩次的訪問裡，我曾到張文環出生的家 [1]，並拜訪了他的堂弟（文環父親的姪子）張文敬。這次行經山頂附近時突然起霧，一到村子入口處的雲海大飯店，平常是景色優美的地方，但現在卻為濃霧籠罩，幾乎什麼都看不到。

[*]東洋大學文學部中國哲學文學科教授。

[**]日本關西大學文學博士，現為中華科技大學觀光事業管理系助理教授。

[1]關於張文環出生之處的訪問，可以參照以下的報導及論文。〈拜訪張文環出生之處〉，《中國文藝研究會會報》第 144 號（1993 年 10 月）。〈張文環的戰爭協力與文學活動〉，收於藤井省三編，《臺灣的「大東亞戰爭」》（東京：東京大學出版局，2002 年 12 月）。

而且此時雖是夏天，卻有冷冽寒氣滲進肌膚之感，大概是因為位於山上
（標高大約一千公尺）以及起霧的關係吧。[2]

（二）深山裡寒村的存在

　　儘管如此，在等待雲霧散去的這段時間，我細細吟味著與山下世界隔
絕的超然。越是身處深山，此時此刻太平這個空間就越有助於吾人想像張
文環作品的舞臺。

　　然而，讀張文環的作品，若是僅止於想像小說裡頭都是像太平一樣的
山村的話，那可能會產生錯誤解讀，吾人還需經常意識到有位於比太平更
深山的寒村之存在。從以下引用的段落不難發現到張文環作品舞臺的深僻
位置，例如〈夜猿〉（1942 年 2 月）中有如此描寫：

> 作伴的阿婆住在後山的盡頭，要越過山，走過潮濕沼澤上的橋，還要再
> 翻過一座山，才是那開滿山茶花的部落。……原來這位老阿婆是他們祖
> 父的遠房親戚，因此孩子們對她更感親切。從那間獨屋走到這裡得花上
> 一個半小時左右……

> 再過不久筍乾工廠也要開工了。為了將工廠製品運到町上特約商店日昌
> 商店去，每天都有從部落來的工人到這裡打零工。從獨屋到部落，從部
> 落到町上，路上來來往往的人多了，食物等等也沒有不方便了。

　　如同在〈夜猿〉中看到的深山村落之多層構造，在小說〈地方生活〉
裡有更加清楚的描述。

> 主人公澤跟著父親王主定，展開籌辦婚事的旅程。從現在居住的 K 庄出
> 發，在出生故鄉的 T 部落住一晚，再從那裡前往未婚妻所在的 R 部落。

---

[2]雲海大飯店的導覽手冊中記載「這建於嘉義縣梅山鄉海拔千餘公尺的太平山區觀光風景區」。

或許在近阿里山的 T 部落出生的他，對平地日照的強烈以及混濁的河川，感覺厭惡。還好 K 庄是在盆地，周圍的風景不像縱貫鐵路附近那樣單調，而比較有變化，讓從城市回來的澤的心情稍感安慰。

澤和父親決定明天早上先到 T 部落去參觀山裡的工場，以及去掃祖先的墓。然後在那兒住一晚，再到 R 部落去。這樣的行程對不習慣爬山的澤是比較輕鬆的。T 部落裡有澤想念的小時候的書房，十多年沒有回去，這一次要去覺得心情不錯。

T 部落比想像中開化得多。……海拔近三千公尺的小部落，是白天也需要穿有內裡衣服的涼冷地方。……果然睽違十多年才回鄉，親戚和鄰居的阿婆們都稀罕地走來看澤。

離開 T 部落，穿過密林爬到山上，而看到部落還被包圍在濃濃的晨霧裡。……穿過福州杉的樹林，就有李子林，來到那兒就會聽到溪谷間的溪水聲。朝陽開始升起，小鳥越過山路飛去。

……澤便停下步子，胸膛吸足填滿了從大自然漏斗流過來的氧氣，晨陽像舞臺的照明燈般照耀著眼前的山峰。「雖然稍微繞遠路，但還是這條路好走。」父親看澤停止腳步，便說休息一下吧。……「澤，幾點了？」「快九點了。」「走得太慢了，像我們這樣慢，做生意的話也做不到什麼生意了。」

……瀰漫在密林裡的雲霧消散了，天空放晴了。穿過雜木林還要爬坡，過了竹林能看到桃子園，也能眺望到環抱排列在山腹間的 R 部落的十多間屋舍。

在〈地方生活〉中，澤是從可能是小梅（梅山）的「K 莊」出發，前往可能是大坪（大平）的「T 部落」，隔天早上日出之前離開 T 部落，約九點後到達 R 部落。

此外，在該篇中也出現了小村莊（T 部落）再進去更深山裡還有一個寒村（R 部落）這類構造性的描寫，而其中的主角就是在這些土地間移動。

（三）〈夜猿〉與出水坑

R 部落這個地名雖然也出現在前面提到的小說〈夜猿〉之中（與 R 町不同），但不代表這是不同的兩個地方。因為畢竟這兩個地點都是深山中的村落，也是被描寫成與主人公有淵源的地方。

關於這一點，臺灣清華大學臺灣文學研究所的柳書琴教授訪問過張文環的堂弟張鈗漢，得到的證實是「從大坪進到山中，大概走半小時就可以抵達這個『出水坑』部落。該地以生產竹子及有大量的野猿猴出名。張文環的父親張察與張文環的叔父張和兩人很早就在『出水坑』從事竹紙製造與筍乾的販賣，後來到他們的下一代小孩們要就學時，才將事業移轉到小梅。」[3]

出水坑位於太平的東南方不到四十公里之處（地圖②、地圖③）。柳書琴依據作者堂弟的證詞，判斷說〈夜猿〉的舞臺應該是張文環兄弟小時候跟隨雙親前往的工作地點「出水坑」的竹紙工廠。

雖然很難想像半小時內能走上將近四公里的山路，不過由於是基於記憶的發言，所以多少會帶有一些主觀的看法。無論如何，透過這個訪問調查可以得知，作為〈夜猿〉的舞臺而言，出水坑是個應該多加留意的地名。

（四）〈地方生活〉與龍眼村

此外，2003 年 10 月 18 日及 19 日，在臺南的國立臺灣文學館舉辦了

---

[3]柳書琴，〈《山茶花》作品解說〉，收於中島利郎編，《日本統治期臺灣文學集成 2・臺灣長篇小說集（二）》，（東京：綠陰書房，2002 年 8 月）。

為期兩天的「張文環及其同時代作家學術研討會」。會議第二天 19 日，以中正大學歷史系的研究生王俊昌為主的團隊，發表了題目為「文學的原鄉：張文環與嘉義小梅莊」的田野調查報告與投影片放映。

早在 2000 年 9 月間到梅山鄉公所及梅山小學時，就聽說張文環的成績單等已經出借給中正大學某研究室，那時就已知道中正大學是透過張文環的檔案（戶籍以及人事紀錄等等的公文）進行研究調查，而現在就是將其一部分的調查成果在這裡發表出來的吧。

根據發表的內容得知，張文環於大正 7 年（1918）從太平搬到龍眼後，直到大正 9 年（1920）為止都住在當地。然後是大正 14 年（1925）住在小梅 340 番地 [4]。龍眼這一個地名，就是在當時頭一次聽到的。那次發表填補了張文環經歷研究的這段空白，可說是重要的。不過當時發表的報告內容還是多關於梅山的，在太平以及龍眼的部分並未著墨太多，也沒展示或是提供相關的原始資料。

無論如何，透過這次的報告，龍眼才總算開始被放大檢視。但是因為才疏學淺的關係，並沒有將後來中正大學相關人員所發表的內容掌握住。總而言之，這次的調查的目的就是嘗試從太平進入龍眼。

龍眼位於太平的東北約四公里 [5]左右的地方（照片①）。可是到龍眼要如何去，沒有任何書有提到。雖然試著從臺北以及嘉義的書店中找尋地圖，但是就算是標示清楚的地圖（地圖③），也無法找出特定的路線。總而言之，只有實地走一遭才能知道。

先是在雲海大飯店等到霧散去後，依照地圖上的標記從飯店旁邊的山道上山，但從這路線馬上就遇到死胡同。讓人不得不覺得前途多困難。在

---

[4]在大正 9 年到 14 年（1920～1925）的這段期間，張文環於大正 10 年（1921）進入小梅公學校就讀。張文環自己也透露透過進學校就讀這個機會，從「山中的部落」搬到較低的「山麓」。「為了進公學校，我就得跟這個山中的部落道別。但雖說如此，公學校也只是位於山麓的村中。」參照〈我的文學心〉，《臺灣時報》1943 年 9 月號。
[5]在太平的路標上，往龍眼的距離顯示有 3.5 公里、4 公里、5 公里三種，各有所不同。可能是依據路線的選擇而有所差異吧。

這之後就豁出去從別的路線的陡坡上山。但是這條山路只有能過一輛車的寬度且並沒有鋪設柏油，加上連續的陡坡，讓第一次來這裡的嘉義計程車司機吃了不少苦頭。

不久，看到了龍眼的交通標誌（照片②）。如同地圖上標示的一樣，龍眼位於山裡相當深入的地方。就算是乘車也要繞個三十分鐘左右（含四處參觀）。由於是在標高很高的深山中，足以俯瞰對面的山（照片③、照片⑧）。穿過雜木林跟竹林之後（照片④、照片⑤），來到聚落附近時，可以看到廣大的茶園（照片⑥、照片⑦）。

向司機詢問從太平到龍眼用步行的話需要多久時間，司機的回答是：「三小時」。因為是綿延四公里左右的險峻坡道，因此需要走三小時。

如此看來，在小說〈地方生活〉中，澤的目的地 R 部落，就讓人覺得可能是龍眼這個地方。

若要列舉這些作品的類似點，在前文引用了自 T 部落前往 R 部落的場景中，「離開 T 部落，穿過密林爬到山上」之後，站在可以看到「眼前的山峰」的地點，或是（照片③）、「竹林」的樣貌、（照片⑤）等等，能據以計算出其移動所要的時間。

關於移動的時間，自日出以前從 T 部落出發，過了九點才到達 R 部落。可以推測出約需費時三小時。另外在未引用的段落，例如要迎接新娘的轎子，從我認為是小梅（梅山）的 K 莊出發，有如下記述：「天未明就從 K 莊出發，回到 R 部落就已經是傍晚了。」先前我問司機，從梅山走到太平所需的時間大概多久，也是得到約需三小時左右的回答。往返共需 12 個小時，再加上在 R 部落舉行的儀式以及休息的時間，如果傍晚就能回到 R 部落，那可說是非常快的。不論如何，假設龍眼是 R 部落也並非不可能的事。

另外關於用羅馬字來標示地名的方法，我也認為張文環是有依據某種程度上的關聯來命名的。雖然無法確認，但可能是以日文的發音為基礎，把小梅（梅山）取名為 K 莊，大坪（太平）取名為 T 部落，把龍眼取名為

R 部落。

　　雖然本來不應該把作品跟現實混為一談，但小說〈地方生活〉的 R 部落與龍眼確實是有幾分相似之處。

（五）被雙重隔離的地點

　　總之，不管是〈夜猿〉也好〈地方生活〉也罷，設定上都是在深山的村落之後，還有另一個村落位於更深入的地方。在如此重重隔離的地方，張文環又描寫了什麼呢？

　　其一，是以家族史的舞臺來描寫。其次，是當作一個未被近代社會所污染，尚保存著自古以來美德的地方。

　　〈地方生活〉中的 R 部落裡，有與澤的父親王主定同年，且「可謂是管鮑之交」的楊思廷。他用「身為平民，只要有先修己身的道德觀念，便可一以貫之、通曉道理。」這樣的信念教育當地的孩子。「即使是一般民眾，也希望他們至少能背論語。」這便是楊思廷的教育方針。

　　楊思廷的四個小孩中，除了在城市受過高等教育，而變得以利己主義為中心的淑（妹妹）以外，包括後來成為澤妻子的婉仔（姊姊），以及其兄弟（阿山和阿海），都是本性純樸，通情達理又孝順的好青年。

　　在這樣深山中的貧窮 R 村落，有著與都市以利己主義為中心的強烈對比，東方傳統的美德在這裡根深蒂固。張文環便是以這樣的架構去描寫 R 村落的。

　　既是家族史的舞臺，又是東方傳統美德的溫床，在這與世隔絕的偏僻山村中，可以說是都有著確認身為臺灣人的認同意識的地方吧。

　　所謂被雙重隔離的地方，就是封閉起來的世界。那裡對張文環而言，或許是一處不希望被外界碰觸，至高神聖的地方吧。

二、太平山與〈雲之中〉

（一）前往太平山

　　我一直以來都很想去太平山看看。「身體被吸進雲霧裡」後，到達的地

方就是張文環的短篇小說〈雲之中〉的舞臺。這到底是個怎樣的地方呢？
我很想實際地用自己的眼睛去看一看。因此，這次（2007 年 8 月）利用到
宜蘭去調查張文環造訪宜蘭的足跡的機會，前往太平山。但是就算事先調
查還是不知道要怎麼去到山頂，需要多久時間（需不需要安排住宿）等
等，完全一無所獲。由於是高達 1950 公尺的高山，就算想去問看看是否需
要登山證，也無從問起。總而言之，只能到當地一問才知究竟。

　　因此，在住宿地宜蘭，與當地的計程車司機（54 歲）洽詢。結果出乎
意料的簡單順利。雖然是險峻的太平山，但是用車也是可以上去的。

　　太平山位於宜蘭市的西南，依照宜蘭市內的交通標誌所標示的距離來
看約有 68 公里的車程（地圖④）。由於道路有鋪設過柏油，約 1 小時 45 分
鐘左右的車程便能抵達。但是這次因為被濃霧所困，花了大約兩小時才
到。

　　到山麓的平坡約一個小時。雖說是山麓，到平坡前也攀越過了幾座
山。而平坡變成太平山的入口（照片⑨）。在這邊付過入山費後，就進到太
平林道了（地圖⑤）。

　　因為是付費道路，所以自然有鋪設柏油。但不時還是有從懸崖上滾落
下來的岩石。車行走在霧中，漸漸感覺涼意。道路相當的陡峭，劃破濃
霧，有如走進「雲之中」。接著馬上就看到鳩之澤（照片⑩）。就算在作品
〈雲之中〉、〈鳩之澤〉也是有出現。其他的還有到山頂途中，可能是出現
在作品中的「瀑布的白絲」（照片⑪、資料①）以及「默禱懸崖」（照片
⑫）的地方。[6]當然這些照片都是在霧散去的回程上拍的。

　　於是繼續在霧中開了一小時，到了山頂後也沒有放晴。山頂可說是
「雲之中」的世界。

---

[6]瀑布的白絲指的是照片⑫中，後方山腹中白色隱約可見的瀑布（因為是印刷的關係可能看不太清
楚）。進行默禱的懸崖可能是照片⑪的中央部分山脊開始到懸崖的地方。但是都沒辦法明確的證
明。

（二）到〈雲之中〉的移動方式

　　張文環的短篇小說〈雲之中〉是受臺灣總督府情報課的囑託而寫的作品。最初刊登在《臺灣文藝》第 1 卷第 5 號（1944 年 11 月 10 日），隔月便收錄到《決戰臺灣小說集——乾之卷》[7]。關於囑託的目的與經過，矢野峰人（編輯委員代表）在該書的序文中提到：「『逼真地描寫要塞臺灣的戰鬥英姿，啓發島民，培養明朗溫厚的情操，爲明天的活力而奮起，並且成爲鼓舞激勵產業戰士的食糧』臺灣總督府情報課爲了上述目標，向臺灣文學奉公會提出協力要請，將臺灣的作家派遣到各地，他們將會在爲臺灣挺身而出的諸戰士身邊共同生活起居約一週時間，並將其體驗化爲文學作品。」

　　於是，張文環撰寫〈雲之中〉，描述在太平山上從事採伐工作的「產業戰士」勤奮增產的樣子。可是該篇的主題並不在此，而是在描述女主角阿秀希望人生重新開始的願望與決心。表面上雖然是遵照情報課的囑託，但真正主題實與囑託旨趣有所不同。由於張文環採用表面應付的手法，所以執筆寫作時作者是否真的實際去過太平山與「諸產業戰士共同生活起居」過，這點還值得存疑。

　　張文環本人在三年多前，造訪過宜蘭平原。其中也包括匯集了從太平山上採伐下來木材的羅東[8]。很有可能是那時的所見所聞有助於該作品的寫作，可是要從宜蘭平原眺望太平山是不可能的，而且光用想像的來描寫險峻的太平山並不是那麼容易的事。作品當中有著一些沒實際去過就寫不出來的描述段落。

　　接下來想透過追尋女主角阿秀的移動足跡，來驗證反映於作品中的太平山當時的真貌。這樣做的目的不在於探究張文環是不是有實地走訪該

---

[7]臺灣總督府情報課編，《決戰臺灣小說集——乾之卷》（臺北：臺灣出版文化株式會社，1934 年 12 月 30 日）。

[8]張文環從 1941 年 10 月 13 日到 15 日，以軍事演習等的取材爲目的來到宜蘭平原。該報導名爲〈舍營印象記〉，《大阪朝日新聞》臺灣版（1941 年 11 月 26 日），而另外一份的同題不同內容的報導，則是刊登於《臺灣時報》同年 12 月號。

地,而是想確認從山麓開始就與山下世界隔絕的作品舞臺之所以被叫做「雲之中」,並不是言過其實。

在作品〈雲之中〉,阿秀於「早上七點就離開羅東,當天傍晚就到達太平山」從羅東經羅東森林鐵道(照片⑭),最後抵達太平山麓終點站的平坡(資料②)。羅東森林鐵道開始通車是在 1926 年以後,所以阿秀當然也是搭乘客車。全部共有 10 個車站,走完全程所需時間約為 2 小時 50 分鐘。[9]

由於阿秀的丈夫在太平山從事木材採伐的工作,於是希望全家一起生活的阿秀揹著奶娃向太平山邁進。可以讓阿秀到「連心臟都嘎噔一下」的是通往太平山的索道(纜車)。小說一開頭有如下的描述:

> 一坐進纜車,阿秀的膝蓋突然痠軟了,咬緊牙關很緊張。以為自己的身體會被吸進雲霧裡去。這好像不是真的,不過自己的身體已經在流籠裡的事實是不能懷疑的。

引用文中有句「膝蓋突然痠軟了」,為何「突然痠軟了」令人不解。但是,實際看到在太平山所使用的索道(纜車)照片後,答案馬上就出來了。索道(纜車)是木製的可搭載十個人,做工粗糙的站乘式客車。[10]用「流籠」來形容索道(纜車)的車廂,該是十分恰當(資料③)。索道(纜車)的傾斜度足以讓人「連心臟都嘎噔一下」,不管是客車或是搬運木材都是以相同的傾斜度上升或是下降(資料④、資料⑤)。

可是,索道(纜車)的恐怖並不只在空中移動的時候。最讓人感到害怕的不如說是到站前的一瞬間。在作品中,並沒有遺漏這一瞬間的描述。

> 像靠近終站了,聽到抽拉鋼索的馬達聲,但是客車在大斜坡扣住傾斜著

---

[9] 林清池著,《太平山開發史》(宜蘭:浮崙小築文化公司,1996 年 5 月初版,2006 年 6 月初版二刷)。

[10] 其他的描述中有段:「屏氣凝神,是為了不掉下去而使力地緊抓著釘嵌進天花板中的鐵棒。」

吊著連人都會被倒出車外的感覺。…那瞬間，搖擺的車廂因遇到大斜坡而鬆垂的鋼索在成直角的地點攀登不上而剎車。升也不能，降也不能。……正巧客車又起動了，「嘎噔」一聲，好像到了第一階段的山站……。

索道（纜車）的機械原理是利用下降時的重力，來換取上升所需要的動力（資料⑥）。因此車廂的底部裝設著水罐，客車要下降的時候就將水注入水罐。[11]要上升時就利用送下去的木材重量。下降時的速度是用制動機來加以控制。因為這樣的構造，到站前都會維持一時停在空中的狀態。

另外，搬運木材則是使用在之後名為「水煙」的蒸汽集材機（照片⑮）來進行搬運作業。

於是文中描述阿秀抵擋著「令人渾身顫抖的恐怖」，總算來到了索道（纜車）客車的車站。可是，正如其他乘客的說明「已是第二站了，尤其下一個站的索道（纜車）是最長的」，還要轉搭索道（纜車）兩次，機動車三次不可。從山麓的平坡上太平山的話，還要轉搭索道客車三次，機動車四次（資料⑦、資料⑧）。

機動車軌道的遺跡到現在還留在太平林道一個叫見晴的地方（照片⑯、照片⑰）。就算是從當時的照片來看，可以知道那絕不是搭起來很舒服的交通工具（資料⑨）。不管怎麼說，轉搭數次危險的交通工具所到達的地方，就是阿秀所追求的展開全新生活的地方。而且還是在雲之中，可以說是一個與山下隔離的完全不一樣的世界。

（三）〈雲之中〉的生活舞臺

作品〈雲之中〉的主題是由描述女主角阿秀前半生所遭遇到的辛酸血淚，與從絕望深淵中重生的姿態所構成。阿秀在羅東與丈夫死別後，再

---

[11]據說在客車下降時需要注入 600 公斤的水。客車本身的重量 600 公斤加上滿乘人數十人份的重量共 1200 公斤，再加上水的重量。所以等同於 1800 公斤的重物自山坡上滑落。參照《太平山古今往來——林業歷史》（臺北：行政院農委會林務局編集發行，2006 年 12 月 30 日）

婚，並以現在的丈夫調職到太平山爲契機，追在隻身前往太平山工作的丈
夫之後，下定決心上太平山。阿秀的願望就是遠離城鎮的喧擾與煩雜，爲
了保護新的家人與生活而平凡地活下去：

在山上比較好。彷彿在城鎮時的煩擾都消失了一樣的感覺。

一想及離開城鎮的繁華，可以享受屬於夫妻自己的生活，這樣就心喜雀
躍不已。

阿秀在內心祈禱。希望夫婦倆一生都留在此地不下山。山下雖然有龍宮
的繁華，卻也有佯裝成美女的魔女。

或許生活得較樸素一點也說不定。因此，希望在這雲中生活……但上了
山巔以後，就憧憬過著樸素的生活以及在雲中的新鮮空氣……

在原作中有一幕是在山頂採伐場，「聽到在雲中的世界與遙遠的太平洋
上戰鬥的軍艦有密切連帶關係，不無覺得偉大感動」可是這只是僞裝主題
的一種手法。

在作品〈雲之中〉中，作者想表達的是在羅東城鎮遭遇到人生辛酸血
淚的女主角，將自己人生賭注在深山雲中的生活，重新出發的姿態。

從羅東到太平山，必須要經過羅東森林鐵道才可以到達山麓，然後必
須再轉三次索道客車和四次機動車，才到得了目的地。這段進入深山中的
路程，就像是把在城鎮沾染上的污垢抖去，將心靈回歸純粹無垢的淨化過
程。而在與山下隔離的雲中，就是女主角阿秀下定決心，奮力展開新人生
的舞臺。

三、封閉的作品舞臺

這兩座太平山，　邊標高千餘公尺，另一邊則是標高約兩千公尺的險峻高山。要到山上的村莊，只能說就像是行走在雲霧之中。該處時常為霧雲所覆蓋，可以說是個與山下隔絕的、封閉的世界。

本論文是探討以不同地域為舞臺的張文環作品，主要以〈地方生活〉與〈雲之中〉等作品為對象，來論析作者所描繪的封閉世界。

在〈地方生活〉中，位於比山中村落更加深山處的寒村，亦即可能是龍眼的 R 部落。在那裡，臺灣人應有的東方美德得以保存下來，作者將其美德與該地人們樸實的生活態度栩栩如生地描寫出來。

另一方面，雖說是受情報課委託所寫的作品，但完全無法使人戰意高昂的作品〈雲之中〉中，是以女主角阿秀的重生與再出發為主題。以遠離城鎮的山間雲霧之中為舞臺，阿秀開始她嶄新的人生。

就算是巧合吧，以上的地名都與太平有所關聯，但每個地點都是與平地隔離的深山之中，都不是其他人所能輕易接近的地方。

張文環在這深山中的封閉世界裡，追本溯源，凝視自己身為臺灣人的民族意識，並重新審視近代社會失去的傳統道德觀，探究臺灣人民族意識的精神面。另外，也為弱勢人們的重生，提供了這個深山中的舞臺。

這樣看來，在張文環作品中所描述的封閉世界，可以說是保存與重生的場所。被保存下來的是作為臺灣人的自我認同，而重生的是那些身處失意深淵中之人，他們的人生。加上場景設定為深山之中的部分來看，不僅可以表現出當時臺灣人身陷絕境的現況，就算身陷絕境也能維持著深山中的原始風貌，並未加以破壞，從這可以看出臺灣人的矜持所在。無論如何，這樣空間上深處之中尚有一層深處，加上霧與雲將該場所封閉起來的描述手法，有如表現出張文環對現實社會所保持的距離感，讓人感受到這位作家在精神面上的複雜性格。

——選自《東洋大學中國哲學文學科紀要》第 16 期，2008 年 3 月

附錄

地圖①

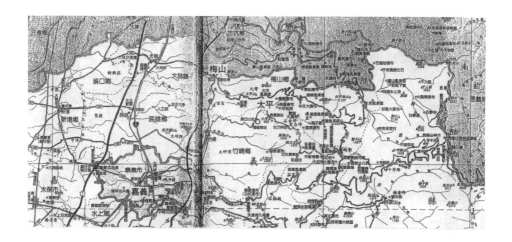

地圖②

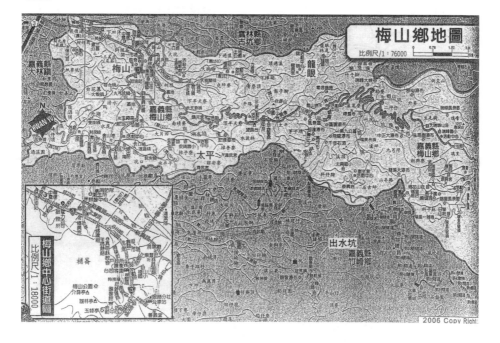

地圖③

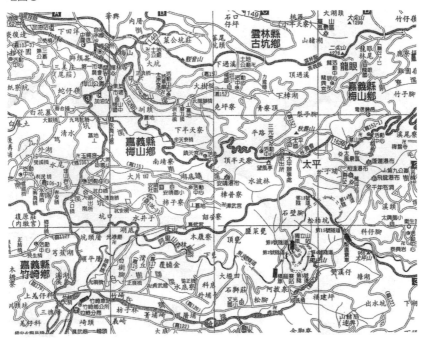

地圖④

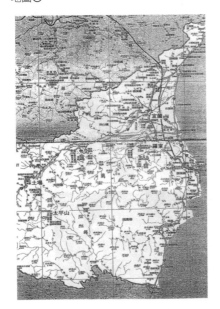

地圖⑤

資料①

資料②

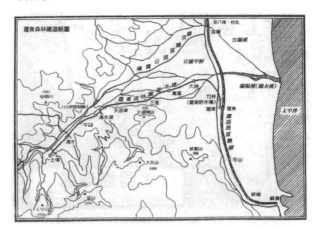

資料③

資料④

資料⑤

資料⑥

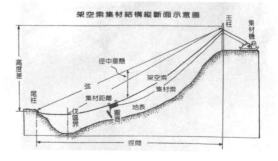

資料⑦

資料⑧

一、軌道設備

線　名	起訖站	距　離	最大坡度	橋樑數	隧道數	機關車台數
仁澤線	土場－仁澤	4.53 km	3.00%	63	2	3台
蘭台線	中間－蘭台	3.92 km	2.00%	62	1	3台
白糸線	白嶺－白糸	3.20 km	2.50%	16	0	3台
太平山線	上平－太平山	1.60 km	2.50%	14	0	4台

二、索道設備

索道名稱	起訖站	斜距	平距	仰角	高低差	建造年代
仁澤	仁澤－中間	950公尺	845公尺	22.0度	356公尺	1935年
白嶺	蘭台－白嶺	1,107公尺	988公尺	25.0度	468公尺	1935年
白糸	白嶺－上平	946公尺	837公尺	26.5度	424公尺	1935年

資料⑨

照片①

照片②

照片③

照片④

照片⑤

照片⑥

照片⑦

照片⑧

照片⑨

照片⑩

照片⑪

照片⑫

照片⑬

照片⑭

照片⑮

照片⑯

照片⑰

跨不過語言的一代
國府時期張文環的後殖民鄉土書寫

◎王萬睿*

一、前言

　　本文主要以後殖民研究做爲理論方法，重新反省張文環戰後的小說書寫及其文化論述。首先，儘管張文環被列爲「跨不過語言的一代」，我們該如何定位他在戰後 1950 年代，以不成熟的中文，書寫篇幅不長、爲數不多的文化論述？其次，如何從後殖民文學的視角，檢視他於 1970 年代重新創作的日文小說？本文主張，張文環的戰後文化論述，不僅承繼戰前殖民地時期的本土文化觀點，並於其生前最後兩部小說中具體實踐，以批判殖民主義話語的姿態，體現鄉土書寫的主體意識。本文將於結論中評估張文環作爲一個後殖民作家的發言位置，及重新思考他在臺灣文學史上的定位。

　　考察戰後張文環的文學創作，須先將他定位爲「跨不過語言的一代」。據余昭玟的研究指出，「跨越語言的一代」一詞於 1967 年首先由詩人林亨泰提出，當時主要所指涉的是戰前接受日文教育、以日文創作，而戰後必須改爲以中文創作的詩人。除了詩人之外，這個定義後來也指涉具有類似背景的小說家或散文家。但張文環並非屬於「跨越語言的一代」，因爲1972 年復出文壇的《地に這うもの》（滾地郎）[1]仍是一本以日文書寫的長篇小說，戰後張文環中文的創作量實不足以和日文創作比擬，故不在此列。

---

*發表文章時爲成功大學臺灣文學所碩士，現爲英國艾克斯特大學（University of Exeter）電影學博士候選人。
[1]日文版書名爲《地に這うもの》，又有《在地上爬的人》、《爬在地上的人》等譯名。本文傾向採用《滾地郎》。

[2]的確，相較於在日治時期艱辛地從事文學十餘年（1932 年～1945 年），張文環在日治時代的日文小說不論質或量都受到高度肯定。雖然戰後國府強力貫徹國語政策，並嚴格審查日文相關出版品，但對於母語非中文的日語世代作家而言，能夠熟練運用中文進行創作並不容易，也因此，張文環和呂赫若、龍瑛宗、楊雲萍、楊逵等人都不在余昭玟「跨越語言的一代」小說家的討論範圍之列。

　　然而，不能以中文進行創作，並不一定代表張文環的文學精神或承繼日治時代的創作能量完全熄滅。直至《滾地郎》於 1975 年在日本出版，乃是相隔近三十年後，張文環再次完成的長篇力作。為何張文環相隔如此之久沒有發表小說作品？根據柳書琴的考察，中文能力無法克服是一大主因，然而在友人黃得時的鼓勵下，以及黃靈芝以日文重新發表作品之際，張文環終於回到以日文書寫的熟悉語境裡，展開長篇小說三部曲的寫作計畫。[3]三部曲的寫作計畫中，《滾地郎》為第一部，《地平線的燈》為第二部，目前草稿已出土，但可惜的是第三部的構想未出，就長辭於世。

　　筆者更要繼續追問的是，即便因為語言障礙無法克服中文書寫的現實困境，迫使張文環不得不中斷其努力不懈的作家之路，但這戰後約莫三十年的時間裡，張文環勢必仍對文學懷抱高度的關心與熱情，才能於晚年投注全副心血，正式出版一部長篇小說和完成一部長篇草稿。從現已出版的《張文環全集》中，可以發現戰後除了兩部長篇小說之外，其實張文環還發表了零星的政論、隨筆、甚至為友人作序。重要的是，其中也包含了以中文書寫的作品，行文裡更提及對文學的熱情。正如葉石濤所言：「哪裡知道，原來他就是一座休火山，一隻不死鳥，在熄火的噴火口底下，創造熊熊的火焰還繼續燃燒呢？」[4]因此，本文試圖要釐清的問題即是，戰後的張

---

[2]余昭玟，《戰後跨語一代小說家及其作品研究》（臺南：成功大學中國文學所博士論文，2001年），頁 2。

[3]柳書琴，〈忠義的自問：從《地平線的燈》論張文環跨時代的省思〉，《臺中縣開發史學術研討會論文集》（臺中：臺中縣文化局，2003 年 12 月），頁 189～191。

[4]葉石濤，〈論張文環的《在地上爬的人》〉，《臺灣鄉土作家論集》（臺北：遠景出版社，1981 年），

文環曾嘗試使用中文寫作，並於晚年再次出版日文小說，他是如何承繼或
轉化日治時代的文學觀點，作為晚年再創另一波寫作高峰的前奏？

二、1950 年代的文學文化觀：承繼與再出發的前奏

　　推測戰後張文環開始以中文書寫的文章，應為戰後擔任臺中州大里庄
庄長、縣參議員（1945 年 7 月～1946 年 3 月）期間，第一篇為關切土地歸
屬與農村問題的政論〈林爽文與大里庄的土地問題〉（1945 年 5 月 21
日）。之後短短兩年內相繼發表〈告本省青年〉（1946 年 4 月 17 日）、〈從
農村看參議會〉（1946.5.21）、〈台拓的土地問題〉（1946 年 8 月 19 日）等
篇章，幾乎都以不成熟的中文或臺灣話作為書寫工具。游勝冠即指出，這
些篇章中，雖時有語意不順之處，但可以見得當時他參與社會重建的熱
情，以及以民族語言重新出發的急切。[5]然隨著 1947 年「二二八事件」爆
發逃入山中避難後，政局變化加劇，他也逐漸失去為政府工作的信心。事
件之後，張文環曾相繼於「臺灣省通治館」和「臺灣省文獻會」擔任文化
編纂的職務，並於 1951 年正式離開公職。[6]

　　回頭檢視 1950 年代的創作，張文環只發表了三篇短文，第一篇是為友
人江燦琳翻譯的《人魚的悲戀》作序（1955 年 12 月 1 日），第二篇是〈談當
前臺語片的問題〉（1957 年 11 月 5 日），第三篇同是為友人林博秋劇本《鳳
儀亭》作序（1958 年 6 月 3 日）。這三篇短文都是以中文書寫，篇幅不長。
除了第二篇文章專門討論臺語片的發展之外，其餘兩篇都是為他人的著作點
綴。相較於日治時期豐沛的文學創作成績，張文環 1950 年代的寫作能量確
實無法和當年的高峰相提並論，但重新細讀這三篇文章中卻不難發現他對文
學創作的熱情未曾削減，以及他對自身文學事業頓挫的感慨。

　　如同 1940 年代〈獨特的存在——今年也要奮鬥〉一文所謂「細小地流

頁 109。
[5]游勝冠，〈戰後臺灣的反殖民文學〉，《臺灣研究史料》第 3 號（1994 年 2 月），頁 96。
[6]柳書琴編，〈張文環生平寫作年表（1909～1978）〉，《張文環全集卷 8・文獻集》，頁 148。

過小石礫之間，雖不能令人滿足，但有水在流是沒錯的」對文學堅定的信仰宣示，1950 年代尚無法以中文創作小說的張文環，仍無改變對文學的初衷。於〈江燦琳翻譯《人魚的悲戀》序〉一文中即承繼著 1940 年代的文學觀：

> 所謂從事文學者猶如馬拉松（Marathon）競賽一般，如果氣息不能繼續，就不容易到目的地。在其人生航路喘息的一個一個的 Epoch，是否能夠表現於文學作品，看其人的努力如何不可。[7]

　　這段文字，除了警惕文學工作者要時時保持相當的毅力，才能創作出偉大的作品之外，更重要的，是對於「時代」（"epoch"）概念的提出。「時代」的英文原意指涉的是一段長時間，或是重要的一段期間，放進張文環的寫作歷程中來解讀，日治時代和國府時代都是他所謂的 epoch。於是，「時代」對張文環來說，可能是文學工作的絆腳石，因為好不容易渡過了日本殖民時代的考驗，戰後卻要繼續身處於另一個殖民體制——國民黨獨裁政權統治下進行創作，可又遭遇到「時代」的另一番考驗。在不能完全成熟使用創作工具之前，唯有加倍努力練習，而對於自身的期許，只能隱諱地揭露於為人作序的字裡行間。對他而言，這全是「時代」帶給文學工作者的考驗：

> 文學之道，若沒有其熱情，也許就沒有成就。不但氣息要繼續，若沒有刻苦耐勞的精神，不能收其美果。因為不踏荊棘之路不得悟道。而悟道便能造成著者的人生觀了。如果讀書能養成批評力，沒有比寫作更需要批評力的。其批評立即由自己批判出發。著述的貴重不是在這裡嗎？[8]

---

[7]張文環著；江燦琳譯，〈《人魚的悲戀》序〉，《張文環全集卷 7・隨筆集（二）》，頁 30。
[8]同上註，頁 32。

　　在充滿祝福的序文裡，其實隱藏了對張文環對自己的警惕與期許。這段引文充分表達了張文環 1950 年代的文學觀點，所謂「其批評立即由自己批判出發」，即是將批判觀點的建構，作爲對文學活動的信仰與執著的動機。此段落出現的「荊棘之路」，正呼應了日治時期〈荊棘之道持續著〉一文中，談及創作初衷和動機時，那因爲不滿於日人對臺灣文化錯誤百出的描寫，於是下定決心奉獻給文學的眞誠表述。然而 1950 年代正是反共文學、戰鬥文藝主宰文壇的年代，冷戰詭譎的政治氛圍加上書寫語言的隔閡，莫不對這些日語世代作家們的文學活動帶來巨大的衝擊。曾和張文環一同參加「大東亞文學會議」的龍瑛宗，也於 1950、1960 年代停筆，據許維育的研究指出，究其原因除了書寫語言的轉換問題之外，另一個原因乃是政治因素。曾有國民黨人士因他過去的名氣和他接觸，希望利用他的名氣創作反共抗俄的文學作品，龍瑛宗由於不想被國民黨政府收編，逐而封筆不寫。[9]因此，對張文環而言，在困頓的殖民「時代」條件下，如果不能在文章中展現表述自身的批判立場，那麼辛苦著書又爲何？爲了臺灣文化？

　　然而，1958 年林博秋重新出發，指導學員演出古裝臺語舞臺劇《貂蟬》，爲張文環帶來莫大的鼓舞。張文環在《貂蟬》的劇本《鳳儀亭》的序文中，除了高度肯定了林博秋劇中演員的表演，同時這個演出也被他視爲「臺灣文藝復興」的前奏：

> 演員們的臉上，有所領會，我也覺得有莫大的希望，自己個人的修養，在乎批判自己，所以自己本身無論如何總得認識自己民族的傳統文化，臺灣的文藝復興，其必要性，亦在於此。[10]

　　林博秋戰後戲劇事業的再出發，之所以能夠鼓舞張文環，其實早奠基

---

[9] 此封筆原因援引自許維育碩士論文，龍瑛宗之子劉文甫所言。許維育，《戰後龍瑛宗及其文學研究》（新竹：清華大學中國文學所碩士論文，1998 年），頁 66。
[10] 張文環，〈《鳳儀亭》序言〉，《張文環全集卷 7・隨筆集（二）》，頁 36。

於日治時期兩人的合作與友誼。據石婉舜的研究指出,林博秋不但是臺灣人第一位劇作家,也是登上日本東京劇壇的首位臺灣劇作家。林博秋於1943 年籌組「厚生演劇研究會」,就已和張文環成為莫逆之交,並於臺北永樂座搬演張文環小說〈閹雞〉,而此劇的演出無論在劇評與票房上都空前的成功。在 1930 年代以中山侑、王景泉、張維賢「第一次新劇運動」的脈絡下,當時甚至創造了所謂反官方意識形態皇民化劇風潮的「青年劇運動」,或所謂「第二次新劇運動」。[11]戰後的臺灣新劇運動與臺語電影的興起有密不可分的關係,也意外成為林博秋與張文環再次合作的契機。根據邱坤良的考察,在 1950 年代中葉以前,新劇仍是臺灣民眾最喜歡的戲劇形式之一。直到 1956 年,當第一部三十五厘米臺語片《薛平貴與王寶釧》的票房壓倒所有中外影片之後,拍攝臺語片的影業公司紛紛成立,吸引了新劇與歌仔戲演員等相關從業人士的參與,並把劇場經驗帶入臺語片,使臺語電影的攝製與新劇的劇場經驗得以交流。[12]而林博秋重新出發的 1950 年代中後期,正是在臺語片興起的風潮下,他也由新劇轉往電影這個新媒體投石問路。據葉龍彥所述,林博秋於 1957 年末籌組玉峰影業公司,並建立湖山片廠。因為訂購自德國的攝影機遲遲未到,遂先籌劃臺語舞臺劇《貂蟬》,此時張文環再次獲邀指導林博秋的演員訓練課程,定期教授文學。此劇於 1958年,鶯歌的湖山片廠落成大典上演出,並於當年十月於臺北永樂戲院(即日治時期的永樂座)公演十天。[13]此劇作為林博秋 1950 年代重新出發的劇作,也可謂其新劇生涯過渡到電影事業的轉捩點,無疑是相當成功。

　　林博秋日治時期以來的戲劇發展,在 1950 年代後半期重新出發,實對張文環的有著相當大的鼓舞作用,於是在張文環序文中出現了「臺灣的文藝復興」的期待。此外,也不能忽略當時正處於反共抗俄的劇運階段,林博秋

---

[11]石婉舜,〈東京劇壇的首位臺灣劇作家——林博秋與新宿「紅磨坊」〉,《臺灣史料研究》(第 18號,2002 年 3 月),頁 2～26;石婉舜,《一九四三年臺灣「厚生演劇研究會」研究》(臺北:臺灣大學戲劇所碩士論文,2002 年),頁 81～84。
[12]邱坤良,《漂浪舞臺:臺灣大眾劇場年代》(臺北:遠流出版社,2008 年),頁 146。
[13]葉龍彥,《青春夢露:正宗臺語電影興衰錄》(臺北:博揚出版社,1999 年 9 月),頁 109。

乾脆揮別新劇，轉而以臺語電影爲其媒介，作爲再次復興本土文化的策略。因此，張文環不但對林博秋此舉大表期待，針對演員的表演方式上，他特別強調深化臺灣文化的內涵。《貂蟬》與當時中國劇運不同之處，在於以臺語爲主，以本土語言做爲歷史共同記憶的工具。除此之外，還注重演員個人倫理與批判性的訓練，由此產生的戲劇形式將落實於臺灣文化復興運動。對於尚無法已成熟中文進行創作的張文環而言，此序文可說是間接呼應了對臺灣文化建設的使命。於〈談當前臺語片的問題〉一文中也有類似的論述：

> 製片者應該考慮到臺灣在世界文化界所佔的位置和所負的使命，由此我們可以知道我們臺灣應該持有那種道德觀，於此，我們須知觀眾所要求的東西，同時也會之道必須提高臺灣文化水準和社會道德。[14]

在 1950 年代的「反共抗俄」風潮下，張文環的臺灣文化論述則具備世界觀的視野，他爲文呼籲製片不應只製作迎合大眾的通俗電影，更希望他們所拍攝的電影，能夠有效提升臺灣的文化水準，並蘊含臺灣在地的倫理價值。很顯然的，綜觀上述三篇文章的脈絡，其實呼應了張文環自日治時代以來所未完成的計畫——臺灣文化的建構工作。綜上所述，張文環戰後的文學與文化觀點，在戰後極權統治的政治氛圍下，即使篇幅不多，卻可視爲 1970 年代重啓日文小說創作之前，無法忽略的臺灣文化論述，亦或是1970 年代小說創作的前奏。

三、長篇小說去殖民的批判實踐

經過 1950、1960 年代的沉潛，推測張文環重新提筆創作小說的日期，根據柳書琴的研究，應可溯及 1970 年 6 月。當年川端康成、岩古大四等

---

[14]張文環，〈談當前臺語片問題〉，《張文環全集卷 7・隨筆集（二）》，頁 33。

十餘位日本作家應中華民國筆會邀請來臺參加亞洲作家會議，會後日本作家一行到日月潭旅遊。經由黃得時的引介，當時於日月潭大飯店擔任總經理一職的張文環，和當年在「大東亞文學者大會」認識的岩谷等舊識相談甚歡。經黃得時追述，經過這次的會面，使得張文環重新思考創作的可能，於是積極構思小說的計畫，並決定以日文書寫戰前、戰中、戰後三個不同時代故事的三部曲。[15]這三部曲儘管最後只完成了前兩部，也只有第一部《滾地郎》順利的出版，但這代表張文環的文學創作生命在戰後真正延續下來。

　　實際上，張文環於 1975 年由東京現代文化社出版的長篇小說《滾地郎》，仍使用前殖民者的語言書寫，以日治時期農村背景來發展故事，並選擇於日本東京出版，不能不說是一個具有濃厚後殖民省思的文本。[16]同樣的《地平線的燈》雖然只是草稿，並未出版，但延續前一部作品的敘事脈絡，《地平線的燈》以戰爭末期到戰後初期的臺灣農村和城市變化軸線為主，延長了前一部作品的歷史縱深。值得注意的是，兩部作品有強烈的重寫臺灣戰前至戰後殖民地歷史的企圖。因此，承上所述，下面不僅將這兩部作品視為具有後殖民文學屬性的作品，並將具體討論兩篇長篇小說去殖民的批判實踐。

　　什麼是後殖民文化與去殖民化呢？在討論張文環的小說之前，有必要先釐清後殖民文學的內容。澳洲後殖民英語文學學者，也是《後殖民研究讀本》（*The Post-Colonial Studies Reader*）編者之一的 Helen Tiffin 有如下的定義：

　　　後殖民文化無法避免其混雜（hybridised），這涉及了包括對歐洲本體論、
　　　認識論、以及創造和在創造獨立本土身份的想望等，這三者之間的辯證

---

[15]柳書琴，〈忠義的自問：從《地平線的燈》論張文環跨時代的省思〉（臺中縣開發史學術研討會論文，2002 年），頁 188。
[16]盧建榮，〈日帝在小梅村：張文環的故鄉寄情〉，《臺灣後殖民國族認同 1950～2000》（臺北：麥田出版社，2003 年 8 月），頁 105。

關係。去殖民化(decolonisation)只是一個過程，不是終點。它召喚一種持續的辯證法，顛覆霸權中心體制和外圍體制，顛覆歐洲或英國話語，以及對這些殖民話語處以後殖民式的消解。因此，重讀和重寫歐洲的歷史與虛構紀錄，就成為至關重要且不可逃避的責任。[17]

　　西方後殖民文學主要對抗的是歐洲中心主義所形成的霸權話語，而臺灣的後殖民文學所要批判的則是日本殖民話語，進而重寫殖民地歷史，以去殖民的觀點揭露殖民主義企圖掩蓋的支配意識形態。放在臺灣後殖民文學的脈絡下，研究殖民地臺灣與認同政治形構的學者 Leo Ching（荊子馨）更提醒我們，「當前的任務不是去崇拜我們（殖民地臺灣）與他們（日本殖民者）的差異，並將他們的他者性放在封閉的歷史過去當中，而是要立即去追索存在於殖民主義與其遺緒（legacy）之間的結構連續與斷裂、認同與差異。」[18]換句話說，後殖民文學的研究策略，不在於劃定疆界，不在於區分主客，而是質疑疆界如何被劃定，主客如何被區分，認同如何被召喚。張文環於 1940 年代就開始進行了歷史小說的書寫，他以故鄉的農村為背景，農民為主要書寫對象，皇民化初期一系列的作品包括〈論語と雞〉（論語與雞）、〈閹雞〉、〈夜猿〉（夜猴子）等，敘事軸線回到 1920、1930 年代殖民地臺灣的鄉土印象，避免碰觸任何與戰爭相關的主題。在大東亞戰爭後期，也書寫了奉公協力氛圍的小說譬如〈土の匂い〉（土地的香味）、〈雲の中〉（在雲中），仍以鄉土做為主角物質與心靈的最後歸宿。總歸上述於皇民化、大東亞戰爭時期的小說，張文環以懷舊的筆觸描述過往農村社會的生活樣貌，即便小說敘事中免不了出現呼應戰爭協力政策的情節，但最後結局大多投向土地的懷抱。不過，在殖民地臺灣的政治條件下，加上身背皇民奉公會的職務，張文環是很難有機會在當時的創作中正面批判改姓名、

[17]Helen Tiffin, 'Post-colonial Literatures and Counter-discourse,' in *The Post-colonial Studies Reader*, edited by Bill Ashcroft, Gareth Griffiths and Helen Tiffin, (London: Routledge, 2006), p.99.
[18]Leo T. S. Ching, *Becoming "Japanese": Colonial Taiwan and the Politics of Identity Formation*, Berkeley, Los Angeles and London: University of California Press, 2001, p.11.

徵兵等皇民化政策。

　　然而，從戰後《滾地郎》與《地平線的燈》兩部小說來看，非常明顯的，張文環不但企圖重寫戰爭期的殖民地歷史，更體現了他在戰後不斷強調身為作家應該具有的批判性立場。針對《滾地郎》的書寫，葉石濤曾指出，這本張文環於 1970 年代出版的長篇小說，主要是由鄉土色彩與風俗習慣所構成，不僅沒有異國情調，而且是以倫理的、全體性的立場去掌握臺灣民眾特殊的生活方式。於是，小說中在殖民地臺灣現身的日本人角色，永遠被視為異族或陌生人，在張文環的歷史書寫中只是稍縱即逝的旅人或過客。第二，他不但孜孜不倦地仔細描寫漢民族故有的生活，以及寫實中依次浮現出來的頑強民族意識，更正面揭穿皇民化運動的虛偽性及「一視同仁」的謊言。[19]葉石濤的觀點揭示了張文環以差異書寫來區分「我族」與「異族」之間的民族立場，並將張文環的鄉土意識等同於民族意識。然而，葉石濤對於所謂的「民族意識」並未清楚界定，但從上下文脈絡來看，「民族意識」呼應了張文環在去殖民化的主體位置，也就是本土主義的立場。

　　論者陳建忠則提出「鄉土即救贖」的概念來重新框架張文環的小說，他指出「應該放在經歷日本殖民與國府白色恐怖的小說家生命歷程來觀察，才能說明小說家中其一生始終在演繹鄉土義涵的深意。」[20]這個論點提示在閱讀或論述張文環小說的過程中，必須回到作家與時代的背景中來理解鄉土的意涵，或甚至是陳建忠所謂的「烏托邦寓意」。然而，除非將張文環的戰後作品《滾地郎》視為後殖民文學，才能夠理解小說中將殖民主義問題化，將鄉土視為救贖的去殖民書寫。換句話說，無論是將鄉土做為本

---

[19]葉石濤，〈論張文環的《在地上爬的人》〉，《臺灣鄉土作家論集》（臺北：遠景出版社，1981 年），頁 112。

[20]陳建忠，〈一個殖民地作家的自畫像——論張文環小說中的「成長」主題〉，《日劇時期臺灣作家論：現代性、本土性、殖民性》（臺北：五南出版社，2004 年 8 月），頁 164。又，「鄉土為救贖」的概念也可參考陳建忠另一論文〈鄉土即救贖：沈從文與張文環小說中的烏托邦寓意〉，《文學臺灣》第 43～44 期（2002 年）。

土主義的起源，或是將鄉土視為去殖民的意涵，這對於詮釋張文環戰後的兩部小說的書寫策略，也就是釐清張文環批判與再現殖民歷史的立場，有很大的啟發性。

張文環去殖民的書寫策略有兩個主要特徵：第一，直接批判殖民地皇民化政策，如改姓名與徵兵制；第二，在無法迴避的殖民歷史陰影下，以回歸鄉土做為小說主角生命安置的最終依歸。在《滾地郎》的故事梗概中，主角陳啟敏，被梅仔坑庄的陳久旺夫婦收養後，在皇民化時期，隨著陳家一家人都改了姓名，「啟敏」被改為「千田真喜男」。因為公學校沒畢業，他遂成為撿拾柴薪的勞動者。小說中的陳久旺屬於投機主義者，因為善於諂媚日人而發達。相反的，啟敏則娶了養女秀英為妻，共同扶養一女阿蘭，一家三口生活艱辛卻幸福的在山中從事農耕生活。到了戰爭末期，長大後的阿蘭嫁給了林桂樹，桂樹隨後被徵召投入太平洋戰爭，最後不幸戰死。啟敏此時體悟到自己努力維持的家園與理想又逐漸地崩解，遂而昏死過去。而《地平線的燈》的敘事時間則跨越戰爭前後，主角廖永信於1943 年出任中部故鄉的庄長以來，一方面在殖民末期的最後兩年用心奔走後方勤務，二方面在臺灣戰後重建的初期，繼續負責各種治安維持和復員工作，但在遭受投機政客惡意攻擊後，遂失意辭職北上發展。然而戰後臺北瀰漫著商業投機的氛圍，加上意外發展出與女性友人的曖昧情愫，永信終於體認到臺北生活的墮落與迷失，決定與妻子返回臺中老家定居。

在《滾地郎》的敘事軸線上，主角與妻子兩人的角色設定，可以被視為雙重壓迫下的「被殖民」對象。在日本殖民者（皇民化政策執行者）與臺灣協力者（陳久旺）的共謀之下，陳啟敏與妻子秀英則是從頭到尾都拒絕接受皇民化的農民，他們只祈求平安無事的簡單生活，儘管這對殖民地臺灣的人民來說始終是個奢侈的夢想。而這本小說的去殖民策略，首要集中於批判「改姓名」的政策，以及殖民地混語使用下的身分認同：

　　然而，作為養子的啟敏，卻對被改成日本人的名字感到憂鬱。第一，他

不懂日語，或許因為是保正的養子，才得到了和日本人一樣的名字，但
是對啟敏來說，自己並不是日本人，現在又不是臺灣人了。事實卻是他
以第一個改姓名的例子而傳遍全街。現在人人都知道了。即使啟敏在田
園工作，採薪的孩子們都叫他「ㄐㄧ—ㄅㄚ」千田的千是「君が代」裡
千代的「千（ㄐㄧ）」。啟敏被叫「ㄐㄧ—ㄅㄚ」時覺得抓不著頭緒，而
被叫「ㄒㄧㄢㄅㄚ」卻會緊張而討厭。有時候會無意中回應一聲「ハイ
（是）！」但是後面要講的日語就講不出來。當訓導的弟弟，真無聊找
來了麻煩，自己改姓名就好了，何必要雞婆呢？[21]

　　啟敏日文名千田的「千」字，日語可發為せん和ぎ兩個念法，孩童故
意混淆其念法，反而讓不黯日語的啟敏，面對不屬於自己的不同名字念法，
覺得無所適從。明白的說，無論日文的念法為何，「千田」似乎再也不是原
來的「啟敏」了。張文環這段文字的呈現，正好突顯臺灣人面對殖民者語
言「日語」不夠純熟的使用，無論是對「千代」正確或錯誤的念法，都已
經將殖民地臺灣人與日本人之間劃出了差異的界線，當然，對於被迫改成
日本名的主角啟敏來說，更陷入了身份認同的錯亂與危機之中。

　　皇民化運動下改姓名政策的政治動機，可以自 1940 年 2 月 11 日森
剛總務長對此發表談話裡窺其宗旨：「為了讓本島人與內地人無所差異，有
必要在實質上體認皇道精神，對事物的看法上也必須與內地人相同。在形
式上來說，從語言開始到姓名、風俗、習慣等等外在形式也能與內地人無
所差異的話，那是最理想的事。即是，不論在精神上、形式上都與內地人
絲毫沒兩樣之後，使能稱為完全日本化。」[22]正是因為殖民地臺灣日語使用
的不純熟的普遍現象，儘管啟敏被動的改為日本名「千田」，但其名模擬兩
可的日語讀音，卻讓自己不但對「日本人」的身分認同產生焦慮，也喪失

---

[21]本段譯文參考了兩處翻譯，分別是：張文環〈爬在地上的人〉，陳千武譯，《張文環全集卷 5・小
　　說集（五）》，頁 5～6。廖清秀譯，《滾地郎》（臺北：鴻儒堂出版社，1976 年 12 月），頁 254。
[22]黃昭堂，《臺灣總督府》（臺北：前衛出版社，2002 年 5 月），頁 172。

自己原來的「臺灣人」身分。更重要的，讓自己焦慮地意識到自己與日本姓名格格不入的差異之處，乃是在於自己並無法有足夠的日語詞彙與人交談，無法自然地「變成」日本人。以上所分析的認同危機，正是張文環透過殖民地臺灣人民對日語含混的學舌／翻譯（mimicry）的情節，進一步實踐對皇民化改姓名政策——「同化」[23]的虛妄性所採取的批判立場。正如李郁蕙在她針對臺灣日語文學的研究中曾指出，翻譯裝置往往代辯、表象了日語至高無上的特權性，可是就當該裝置發揮作用的同時，日語既存的規範性也將逐步面臨瓦解的危險，而作家們自小使用的殖民地語言便經由和日語的相對差異漸次構築自我形象。[24]所以無論「千田」的「千」如何被發音，透過國家機器意識形態的壓迫，被呼喚的客體啓敏，在他充滿困惑的當下其實已經翻轉成認知的主體，除了挑戰殖民政策的虛妄性，也是張文環去殖民化的書寫實踐。

此外，針對戰爭時期「徵兵制」的批判，在另一部小說《地平線的燈》所勾勒的大東亞戰爭的氛圍之下，透過主角永信的旁觀視角，再次揭露殖民者「一視同仁」的欺瞞性。小說中安排永信在講臺上鼓舞軍民士氣，但他眼光卻注視著陪伴出征兒子的雙親心中所隱藏的不安：

> 右翼團體聲嘶力竭的主張，日本人和臺灣人的差別待遇，如果不為國家流血犧牲就無法消除。日本政府似乎也容忍而接納了他們的主張。對這種「畫餅充飢」的說法，臺灣人卻不能保持緘默。遺憾！永信胸中感受到委身於潮流，無由自主、但聽天由命的悲哀。所謂團結應該是「利害與共」方有可能啊！亞細亞全體卻有著「裂縫」存在。永信努力用心的

---

[23] 根據陳培豐的定義，日本殖民下的臺灣「同化」政策與歐美慣用的 Assimilation 的內涵有很大的差異，他並指出臺灣「同化」政策的特異性，包含教育機會的均等主義、以初等教育爲中心的「同化」方針、以及以國語教育作爲「同化」政策的主要手段等等，更重要的，「同化」政策與日本國體論之間有密不可分的關係。參照陳培豐，〈重新解析殖民地臺灣的國語「同化」教育政策——以日本的近代思想史爲坐標〉，《臺灣史研究》第 7 卷第 2 期（2000 年 12 月），頁 6～9。
[24] 李郁蕙，《日本語文學與臺灣——去邊緣化的軌跡》（臺北：前衛出版社，2002 年 7 月），頁 204。

在講些「激勵的言辭」，內心卻空洞一片。[25]

　　張文環在這段對永信的心理描寫中，有強烈的現實針對性。永信做為
戰爭時期的庄長，勢必要擔負起協力戰爭的要角，但以上的文字卻揭露他
對協力工作的焦慮。日本帝國的意識形態中，軍人從來是站在國防第一線
而充滿榮譽感，而且只有日本本國臣民才有資格成為軍人。殖民地統治當
局屢次公開指出，「由於臺灣人沒有兵役上的負擔，所以應在別的地方多所
貢獻」。[26]但隨著戰局的變化，1941 年 4 月 1 日開始實施志願兵制度，
1945 年初實施徵兵制。殖民當局開始以「一視同仁」的口徑，宣稱殖民地
臺灣人民日益顯著的皇民化成效，進而要求臺灣人民為了戰爭的前提來支
持總督府各式協力工作。換句話說，總督府以在臺灣落實軍事動員和殖民
地兵員徵發，宣傳為殖民母國所賜與殖民地的無上恩惠。[27]由於張文環本身
也在戰爭期擔任過政治宣傳的協力工作，因此在這部後殖民小說中，藉由
永信的角色設定，不但揭露徵兵制的現實政治動機，也否定島內右翼團體
呼應總督府虛妄的「一視同仁」的宣傳。從志願兵到全面徵兵的政策的重
大轉變，說穿了是因為太平洋戰爭的吃緊，而被迫動員更多的殖民地人力
和物力來支持戰爭所大量消耗的後方資源，絕非落實母國與殖民地之間的
平等原則。此外，永信所質疑的「亞細亞全體的『裂縫』存在」，乃間接批
判了日本帝國所宣稱的「大東亞共榮圈」的神話敘事。所謂的「裂縫」，指
涉的是日本帝國與殖民地之間的具有剝削性、不平等的權力緊張關係，其
實是殖民主義最大的問題性根源。永信正因為意識到「裂縫」的存在，才
會對他所負責的協力工作感到焦慮與沮喪。不容懷疑的，上述張文環對日
本殖民主義「同化」政策的批判與反省，也是後殖民文學去殖民化過程
中，實踐消解殖民話語的書寫位置。

[25]張文環，〈地平線的燈〉，《張文環全集卷 3・小說集（三）》，頁 254。
[26]黃昭堂，《臺灣總督府》，頁 184。
[27]鄭麗玲，《戰時體制下的臺灣社會（1937～1945）：治安、社會教化、軍事動員》（新竹：清華大
　　學歷史所碩論，1994 年 6 月），頁 103。

　　從以上兩段文字可以看出，戰後這兩部小說對於皇民化立場的質疑，相較於張文環日治時代的小說，呈現了更為直接的批判力道。在張文環所描述的臺灣人協力與奉公的殖民地脈絡下，如何理解殖民暴力的話語，不僅僅是閱讀小說人物表面形式上的抗拒姿態，而是要回到小說的歷史語境中，重新反思殖民話語的虛妄性。因此，接下來要繼續討論的是，為何兩部小說的主角不約而同對現實社會感到失望之際，紛紛都興起了回歸鄉土做為救贖的想望？在《滾地郎》中，陸續歷經了改姓名和分家產的考驗後，最為勞動者的農夫啟敏，儘管繼續面對無可抵擋的徵兵風潮，但他認為只要擁有家庭和土地，就多了點生存的自信：

> 赤腳階級的農夫持有這麼多的名字，可以說啟敏是命中注定吧？此外沒有理由可講。有時候啟敏也這麼想。在本家受到虐待，卻也看清楚了所謂紳士或君子的真面目。也因此啟敏才只依靠土地，心無旁騖的工作，這才是開拓人生的唯一道路。[28]

　　儘管啟敏和秀英最後雙雙脫離封建家庭養子和童養媳的「舊習」制度的束縛，皇民化時期殖民體制的考驗仍處處壓迫著他們，體現了臺灣無產階級農民的共同命運。在退無可退的歷史情境下，張文環賦予土地生生不息的象徵意涵，讓他的主角透過藉由土地與勞動克服大時代的壓迫，得以建構他小說中的生命哲學。身為農民的啟敏，在指出了改姓名政策的荒謬性，和體會了協力者的投機立場之後，他還是回到農耕生活中尋找安身立命的方法。王育德的評論也針對這點提出詮釋：「皇民化運動對農村而言，指示上頭作個交代，農民感覺『天高皇帝遠』，而似乎依然故守自身的生活意識和生活樣式。」[29]這點出《滾地郎》以農民堅強韌性為主，不僅成功塑

---

[28]張文環〈爬在地上的人〉，頁 273。
[29]王育德著；陳明台譯，〈臺灣版的《大地》——張文環著《爬在地上的人》〉，《張文環全集卷 8・文獻集》，頁 52。

造殖民地臺灣農民生活史的側面，也是建構身分認同的書寫策略。

　　而《地平線的燈》回歸鄉土的文化立場，則也是安排在故事的結尾處。張文環首先鋪陳了當時戰後社會劇烈動盪的變化，譬如書籍報刊的管制，以及風聲鶴唳的政治氛圍，主角永信因此厭倦臺北的生活，而興起了回家種田的打算：

> 　　在戰後的兩年之間，日本的書籍幾乎都沒有流入臺灣。相反的，漢文書籍的數量雖然不多，難得的白話文的書籍卻大量增加。永信把自己的藏書整理後，僅留下必要的研究資料，其餘的就決定全數賣給舊書店。打算自己如果無法再買書的話，就什麼都不再想，什麼都不再讀，回鄉下去種田當農夫。冬日的臺北，每天天氣都陰沉沉的。看見賣枇杷的攤販，永信憶起了去年發生的政治風暴，每天都被毫無意義的事逼得喘不過氣來，實在十分空虛無奈。[30]

　　引文中透過永信的觀點，陳述他想要返鄉務農的心理轉折，也相當具有後殖民小說對重寫歷史的企圖。上述「賣琵琶的攤販」，應該就是影射1947 年 2 月 27 日傍晚，臺北市太平通（今延平北路）一位中年寡婦林江邁於天馬茶房前的私菸攤，而所謂的「去年發生的政治風暴」就是隔天之後蔓延全臺的二二八事件。小說中對「二二八事件」多所保留，足見戰後國民黨的白色恐怖對臺籍文化人所形塑的政治陰影，應如柳書琴所以為，《地平線的燈》於 1970 年代中期，在書寫上仍有許多政治禁忌的考量。[31]

　　然而，在戰後國府對書籍審查的嚴格管制下，不但禁止日文書籍的流通，對於漢文書籍的發行也多所限制，對於出生於日治時代的知識分子永信來說，在缺乏知識刺激的前提下，最後也不意外地和《滾地郎》的養子

---

[30]張文環，〈地平線的燈〉，《張文環全集卷 3・小說集（三）》，頁 333。
[31]柳書琴，〈忠義的自問：從《地平線的燈》論張文環跨時代的省思〉，頁 210。

啓敏一樣，一同走向務農的歸途。針對戰後書籍管制的背景，據何義麟研究指出，二二八事件後的善後工作，臺灣行政長官公署主要落實於強化祖國教育，以及去除日本文化毒素之影響的政策下，對殖民地殘留的日本文化展開取締的強化動作。而 1947～1950 年間，臺灣的言論出版界，基本上完全是大陸來臺人士的天下。然而，他進一步強調，二二八事件後，報紙雜誌是否使用日文，對出版言論自由的影響其實是次要的問題。在武力鎮壓期間，國府統治者對文化界人士的肅清才是真正致命的打擊。[32]上述永信所針對的歷史情境，其實相當程度反映出出生於日治時期的臺灣知識分子，面對國府接管臺灣初期的政策，一種敏銳的回應。如同何義麟所言，對當時臺籍知識分子的最大影響，可能還不只是出版物的管制，而是肅殺的政治氣氛。因此永信才會想要把整理藏書然後全數捐出，並「什麼都不再想，什麼都不再讀」如此極端的念頭。從上下文脈來看，我們可以肯定的說，他所憶起的政治風暴直接影響他返鄉務農的決定。相較於《滾地郎》的農民啓敏深植土地的認同，源自於對殖民政策的不適應；而《地平線的燈》永信的鄉土轉向，其實也來自於對國府時期獨裁政權的深惡痛絕。兩部小說同時都呈現了訴諸鄉土與農民的象徵意義，以小人物爲其敘事觀點，企圖消解殖民主義話語內暗藏的支配邏輯，重新建構與深化本土歷史意識。

四、結論

　　綜上討論，戰後經過長達三十年的小說創作空白期後，張文環延續了自 1930 年代留學東京時期對建構臺灣文化的強烈使命感，在白色恐怖的時代陰影下重新提筆，於晚年以日文寫就《滾地郎》與《地平線的燈》兩部長篇小說，由其是前者，無論在日本文學史或臺灣文學史上，都應該重新定位張文環的書寫位置。

---

[32]何義麟，〈「國語」轉換過程中臺灣人族群特質之政治化〉，《臺灣重層近代化論文集》（臺北：播種者出版社，2000 年 8 月），頁 469～472。

　　儘管在臺灣文學史上作爲一個殖民地臺灣的日語作家，而非跨語的一代，他也曾經焦慮於日語的書寫能力。他曾於 1942 年以日文發表的〈獨特的存在——今年也要奮鬥〉一文中表示：「尤其從事文學的本島人和內地人相比，我想更需要有二倍三倍的心得才行，首先要征服言語的運用，不然就沒有表現的手法可言。」[33]但事實上，張文環終其一生都以日文進行小說創作。在戰後所創作的唯一兩部日文小說中，特別是《滾地郎》得已於日本出版的事實，等於是克服了日治時期的對日文使用上的焦慮。此外，這部小說出版的重要意義，似乎可視爲一部挑戰戰後日本文學史框架的後殖民日語文學作品。

　　其次，關於張文環在臺灣文學史上的定位，一般而言，他被視爲一位重要的日據時期的臺灣日語小說家。然而，戰後兩部分別以日文創作的長篇小說，即是站在批判殖民主義與建構鄉土主體的立場，分別爲臺灣農民與知識分子的立場，書寫屬於他們的庶民史，他也應該被定位爲戰後臺灣後殖民文學敘事典範的先聲之一。作爲一部後殖民小說的意義，張文環的《滾地郎》放棄呈現反抗與協力的二元敘事框架，而是在敘事中質疑或揭露殖民者與被殖民者之間，差異界線的劃定，消解隱藏在日本殖民主義及其遺緒下的支配性話語，並以鄉土書寫延伸本土認同的想像力。

附記

　　本文初稿收錄於成功大學臺灣文學研究所碩士學位論文《殖民統治與差異認同：張文環與鍾理和鄉土主體的承繼》（2005 年)，而本文改寫自其中的一節〈跨不過語言的一代：國府時期的後殖民鄉土書寫〉，並感謝編輯委員的邀稿。

——選自《殖民統治與差異認同：張文環與鍾理和鄉土主體的承繼》
成功大學臺灣文學研究所碩士論文，2005 年

---

[33]張文環，〈獨特的存在——今年也要奮鬥〉，《張文環全集卷 8・文獻集》，頁 43。

「故郷」：記往與想像的敘事學

論張文環文學之梅山地區書寫

◎張文薫*

一、前言

　　張文環，1909 年生於嘉義梅山（舊名梅仔坑，日治時期名小梅），約十三歲時（1921 年）進入小梅公學校，畢業後赴日留學。在經歷岡山、東京兩地的生活後，於 1937 年左右回臺。在梅山短暫停留後，即至臺北謀職並定居於大稻埕，直至 1944 年遷居霧峰。戰後輾轉遷徙終定居臺中，1978年逝去。張文環活躍於 1930～1940 年代日治時期文壇，幾乎所有作品皆爲戰前所創作。戰後唯有以日文寫作之《地に這うもの》（《滾地郎》）[1]問世，其他雖留有手稿多數，但皆未及於其生前修改完成以至出版。

　　故鄉嘉義梅山爲張文環作品之重要舞臺。被公認爲其最佳作品、於戰前即已備受肯定之〈夜猿〉（1942 年）、〈閹雞〉(1942 年)皆以梅山地區人事風景爲題材寫成，「故鄉」或「鄉土」描寫甚至被指認爲張文環文學之重要特色。在張文環以鄉村爲主要場景的小說中，其空間皆呈現高度的同質性；那是一個「到了秋天清晨會結霜，竹枝葺成的屋頂一片白茫茫」，「被屏風般的山所包圍」（〈部落的元老〉）的村落。「來自山上」、「扛著李子」等作物的農夫爲了到庄裡或街上買賣而不絕於途，盛產竹子與相關產物

*臺灣大學臺灣文學研究所助理教授。

[1]《地に這うもの》（東京：現代文化社，1975 年）。另有廖清秀譯，《滾地郎》（臺北：鴻儒堂出版社，1976 年初版，1991 年再版）。爲求行文一致，本稿中引文皆爲筆者根據鴻儒堂於 1975 年於臺北所出版之日文版自行譯出，文責自負，以下皆同。又，因《滾地郎》譯名實未能體現原作之意義，故本稿以日文原作名《地に這うもの》稱之。

（〈部落的慘劇〉、〈夜猿〉、〈地方生活〉）；位於製糖會社鐵道線上、車站卻
遠離村民生活中心（〈閹雞〉、〈山茶花〉），鄰近村庄即是縱貫鐵路車站，甚
至亦能聽聞阿里山火車汽笛聲（〈夜猿〉、〈地方生活〉）的山間與平地的交
界地點。這遍植著合歡木與相思樹的村落，皆可藉由其環境特點而辨識為
故鄉嘉義梅山地區。而另一方面，在以留日知識青年之認同由現代都市文
明、轉為農村傳統文化之回歸為主題的系列小說中，其中代表作〈山茶
花〉、〈地方生活〉[2]，其背景也指向梅山地區之街庄部落[3]。對於以臺灣鄉土
風景人情書寫而聞名之張文環而言，梅山地區之經驗與書寫行為本身具有
特殊意義。日治時期新文學文本中，以鄉村為背景者占有絕大的比率，但
多為映襯農民困境的單一化空間，即使不然也多難以辨識為特定地區，張
文環對於梅山山村空間的執著可見其殊異處。唯必須注意的是，張文環在
作品中明記其舞臺地名為「梅仔坑庄」者，唯有戰後書寫之長篇小說《地
に這うもの》。

　　《地に這うもの》以日文寫成，經日人修改文法語句錯誤後，透過前
臺北帝國大學教授工藤好美之引介，由現代文化社於 1975 年在東京出版。
現代文化社之主要業務並非舊殖民地關係或文學類書籍，而是從事大學教
科書之編製發行的小型出版社。可知臺灣日語作家在以日文書寫的條件限
制之下，直至戰後其書寫與出版流通過程，皆需通過日本帝國統治所帶來
的人脈與知識文化網絡方得確立。《地に這うもの》在出版後獲得同年度日
本圖書館協會推薦優良圖書，被認為是張文環於 1944 年〈雲之中〉後停

---

[2]筆者曾就張文環以留日知識青年為主角的小說群〈落蕾〉、〈父親的要求〉、〈山茶花〉、〈地方生
活〉、〈泥土的香味〉考察其中對於「都市・現代」、「故鄉・傳統」對立觀的形成，與從都市憧憬
到達回歸故鄉的過程。張文薰，《植民地プロレタリア青年の文芸再生》（東京大學人文社會系研
究科博士論文，2005 年）。部分內容散見〈由「現代」觀想「故鄉」——張文環〈山茶花〉做為
文本的可能〉,《臺灣文學研究學報》第 2 號（2006 年）。
[3]柳書琴,〈從部落到都會：進退失據的殖民地青年男女——從〈山茶花〉論張文環故鄉書寫的脈
絡〉,《臺灣文學學報》第 3 期（2002 年）；以及野間信幸,〈張文環と二つの太平山——閉ざされ
た作品舞臺〉,《東洋大學中國哲學文學科紀要》第 16 號（2008 年）中，對張文環之作品舞臺與
實際地點之對應皆有精闢的考察。唯對於 R 部落所在地之見解相異。

筆，歷經數十年困頓後重拾筆墨的「臺灣人三部曲」之一[4]，亦爲其出版創作中僅有的兩篇長篇小說中的一篇。當原本以無名的「部落」出現，或僅以英文字如 RK 庄（〈山茶花〉）、SS 庄（〈閹雞〉）、R 部落（〈夜猿〉）、K 庄（〈地方生活〉）代稱，因而缺乏時空指涉的鄉土，到了戰後被明示爲「梅仔坑庄」之際，就不復爲某一「空間」的泛稱，而與其地之外在環境及內在人文產生具體連結。事實上，「梅仔坑」此一可上溯至乾隆年間即已出現的地名，在 1920 年地方自治改制後，已消失於臺灣地圖與地方自治區域中[5]。然而在《地に這うもの》的內部世界，直到 1940 年代孩童所上的公學校都仍名爲「梅仔坑國民學校」而非「小梅公學校」[6]。《地に這うもの》內部飽含在地人文記憶的「梅仔坑庄」而非帝國命名之「小梅庄」 所指涉的地域，脫離了帝國治理的透明化、秩序化「空間」，而在文本中被賦予了「地方」（“place”）意義。[7]《地に這うもの》中更多見如明治時代、大正 13 年、徵兵制度實施等具體時間刻度的提示，無須自情節考證亦可知小說之時間背景，是由領臺前期（約 1909 年）至第二次世界大戰結束前夕。欲以《地に這うもの》做爲「臺灣人三部曲」之一的作者張文環，在戰後重新提筆出發之際，藉由時空歷史維度的強調，以創出記實性作品的意圖，亦在此顯然可見。

　　然而梅仔坑庄固然爲其不折不扣的出身地，但在 1920 年代末葉留日之後即已逐漸遠離故里，亦不再有重新返鄉定居機會的張文環，其留日而後定居臺北、臺中的都市經驗，必然在從事「故鄉」書寫之際產生決定性的影響——本來「故鄉」的「發現」，對都市的嚮往與居遊經驗爲其必然前提。在現代化的過程中，因求學或就業所致的遷徙——其目的地必然朝向

---

[4]黃得時轉述張文環於 1977 年底說法：「《在地上爬的人》是我的三部作中之第一部，第二部《從山上望見的燈火》正在寫著」。黃得時，〈明潭星墜，文環兄逝矣！〉，《張文環先生追思錄》（臺中：家屬自版，1978 年）。其他親友追思中亦見類似說法多處。

[5]《寫真懷舊：梅仔坑影像誌》（嘉義：嘉義縣梅山鄉公所，2003 年）。

[6]今「梅山國小」前身。

[7]蘇碩斌，《看不見與看得見的臺北》（臺北：左岸文化公司，2005 年）。「空間」與「地方」概念來自著作イーフー・デュアン（段義孚）、山本浩訳著，《空間の経験》（東京：筑摩書房，1993 年）。

都市──的遷移或流徙行爲，引導出對於安居的憧憬，以及對於原生環境
──「故鄉」的回顧省思。而當省思因外在、內在需求化爲文字，「故鄉」
書寫便成爲現代化浪潮中、個人企求自我定位過程的凝縮顯影。而「故
鄉」書寫的本質，必須包含「空間性的移動」、與以移動之目的地爲起點而
開始敘述行爲的「時間的事後性」之雙重層面[8]。亦即是說，發現進而書寫
「故鄉」的前提正是已居於另一位置、場域的相對化條件：「事過境遷」。
況且存在於《地に這うもの》文本內外的時間跨度，是從日治到戰後約三
十年間，以及統治政權、族群屬性轉換的時代裂變。

在時間與空間皆已大幅位移的「事過境遷」條件下，爲歷史意識驅使
所進行的梅仔坑庄書寫，勢必與歷史書寫所要求的真實‧史實性之間產生
摺縫及罅隙。究明此一罅隙的存在與成因、解析做爲長篇小說、甚至歷史
小說三部曲之一的《地に這うもの》之構造，用以釐清張文環「故鄉」書
寫的特色與意義，並兼論其於殖民與後殖民語境的臺灣文學史之象徵意
涵，將是本稿重心所在。

二、《地に這うもの》：拼貼與補填的歷史性敘事

（一）「梅仔坑庄史」：1909～1945

歷來對於《地に這うもの》的研究，多以其中的主角陳啓敏爲養子之
設定，以及相關人士轉述張文環「做爲『臺灣人三部曲』」之一的說法，與
張文環在戰後的重要發言「臺灣人背負著陰影，而且是滑稽的活著，然後
死去。」[9]之說爲基點，將其定位爲是一部敘述日治時期臺灣人在日本帝國
之殖民地統治下，掙扎求生的民族歷史書寫。但若依據 1940 年代以學術勢
力支持張文環文藝活動的工藤好美所言，其在「距今四十幾年前」即已閱
讀過《地に這うもの》之原稿。[10]並給予「這正是出自本地人之手，能夠完

---

[8] 成田龍一，《「故鄉」という物語──都市空間の歷史学》（東京：吉川弘文館，1998 年），頁 12。
[9] 池田敏雄，〈張文環兄とその周辺のこと〉，《張文環先生追思錄》（臺中：家屬自版，1978 年）。
[10] 以《地に這うもの》出版的 1975 年回溯張文環回臺與工藤好美在臺時間，「四十幾年前」應不太
可能。

整呈現真實臺灣的，真正的臺灣的文學。其價值已超越臺灣的單一地域。自然貼近於農民的生活，也正因此能夠跨越政治與其他的人為界線，與全世界具有共通性」的高度評價[11]。而 1943 年 4 月之《臺灣文學》誌上卻亦曾刊登張文環將於東京道統社出版《地に這うもの》的文藝消息。雖不知工藤好美所見之原稿、以及後來並未見出版的道統社版本，與戰後《地に這うもの》之間的重疊度多寡，但可推知張文環戰前即有描寫「雖然地位低下而貧困，但具備質樸、堅毅性格的，牢牢抓住土地而生的人們」之長篇小說書寫計畫[12]，其內容足以跨越政治民族界線，而具涵蓋全世界之普遍性；自其篇名使用「もの」而非具單一限定性的「臺灣人」，亦可窺知《地に這うもの》做為「臺灣人三部曲」之歷史性意圖，是在書寫於戰後的內容中予以特意強化。

　　《地に這うもの》在起始處即已明確交代時間空間：昭和 13 年（1938）總督府發表改姓名制度（此時代有誤，容後敘），梅仔坑庄的陳啓敏在不知情之下，跟隨其養家一同改名為千田真喜男。其後對於梅仔坑庄之地理位置、交通狀況、面積人口數、建築樣式、機關與商店之歷史推移、甚至飲食風俗產業的開張等，是以地方志式的資料展開進行描述。而在這並非採情節時間順序而展開小說結構的作品中，多處可見極為明確的時間點，以及隨之而來的背景說明與人物經歷：明治 43 年阿里山鐵路開挖、明治 42 年（1910）啓敏養父陳久旺與吳氏錦結婚……。強調特定時間的書寫手法在張文環戰前小說中從未得見。以時間刻度出現之頻繁，以及對同一事件——如陳啓敏的學校入學與退學、梅仔坑庄自動車株式會社設立，在文中多次出現，且出現時必然伴隨著時間點的提示來看，張文環在此部可能起筆於戰前的長篇小說中，於戰後或加筆或重新修整之際，確實藉由時間與空間的明確提示與反覆強調，以塑造此作品為特定地域——梅

---

[11]工藤好美，〈張文環君の人と文学〉，《張文環先生追思錄》又，《地に這うもの》是託工藤好美之引介方於戰後東京出版。參照林龍標，〈我與文環兄〉，同前出處。
[12]同上註。

仔坑庄，在特定時間斷代——從啓敏養父陳久旺成家的 1909 年至啓敏女婿
戰死消息傳來的 1944 年——以陳王兩家養子女的結合爲中心點呈現的歷史
性小說。

（二）「故鄉」與歷史性書寫的背離

1. 曖昧的歷史性

　　做爲「臺灣人三部曲」之一，明確的時間斷代與主角身分爲養子的設
定，《地に這うもの》因此具備對日本帝國主義展開強烈批判的高度可能
性。然而必須注意的是，在這部長篇小說中，對日本帝國殖民統治本質與
其所造成之動盪與悲劇——亦即殖民統治之「惡」並未出現。以梅山地區
而言，因農民經濟來源的竹林被總督府與三菱製紙會社詐取收奪而生糾
紛，發生在 1912 年的「林杞埔事件」（三菱竹林事件），以及於 1925 年向
總督提出嘆願書之後續抗爭，不僅於梅山地區、在臺灣史上亦爲殖民帝國
權力——總督府與資本主義——財閥結合，以奪取殖民地利益的象徵性重
大事件。「林杞埔事件」中梅山地區民眾扮演關鍵角色，生家爲竹林業之張
文環於其時應親身見聞或親自經歷，然而《地に這うもの》卻無一著墨。

　　另一方面，做爲總督府治理臺灣之權力末端象徵的「內地人」，包括巡
查或其家族，在《地に這うもの》皆爲正面形象。其中最爲具體之事例，
是在主角陳啓敏的人生轉捩點——與秀英成婚、由養子到獨立的時刻，扮
演臨門一腳之關鍵角色的正是內地人吉田巡查。而與東保保正夫人即使語
言不通亦情同手足的中山巡查夫人，離去前交握的柔軟雙手，在保正夫人
心中留下「這真是超越民族界線的友情」的感觸。綜觀張文環作品，戰前
戰後對殖民者之惡未見刻畫甚至控訴[13]。如果說在日治時期是因爲必須顧忌
官警之壓迫而刻意迴避，那麼到了《地に這うもの》出版的時代，以國民
黨政府治下臺灣的政治局勢而言，反抗日本殖民統治之描寫甚至是得以問
世的重要條件。然而《地に這うもの》卻與張文環日治時期作品相同，未

---

[13]描寫留日知識青年於東京從事左翼運動被捕的〈父親的要求〉（1936 年）中，訊問主角之檢察官
與警察爲負面形象，但因其背景爲東京，非殖民地內部，故此處不論。

曾出現代表著「惡」的殖民勢力或在臺日本人。而實際上，存在於《地に這うもの》的殖民地性，是由散見於全作中的歷史背景敘述而來。

> 之後，日本與中國在大陸開戰的消息傳進了庄民的耳朵。陳啟敏三十歲了，弟妹也各自婚嫁。不知什麼時候開始軍歌取代了街上流行歌的地位。那是昭和十二年的夏天。梅仔坑庄山上村落的年輕人曾德志，應徵軍夫獲選了。當天早晨，國民學校的兒童、公所關係的各團體、庄民等，都像歡送出征軍人一樣揮舞著太陽旗為他送別。是梅仔坑庄有史以來宛如英雄出征般的熱鬧。（中略）當時來不及請日本人作曲家作曲，於是當時基隆的警察署長三宅，對於將臺灣民謠改填日本語歌詞運用在皇民化運動上十分熱中。臺灣人作曲家鄧雨賢的〈雨夜花〉被改為軍夫之歌讓人傳唱。因此軍夫之歌也帶有寂寞的哀愁。拾柴的小鬼們在林間唱給啟敏聽，本來啟敏聽了小鬼們的悲傷歌聲都會覺得很輕鬆，但這陣子他生來第一次感到空虛。自從豆腐店的養女兼媳婦王秀英的七歲女兒阿蘭不再出現，他對所有的事物都只感到空虛。[14]（強調標記為引用者所加，以下皆同）

　　以上這段引文緊接著前述中山巡查夫人與東保保正家的描寫之後出現，事實上並不具備必然的時間或因果關係。而徵召臺灣人與同族之中國人對戰，將臺灣歌謠改為軍歌等，這些可被視為典型的日本殖民臺灣之「惡」的描寫，並未與主角之不幸境遇有直接關聯，因此僅為獨立於情節之外的時間背景陳述。啟敏一反之前聽聞時的輕鬆快樂，現在對軍歌感到悲傷虛無，並非由於軍歌所象徵之帝國暴力特質，而是純粹的個人因素；疼愛的女孩阿蘭不再出現。

---

[14] 同註 1，頁 123。

村中的話題總不脫人際關係。關於稅金、人力被公所壓榨的辛酸只敢藏
在自己心底，因為畏懼一出了差錯就要被關進大牢，所以誰也不敢說溜
嘴。臺灣人的命運只能看天旨意。大正十年左右民族運動的文化團體也
曾到梅仔坑庄來演講。剛開始大家就像大拜拜一樣也來湊熱鬧，但後來
也就沒了聲息，每天盡是戰爭戰爭的喧喧鬧鬧。即使從歷史上看來，臺
灣人也未曾與同族為敵，因此這些戰爭話題實在令人痛苦。然而到處都
可以聽見「替天打擊不義」的軍歌聲響起。秀英就在這樣的環境中生下
了阿蘭。[15]

　　從殖民者的稅金與人力徵收造成人民不滿，但僅能深藏於心；到文化
協會活動效果的雷聲大雨點小，再到戰事喧擾影響民心，這段包含了臺灣
近代史重大事件的文字、以及「臺灣人的命運只能看天旨意」的沉重歔嘆
之存在，只連結到秀英的境遇：生下阿蘭，彷彿只為了點明阿蘭出生時的
時間點。而事實上是，阿蘭或其母親秀英亦不曾因為在歷史上其實極為沉
重的時代氛圍，而承擔不一樣的命運。亦即是說，在小說的情節裡，其實
不見殖民者的高壓統治所造成的直接影響、或人物因殖民政策的施行而遭
逢具體悲劇。陳啓敏或秀英的不幸，肇因者皆為其養家的不道德與私心，
而非殖民者的巧取豪奪。而包含稅制、志願兵制、中日戰爭爆發使臺灣人
必須與同族人敵對等歷史背景的說明，因為與作中人物的遭遇實無具體而
密切的相關，對整部小說而言實僅提供時代背景的相對參照，而無絕對的
聯繫。當具有重大意義的時間點，或影響臺灣全體政治或社會極為深遠的
歷史事件，僅只做為理解人物年齡或生長階段的參考指標；而實際發生於
梅山地區，與家業密切相關的帝國權力肆虐事件在書寫之際被迴避，那些
為強調小說之記實性而所刻意大量使用的「時間背景」定位，就已經脫離
了本身的政治社會脈絡——亦即失去了為「臺灣人三部曲」編年敘事的

[15]同註 1，頁 132～133。

「大歷史」性意義。

　　值得注意的是，在多處散見、看似客觀陳述之歷史背景說明文字中，常見如上引「臺灣人的命運只能看天旨意」，以及多處如「女人的一生就像油麻菜籽」，「父母的心情作兒子的不是不能體會，但兒孫自有兒孫福啊」，「山高皇帝遠，這是最自在的生活了，因此到處可見漢族開墾的蹤跡」，「不只是這家人，通常貧困家庭的人要出頭必須嚐盡委曲求全的滋味，因此我覺得窮人比起有錢人都來的大方」之主觀感嘆。這種彷如與讀者閒話家常的情調，或以民間諺語為人物遭遇、社會情勢下評論甚至作結的敘述方式，正如〈部落的慘劇〉（1941 年）——老祖父隱瞞多年前誤殺遠親少女罪行，作者卻安排以冤魂前來尋仇，而後祖父承諾將以自己的孫子承祀對方香火，從此兩家成為手足因此絕不互相聯姻的因緣善了方式的通俗結局。使〈部落的慘劇〉題材的人倫慘劇，原本足具深入探討人性與無常命運觀之可能性，終究僅成為一則民間鄉野軼事。作者在這些滿溢著閒談情調的個人感嘆與過度的個人意見陳抒中，暴露出無以使作品具備高度思想內涵，僅停留在「閒話」與「講古」層次的寫作局限。更使《地に這うもの》中其實前後出入甚多，竟而錯誤頻出的時間背景說明，所呈現的並非為情節提供時代性的必然保證，而是身處「現在」的敘述者以己身過去為題材，所從事之時代回顧，從而隨之吐露的「個人性」後見感嘆。

　　1.「那是個不用說戀愛結婚，連相親結婚都沒有的時代」。[16]
　　2.「當時的婚姻，要先將男女雙方的姓名與出生年月日寫在紅紙上，互相交換置於對方祖先牌位前」。[17]
　　3.「中國話有種說法是『氣死了』，意思是說因為太過氣憤就這樣死去。不過實際上誰也不曾親眼看過。但這回是真的發生在眼前了」[18]。

---

[16]同註 1，頁 20。
[17]同註 1，頁 21。
[18]同註 1，頁 47。

4.「明治時代的殖民地臺灣，雖說是來了語言不同的異族，但清代臺灣的
統治者其實也不通臺灣語。官員與庶民如果不經過翻譯，彼此間溝通宛
如鴨子聽雷。而官員與庶民之間，被名為官廳的高牆所阻隔。只是這回
又多了一道異族的高牆。街上的空氣似乎總是瀰漫著煙霧。年輕人想搭
那煙霧般的潮流便車，老年人則試圖阻止。」[19]

5.「後藤新平民政長官的臺灣舊慣調查，雖然目的是對臺灣的殖民地政策
有幫助，但因為連俚諺都鉅細靡遺地進行調查，可說是相當優良的文
獻。也因此臺灣的殖民地政策確實是刺中了臺灣的要害。從臺灣總督府
官吏到學校教員的准訓導，都被規定穿著文官制服。訓導老師也像日本
海軍的士官一樣，腰間插著短刀來上課。到了重要節慶則換上長劍，肩
膀上掛著杓子型的金肩章，帽子上的金線也閃閃發亮。（中略）在大正八
年第一次世界大戰結束後，日本民主主義思想大為流行，這浪潮也湧進
了臺灣。大正十年左右，從事民族運動的文化團體在臺灣北部中部設立
了。然而因為言論媒體不夠發達，所以在這偏僻的山麓也不過是聽到些
風聲而已」[20]。

　　以上五段引文先是顯露了敘述者的存在位置：身處戰後「中國語」成
為官方語言的臺灣，向不諳戰前社會的讀者（戰後日本人）發話。1～3 為
臺灣民俗民情解說，4 與 5 則是殖民地時期庶民生活感覺的說明。「當時」
詞語的含糊時間交代，顯露出敘述者對於所述情節之時間認知的曖昧態
度。原本用以為小說內部時間定位的歷史敘述，更因為敘述者本身的論理
不清，混雜史事與個人感想——例如從官吏到教員都得穿上官服的規定與
「臺灣的殖民地政策確實是刺中了臺灣的要害」之因果關係不明；瀰漫著
煙霧的形容指的是否是殖民現代性？《地に這うもの》中的社會歷史背景
說明，社會現象與個人主觀經驗夾雜、民俗層次與政治層次交混；其充滿

---

[19]同註 1，頁 32。
[20]同註 1，頁 109。

「後見之明」的講古調的歷史性敘述，使《地に這うもの》原應為地方史甚或臺灣史縮影的書寫動機，只落實為處處見裂縫的回顧性文字，歷史敘述甚至與人物情節不具因果或相成關係。因此，即使主角的身分設定帶有強烈的殖民地暗示，且敘述者從不遺餘力的提示讀者「當時」社會的民情與局勢，卻因為不具條理性的感想與情緒發抒的敘事方式，以及第三人稱小說架構卻頻見感嘆與主觀表現，甚至「當時」、「我覺得」的漫談式文字運用，使《地に這うもの》充滿對於預設讀者的積極「言說」（"discourse"）性格。作者在寫作當初所設定之歷史性作品，以及於戰後臺灣出版之際讀者所期待的見證式民族控訴，皆因此而被偏移甚至稀釋。

2. 「故鄉」記憶的裝填

　　「故鄉」所附隨之強烈個人化特質，正為稀釋、轉移《地に這うもの》成為象徵大歷史之「臺灣人三部曲」的重要變因。自小說結構上可見端倪：全書共分六章，第一章起始處養子陳啟敏現身，客觀敘述陳家全家在長子武章主張之下改為日本式姓名，但不諳日語的陳母與啟敏皆因此大為困擾。啟敏被養家排斥因此盡日以徘徊山中採薪、與孩童嬉戲為樂，但其中最為聰慧的女孩阿蘭突然消失之後，啟敏陷入憂鬱孤獨，此時為昭和13 年（1938），亦即是《地に這うもの》故事發生的「現在」時點，歷經第一章至第五章中的幾近兩百頁篇幅，才又返回「現在」（頁 199）。生息於在這兩百頁中的，主要是啟敏養父母陳久旺與吳氏錦、秀英養父母王明通與阿媛、養兄王仁德的人生歷程故事。如果《地に這うもの》主角確為啟敏與秀英這對養子養女，那麼其養家的家庭形成過程，應只做為此二人生命「前史」而存在。然而作者卻以大量的筆墨，使陳家與王家的男女家長，其性格與經歷都比終年沉默無語、致力撿柴與農作的啟敏，以及「就像戴了能樂面具」般面無表情的秀英來的精采生動；曾經夢想到都市發展的陳久旺與閒時讀《西廂記》的吳氏錦，其複雜多端早已超越做為啟敏自私可恨的養父母之形象所需。

　　這些比重可與男女主角等量齊觀的梅仔坑庄傳統社會人物，多數可在張文環戰前作品中發現其雙身或原型。秀英養父王明通因嫉妒偷襲他人後反遭圍毆，家運也因此一蹶不振的情節與〈閹雞〉的吳三桂異曲同工；其妻阿媛在家道中落後以賣弄風騷招來商店顧客宛如〈辣韭罐〉中潑辣的阿粉婆。秀英阿蘭母女在王家時相依為命的獨處——臨睡時母親的孤獨感與因阿蘭而生的勇氣、杜鵑鳥與張天師傳說的床邊故事講述；以及秀英與陳啓敏結婚後三人在與世隔絕小屋的生活情景與情調，都可以看出對〈夜猿〉的蹈襲。此外，不讓女兒接受學校教育而在家幫忙家務，亦不喜兒子成為讀書人，主張「人能靜靜的生活是最幸福的事。與其為多餘的欲望所苦，不如領悟『大富由天，小富由勤儉』的天命，這才是重要的事」的東保保正，其人物存在應是為了與汲汲求利的西保保正陳久旺成為對比；然而對於東保保正家族的描寫除了簡短的客觀敘述文字外，就在前述東保保正夫人與中山巡查夫人間因語言隔閡而產生誤解的一段趣事後即終止，無法達成對照效用。東保保正的生命情調與〈地方生活〉主角澤的岳父楊思廷極為相似，這段文字於全文情節構造並無作用（東保與西保保正家沒有交集），然仍被置入做為梅仔坑庄之一景。當然還有最為明顯的，是幾乎已內化成為啓敏人格特質的山中撿柴行為；啓敏藉著撿柴而躲避養家的壓榨與人情冷淡，在山上與孩童為伍以自娛。全文中對啓敏開始撿柴的契機、技能與在山上建立的孩童王國、因此認識阿蘭的經過有多次重複的描寫。這些將啓敏的撿柴空間轉化為世外桃源，做為主角逃離家庭壓力所造成之苦難的情節，事實上蹈襲自〈山茶花〉，只是 1940 年時近乎自我放逐地進山當孩子王的是女孩娟。

　　自第四章至第五章描寫秀英的身世，秀英本為王家之童養媳，自始就被賦予長大後嫁與養兄王仁德的命運，但王仁德成長後另娶富家千金，定居嘉義市。童養媳秀英的悲劇不在於幼時被養父母虐待等慣見遭遇，而在養兄婚後回梅仔坑庄時被性侵，生下阿蘭。但值得注意的是，秀英為王仁德性侵後懷孕的情節分別在第四章初與第五章中後段重複出現：

第四章：是在那一年歲末，拜平安的晚上，父母都到廟前看戲，只有秀英在家。門口傳來汽車停下的聲響時，秀英正脫光了衣服在洗澡。當然不可能馬上到門口看個究竟。又聽到了阿德呼喚父親的聲音。（中略）就這樣，阿德難得在家住了一晚。他還大剌剌的進了秀英房間倒頭就睡。養父母連一句話都沒有說就進了自己房間。（中略）從此後，秀英的肚子就大了起來，最難過的是到河邊洗衣服。很快的成為左鄰右舍談論的焦點。[21]

第五章：秀英第二次被侵犯是在端午節，兩夫婦到廟前看戲留下秀英在家時王仁德剛好回來。（中略）又是王仁德進門撞見秀英洗澡。（中略）過一個月就是中元的一個夜晚，王仁德回來了。（中略）阿秀身上混合著豬飼料的臭酸味、頭髮上山茶花油的焦臭與汗水淋漓的味道，讓阿德幾乎要窒息，他看著瑟縮的阿秀，頓時後悔了起來。（中略）無法安睡，在聽到第二次雞啼後就馬上起身。（中略）第二期稻作開始，早晚的風裡開始帶著秋意，蟬聲漸息，蜻蜓飛翔往來不絕的時節，秀英在廚房後開始吐了起來。[22]

　　秀英被侵犯的情節過程如此相似，不同的是秀英懷孕的時間點以及王仁德對秀英的觀感。在前後兩章、間隔甚短的篇幅中，作者重複精細地講述了一個女性在暗夜被侵犯的畫面；事實上第二次的侵犯在全文結構中實無必要，此處可見的是作者對於某些事件、題材的偏好，以致不憚於不同作品甚至相同作品中，即使有破壞構造之虞仍重複使用的寫作特性。戰前文藝評論家竹村猛已點出張文環這種恣意「直接排放」素材到小說內的特質[23]；但此處的重點是：這些因精緻描寫、多次出現因此可說是張文環文學

---

[21]同註 1，頁 128～131。

[22]同註 1，頁 170～175。

[23]參照張文薰，〈由「現代」觀想「故鄉」——張文環〈山茶花〉做為文本的可能〉，《臺灣文學研究學報》第 2 號（ 2006 年）。

經典畫面的部分，多來自其幼時在故鄉梅山的觀看經驗[24]——這些人物年齡
層都在中年以上。亦即是說，這些情節、畫面的根源應皆來自張文環在離
鄉求學前的童年時期以孩童視角觀看留存的長輩事蹟。或正因是孩提時代
的記憶，且皆發生在家庭裡，與外在社會並無強烈連結與互動，故可以任
意被運用在不同文脈中。顯見張文環在面對於從事創作、書寫之際，早應
脫離個人記憶層次，而轉換進入小說素材的故鄉往事時，無法以客觀化、
相對化的視線重新解析或批判——而這正是強調「記實性」之歷史書寫的
重要成立條件。

　　《地に這うもの》情節時間上限設定於啓敏養父母陳久旺與吳氏錦結
婚的 1909 年，此時點在臺灣近代史上的意義或與小說中其他時間點的關聯
皆未見其必然，但卻是張文環之出生年份。而文中多次出現的，做為啓敏
人生轉捩點的與秀英結婚之 1937 年，亦與張文環結束東京生活歸臺之時間
一致。《地に這うもの》中的梅山地區歷史開啓於張文環誕生，而在張文環
經歷東京留學之現代性洗禮後重新面對臺灣社會之際蛻變重生；在做為梅
山地區臺灣史的寫作意圖下，《地に這うもの》偷渡、夾帶了張文環之個人
生涯斷代。自留學以後事實上已離開故鄉而居住於都市的張文環，其對於
梅山地區之認知僅止於兒童視線的觀察，或加之以書寫之際的地方志書面
資料。而遠離故鄉定居城市後的書寫「故鄉」行為，恰因自我與「故鄉」
距離已遠、甚至永難回返而必然帶以強烈的懷想姿態。唯有再三確認記憶
中的「故鄉」的固定不變——保證己身與「故鄉」的牽繫——方能在人際
關係飄移不定的城市中自我定位。張文環藉由書寫「故鄉」記實歷史的書
寫嘗試，因其遠離「故鄉」的書寫位置、對「故鄉事」的強烈個人情緒，
「故鄉」敘事行為終究無法擔負「臺灣人三部曲」的大歷史性使命。當張
文環在將這些被凍結時間向度的童年記憶，填入精準明確如經緯度定位般
的舞臺鋪設之際，反成為對於整體「歷史性」的抵銷；對「故鄉」記憶的

---

[24]參照柳書琴，〈張文環親友故舊訪談〉對張文環堂弟張銳漢的訪問紀錄。柳書琴，《荊棘之道：臺
　灣旅日青年的文學活動與文化抗爭》（臺北：聯經出版公司，2009 年）。

執著眷戀、無以轉化，恰使《地に這うもの》成為在臺北、臺中的張文環個人的「故鄉」書寫之集大成，其僅有「記往」而無對這些人事物的相對化批判轉化，自難做為臺灣殖民時期歷史的縮影。

3. 錯失的時間縫隙

　　張文環能將記憶素材無選擇性的「排放」進入小說，更與其慣以四季與傳統節氣，而非象徵著現代性的標準時間制度，做為作品中時間流逝的基準點的寫作特性有關。如前所述，《地に這うもの》中固然隨處可見年代提示，但卻與人物情節缺乏直接影響關聯。張文環筆下依循四季節氣度日的鄉村人物，在缺乏外在社會變遷的對照下，因此是在循環不息、而非直線進行的時間向度中生息，這些張文環典型的農村人物與事件因而可以被移植剪貼到任何一篇以鄉村為舞臺的小說中。然而在張文環以「記往」所建構的「故鄉」世界中，呈現的時間維度雖平坦卻不均質，此處暴露出經歷留學與現代都會經驗的張文環與「故鄉」間難以彌縫的罅隙，也因此產生了自大歷史書寫游離之後，能否做為個人性小歷史敘述以解讀之弔詭。

　　　梅仔坑庄因為位於山麓所以交通並不方便。雖然裝設了電燈，但仍沒有自來水。山裡的人們能依靠的只有鐵鍬和秤子。因為生活是這麼的單純，所以每天的生活話題只局限在左鄰右舍之間。即使是雞在哪個角落起了糾紛這樣的事情，不到一個鐘頭就會傳遍整個村落。村中不存在著祕密。一切都無法隱藏。訂購報紙的只有公所和保甲事務所，外在世界的消息即使略有所聞，也不知其具體真相。因此村中的話題總不出人事之外。關於稅金、人力被公所壓榨的辛酸只敢藏在自己心底，因為畏懼一出了差錯就要被關進大牢，所以誰也不敢說溜嘴。臺灣人的命運只能看天旨意。大正十年左右民族運動的文化團體也曾到梅仔坑庄來演講。剛開始大家就像大拜拜一樣也來湊熱鬧，但後來也就沒了聲息，每天盡是戰爭戰爭的喧喧鬧鬧。即使從歷史上看來，臺灣人也未曾與同族為敵，因此這些戰爭話題實在令人痛苦。然而到處都可以聽見「替天打擊

　　不義」的軍歌聲響起。秀英就在這樣的環境中生下了阿蘭。[25]

　　此段文字緊接於女主角秀英因未婚懷孕而受村民蜚短流長的情節之
後，作用應是在呈現梅仔坑庄環境民情的封閉。然而值得注意的是其中的
時間有著非常明顯的跳躍：從「剛開始大家就像大拜拜一樣也來湊熱鬧，
但後來也就沒了聲息」的 1920 年代，到「每天盡是戰爭戰爭的喧喧鬧鬧」
的 1937 年中日戰爭爆發，長達十餘年的歲月在文本中蒸發。在這彷彿是文
化協會巡迴全島演講活動減少至消失後，就馬上順理成章地進入與「同
族」戰爭的時間空白，其實也正是張文環的因留日而遠離故鄉的時期
（1927～1937 年）[26]。十餘年間梅仔坑庄風土人情的演變被躍過壓縮，此
正可呈露存在於張文環的少年「成長」[27]與「故鄉」書寫中，一段永遠被凍
結的時期──以「成長」主題而言是主角的少年至青年時代；以「故鄉」
主題而言，是鄉土邁向近代化的關鍵時期。

　　相對於《地に這うもの》主角陳啓敏是公學校在學一年即退學的不識
字農民，同樣以梅山地區「故鄉」為主要舞臺的〈山茶花〉、〈地方生活〉，
其主角賢、澤皆為臺北高校畢業，留學東京後歸臺的菁英知識分子。以賢
自幼時至大學的成長過程為主軸的〈山茶花〉中，對於賢的童年生活有精
采而細緻的書寫，然而其於島內都市所度過的中學時代卻盡以和同儕間的
哲理論辯等不過二三場景帶過，成為描述賢心境轉換與個人意識萌芽過程
的小說〈山茶花〉內部之顯著空白；〈地方生活〉亦對於澤進大學前的少年
時代以留白處理。而《地に這うもの》陳啓敏的少年時代──無同齡友人、
失學的陳啓敏自不可能以同儕間的對話來交代，於是在這以諸多篇幅敘述
其上一代：陳久旺夫婦、王明通夫婦生涯的長篇小說中，陳啓敏從公學校

[25]同註 1，第四章，頁 132～133。
[26]張文環在日本岡山縣金川中學校的在學資料，可參照藤澤太郎，〈金川中学校から見える「都市」、
　　岡山と東京と〉，《櫻美林世界文學》第 6 號（東京：櫻美林大學世界文學會，2010 年）。
[27]可參照陳建忠，〈一個殖民地作家的自畫像──論張文環小說中的「成長」主題〉，《日據時期臺
　　灣作家論》（臺北：五南圖書出版公司，2004 年）。

退學到遇見秀英阿蘭母女長達十餘年的少年成長時期，過著日復一日進山撿柴，如「山中無日月」般漫長靜好的歲月。

　　陳啓敏上山撿柴後即游離出家庭與學校身分階層分明的秩序系統，並脫離伴隨殖民統治而來的西洋式標準化時間制度，回歸四季節氣等自然現象計時的傳統時序。對於至少名義上仍是一家人的弟妹的學校生活，陳啓敏是「他們放暑假時是怎麼過日子的根本不知道」[28]一無所知。但值得注意的是，即使與依循殖民政府所制訂之標準化時間而運作的學校生活無緣，從 16 歲到 30 歲之間十餘年的啓敏的生活也未免過於單一同質。在山上打柴薪、與孩童們爲伍遊戲、撿拾挖掘藥草或果實，直到遇見阿蘭與隨之而來的秀英。做爲長篇小說主角，啓敏的生活經歷在十幾年間停滯在同一狀態，不曾有任何的流動。這段蹈襲自〈山茶花〉的文字在《地に這うもの》中多次出現，僅有啓敏與孩童的山間宛如桃花源般與塵世隔絕，只見悠遊其間的主角。但相對於〈山茶花〉的娟僅是出於對父母的反動，短期內即返回山下家居；陳啓敏的山間生活卻是以「反正世間所說的好或壞，都是因個人立場不同才會有不同的解釋，只要對自己有益的事情就都是好的。這麼一來其實也沒有什麼絕對的好壞了。一切都使人煩心而已。」「爲了避免這樣的煩心，就盡量不跟人交談，不跟人接觸」的庶民哲學式的後盾。[29]這種避絕人世，以低調換得安穩的生活哲學，從陳啓敏被養父母從寵愛到摒棄的幼年，延續貫徹至啓敏與秀英結婚後的家庭生活，梅仔坑庄偏遠處的離群索居也成爲命運乖舛之啓敏秀英得以安居的「故鄉」。值得注意的是，陳啓敏的個性與人生觀自公學校退學的童年，到與秀英結婚的中年都未曾變化，無論是傳統或現代的時間流逝，陳啓敏在其中始終只有一副面貌：寡言、純樸、避世。

　　做爲張文環作品中顯著存在、與作者個人特質密切相關的未知區域，如果賢與澤的少年成長期空白，是來自於張文環對於臺灣知識分子的中學

---

[28]同註 1，頁 117。
[29]同註 1，頁 111。

經驗的陌生，因而僅能將己身之成長期去除外在環境（日本）後填補；身分智識與張文環迥異的陳啓敏，其單一固定的人生觀與山中歲月，其實延續戰爭後期臺灣文學作品所顯現的共同歸趨。呂赫若〈山川草木〉、〈風頭水尾〉等作與張文環〈地方生活〉、〈雲之中〉、〈泥土的香味〉等，無論中心人物是「緊貼土地生存」的喪夫女性，亦或在都市與現代文明中挫敗的男女知識分子，都呈現出對於隱居於鄉間不與世人交的憧憬與想望。這樣的鄉土回歸主題或與日趨激烈致使都市生活不易的戰爭有關；另一方面，只能在紙上以「想像」一處得以「安居」之「故鄉」，更顯示在現代化浪潮與戰爭離亂中，這種對知識菁英而言具高度理想性的生活與現實之悖逆，永不可得。

　　張文環筆下的「故鄉」往往具有極端的兩義性。一為牧歌式的背景與醇美人情，另一為現代化巨輪下利欲薰心的變調民心。而即使是前者的醇美人情也僅局限於家庭之內（〈夜猿〉），赴日前生活圈僅限於梅山地區的張文環，在留日與都會生活中抱持的是孩提時代「故鄉」的醇美印象。而當印象在記憶中凝結，鄉村少年成長為殖民地知識青年返鄉，十幾年間的歲月推移在故鄉所造成的必然變化，因不在場焦慮與未能「衣錦還鄉」的情結（〈父親的要求〉、〈山茶花〉、〈地方生活〉、〈泥土的香味〉），便成為對眼前的真實鄉土近乎神經質的排拒。然而在書寫少年成長主題以及以歷史意識出發的長篇小說寫作中，慣以己身經驗記憶做為題材的張文環，即以如前引文自 1920 年代前期一舉飛越至 1930 年代後半般「快轉」，或以書齋等室內的對話來交代（〈山茶花〉）。正因張文環個人故鄉經驗在中學時代的錯失，《地に這うもの》中所呈現的時間維度雖平坦卻絕非均質，其流失的空白處格外引人注目。

　　啓敏結婚次日帶著阿蘭上街，只見「像大拜拜似的，街道兩側站滿了手持國旗的國民學校學生與街上的人們」，齊聲唱出「替天征討不義，那忠勇無比的我國兵士啊！在這歡呼聲中，動身離開，父母的家鄉」的軍歌。之後接續著背景說明的敘述：「昭和 13 年（1938）開始，臺灣即使是鄉下

地方，也頻繁出現歡送軍人出征的行列。從軍人[30]到志願兵再到徵兵制度陸續實施。臺灣的情勢時時刻刻都在變化。軍夫之歌大為流行，在歡送臺灣人之際，也和歡送日本人一樣唱著軍歌」[31]。值得注意的是，從 1937 年中日戰爭爆發後總督府開始徵求臺灣人軍夫（戰場勞役），到陸軍志願兵實施（1942 年）再到徵兵制（1945 年），其間的八年歲月與時勢變遷，在這段描寫陳啟敏對戰爭的不解與不忍之文字中被壓縮為「臺灣的情勢時時刻刻都在變化」的連續進行式。而事實上，1938 年當時即使臺灣人以軍夫身分至中國戰場，應未曾出現如文中村民夾道歡送的景觀[32]。啟敏與阿蘭所看見的，是 1942 年志願兵制度實施後才較可能出現在臺灣的場景[33]。《地に這うもの》起始處所提示的總督府公布改姓名制度，事實上並非 1938 年而是 1940 年；而諸如陳啟敏入國民學校的時間分別有大正 8 年（1919）和 12 年（1923）兩種，梅仔坑庄自動車株式會社設立的年份也有大正 12 與 13 年（1923、1924）兩次，將申請制的「志願兵」制度寫為強制性的「徵兵」制等等；歷史現場的共時性紀錄因為張文環本身的不在場、記憶本身的不確定，而被以抽象的時代氛圍以及對戰爭的刻板印象帶過。

三、殖民與後殖民的文學

對於殖民統治期經驗與事件的誤記、失憶、時間跳格等錯落性敘事特徵，開啟了做為顯現臺灣後殖民現象文學之《地に這うもの》的可能性。如前處所述，《地に這うもの》中人物特質與情節構造，多沿襲自日治時期之小說。然而，其中最足以引起「反殖民」聯想的主角身分——養子養女之設定，卻反而呈露出後殖民主義文本的特質。啟敏與秀英皆在非自願的

---

[30]以日治時期臺灣人服役制度而言，此時期出征者應非實際作戰的「軍人」而是「軍夫」。

[31]同註 1，頁 237～238。

[32]參照周婉窈主編，《臺籍日本兵座談會記錄并相關資料》（臺北：中央研究院臺灣史研究所籌備處，1997 年）。

[33]啟敏與秀英結婚的時間，因作品內時間混亂錯誤甚多，因此出現 1938 年與 1940 年兩種可能，但無論如何都在 1942 年之前。

情況下離開生家，失去利用價值後即遭受非人道對待；這樣的設定自然容易啓發做爲甲午戰爭後，被清廷割予日本的臺灣之隱喻的聯想。陳啓敏所具備之養子、未受學校教育的男性農民形象，在臺灣新文學運動所產生的文本中，常做爲臺灣苦難命運的象徵頻繁出現，但在張文環小說中出現卻始自戰後。另一方面，童養媳設定在張文環戰前小說中卻所在多有，〈藝妲之家〉、〈部落的慘劇〉、〈媳婦〉皆然[34]。但對於在同時代已被視爲陋習的童養媳制度，張文環卻基於可維持傳統家庭秩序的理由而加以肯定，其態度在同輩知識階層中相當特異[35]。到了《地に這うもの》中，秀英的遭遇自非〈部落的慘劇〉與〈媳婦〉中備受養家疼惜的童養媳所能比，秀英做爲養女應是爲了與啓敏的養子身分相乘，做爲強調對於己身命運的無以掌控，以及血緣家庭所輻射出的人際網絡與社會秩序之排除性的優異符號，文本也因此依社會家庭構造內的不穩定要素的存在，呈現出游移、周緣位置的漂移與疏離感。

　　另一方面，養子身分亦可視爲作者欲藉與己身的身分差距，確保足以與主角人物之間相對化，以達成客觀史實性書寫的必要距離。在戰前的臺灣作品中，如日本「私小說」般與作者己身形象特質高度重疊的小說人物即已鮮少出現，作家個人性的隱身可帶來作品題材與人物的普遍性之閱讀效果，成爲喚起讀者情緒或共鳴的真實度保證。在殖民統治情境之下，此一喚起讀者共鳴的表現方式來自於新文學發展初期，將文學視爲啓蒙與改革手段的工具性目的，以及藉由被壓迫痛苦以強化民族向心力與連帶感的群體意識。然而強調客觀、寫實的小說若不能根植於對題材的深入掌握與結構層面的精闢認識，容易造成受難者之痛苦的均質與平板化。張文環作品中最爲成功者如〈藝妲之家〉、〈閹雞〉甚至是多爲以社會底層女性爲主角的小說。唯〈父親的要求〉、〈山茶花〉、〈地方生活〉、〈泥土的香味〉等

---

[34] 〈地方生活〉中男主角的理想婚姻關係則是以指腹爲婚，與童養媳同爲以家長意志決定之婚姻的變形。

[35] 參照張文薰，〈評論家／小說家的雙面張文環——以藝妲‧媳婦仔問題爲中心〉，《臺灣文學學報》第 3 期（2002 年）。

作品中的男性知識分子，仍掩映了張文環於日本求學及歸臺前後的境遇；這些以能用日語發音親暱呼喊的單一漢字為名的「賢」、「澤」等小說人物，在接受都市高等教育卻在求職過程中受挫的過程裡，所萌生的歸鄉耕讀之避世傾向，卻於戰後被養子農民陳啓敏所接收重現。啓敏與秀英絕少與他人對話，卻由敘述者大量抒發代言其人生觀與價值觀——對於養子女身世的厭惡與避世避人的憧憬。「究竟生活在臺灣哪一階層的人，才能得到真實的幸福呢？」這是《地に這うもの》於東京出版之際的試問，[36]卻成為解明主角的養子女身分、沉默性格及其受挫知識分子式的夢想之間的矛盾之線索。啓敏與秀英原來並非屬定「哪一階層」；被排除於漢人家庭身分制度之外、同時兼具農民身分與知識菁英孤獨感的特質，使其更具備探問「真實幸福」問題的代表性。

然而為促發親生子的誕生而收養的養子，以及為節省金錢所收養的童養媳，此二現象與過程間的習俗皆為日本文化所未見，養子女的設定故而亦有向日本讀者展示臺灣傳統社會特殊性＝異國情調的可能。對此種違反個人意志與人身買賣法令、難以為現代化社會所樂見的習俗之大量描寫，使《地に這うもの》中亦存在著自我東方主義化的危機。然而此種藉著臺灣傳統民俗與風土的強調，以在日文讀書市場中與日人作家區隔的傾向，固然亦來自於戰前文壇的遺緒；[37]但在戰後放棄殖民地與軍備、甚至必須依附美國管轄的日本出版，舊殖民地文學必需面對的是尚未能與帝國主義殖民統治、發動戰爭責任清算完全的日本社會。日本在經歷與歐美諸國訂立不平等條約而後力圖廢止的過程中，形成必須藉由發現、強調「他者」的落後野蠻，以確立本身與文明開化之近接進而確保國際情勢上優勢的「殖民地式無意識」與「殖民地主義式意識」混合的意識形態。[38]這種對於落後

---

[36]《地に這うもの》日文版書腰文字。

[37]關於 1940 年代文學中的民俗素材運用之意義分析，可參照曾馨霈，《民俗記述與文學實踐：1940年代臺灣文學葬儀書寫研究》（臺灣大學臺灣文學研究所碩士論文，2010 年）。

[38]日本在開國、維新後發展出的藉「文明開化」與「落後野蠻」的二極圖式，確立本身位置的觀點遍見於近代政治與思想史研究；但「殖民地式無意識」與「殖民地主義式意識」之混合一說，

「他者」刻意排除的需求，即是日本對於臺灣、朝鮮半島、滿州等地帝國主義殖民行爲持續進行、擴張的主因。戰前至臺灣旅行居留的日本人作家，無論其敘事與修辭方式爲何，從佐藤春夫、大鹿卓對原住民題材之浪漫主義式敘說；到西川滿、庄司總一對於漢人傳統社會生活細節的精工細描，都存在著在尙未理解異文化之前，即投以或同情或獵奇的上下差異化眼光。而以口耳傳說或生活習俗所呈現的漢族生活，在日人旅臺的文學文本如〈女誡扇綺譚〉、〈赤崁記〉中被框之以形式化、瑣碎無謂、非理性的輪廓。呂赫若〈牛車〉、〈財子壽〉，龍瑛宗〈植有木瓜樹的小鎮〉，張文環〈藝妲之家〉、〈閹雞〉等在戰前即受到日本文壇與臺灣文藝界人士肯定的文本，其在日文旁標示臺語發音、頻繁使用臺灣特有事物詞彙的方式，早已伴隨著迎合「落後他者」眼光的危機。而時至日本落敗的戰後，《地に這うもの》仍以充滿收養過繼、婚喪祭儀等民俗符號的姿態在日本文壇出現；此一看似具承繼意義的文學史現象，因爲跨越了日本戰敗、國府來臺的時代巨變，反而映照出舊殖民地文學面臨的自我形象難以表出之困境。

　　因人種外觀上的近似，日本帝國主義殖民統治與歐美在非洲、南美洲等地以植入被殖民者之「劣勢的表皮化」自卑情結之作法[39]，在政策思維與手段、反應方式上有著絕對性的差異。而用以區別劃分殖民者與被殖民者的「文明開化」程度之基準，不在於歐洲帝國對殖民地的生物性的膚色外觀，而在於語文表現等文化精神層面。尤其對於亦擁有中華文化圈漢字傳統的臺灣與朝鮮而言，一種足以表現與「文明開化」＝現代化、科學化的近接程度的語文使用能力，在殖民統治方針上被強調出其優先性。

　　長久位處於中華帝國邊陲、表意文字與口語間不一致的漢字圈方言體系矛盾中，未曾以王朝或藩國形式存在的臺灣，其話文亦未及發展出相符應和、並得以表達具有現代性事物與思維的系統。進入殖民地體制後，挾行政優勢的日語文在近代學校系統支持下，迅速填補了知識與感覺表現系

　　則由小森陽一所提出。小森陽一，《ポストコロニアル》（東京：岩波書店，2001年）。

[39]弗朗茲・法農著；陳瑞樺譯，《黑皮膚，白面具》（臺北：心靈工坊文化，2005年），頁68。

統中的語言空缺，也被將文化啓蒙、文明開化奉爲急務的臺灣新知識分子所權宜接受。法農曾簡單述及被殖民者使用語言與群體之間的支撐關係，以及甫自殖民母國返鄉者否定蔑視故鄉風土、強調帝國都會的見聞的積極姿態。[40]日治時期張文環以留日知識青年爲主角的多篇小說中，程度不同地呈現以出走帝都東京，做爲個人生命困境出口的傾向。可知日語書寫與「內地」都會經驗所象徵的文明開化意涵，已成爲臺灣「日語世代」精神特質的一部分。如果日治下以日語思考與書寫，是在臺灣語文的文字化節奏遠遠落後於現代化浪潮，而又未具中國居留經驗的臺灣青年之殖民地宿命，那麼包括張文環、龍瑛宗等作家在戰後以日語書寫、出版的現象，正隱現了在戰後臺灣的國語政策中，日語世代作家再度遭逢如日治時期漢文作家所曾面臨的——以慣用語（漢文、日文）書寫無法獲得認可，遂只能停止創作或轉至慣用語文壇尋求發表機會的語文困境。然而日本戰敗、臺灣進入國府統治時期已屆三十年，過往的殖民帝國／被殖民者關係產生變化，不諳中文甚至停筆多年的日語作家所操持的書寫語文與想定情境，卻可能在臺灣長年嚴控海外旅行的限制下被封存在日治時期。前述《地に這うもの》仍延續了戰前表象臺灣的固定模式，此一暗合想定之日本讀者胃口的修辭法，或許無法完全歸因於「從屬者」（"subaltern"）對於意識形態桎梏的慣性，更在於以日語文書寫的敘述行爲本身已與帝國殖民的歷史與構造緊合嵌連不可分。獲得日語書寫能力的同時，臺灣日語世代作家也進入表象殖民地臺灣的固定權力模式；即使時已至戰後，在口語／母語書寫系統的建立過程被收奪，重新學習新「國語」又有其困難的情況下，僅能以前殖民者的帝國語言做爲唯一媒介的臺灣日語文學文本，自然面臨僅能複製、重疊帝國主義視線的尷尬處境。

　　小說題名《地に這うもの》被中譯爲「滾地郎」，即顯現臺灣經歷日本與國民黨政府所施行之兩次國語政策後，文本所被置放的語言混雜情境。

---

[40]同上註，頁 75～98。

在日文脈絡中，「地」爲土地，「這う」是帶有方向不定意寓的「爬行」動詞，而「もの」則可用來指稱人或物。「滾地郎」譯名去除「爬行」所帶有的卑下、迷惘、殘壞聯想，以閩語男性代詞「郎」使日文的泛用指稱具體與焦點化。在清理殖民遺緒以遂行國族認同建構的戰後臺灣，日治題材作品被期待以強調臺灣民衆刻苦堅忍的精神面向，無法自立的爬行姿勢自難在中文語境中被接受。在 1950 年代全面禁止報刊出現日語文後，於戰前即已聞名的日語世代作家頓時失卻發表機會。1940 年代臺灣最具代表性的日語作家中，呂赫若於 1950 年代初期已逝，楊逵出獄後罕見執筆，張文環與龍瑛宗的日語長篇皆至 1970 年代後期完稿。而 1970 年代正爲臺日、臺美盟邦關係由強固而脆裂，以保釣運動爲契機，藉在地（臺灣）認同的建立凝結中華民族想像共同體的時代。出於尋根與歷史挖掘的社會期待，過往臺灣的親身經歷成爲作品內容寫實的保證。日文原稿完成於 1978 年的龍瑛宗《紅塵》，其內容並非日治時代的歷時性作品，時間設定於戰後，呈現日治時期的公務員與市民在戰後的位階轉換。值得注意的是《紅塵》卻與《地に這うもの》同樣具有焦點人物位移、日治經驗重複而參差等錯落現象。而《紅塵》的主要視線人物黃庭輝，其心境與精神的層次繁複，卻沉默寡言一如陳啓敏。《地に這うもの》中先後以陳啓敏、養母吳氏錦、東保保正夫人面對日人時因語言不通所生的溝通障礙。殖民地語言政策所帶來的「難言」、「沉默」困境，在戰後日語文本《地に這うもの》、《紅塵》中確可視爲反殖民特質的潛在體現，與日本殖民統治對於共通語文強力整編結果的隱喻。

四、結語

若將《地に這うもの》置於臺灣當代文學中所強調的「鄉土」系譜中觀看，將可發現其強烈的「地方感」，是以自我經驗之感性面出發爲起點，層層外推，以一己、一族、一村中的限定期間內的大小事，透過農村季節行事與民俗常習的鋪展與傳述，達成去歷史化之靜謐永恆空間的建構，這

同時亦是張文環小說最爲出色動人之處。然而，作者一己的有限經驗畢竟
無法成爲其信奉之「一理通萬里徹」的信念之完整實現。爲了塡補因「故
鄉」現代化時期的不在場空白，慣以全主觀經驗書寫的張文環以家庭內、
甚至書齋內、乃至個人之情緒與思維變化來帶過。然而這樣的純室內描
寫，其與外在世界的關聯性之稀薄，正折射出張文環「故鄉」書寫的弔
詭──意欲爲「故鄉」作史的張文環，當其竭力緊握春秋之筆的同時，所
描摩出的永遠是個人心靈的部分輪廓。《地に這うもの》出版後，張文環未
及完成「臺灣人三部曲」寫作計畫即撒手人寰。在《張文環先生追思錄》[41]
中眾多親友的追思中，一片對於《地に這うもの》交相讚譽的回聲裡，唯
有王詩琅認爲「平心而論，這一作在成績上未見超過他的水準」，「筆者雖
不幸未能讀得他的全部作品，但下意識地直覺這一巨作或許就是他的作品
各種要素的集大成」[42]。王詩琅含蓄的「直覺」其實直指張文環鄉土創作的
特色──同時亦爲缺陷。然而，文本情節的斷裂與敘事方式的錯落，雖然
貶損作品本身的藝術價值，卻帶來閱讀出日本殖民與國府統治二次時代裂
變，在文學史與精神史層面所衝擊出的扭曲等後殖民文學批評的可能性。

　　尚未完成去殖民化過程卻即刻面臨另一強力外來政權，導致用前殖民
者的帝國語言書寫成爲自我表現的唯一可能；至日本出版殖民時期題材作
品的行爲本身，卻又伴隨著自我異化的無奈與苦澀。《地に這うもの》未能
在文本內容中展現對於帝國主義殖民統治的批判與知識菁英的自我省思，
卻是在日語寫作、日本出版的書寫行爲流通層面，透露了戰後臺灣與日本
在後殖民、後帝國主義時代蹣跚學步的不堪。在特定歷史意識下以帶有
「混血性」意義的語言方式敘事、展現強烈地方感的《地に這うもの》，卻
是因「其價值已超越臺灣的單一地域」、「跨越政治與其他的人爲界線，與
全世界具有共通性」的普世性價值，獲得日人的鑑賞評定。[43]當藉由閱讀舊

[41]《張文環先生追思錄》（臺中：家屬自版，1978 年 7 月）。
[42]王詩琅，〈粗線條的人，粗線條的作品〉，《張文環先生追思錄》。
[43]工藤好美，〈張文環君の人と文学〉，《張文環先生追思錄》。

殖民地題材文本以「尋求已失落的日本」，以及追尋「日本的教育在美麗的臺灣風土人情」所留下的影跡，成為《地に這うもの》出版時書腰上的宣傳語句；而前殖民地的日語教育成效、交通下水衛生等基礎建設成為日本國家主義者用以確立戰敗後破損的國民自信，以面對第二波全球化下的國際勢力重整的盾牌時，《地に這うもの》中斷裂的文本秩序與曖昧的歷史性敘述，正堪以檢省日本在後帝國主義時代中的欠損與陰影，以及急需通過殖民統治遺緒的整理，以自我確定的今日臺灣。

——選自《臺灣文學研究集刊》第 8 期，2010 年 11 月

輯五◎
研究評論資料目錄

作家生平、作品評論專書與學位論文

專書

1. 張良澤，張孝宗編　　張文環先生追思錄　臺中　高長印書局　1978 年 7 月
　　285 頁

本書爲追思張文環先生而編作。全書包含 3 部分：1.「文友故舊的感懷」，收錄：黃得時〈明潭星墜，文環兄逝矣！〉、中村哲〈島の心〉、工藤好美〈張文環君の人と文學〉、王詩琅〈粗線條的人，粗線條的作品〉、顏水龍〈懷念文環兄〉、李君晰〈文環君的二三事〉、林龍標〈我與文環兄〉、林快青〈致文環兄〉、黃得時〈張文環氏與臺灣文壇——從《福爾摩沙》、《臺灣文學》到《爬在地上的人》〉、坂口襗子〈張文環さん〉、辜碧霞〈安息吧，張先生〉、李治香〈張文環先生に捧ぐ〉、井東襄〈張文環先生を悼む〉、池田敏雄〈張文環兄とその周邊のこと〉、巫永福〈悼張文環兄，回首前塵〉、陳垂映〈張文環與酒〉、龔連法〈追憶張文環先生〉、王昶雄〈悼文環兄〉、林野麟〈懷念姻親文環先生〉、黃鴻藤〈高處恐怖症〉、日出孝太郎〈張文環先生への手紙〉、蔡瑞洋〈念張文環先生〉、陳秀喜〈悼念張文環先生〉、陳秀喜〈時間終於向你屈服——獻給故張文環先生〉、陳秀喜〈你是滾心漢〉、陳秀喜〈張文環先生に捧ぐ〉、吳林英良〈懷念文環兄〉、蔡仁雄〈追悼故張文環先生〉、林芳年〈張文環的人間像〉、張雷峰〈敬悼張文環先生〉、吳建堂〈給張文環先生的悼辭〉、鍾肇政〈虔誠的祝福〉、葉石濤〈悼張文環先生〉、廖清秀〈敬悼文環先生〉、陳千武〈張文環與我〉、黃靈芝〈哀悼張文環先生〉、趙天儀〈最後一次會晤——敬悼張文環先生〉、吳南圖〈音容宛在〉、李魁賢〈悼張文環先生〉、河原功〈「互愛の精神」を貫ぬかれた先生〉、江秀美〈永遠活在我心中〉等 39 篇文章；2.「家人的哀思」，收錄：張芙美〈孩子們的父親〉、張陳群〈背負十字架〉、張孝宗〈悲歡歲月——給父親〉、張里美〈爸爸！我需要您〉、張玉園〈我的國王〉、張幸元〈我與爸爸的世界〉、張惠陽〈家有常青樹〉、張陳桂珍〈我的公公〉等 8 篇文章；3.「輓聯・唁電・花圈」。正文後附錄：工藤好美〈台湾文化賞と台湾文學——特に濱田・西川・張文環の三氏について〉、張宗孝〈記父親最後的生活〉、張良澤〈張文環先生略譜（未定稿）〉。

2. 陳萬益　　張文環全集・文獻集　臺中　臺中縣立文化中心　2002 年 3 月　153
　　頁

本書集結並選譯有關張文環其人其作及其活動之相關論述及記錄文章，收錄：〈大會簡略日記〉；木口毅平〈尖兵〉；藤野雄士〈關於張文環和《山茶花》的備忘

錄〉；富名腰尙武〈文學的場所——給龍瑛宗、張文環兩氏〉；呂赫若〈隨心隨想（節選）〉；澁谷精一〈小說的難處——品讀幾篇創作（節選）〉；分部照成〈文匯〉；中村哲〈關於昨日和今天的臺灣文學（節選）〉；澁谷精一〈文藝時評（節選）〉；龍瑛宗〈南方的作家們（節選）〉；藤野雄士〈〈夜猿〉及其他、雜談（節選）〉；中村哲等〈文學鼎談——評論臺灣作家（節選）〉；楊逵〈臺灣文學問答——最近傑出的作品（節選）〉；黃得時〈最近臺灣文學運動史（節選）〉；竹村猛〈作家和其素質〉；鹿子木龍〈作品和文章——關於散文水準的提升〉；藤野菊治〈這一年〉；工藤好美〈臺灣文化獎和臺灣文學——關於張文環〉；王育德〈臺灣版的《大地》——張文環著《爬在地上的人》〉；池田敏雄〈〈張文環《臺灣文學》的誕生〉後記〉；野間信幸〈關於張文環翻譯的《可愛的仇人》〉；張孝宗〈感謝的話〉；張玉園〈憶父親〉等 23 篇論文。正文後附錄：〈張文環研究文獻（初編）〉、〈張文環生平寫作年表〉。

3. 柳書琴　　荊棘之道：旅日青年的文學活動與文化抗爭　臺北　聯經出版公司
**　　2009 年 5 月　634 頁**

本書爲博士論文增補後之出版。以殖民統治下誕生之臺灣第一個日文純文學雜誌《福爾摩沙》爲中心，觀察 1930～1940 年代《福爾摩沙》系統作家不同階段、不同風貌之歷時性文學脈動。書中兼重該集團影響力深廣或未參與該刊但與該集團有所淵源者，譬如王白淵、吳坤煌、張文環、巫永福、吳天賞、蘇維熊、翁鬧等人；同時，亦溯源 1920 年代在東京從事臺灣文學、文化及政治運動的早期活躍分子——謝春木，旁及 1930 年代臺、日、中三地左翼文化運動人士的交流與合作、1940 年代返臺旅日作家在戰時文壇的奮鬥與貢獻等等。藉此觀察帝都經驗、文學創作與臺灣文化主體建構在旅日青年作家身上展現出的辯證連動關係，，以及這股文學脈動在本土文學史、文化史或精神史上的意義。全文共 7 章：1.緒論；2.變調之旅；3.荊棘之道；4.難兄難弟；5.妖魔之花；6.前進大東亞？；7.結論。正文後附錄〈張文環親友故舊訪談（張漢、張孝宗、鍾逸人、林番）〉、〈張文環研究文獻〉、〈張文環生平寫作年表〉、〈張文環先生晚年手稿表〉。

學位論文

4. 張光明　　張文環研究——人とその作品　東吳大學日本文化研究所　碩士論
**　　文　蜂矢宣朗教授指導　1993 年 6 月　127 頁**

本論文藉由張文環的文學創作與雜誌編輯的任職，探討其文學分期、階段特徵、雜誌編輯對臺灣文學的貢獻。全文共 4 章：1.序論；2.張文環の生涯と文學背景；3.張文環文學の分期と特徵；4.張文環と「フォルモサ」／「臺灣文學」；5.結論。正文

後附錄〈張文環の略歷〉、〈張文環の作品年表〉。

5. **森相由美子　日据時代文学——張文環の〈山茶花〉作品論　中國文化大學**
　　日本研究所　碩士論文　劉崇稜教授指導　1998 年 6 月　117 頁

本論文研究當時尚未有中文譯本的張文環日文小說〈山茶花〉的內容及特色，焦點置於小說中的架構、人物、特色、主題，以及作者在小說中表達的意涵。全文共 4 章：1.張文環の人と文学；2.《山茶花》の構成及びその特徵；3.《山茶花》のテーマ考察；4.《山茶花》の意義と価値。正文後有〈結論〉、〈後記〉。

6. **石婉舜　一九四三年臺灣「厚生演劇研究會」研究　臺灣大學戲劇研究所**
　　碩士論文　吳密察，林鶴宜教授指導　2002 年 1 月　126 頁

本論文將張文環等人組織的「厚生演劇研究會」及其發展視爲一個歷史事件，探討其公演內容在殖民地特殊社會脈絡與臺灣現代戲劇發展脈絡底下產生的意義。全文共 5 章：1.緒論；2.戰鼓聲中的舞臺；3.一九四三年厚生演劇研究會結社公演始末；4.有關厚生演劇研究會的若干分析；5.結論。

7. **吳麗櫻　張文環小說中女性題材之研究　中興大學中國文學系碩士在職專班**
　　碩士論文　賴芳伶教授指導　2004 年 7 月　173 頁

本論文以日治時期臺灣社會的女性問題作參照，從張文環作品中女性的婚姻狀況、性別權利、女性原型——母親與土地，以及女性的自我認同，探討張文環小說中的女性題材及此一主題之特性。全文共 6 章：1.緒論；2.張文環小說中的女性主題；3.張文環小說中女性的失落與追尋；4.勇者的姿影：決戰期的小說析論；5.女性自覺與兩性共治：延展期小說析論；6.結論。

8. **張文薰　植民地プロレタリア青年の文芸再生——張文環を中心とした「フ**
　　オルモサ」世代の台湾文学　東京大學大學院人文社會系研究科中
　　國語中國文學專攻　博士論文　2005 年 6 月　115 頁

本論文以張文環與《福爾摩沙》同人的文藝活動爲軸，觀察 1930 年代前期身處東京文壇的臺灣留學生，在帝國主義、階級革命、民族解放等政治因素與文藝創作的糾葛纏繞間，如何繼承 1920 年代臺灣民族社會運動中的文化面向，並探索開創臺灣文學的可能性。《福爾摩沙》成員背景相異，從事文藝活動的目標與志向亦紛雜多端，組織成立期間雖不到兩年，卻位處於日本帝國邁向軍事集權與戰爭，文學狀況亦脆弱多變的 1930 年代東京。做爲殖民地以日語思考書寫的第一世代，張文環與《福爾摩沙》實則體現了東亞視域中臺灣文學發展的最大可能與局限性。正文前有

〈序章──「風俗小說」作家と呼ばれた張文環〉。全文共 5 章：1.「フオルモサ」
の時代；2.立身出世を求める青年──〈父の要求〉；3.《可愛的仇人》と帰台初期
の張文環；4.価値回帰への道；5.「風俗小說」の道：戦時下作家の行方。正文後有
〈終章〉、〈張文環簡易年表〉。

9. 王萬睿　　殖民統治與差異認同──張文環與鍾理和鄉土主體的承繼　成功大
　　　學臺灣文學所　碩士論文　游勝冠教授指導　2005 年 8 月　184 頁

本論文考察張文環與鍾理和小說中「鄉土主體」的繼承，從作家殖民地時期、旅外
時期和回鄉時期各階段經歷，配合文本分析，考察兩位擁有不同異地經驗的臺灣作
家，如何透過現代性追求與反殖民意識的自覺，產生鄉土意識的回歸的辯證過程。
全文共 5 章：1.序論；2.雙語養成：殖民地製造的臺灣作家；3.差異的反抗論述：旅
外時期臺灣意識的萌發；4.鄉土的撫慰：官方意識形態下的農民主體建構；5.結論。

10. 鄭昱蘋　　張文環的文學世界　東海大學中國文學系　碩士論文　魏仲佑教授
　　　指導　2005 年　158 頁

本論文分別從張文環所處的歷史脈絡、長篇小說《爬在地上的人》、《臺灣文學》
的創辦與經營等三個面向，探討其在臺灣文學史上所代表的地位。全文共 8 章：1.
緒論；2.臺籍日文作家的認同困境；3.荊棘文學之道；4.夜空中的煙火──《臺灣
文學》；5.《臺灣文學》的特殊角色；6.文學路上的忘機友；7.一生代表作《爬在
地上的人》；8.結論。正文後附錄〈張文環 1938 年至 1945 年所發表隨筆或雜文作
品〉。

11. 蔣茉春　　新劇《閹雞》之研究──1940 年代與 1990 年代演出活動之比較
　　　臺北教育大學社會科教育學系碩士班　碩士論文　何義麟教授指導
　　　2006 年 12 月　149 頁

本論文以張文環小說改編之劇作《閹雞》，於 1940 年代首演相隔近 50 年後的
1990 年代重新上演之現象為中心，針對同一劇目不同時期的演出表現，特別是小
說改編劇本時的處理方式以及配樂部分的編排，進行比較和剖析。全文共 6 章：1.
緒論；2.《閹雞》的誕生；3.1945 至 1949 年臺灣新劇之發展；4.《閹雞》再現的歷
史脈絡；5.1990 年代《閹雞》公演分析；6.結論。

12. 童怡霖　　張文環小說研究　高雄師範大學國文學系回流中文碩士班　碩士論
　　　文　陳貞吟教授指導　2006 年　227 頁

本論文以張文環小說研究為主，輔以其文學生涯發展之比對勾勒其文學觀，探討其

小說的分期脈絡與各期特色，進而檢證張文環對臺灣文學的影響與貢獻。全文共 6 章：1.緒論；2.張文環的文學生涯與小說分期；3.張文環小說的主題內涵；4.張文環小說的思想價值；5.張文環小說的藝術成就；6.結論。

13. 吳明軍　　張文環小說人物研究　臺南大學語文教育學系教學碩士班　碩士論文　張清榮教授指導　2007 年 1 月　266 頁

本論文藉由張文環小說人物之形式與心理分析，探索作家文學創作及人生經歷上的轉折，藉此說明其作品與時代的呼應關係，解明作家企圖透過作品展現的心靈狀態，以及了解殖民統治與高壓統治下臺灣人民一路經歷之堅忍與滄桑。全文共 6 章：1.緒論；2.張文環的創作背景；3.張文環小說人物——形式；4.張文環小說人物——心理；5.張文環小說人物表現之藝術性；6.結論。

14. 鍾惠芬　　張文環的文學活動及其小說主題意涵研究　屏東教育大學中國語文學系　碩士論文　林秀蓉教授指導　2007 年 7 月　183 頁

本論文的研究重點在探析張文環的文學活動與創作歷程、小說的主題內容與意涵，藉此彰顯張文環及其小說的成就與價值。全文共 6 章：1.緒論；2.張文環的文學活動與創作歷程；3.維護民族尊嚴——反映日據時期殖民歷史；4.描繪鄉土風情——保存臺灣農村文化圖景；5.觀照女性議題——批判傳統社會父權文化；6.結論。

15. 蔡瑩慧　　張文環の〈山茶花〉に見られる女性像——從順と抵抗のはざまに　銘傳大學應用日語學系碩士班　碩士論文　許均瑞教授指導　2008 年 6 月　119 頁

本論文主要關切殖民地時代臺灣文學中的女性形象，特別以張文環〈山茶花〉中的女性書寫為主，探討作品中顯現的女性形象。全文共 5 章：1.緒論；2.張文環の文学作品における女性に関する先行研究；3.〈山茶花〉における従順な女性像；4.〈山茶花〉における抵抗女性像；5.結論。

16. 曾慧敏　　張文環小說中的鄉土民俗書寫　屏東教育大學中國語文學系　碩士論文　黃文車教授指導　2008 年 8 月　196 頁

本論文探討張文環作品中文學與民俗相滲的藝術手法，並研析其中的愛鄉情懷及思想意蘊。全文共 6 章：1.緒論；2.張文環的文學生涯；3.張文環的鄉土書寫；4.張文環的民俗書寫；5.鄉土民俗的思想意蘊；6.結論。

作家生平資料篇目

自述

17. 張文環　文章と生活　風月報　第 69 期　1938 年 8 月 1 日　頁 2

18. 張文環　文章と生活　日本統治期台湾文学文芸評論集・第 3 卷　東京　緑蔭書房　2001 年 4 月　頁 170

19. 張文環著；陳千武譯　《風月報》前言──文章與生活　張文環全集・隨筆集（一）　臺中　臺中縣立文化中心　2002 年 3 月　頁 16—17

20. 張文環著；吳豪人譯　文章與生活　日治時期臺灣文藝評論集・雜誌篇・第 2 卷　臺南　國家臺灣文學館籌備處　2006 年 10 月　頁 324—325

21. 張文環　思ひ出の處女作──茨の道は續く　興南新聞　1943 年 8 月 16 日　4 版

22. 張文環　荊棘之道繼續著　張文環全集・隨筆集（一）　臺中　臺中縣立文化中心　2002 年 3 月　頁 162—163

23. 張文環　編輯者の立場から──文學昂揚の基礎工事　興南新聞　1943 年 9 月 13 日　4 版

24. 張文環　私の文學する心　臺灣時報　第 285 期　1943 年 9 月 15 日　頁 73—77

25. 張文環著；陳奕吩譯　我寫文學的心情　文學臺灣　第 13 期　1995 年 1 月　頁 130—135

26. 張文環　私の文學する心　日本統治期台湾文学文芸評論集・第 5 卷　東京　緑蔭書房　2001 年 4 月　頁 136—140

27. 張文環著；陳千武譯　我的文學心思　張文環全集・隨筆集（一）　臺中　臺中縣立文化中心　2002 年 3 月　頁 164—169

28. 張文環著；陳千武譯　我的文學心思　日治時期臺灣文藝評論集・雜誌篇・第 4 卷　臺南　國家臺灣文學館籌備處　2006 年 10 月　頁 295—299

29. 張文環　　若き指導者　臺灣新報　1944 年 7 月 29 日　4 版

30. 張文環　　派遣作家の感想——增產戰線　臺灣文藝　第 1 卷第 4 期　1944 年
　　　　　　　8 月　頁 80—81

31. 張文環　　派遣作家の感想——增產戰線　日本統治期台湾文学文芸評論集・
　　　　　　　第 5 卷　東京　绿蔭書房　2001 年 4 月　頁 290—291

32. 張文環著；邱香凝譯；涂翠花校譯　　派遣作家的感想——增產戰線　日治時
　　　　　　　期臺灣文藝評論集・雜誌篇・第 4 卷　臺南　國家臺灣文學館籌備
　　　　　　　處　2006 年 10 月　頁 506—507

33. 張文環　　難忘當年事　臺灣文藝　第 2 卷第 9 期　1965 年 10 月　頁 50—57

34. 張文環　　難忘當年事　笠　第 84 期　1978 年 4 月　頁 4—13

35. 張文環　　難忘當年事　張文環全集・隨筆集（二）　臺中　臺中縣立文化中
　　　　　　　心　2002 年 3 月　頁 45—60

36. 張文環　　張文環先生書簡——張文環先生逝世紀念專輯　夏潮　第 4 卷第 4
　　　　　　　期　1978 年 4 月　頁 74

37. 張文環　　雜誌《臺灣文學》的誕生　臺灣近現代史研究　第 2 號　1979 年 8
　　　　　　　月　頁 180—188

38. 張文環著；葉石濤譯　　《臺灣文學》雜誌的誕生　小說筆記　臺北　前衛出
　　　　　　　版社　1983 年 9 月　頁 41—53

39. 張文環著；陳千武譯　　雜誌《臺灣文學》的誕生　張文環全集・隨筆集
　　　　　　　（二）　臺中　臺中縣立文化中心　2002 年 3 月　頁 64—77

40. 張文環著；陳千武譯　　隨筆——說自己的壞話　張文環全集・隨筆集（一）
　　　　　　　臺中　臺中縣立文化中心　2002 年 3 月　頁 1—5

41. 張文環　　《可愛的仇人》譯者的話　張文環全集・隨筆集（一）　臺中　臺
　　　　　　　中縣立文化中心　2002 年 3 月　頁 15

42. 張文環著；陳千武譯　　我的身影　張文環全集・隨筆集（一）　臺中　臺中
　　　　　　　縣立文化中心　2002 年 3 月　頁 48

43. 張文環著；葉石濤譯　　《臺灣文學》雜誌的誕生　葉石濤全集・翻譯卷

（一）　臺南，高雄　國立臺灣文學館，高雄市文化局　2009 年
11 月　頁 55—68

他述

44. 龍瑛宗　　《文藝臺灣》作家論〔張文環部分〕　文藝臺灣　第 1 卷第 5 號
1940 年 10 月　頁 405

45. 龍瑛宗　　《文藝台湾》作家論〔張文環部分〕　日本統治期台湾文学文芸評
論集・第 3 卷　東京　緑蔭書房　2001 年 4 月　頁 324—327

46. 龍瑛宗著；林至潔譯　　《文藝臺灣》作家論〔張文環部分〕　日治時期臺灣
文藝評論集・雜誌篇・第 3 卷　臺南　國家臺灣文學館籌備處
2006 年 10 月　頁 43

47. 龍瑛宗著；林至潔譯　　《文藝臺灣》作家論〔張文環部分〕　龍瑛宗全集・
中文卷・評論集　臺南　國家臺灣文學館籌備處　2006 年 11 月
頁 63—67

48. 龍瑛宗　　《文藝台湾》作家論〔張文環部分〕　龍瑛宗全集・日本語版・評
論集　臺南　國立臺灣文學館　2008 年 4 月　頁 70—73

49. 富名腰尚武　　文学の場所——龍瑛宗・張文環兩氏について　臺灣藝術　第
2 卷第 3 號　1941 年 3 月 5 日　頁 24—25

50. 富名腰尚武著；陳明台譯　　文學的場所——給龍瑛宗・張文環兩氏　張文環
全集・文獻集　臺中　臺中縣立文化中心　2002 年 3 月　頁 11—
15

51. 呂赫若　　思ふまゝに〔張文環部分〕　臺灣文學　第 1 卷第 1 期　1941 年 5
月　頁 106—107

52. 呂赫若　　思ふまゝに〔張文環部分〕　日本統治期台湾文学文芸評論集・第
3 卷　東京　緑蔭書房　2001 年 4 月　頁 413—416

53. 呂赫若著；陳明台譯　　隨心隨想（節選）　張文環全集・文獻集　臺中　臺
中縣立文化中心　2002 年 3 月　頁 16—17

54. 呂赫若著；張文薰譯　　我見我思〔張文環部分〕　日治時期臺灣文藝評論

集・雜誌篇・第 3 卷　臺南　國家臺灣文學館籌備處　2006 年 10 月　頁 134—135

55. 真杉靜枝　　新銳臺灣作家紹介〔張文環部分〕　週刊朝日　第 39 卷第 27 期　1941 年 6 月 15 日　頁 39

56. 真杉靜枝　　新銳台湾作家紹介〔張文環部分〕　日本統治期台湾文学文芸評論集・第 4 卷　東京　绿蔭書房　2001 年 4 月　頁 12

57. 真杉靜枝著；葉蓁蓁譯　　新銳臺灣作家介紹〔張文環部分〕　日治時期臺灣文藝評論集・雜誌篇・第 3 卷　臺南　國家臺灣文學館籌備處　2006 年 10 月　頁 142—143

58. 尾崎秀樹　　決戰下の台湾文學〔張文環部分〕　舊殖民地文學の研究　東京　勁草書局　1971 年 6 月　頁 154—220

59. 尾崎秀樹　　決戰下的臺灣文學（1—30）〔張文環部分〕　臺灣新聞報　1992 年 1 月 29—31 日，2 月 1—2，9—10，12—29 日，3 月 1—5 日　14，9，28，13 版

60. 尾崎秀樹著；葉石濤譯　　決戰下的臺灣文學〔張文環部分〕　葉石濤全集・資料卷　臺南，高雄　國立臺灣文學館，高雄市文化局　2008 年 3 月　頁 489

61. 尾崎秀樹著；葉石濤譯　　決戰下的臺灣文學〔張文環部分〕　舊殖民地文學的研究　臺北　人間出版社　2004 年 11 月　頁 155

62. 巫永福　　悼張文環兄，回首前塵　笠　第 84 期　1978 年 4 月　頁 14—22

63. 巫永福　　悼張文環兄回首前塵　張文環先生追思錄　臺中　高長印書局　1978 年 7 月　頁 103—119

64. 巫永福　　悼張文環兄回首前塵　風雨中的常青樹　臺北　中央書局　1986 年 12 月　頁 37—59

65. 巫永福　　悼張文環兄，回首前塵　巫永福全集・評論卷　臺北　傳神福音文化公司　1996 年 5 月　頁 78—109

66. 陳秀喜　　悼念張文環先生　笠　第 84 期　1978 年 4 月　頁 23—24

67. 陳秀喜　　悼念張文環先生　張文環先生追思錄　臺中　高長印書局　1978 年 7 月　頁 149—151

68. 陳秀喜　　悼念張文環先生　陳秀喜全集·詩集　新竹　新竹市立文化中心 1997 年 5 月　頁 74—78

69. 葉石濤　　悼張文環先生　笠　第 84 期　1978 年 4 月　頁 25—26

70. 葉石濤　　悼張文環先生　張文環先生追思錄　臺中　高長印書局　1978 年 7 月　頁 185—187

71. 葉石濤　　悼張文環先生　葉石濤全集·隨筆卷（一）　臺南,高雄　國立臺灣文學館,高雄市文化局　2008 年 3 月　頁 107－110

72. 龔連法　　追憶張文環先生　笠　第 84 期　1978 年 4 月　頁 26—28

73. 龔連法　　追憶張文環先生　張文環先生追思錄　臺中　高長印書局　1978 年 7 月　頁 125—129

74. 廖清秀　　敬悼文環先生　笠　第 84 期　1978 年 4 月　頁 29

75. 廖清秀　　敬悼張文環先生　張文環先生追思錄　臺中　高長印書局　1978 年 7 月　頁 189—190

76. 陳千武　　張文環與我　笠　第 84 期　1978 年 4 月　頁 29—31

77. 陳千武　　張文環與我　張文環先生追思錄　臺中　高長印書局　1978 年 7 月 頁 191—193

78. 陳千武　　張文環與我　文學人生散文集　臺中　臺中市文化局　2007 年 11 月　頁 123—126

79. 黃靈芝　　哀悼張文環先生　笠　第 84 期　1978 年 4 月　頁 31—32

80. 黃靈芝　　哀悼張文環先生　張文環先生追思錄　臺中　高長印書局　1978 年 7 月　頁 195—197

81. 吳建堂　　給張文環先生的悼辭　笠　第 84 期　1978 年 4 月　頁 32

82. 吳建堂　　給張文環先生的悼辭　張文環先生追思錄　臺中　高長印書局 1978 年 7 月　頁 179

83. 井東襄　　悼張文環先生　笠　第 84 期　1978 年 4 月　頁 33

84. 井東襄　張文環先生を悼む　張文環先生追思錄　臺中　高長印書局　1978年 7 月　頁 61—62

85. 李魁賢　悼張文環先生　笠　第 84 期　1978 年 4 月　頁 34—37

86. 李魁賢　悼張文環先生　張文環先生追思錄　臺中　高長印書局　1978 年 7 月　頁 203—209

87. 李魁賢　悼張文環先生　李魁賢文集 2　臺北　行政院文建會　2002 年 10 月　頁 104—115

88. 趙天儀　最後的一次會晤——敬悼張文環先生　笠　第 84 期　1978 年 4 月　頁 37

89. 趙天儀　最後一次的會晤——敬悼張文環先生　張文環先生追思錄　臺中　高長印書局　1978 年 7 月　頁 199—200

90. 張玉園　我的國王　笠　第 84 期　1978 年 4 月　頁 38—40

91. 張玉園　我的國王　張文環先生追思錄　臺中　高長印書局　1978 年 7 月　頁 231—236

92. 吳林英良　懷念文環兄　夏潮　第 4 卷第 4 期　1978 年 4 月　頁 71—72

93. 吳林英良　懷念文環兄　張文環先生追思錄　臺中　高長印書局　1978 年 7 月　頁 159—165

94. 吳林英良　滾地郎——懷念文環兄　南瀛文學選・散文卷（一）　臺南　臺南縣立文化中心　1991 年 10 月　頁 89—96

95. 林芳年　張文環的人間像　夏潮　第 4 卷第 4 期　1978 年 4 月　頁 73—74

96. 林芳年　張文環的人間像　張文環先生追思錄　臺中　高長印書局　1978 年 7 月　頁 173—176

97. 陳秀喜　時間終於向你屈服——獻給故張文環先生　夏潮　第 4 卷第 4 期　1978 年 4 月　頁 75

98. 陳秀喜　時間終於向你屈服——獻給故張文環先生　張文環先生追思錄　臺中　高長印書局　1978 年 7 月　頁 153—154

99. 王昶雄　悼文環兄　夏潮　第 4 卷第 4 期　1978 年 4 月　頁 76

100. 王昶雄　　悼張文環兄　張文環先生追思錄　臺中　高長印書局　1978 年 7 月　頁 131—132

101. 王昶雄　　追悼文環兄　臺灣文藝　第 81 期　1983 年 3 月　頁 73

102. 巫永福　　憶張文環兄，也談其文學活動　臺灣文藝　第 59 期　1978 年 6 月　頁 119—122

103. 李君晰　　文環君的二三事　臺灣文藝　第 59 期　1978 年 6 月　頁 123—126

104. 李君晰　　文環君的二三事　張文環先生追思錄　臺中　高長印書局　1978 年 7 月　頁 19—23

105. 蔡瑞洋　　念張文環先生　臺灣文藝　第 59 期　1978 年 6 月　頁 127—132

106. 蔡瑞洋　　念張文環先生　張文環先生追思錄　臺中　高長印書局　1978 年 7 月　頁 141—148

107. 蔡瑞洋　　懷念張文環先生　笠　第 90 期　1979 年 4 月　頁 31—35

108. 張孝宗　　悲歡歲月——給父親　臺灣文藝　第 59 期　1978 年 6 月　頁 139—142

109. 張孝宗　　悲歡歲月——給父親　張文環先生追思錄　臺中　高長印書局　1978 年 7 月　頁 225—228

110. 中村哲　　島の星　張文環先生追思錄　臺中　高長印書局　1978 年 7 月　頁 7—10

111. 工藤好美　　張文環君の人と文學　張文環先生追思錄　臺中　高長印書局　1978 年 7 月　頁 11—12

112. 顏水龍　　懷念文環兄　張文環先生追思錄　臺中　高長印書局　1978 年 7 月　頁 17—18

113. 林龍標　　我與文環兄　張文環先生追思錄　臺中　高長印書局　1978 年 7 月　頁 25—29

114. 林快青　　致文環兄　張文環先生追思錄　臺中　高長印書局　1978 年 7 月　頁 31—32

115. 坂口䙀子　　張文環さん　張文環先生追思錄　臺中　高長印書局　1978 年
　　　7 月　頁 51—53

116. 辜碧霞　　安息吧，張先生　張文環先生追思錄　臺中　高長印書局　1978
　　　年 7 月　頁 55—57

117. 李治香　　張文環先生に捧ぐ　張文環先生追思錄　臺中　高長印書局
　　　1978 年 7 月　頁 59—60

118. 池田敏雄　　張文環兄とその周邊のこと　張文環先生追思錄　臺中　高長
　　　印書局　1978 年 7 月　頁 63—101

119. 池田敏雄著；張良澤譯　　張文環兄及其周邊的事　臺灣文藝　第 73 期
　　　1981 年 7 月　頁 285—310

120. 陳垂映　　張文環與酒　張文環先生追思錄　臺中　高長印書局　1978 年 7
　　　月　頁 121—123

121. 陳垂映　　張文環與酒　陳垂映集・第二卷　臺中　臺中縣立文化中心
　　　1999 年 11 月　頁 166—169

122. 林野麟　　懷念姻親文環先生　張文環先生追思錄　臺中　高長印書局
　　　1978 年 7 月　頁 133—134

123. 黃鴻藤　　高處恐怖症　張文環先生追思錄　臺中　高長印書局　1978 年 7
　　　月　頁 135—136

124. 日出孝太郎　　張文環先生への手紙　張文環先生追思錄　臺中　高長印書
　　　局　1978 年 7 月　頁 137—139

125. 陳秀喜　　你是滾心漢　張文環先生追思錄　臺中　高長印書局　1978 年 7
　　　月　頁 155—156

126. 陳秀喜　　張文環先生に捧ぐ　張文環先生追思錄　臺中　高長印書局
　　　1978 年 7 月　頁 157—158

127. 蔡仁雄　　追悼故張文環先生　張文環先生追思錄　臺中　高長印書局
　　　1978 年 7 月　頁 167—171

128. 張雲峰　　敬悼張文環先生　張文環先生追思錄　臺中　高長印書局　1978

年 7 月　頁 177

129. 鍾肇政　虔誠的祝福　張文環先生追思錄　臺中　高長印書局　1978 年 7 月　頁 181—183

130. 吳南圖　音容宛在　張文環先生追思錄　臺中　高長印書局　1978 年 7 月　頁 201—202

131. 河原功　「互愛の精神」を貫ぬかれた先生　張文環先生追思錄　臺中　高長印書局　1978 年 7 月　頁 211—213

132. 江秀美　永遠活在我心中　張文環先生追思錄　臺中　高長印書局　1978 年 7 月　頁 215—217

133. 張芙美　孩子們的父親　張文環先生追思錄　臺中　高長印書局　1978 年 7 月　頁 219

134. 張陳群　背負十字架　張文環先生追思錄　臺中　高長印書局　1978 年 7 月　頁 221—223

135. 張里美　爸爸！我需要您　張文環先生追思錄　臺中　高長印書局　1978 年 7 月　頁 229

136. 張幸元　我與爸爸的世界　張文環先生追思錄　臺中　高長印書局　1978 年 7 月　頁 237—240

137. 張惠陽　家有常青樹　張文環先生追思錄　臺中　高長印書局　1978 年 7 月　頁 241—243

138. 張陳桂珍　我的公公　張文環先生追思錄　臺中　高長印書局　1978 年 7 月　頁 245—246

139. 張孝宗　記父親最後的生活　張文環先生追思錄　臺中　高長印書局　1978 年 7 月　頁 269—276

140. 鐵英〔張良澤〕　張文環先生逝世　鳳凰樹專欄　臺北　遠景出版社　1979 年 3 月　頁 22—23

141. 鐵英〔張良澤〕　異國知音　鳳凰樹專欄　臺北　遠景出版社　1979 年 3 月　頁 50—51

142. 黃武忠　馳騁臺灣文壇的——張文環　日據時代臺灣新文學作家小傳　臺北　時報文化出版公司　1980 年 8 月　頁 97—100

143. 龍瑛宗　張文環與王白淵　臺灣文藝　第 76 期　1982 年 5 月　頁 329—332

144. 龍瑛宗　張文環與王白淵　龍瑛宗全集・中文卷・隨筆集 2　臺南　國家臺灣文學館籌備處　2006 年 11 月　頁 21—23

145. 張恆豪　張文環的思想與精神　臺灣文藝　第 81 期　1983 年 3 月　頁 58—68

146. 吳坤煌　懷念文環兄　臺灣文藝　第 81 期　1983 年 3 月　頁 74—78

147. 王晉民，鄺白曼　張文環　臺灣與海外華人作家小傳　福州　福建人民出版社　1983 年 9 月　頁 23—24

148. 施　淑　張文環　中國現代短篇小說選析・第 2 卷　臺北　長安出版社　1984 年 2 月　頁 1099—1100

149. 池田敏雄著；葉石濤譯　《文藝臺灣》中的臺灣作家〔張文環部分〕　自立晚報　1986 年 11 月 1—3 日　10 版

150. 張建隆　生息於斯的「滾地郎」——張文環（1909—1978）　臺灣近代名人誌（一）　臺北　自立晚報　1987 年 1 月　頁 253—265

151. 張建隆　生息於斯的「滾地郎」——張文環　張文環集（臺灣作家全集）　臺北　前衛出版社　1991 年 2 月　頁 259—270

152. 張建隆　生息於斯的「滾地郎」——張文環　復活的群像　臺北　前衛出版社　1994 年 6 月　頁 29—39

153. 王古勳　山水亭：大稻埕的梁山泊（上）——憶王井泉先生（張文環部分）　臺灣文化季刊　革新版第 1～2 期〔合併號〕　1987 年 6 月　頁 33—34

154. 葉石濤　言論自由的代價〔張文環部分〕　自立早報　1988 年 3 月 25 日　14 版

155. 葉石濤　言論自由的代價〔張文環部分〕　葉石濤全集・隨筆卷（三）

臺南，高雄　國立臺灣文學館，高雄市文化局　2008 年 3 月　頁 89

156. 池田敏雄著；葉石濤譯　《文藝臺灣》中的臺灣作家〔張文環部分〕　臺灣文學的悲情　高雄　派色文化出版社　1990 年 1 月　頁 210—221

157. 葉石濤　《文藝臺灣》與《臺灣文學》〔張文環部分〕　走向臺灣文學　臺北　自立晚報社文化出版部　1990 年 3 月　頁 120—124

158. 葉石濤　我的先輩作家們（1—4）　臺灣新生報　1990 年 4 月 5—8 日　18 版

159. 葉石濤　我的先輩作家們　葉石濤全集・隨筆卷三　臺南，高雄　國立臺灣文學館，高雄市文化局　2008 年 3 月　頁 366

160. 龍瑛宗　張文環與《臺灣文學》　客家雜誌　第 14 期　1991 年 2 月　頁 34—36

161. 龍瑛宗　張文環與《臺灣文學》　龍瑛宗全集・中文卷・隨筆集 2　臺南　國家臺灣文學館籌備處　2006 年 11 月　頁 223—227

162. 王昶雄　妙語解頤的硬漢——張文環逸聞逸事（1—6）　臺灣新生報　1991 年 3 月 20—25 日　18；22 版

163. 王昶雄　妙語解頤的硬漢——張文環逸聞逸事　王昶雄全集・散文卷（二）　臺北　臺北縣文化局　2002 年 10 月　頁 127—142

164. 黃得時　張文環的〈父之顏〉　滾地郎　臺北　鴻儒堂出版社　1991 年 11 月　頁 314—317

165. 劉　捷　張文環兄與我　滾地郎　臺北　鴻儒堂出版社　1991 年 11 月　頁 311—313

166. 王昶雄　一陰一陽——與張文環的對話[1]　臺灣文藝　第 130 期　1992 年 5 月　頁 42—59

---

[1]本文分別從「張文環與酒」、「張文環與文學」、「張文環與骨氣」三層面切入，為王昶雄對張文環之追憶文，後改篇名為〈張文環與酒〉。

167. 王昶雄　　張文環與酒　阮若打開心內的門窗　臺北　草根出版公司　1996
　　　　年 3 月　頁 168—173

168. 王昶雄　　張文環與酒　阮若打開心內的門窗　臺北　前衛出版社　1998 年
　　　　4 月　頁 168—173

169. 王昶雄　　張文環與酒　國民文選・散文卷 1　臺北　玉山社出版公司　2004
　　　　年 8 月　頁 293—297

170. 鍾美芳　　張文環小傳　臺中縣文學發展史：田野調查報告書　臺中　臺中
　　　　縣立文化中心　1993 年 6 月　頁 215

171. 鍾美芳　　訪張孝宗（張文環長子）　臺中縣文學發展史：田野調查報告書
　　　　臺中　臺中縣立文化中心　1993 年 6 月　頁 216—217

172. 井東襄　　張文環の獨立　大戰中に於ける台湾の文學　東京　近代文藝社
　　　　1993 年 10 月　頁 19—21

173. 井東襄　　元旦の郵便箱（2）　大戰中に於ける台湾の文學　東京　近代文
　　　　藝社　1993 年 10 月　頁 31—33

174. 井東襄　　台湾文學の獨立〔張文環部分〕　大戰中に於ける台湾の文學
　　　　東京　近代文藝社　1993 年 10 月　頁 77—81

175. 楊翠，施懿琳　　戰後初期世代交替中的縣籍作家——二二八事件對本土文
　　　　學的衝擊與縣籍作家的處境〔張文環部分〕　臺中縣文學發展史
　　　　臺中　臺中縣立文化中心　1995 年 6 月　頁 206

176. 彭瑞金　　文學家的原鄉　臺灣日報　1997 年 9 月 7 日　7 版

177. 臺灣日報編輯部　　張文環　臺灣日報　1998 年 6 月 6 日　27 版

178. 曾秀英　　張文環文集問世　中國時報　1998 年 7 月 24 日　11 版

179. 彭瑞金　　張文環——與土地相連的作家　臺灣文學步道　高雄　高雄縣立
　　　　文化中心　1998 年 7 月　頁 122—125

180. 彭瑞金　　張文環——與土地相連的作家　臺灣新聞報　1998 年 9 月 28 日
　　　　13 版

181. 彭瑞金　　張文環——與土地相連的作家　臺灣文學 50 家　臺北　玉山社出

版公司　2005 年 7 月　頁 199—204

182. 傅光明　　張文環　中國文學通典・小說通典　北京　解放軍文藝出版社
　　　　1999 年 1 月　頁 842

183. 林上玉　　張文環小說將回到中文世界　民生報　2000 年 10 月 17 日　A7 版

184. 張恆豪　　決戰下的臺灣文學驍將——張文環　臺北人物誌（二）　臺北
　　　　臺北市新聞處　2000 年 11 月　頁 144—149

185. 張恆豪　　決戰下的臺灣文學驍將——張文環　臺北畫刊　第 394 期　2000
　　　　年 11 月　頁 47—48

186. 路寒袖　　作家簡介——張文環　臺灣文學研討會：臺中縣作家與作品論文
　　　　集　臺中　臺中縣立文化中心　2000 年 12 月　頁 526—527

187. 李懷，桂華　　寫下土地聲音的滾地郎——張文環　文學臺灣人　臺北　遠
　　　　流出版公司　2001 年 10 月　頁 99—100

188. 黃仲生　　文學故鄉在臺中　張文環全集・小說集（一）　臺中　臺中縣立
　　　　文化中心　2002 年 3 月　〔2〕頁

189. 陳萬益　　復活與還鄉——《張文環全集》（中文版）序　張文環全集・小說
　　　　集（一）　臺中　臺中縣立文化中心　2002 年 3 月　〔3〕頁

190. 張玉園　　憶父親　張文環全集・文獻集　臺中　臺中縣立文化中心　2002
　　　　年 3 月　頁 89—94

191. 林政華　　終身和土地相連藝術成就崇高的人道主義作家——張文環　臺灣
　　　　新聞報　2002 年 10 月 11 日　11 版

192. 林政華　　終身和土地相連藝術成就崇高的人道主義作家——張文環　臺灣
　　　　古今文學名家　桃園　開南管理學院通識教育中心　2003 年 3 月
　　　　頁 35

193. 下村作次郎，中島利郎，黃英哲　　日文作家的崛起〔張文環部分〕　臺灣
　　　　文學百年顯影　臺北　玉山社出版公司　2003 年 10 月　頁 106

194. 江寶釵　　明潭星墜・張文環逝矣　《黃得時全集》整理編輯計畫期末報告
　　　　修訂（92 年度）臺灣文學論集（二）　臺南　國家臺灣文學館

2003 年 12 月　頁 283—286

195. 柳書琴　殖民地過度地帶的知識分子——張文環　臺灣文學館通訊　第 2 期　2003 年 12 月　頁 82—83

196. 陳芳明，林瑞明講；劉珈盈記　戰時的臺灣新文學　重現臺灣史——賴和 1894～1943　臺北　牛頓出版公司　2004 年 7 月　頁 11

197. 〔陳萬益選編〕　張文環　國民文選・散文卷 1　臺北　玉山社出版公司 2004 年 8 月　頁 208

198. 〔彭瑞金編〕　〈夜猴子〉作者　國民文選・小說卷 1　臺北　玉山社出版 公司　2004 年 8 月　頁 226—227

199. 林莊生　從一張照片說起——張文環　臺灣文學評論　第 5 卷第 1 期 2005 年 1 月　頁 146—148

200. 許俊雅　張文環　我心中的歌：現代文學星空　臺北　文史哲出版社 2006 年 6 月　頁 247—250

201. 胡建國主編　張文環先生傳略　國史館現藏民國人物傳記史料彙編・第三 十輯　臺北　國史館　2006 年 12 月　頁 278—287

202. 柳書琴　臺灣文學的邊緣戰鬥：跨域左翼文學運動中的旅日作家〔張文環 部分〕　臺灣文學研究集刊　第 3 期　2007 年 5 月　頁 60—61

203. 陳千武　我的文學前輩作家——關於張文環　文學人生散文集　臺中　臺 中市文化局　2007 年 11 月　頁 109—111

204. 〔印刻文學生活誌〕　張文環（1909～1978）　印刻文學生活誌　第 59 期 2008 年 7 月　頁 120

205. 〔封德屏主編〕　張文環　2007 臺灣作家作品目錄　臺南　國立臺灣文學 館　2008 年 7 月　頁 706

206. 池田敏雄著；葉石濤譯　《文藝臺灣》中的臺灣作家〔張文環部分〕　葉 石濤全集・翻譯卷（一）　臺南，高雄　國立臺灣文學館，高雄 市文化局　2009 年 11 月　頁 341—369

207. 陳英仕　張文環與呂赫若——好漢剖腹來相見〔張文環部分〕　博雅教育

學報　第 5 期　2009 年 12 月　頁 87—113

年表

208. 張良澤　　　張文環先生逝世〔生平年表〕　自立晚報　1978 年 2 月 20 日　9 版

209. 張良澤，張孝宗合編　　張文環先生略譜　笠　第 84 期　1978 年 4 月　頁 41—46

210. 〔編輯部〕　　張文環先生著作年表　夏潮　第 4 卷第 4 期　1978 年 4 月　頁 76—77

211. 張良澤　　　張文環先生略譜（未定稿）　張文環先生追思錄　臺中　高長印書局　1978 年 7 月　頁 277—283

212. 張建隆　　　張文環年表　臺灣近代名人誌（一）　臺北　自立晚報　1987 年 1 月　頁 266—269

213. 張恆豪　　　張文環生平寫作年表　張文環集（臺灣作家全集）　臺北　前衛出版社　1991 年 2 月　頁 275—278

214. 張恆豪　　　張文環生平寫作年表（上、下）　臺灣日報　2000 年 10 月 2—3 日　35 版

215. 張光明　　　張文環の略歷　張文環研究——人とその作品　東吳大學日本文化研究所　碩士論文　蜂矢宣朗教授指導　1993 年 6 月　頁 110—113

216. 許俊雅　　　張文環作品一覽表　臺中縣文學發展史　臺中　臺中縣立文化中心　1995 年 6 月　頁 169

217. 中島利郎編　　張文環略歷　日本統治期台湾文学——台湾人作家作品集第四卷（張文環）　東京　綠蔭書房　1999 年 7 月　頁 361—365

218. 柳書琴　　　張文環生平寫作年表　荊棘之道：旅日青年的文學活動與文化抗爭　清華大學中國文學系　博士論文　陳萬益教授指導　2001 年 7 月　36—63 頁

219. 張文薰　　　張文環簡易年表　植民地プロレタリア青年の文芸再生——張文

　　　　　　環を中心とした「フォルモサ」世代の台湾文学　東京大學大學
　　　　　　院人文社會系研究科中國語中國文學專攻　博士論文　2005 年 6
　　　　　　月　〔5〕頁

220. 柳書琴編　　張文環生平及寫作年表（1909—1977）　荊棘之道：旅日青年
　　　　　　的文學活動與文化抗爭　臺北　聯經出版公司　2009 年 5 月　頁
　　　　　　590—619

其他

221. 陳憲仁　　張文環紀念展[2]　文訊雜誌　第 182 期　2000 年 12 月　頁 89

作品評論篇目

綜論

222. 淺野莊　　苦難の系譜　臺灣文學　第 1 卷第 2 號　1941 年 9 月　頁 36—38

223. 淺野莊　　苦難の系譜　日本統治期台湾文学文芸評論集・第 4 卷　東京
　　　　　　绿蔭書房　2001 年 4 月　頁 46—48

224. 淺野莊著；張文薰譯　　苦難的系譜　日治時期臺灣文藝評論集・雜誌篇・
　　　　　　第 3 卷　臺南　國家臺灣文學館籌備處　2006 年 10 月　頁
　　　　　　181—184

225. 中村哲　　昨今の台湾文學について〔張文環部分〕　臺灣文學　第 2 卷第 1
　　　　　　號　1942 年 2 月　頁 6

226. 中村哲　　昨今の台湾文學について〔張文環部分〕　日本統治期台湾文学
　　　　　　文芸評論集・第 4 卷　東京　绿蔭書房　2001 年 4 月　頁 77—81

227. 中村哲著；陳明台譯　　關於昨日和今天的臺灣文學（節選）〔張文環部
　　　　　　分〕　張文環全集・文獻集　臺中　臺中縣立文化中心　2002 年
　　　　　　3 月　頁 22

228. 中村哲著；吳人豪譯　　論近日的臺灣文學〔張文環部分〕　日治時期臺灣

---

[2] 本文紀錄 2000 年 10 月臺中縣文化局於臺中文化中心文獻室舉辦的「張文環紀念展」，共展出其作
　品、手稿和相關資料等。

文藝評論集・雜誌篇・第 3 卷　臺南　國家臺灣文學館籌備處
2006 年 10 月　頁 226—227

229. 龍瑛宗　　南方の作家たち〔張文環部分〕　文藝臺灣　第 3 卷第 6 號
1942 年 3 月　頁 70—71

230. 龍瑛宗著；陳明台譯　　南方的作家們（節選）　張文環全集・文獻集　臺
中　臺中縣立文化中心　2002 年 3 月　頁 25

231. 中村哲，竹村猛，桃居桃樓　　「文學鼎談」座談會──台湾の作家評〔張
文環部分〕　臺灣文學　第 2 卷第 3 號　1942 年 7 月　頁
107—108

232. 中村哲，竹村猛，桃居桃樓講；陳明台譯　　文學鼎談──評論臺灣作家
（節選）　張文環全集・文獻集　臺中　臺中縣立文化中心
2002 年 3 月　頁 30—31

233. 黃得時　　輓近臺灣文學運動史〔張文環部分〕　臺灣文學　第 2 卷第 4 號
1942 年 10 月　頁 11—12

234. 黃得時著；葉石濤譯　　輓近臺灣文學運動史（下）〔張文環部分〕　臺灣
新聞報　1996 年 2 月 7 日　19 版

235. 黃得時著；葉石濤譯　　輓近臺灣文學運動史〔張文環部分〕　葉石濤全
集・翻譯卷（二）　臺南，高雄　國立臺灣文學館，高雄市文化
局　2009 年 11 月　頁 249

236. 竹村猛　　作家とその素質　臺灣文學　第 2 卷第 4 號　1942 年 10 月　頁
18—24

237. 竹村猛　　作家とその素質　日本統治期台湾文学文芸評論集・第 4 卷　東
京　緑蔭書房　2001 年 4 月　頁 220—226

238. 竹村猛著；陳明台譯　　作家和其素質　張文環全集・文獻集　臺中　臺中
縣立文化中心　2002 年 3 月　頁 37—42

239. 竹村猛著；涂翠花譯　　作家與作家的素質　日治時期臺灣文藝評論集・雜
誌篇・第 3 卷　臺南　國家臺灣文學館籌備處　2006 年 10 月　頁

403—408

240. 鹿子木龍　　作品と文章——正しじ散文への高揚にっじて〔張文環部分〕
　　　　　　臺灣文學　第 2 卷第 4 號　1942 年 10 月　頁 105

241. 鹿子木龍著；陳明台譯　　作品和文章——關於散文水準的提升〔張文環部
　　　　　　分〕　張文環全集・文獻集　臺中　臺中縣立文化中心　2002 年
　　　　　　3 月　頁 43

242. 工藤好美　　台湾文化賞と台湾文學——特に濱田・西川・張文環の三氏に
　　　　　　ついて　臺灣時報　279 期　1943 年 3 月 5 日　頁 105—109

243. 工藤好美　　台湾文化賞と台湾文學——特に濱田・西川・張文環の三氏に
　　　　　　ついて　張文環先生追思錄　臺中　高長印書局　1978 年 7 月
　　　　　　頁 263—267

244. 工藤好美　　台湾文化賞と台湾文學——特に濱田、西川、張文環の三氏に
　　　　　　ついて　日本統治期台湾文学文芸評論集・第 4 卷　東京　緑蔭
　　　　　　書房　2001 年 4 月　頁 411—415

245. 工藤好美著；陳明台譯　　臺灣文化獎和臺灣文學——關於張文環　張文環
　　　　　　全集・文獻集　臺中　臺中縣立文化中心　2002 年 3 月　頁
　　　　　　45—48

246. 工藤好美著；邱香凝譯；涂翠花校譯　　臺灣文化賞與臺灣文學——以濱
　　　　　　田、西川、張文環三人為中心　日治時期臺灣文藝評論集・雜誌
　　　　　　篇・第 4 卷　臺南　國家臺灣文學館籌備處　2006 年 10 月　頁
　　　　　　111—115

247. 葉石濤　　臺灣的鄉土文學〔張文環部分〕　文星　第 97 期　1965 年 11 月
　　　　　　頁 70—71

248. 葉石濤　　臺灣的鄉土文學〔張文環部分〕　葉石濤評論集　臺北　蘭開書
　　　　　　局　1968 年 9 月　頁 3—4

249. 葉石濤　　臺灣的鄉土文學〔張文環部分〕　葉石濤全集・評論卷（一）
　　　　　　臺南，高雄　國立臺灣文學館，高雄巿文化局　2008 年 3 月　頁

　　　　　　　　　75—76

250. 王詩琅　　粗線條的人，粗線條的作品　臺灣文藝　第 59 期　1978 年 6 月
　　　　　　　頁 115—118

251. 王詩琅　　粗線條的人，粗線條的作品　張文環先生追思錄　臺中　高長印
　　　　　　　書局　1978 年 7 月　頁 13—16

252. 王詩琅　　粗線條的人，粗線條的作品　王詩琅全集・文學創作與批評——
　　　　　　　夜雨　高雄　德馨室出版社　1979 年 12 月　頁 179—183

253. 王詩琅　　粗線條的人，粗線條的作品　王詩琅選集・三年小叛五年大亂—
　　　　　　　—臺灣社會變遷　臺北　海峽學術出版社　2003 年 4 月　頁
　　　　　　　160—163

254. 黃得時　　明潭星墜・張文環逝矣——上天妒才不讓他完成三部作　臺灣文
　　　　　　　藝　第 59 期　1978 年 6 月　頁 133—137

255. 黃得時　　明潭星墜，文環兄逝矣！（代序）　張文環先生追思錄　臺中
　　　　　　　高長印書局　1978 年 7 月　頁 1—6

256. 黃得時　　張文環氏與臺灣文壇——從《福爾摩沙》、《臺灣文學》到《爬在
　　　　　　　地上的人》　張文環先生追思錄　臺中　高長印書局　1978 年 7
　　　　　　　月　頁 33—50

257. 葉石濤　　張文環文學的特質　臺灣鄉土作家論集　臺北　遠景出版社
　　　　　　　1979 年 3 月　頁 105—106

258. 葉石濤　　張文環文學的特質　葉石濤全集・評論卷（二）　臺南，高雄
　　　　　　　國立臺灣文學館，高雄市文化局　2008 年 3 月　頁 93—95

259. 張良澤等[3]　從鄉土文學到三民主義文學——訪葉石濤先生談臺灣文學的歷
　　　　　　　史〔張文環部分〕　臺灣文藝　第 62 期　1979 年 3 月　頁 9

260. 張良澤等　　從鄉土文學到三民主義文學——訪葉石濤先生談臺灣文學的歷
　　　　　　　史〔張文環部分〕　葉石濤全集・評論卷（六）　臺南，高雄
　　　　　　　國立臺灣文學館，高雄市政府文化局　2008 年 3 月　頁 276

---

[3]與會者：葉石濤、張良澤、彭瑞金、洪毅；紀錄：彭瑞金。

261. 林　林　　「左聯」東京分盟及其三個刊物〔張文環部分〕　新文學史料
　　　　第 3 號　北京　人民文學出版社　1979 年 5 月　頁 161—164

262. 葉石濤　　《光復前臺灣文學全集》總序[4]〔張文環部分〕　光復前臺灣文學
　　　　全集　臺北　遠景出版社　1979 年 7 月　頁 7—35

263. 塚本照和著；張良澤譯　　日本統治期臺灣文學管見〔張文環部分〕　臺灣
　　　　文藝　第 69—70 期　1980 年 10，12 月　頁 247—250，233—253

264. 龍瑛宗　　《文藝臺灣》と《臺灣文藝》〔張文環部分〕　臺灣近現代史研
　　　　究　第 3 號　1981 年 1 月　頁 86—89

265. 〔羊子喬，林梵，張恆豪〕　　張文環　閹雞（光復前臺灣文學全集）　臺
　　　　北　遠景出版社　1981 年 9 月　頁 1—2

266. 葉石濤　　我看臺灣小說界〔張文環部分〕　自立晚報　1983 年 8 月 22 日
　　　　10 版

267. 葉石濤　　我看臺灣小說界〔張文環部分〕　葉石濤全集・隨筆卷（一）
　　　　臺南，高雄　國立臺灣文學館，高雄市文化局　2008 年 3 月　頁
　　　　378—379

268. 葉石濤　　論臺灣新文學的特質〔張文環部分〕　文訊雜誌　第 4 期　1983
　　　　年 10 月　頁 27—29

269. 葉石濤　　論臺灣新文學的特質〔張文環部分〕　葉石濤全集・評論卷
　　　　（三）　臺南，高雄　國立臺灣文學館，高雄市文化局　2008 年
　　　　3 月　頁 19—20

270. 葉石濤　　走過紛爭歲月，邁向多元年代——臺灣文學的回顧與前瞻（上、
　　　　中、下）〔張文環部分〕　自立晚報　1985 年 10 月 29—31 日
　　　　10 版

271. 葉石濤　　走過紛爭歲月，邁向多元世代——臺灣文學的回顧與前瞻〔張文
　　　　環部分〕　葉石濤全集・評論卷（三）　臺南，高雄　國立臺灣
　　　　文學館，高雄市文化局　2008 年 3 月　頁 286—287

---

[4]本文後改篇名為〈臺灣鄉土文學史導論〉。

272. 葉石濤　　臺灣新文藝誕生之背景〔張文環部分〕　中國現代文學的回顧　臺北　文鏡文化公司　1986 年 11 月　頁 96

273. 葉石濤　四〇年代的臺灣文學〔張文環部分〕　文學界　第 20 期　1986 年 11 月　頁 84—86

274. 葉石濤　四〇年代的臺灣文學〔張文環部分〕　中央日報　1996 年 7 月 25 日　19 版

275. 葉石濤　　四〇年代的臺灣文學〔張文環部分〕　葉石濤全集‧評論卷（五）　臺南，高雄　國立臺灣文學館，高雄市文化局　2008 年 3 月　頁 347—349，418—419

276. 葉石濤　戰爭期的臺灣新文學〔張文環部分〕　抗戰文學概說　臺北　文訊雜誌社　1987 年 7 月　頁 166—167

277. 于　寒　張文環的創作　現代臺灣文學史　瀋陽　遼寧大學出版社　1987 年 12 月　頁 243—249

278. 包恆新　呂赫若與張文環的創作　臺灣現代文學簡述　上海　上海社會科學院出版社　1988 年 3 月　頁 131—134

279. 古繼堂　張文環、林越峰、張慶堂　臺灣小說發展史　臺北　文史哲出版社　1989 年 7 月　頁 101—102

280. 葉石濤　四〇年代的臺灣日文文學〔張文環部分〕　臺灣文學的悲情　高雄　派色文化出版社　1990 年 1 月　頁 52

281. 陳萬益　張文環的小說藝術　國文天地　第 77 期　1991 年 1 月　頁 45—47

282. 陳萬益　張文環的小說藝術　于無聲處聽驚雷　臺南　臺南市立文化中心　1996 年 5 月　頁 41—47

283. 陳萬益　張文環的小說藝術　臺灣文學論說與記憶　臺南　臺南縣政府文化處　2010 年 10 月

284. 張恆豪　人道關懷的風俗畫——《張文環集》　張文環集（臺灣作家全集）　臺北　前衛出版社　1991 年 2 月　頁 9—11

285. 張恆豪　　人道關懷的風俗畫——《張文環集》　短篇小說卷別冊（臺灣作家全集）　臺北　前衛出版社　1994 年 3 月　頁 59—61

286. 黃重添，莊明萱，闕豐齡　　日據時代的小說——鄉土小說的興起、發展與重挫〔張文環部分〕　臺灣新文學概觀（上）　廈門　鷺江出版社　1991 年 6 月　頁 27

287. 王耀輝　　張文環和龍瑛宗的小說創作　臺灣文學史（上）　福州　海峽文藝出版社　1991 年 6 月　頁 565—571

288. 粟多桂　　「隱忍」的抵抗文學勇士——龍瑛宗、張文環　臺灣抗日作家作品論　重慶　西南師範大學出版社　1991 年 6 月　頁 208—232

289. 葉石濤　　臺灣新文學運動的展開——戰爭期〔張文環部分〕　臺灣文學史綱　高雄　文學界雜誌社　1991 年 9 月　頁 60—63

290. 葉石濤　　臺灣新文學運動的展開——戰爭期〔張文環部分〕　葉石濤全集・評論卷（五）　臺南，高雄　國立臺灣文學館，高雄市文化局　2008 年 3 月　頁 66—69

291. 野間信幸　　張文環の文学活動とその特徵　関西大學中国文学会紀要　第 13 期　1992 年 3 月 20 日　頁 164—184

292. 野間信幸著；涂翠花譯　　張文環的文學活動及其特色[5]　臺灣文藝　第 130 期　1992 年 5 月　頁 21—41

293. 野間信幸著；涂翠花譯　　張文環的文學活動及其特色　臺灣文學研究在日本　臺北　前衛出版社　1994 年 12 月　頁 7—31

294. 〔施　淑編〕　　張文環　日據時代臺灣小說選　臺北　前衛出版社　1992 年 12 月　頁 355—356

295. 〔施　淑編〕　　張文環　日據時代臺灣小說選　臺北　麥田出版公司　2007 年 9 月　頁 337—338

296. 津留信代　　張文環作品裡的女性觀——日本舊殖民地下的臺灣[6]　中國文學

---

[5]本文以探討張文環戰前的創作作品為主，並分析其創作特色與理念。全文共 6 小節。

[6]本文以張文環小說為文本，探討其文學觀所展現的女性意識。全文共 6 小節：1.《爬在地上的

評論　復刊第 1 號　1993 年 4 月　頁 15—34

297. 津留信代著；陳千武譯　　張文環作品裡的女性觀——日本舊殖民地下的臺灣（上、下）　文學臺灣　第 13—14 期　1995 年 1，4 月　頁 171—210，194—218

298. 楊　義　　臺灣鄉土小說（下）——與吳濁流並起的作家〔張文環部分〕　中國現代小說史・第三卷　北京　人民文學出版社　1993 年 7 月　頁 677—679

299. 井東襄　張文環　大戰中に於ける台湾の文學　東京　近代文藝社　1993 年 10 月　頁 108—148

300. 野間信幸　　張文環の下宿を捜す　中國文藝研究會會報　第 154 期　1994 年 8 月 30 日　頁 14—19

301. 陳萬益　有關張文環及其文學的幾個問題　臺灣文學研討會　新竹　清華大學文學所主辦　1994 年 9 月 24 日

302. 許俊雅　日據時期臺灣小說之作者及其背景分析——張文環　日據時期臺灣小說研究　臺北　文史哲出版社　1995 年 2 月　頁 255—259

303. 許俊雅　日治時期臺中縣的作家及其作品——張文環（1909～1978）　臺中縣文學發展史　臺中　臺中縣立文化中心　1995 年 6 月　頁 163—169

304. 垂水千惠著；葉石濤譯　　戰前的臺灣文學（上）——與日本的糾葛中透視〔張文環部分〕　自由時報　1995 年 10 月 19 日　34 版

305. 游勝冠　臺灣命運的深情凝視——論張文環的小說及其藝術　臺灣文學研討會　臺北　淡水工商管理學院主辦　1995 年 11 月 5 日　25 頁

306. 〔楊匡漢編〕　五四新文學與兩岸文學之緣〔張文環部分〕　揚子江與阿里山的對話——海峽兩岸文學比較　上海　上海文藝出版社　1995 年 12 月　頁 53—56

人》；2.論張文環；3.論處理女性問題的作品；4.當時作家們所描述的女性；5.當時報紙所表現的女性觀；6.張文環的文學。

307. 柳書琴　　謎一樣的張文環——日治末期張文環小說中的民俗風[7]　第二屆臺
灣文化國際學術研討會論文集——臺灣文學與社會　臺北　臺灣
師範大學文學院國文學系，人文教育研究中心　1996 年 4 月　頁
111—128

308. 柳書琴著；Fix・Douglas 譯　　The Puzzling Chang Wen-huan: Ethnographic
Style in the Short Stories of Chang Wen-huan During the Latter Period
of Japanese Rule（謎一樣的張文環——日治末期張文環小說中的民
俗風）　*Taiwan Literature: English Translation Series*　第 9 期
2001 年 6 月　頁 157—190

309. 許惠玟　　張文環小說的女性形象分析[8]　第 13 屆中部地區中文研究生論文發
表會　臺中　中興大學中國文學系主辦　1997 年 5 月 30—31 日

310. 許惠玟　　張文環小說的女性形象分析[9]　臺灣文藝（新生版）　第 166—167
期　1999 年 2 月　頁 11—39

311. 柳書琴　　被動員去動員：張文環與殖民地戰時動員[10]　第一屆臺杏臺灣文學
學術研討會——殖民地經驗與臺灣文學　臺中　靜宜大學中文系
主辦　1998 年 12 月 19—20 日

312. 柳書琴　　被動員去動員：張文環與殖民地戰時動員　殖民地經驗與臺灣文
學：第一屆臺杏臺灣文學學術研討會　臺北　遠流出版公司
2000 年 2 月　頁 1—43

313. 陳修齊　　無奈地偏頗的現代性批判：論張文環日據時期作品的啓蒙內涵

---

[7]本文針對張文環作品中的民俗現象，討論作家所欲傳達的觀念。全文共 5 小節：1.前言；2.謎一般
的張文環；3.日治末期張文環文學中的民俗風舉隅；4.民俗風底下的走私；5.結論。
[8]本文以張文環小說爲文本，探討其女性人物形象的意涵。全文共 4 小節：1.前言；2.張文環小說中
的女性形象探析；3.張文環小說中的女性形象比較；4.結語——張氏小說中的女性性格所產生的背
景因素。
[9]本文以張文環小說爲文本，探討其女性人物形象的意涵。全文共 4 小節：1.前言；2.張文環小說中
的女性形象探析；3.張文環小說中的女性形象比較；4.結語——張氏小說中的女性性格所產生的背
景因素。
[10]本文探討張文環對殖民地軍事動員的觀點，並將此論與其小說作比較，分析其異同，以顯視被殖
民者的觀點。全文共 4 小節：1.戰爭期臺灣的軍事人力動員；2.張文環與臺灣志願兵制度；3.皇
民奉公運動中的張文環：志願兵言論發表的脈絡；4.年輕的指導者。後改篇名爲〈殖民地文化運
動與皇民化——論張文環的文化觀〉。

第 3 屆靜宜大學中文研究所研究生論文發表會　臺中　靜宜大學
中文系主辦　1999 年 5 月

314. 野間信幸　　決戰文學期の張文環　日本臺灣學會第一回學術大會　東京
日本臺灣學會主辦　1999 年 6 月 19 日

315. 陳明台　　主要小說，散文，評論作家──張文環　臺中市文學史初編　臺
中　臺中市立文化中心　1999 年 6 月　頁 62─69

316. 柳書琴　　活傳媒：奉公運動下臺灣作家張文環的異聲[11]　日本臺灣學會第一
回學術大會　東京　日本臺灣學會主辦　1999 年 6 月 19 日

317. 柳書琴　　活傳媒：奉公運動下臺灣作家張文環的異聲　水筆仔　第 8 期
1999 年 12 月　頁 7─22

318. 曾心儀　　臺灣鄉土文學──被迫害的心靈呼聲──張文環的代表作：《閹
雞》　臺灣時報　1999 年 10 月 28 日　29 版

319. 柳書琴　　茨の道：戰爭期台湾作家張文環の文學觀[12]　第 45 回國際東方學
者會議論文　日本　東方學會主辦　2000 年 5 月 19 日

320. 柳書琴　　荊棘之路：張文環戰爭期的文學觀　第四回青年臺灣史研究者交
流會議論文　臺北　臺灣大學歷史系主辦　2000 年 8 月 3─4 日

321. 游勝冠　　張文環與其他臺灣人作家的去殖文學　殖民進步主義與日據時代
臺灣文學的文化抗爭　清華大學中國文學系　博士論文　呂興昌
教授指導　2000 年 6 月　頁 285─342

322. 張明雄　　臺灣鄉野的彩繪──張文環的小說　臺灣現代小說的誕生　臺北
前衛出版社　2000 年 9 月　頁 103─111

323. 陳芳明　　殖民地傷痕及其終結──張文環：臺灣作家的苦悶象徵　聯合文
學　第 191 期　2000 年 9 月　頁 124─127

---

[11]本文以日據時期張文環在「活傳媒」的文學活動，探討其流離在（言談家／作家）不同身分機
能、（公／私）不同場合、（雜文／小說）不同文體中的表現。全文共 5 小節：1.前言；2.作家的
入會；3.作家的其他角色；4.雙生，雙聲；5.結論。
[12]本文後改篇名為〈荊棘之路：張文環戰爭期的文學觀〉。

324. 高嘉謙　　張文環與原鄉追尋[13]　多向的蛻變：第三屆全國大專學生文學獎得
　　　　　　　獎作品集　臺北　行政院文建會　2000 年 10 月　頁 527—553

325. 葉石濤　　戰前的臺灣小說——臺灣新文學運動中，小說的演變[14]〔張文環部
　　　　　　　分〕　國文天地　第 185 期　2000 年 10 月　頁 14—15

326. 葉石濤　　日治時代的小說——臺灣新文學運動中，小說的演變〔張文環部
　　　　　　　分〕（上、下）　臺灣新聞報　2001 年 3 月 27—28 日　23 版

327. 葉石濤　　戰前的臺灣小說——臺灣新文學運動中，小說的演變〔張文環部
　　　　　　　分〕　葉石濤全集・評論卷（六）　臺南，高雄　國立臺灣文學
　　　　　　　館，高雄市政府文化局　2008 年 3 月　頁 106—107

328. 鍾肇政　　張文環——風俗作家　臺灣文學十講　臺北　前衛出版社　2000
　　　　　　　年 11 月　頁 158—162

329. 柳書琴　　變調之旅——張文環等中部青年的帝都經驗與文學[15]　臺灣文學研
　　　　　　　討會：臺中縣作家與作品論文集　臺中　臺中縣立文化中心
　　　　　　　2000 年 12 月　頁 51—87

330. 諸羅生　　張文環筆下的文學山村　文訊雜誌　第 182 期　2000 年 12 月　頁
　　　　　　　88

331. 許俊雅　　日治時期臺灣小說家筆下的民俗風情〔張文環部分〕　島嶼容
　　　　　　　顏：臺灣文學評論集　臺北　臺北縣政府文化局　2000 年 12 月
　　　　　　　頁 2—34

332. 許俊雅　　日治時期臺灣小說中的民俗風情〔張文環部分〕　見樹又見林
　　　　　　　——文學看臺灣　臺北　渤海堂文化公司　2005 年 2 月　頁
　　　　　　　132，143

---

[13] 本文探討張文環小說的創作內涵及解讀方式，並從其小說對於「小孩」及「女人」兩方面的描寫
　　來分析其內涵，最後論述張文環作品的歷史地位。全文共 3 小節：1.原鄉神話的追尋；2.啟蒙與
　　成長；3.張文環的歷史位置。
[14] 本文後改篇名為〈日治時代的小說——臺灣新文學運動中，小說的演變〉。
[15] 本文將張文環與謝春木、王白淵、吳坤煌等中部出生的知識青年作比較，並藉此觀察出這些中部
　　青年的留學之旅對其文學創作的影響及留學之旅對文學的共通意義。全文共 4 小節：1.帝都的憂
　　鬱；2.荊棘的道路；3.帝都新鮮人；4.東京臺灣人文化同好會。

333. 莊永明　　寫下土地聲音的滾地郎——張文環　文學臺灣人　臺北　遠流出
　　　版社　2001 年 10 月　頁 98—103

334. 陳建忠　　鄉土即救贖：沈從文與張文環鄉土小說中的烏托邦寓意[16]（上、
　　　下）　文學臺灣　第 43—44 期　2002 年 7，8 月　頁 275—305，
　　　288—324

335. 柯喬文　　講三〇年代故事的人（上、下）[17]〔張文環部分〕　臺灣文學評論
　　　第 2 卷第 4 期，第 3 卷第 1 期　2002 年 10 月，2003 年 1 月　頁
　　　38—59，63—77

336. 張文薰　　評論家／小說家的雙面張文環——以藝妲‧媳婦仔問題為中心[18]
　　　水筆仔　第 14 期　2002 年 10 月　頁 37—50

337. 張文薰　　評論家／小說家的雙面張文環——以藝妲‧媳婦仔問題為中心
　　　臺灣文學學報　第 3 期　2002 年 12 月　頁 209—228

338. 游勝冠　　論戰爭期張文環國策言論中的「政治無意識」[19]　中外文學　第
　　　31 卷第 6 期　2002 年 11 月　頁 60—92

339. 鍾肇政　　臺灣文學開花期——張文環　鍾肇政全集‧演講集　桃園　桃園
　　　縣文化局　2002 年 11 月　頁 134

340. 王景山　　張文環　臺港澳暨海外華文作家辭典　北京　人民文學出版社
　　　2003 年 7 月　頁 806—807

341. 王慧芬　　張文環小說中鄉土世界的探究[20]　仁德學報　第 2 期　2003 年 10

---

[16]本文以沈從文與張文環的小說為文本，探討其對「鄉土」的「寄託」與「執念」的意涵。全文共
5 小節：1.前言：沈從文、張文環與三、四〇年代的鄉土文學；2.水鄉與山鄉：原鄉場景；3.沈從
文：反都市者的鄉土想像；4.張文環：反殖民者的鄉土塑造；5.結語：鄉土即救贖。

[17]本文以張文環與沈從文小說為文本，探討兩者透過筆下小說人物與場景所描繪的故事情節，其後
所呈現的書寫策略。全文共 3 小節：1.走來；2.講三〇年代的故事；3.故事仍未結束。

[18]本文以張文環針對同一主題——媳婦仔問題，利用座談會、評論雜文、小說等三種型態所陳述的
不同發言為分析對象，探討其對不同媒體的掌握，與意識到自己身為殖民地知識分子，所肩負的
責任和面對殖民政府的態度。全文共 5 小節：1.「大稻埕女侍、藝妲座談會」；2.「養女、媳婦仔
制度再檢討」特輯；3.〈藝妲の家〉；4.藝妲問題的終結；5.結語——從「藝妲」延伸出的可能性。

[19]本文透過「政治無意識」的理論分析張文環的協力戰爭言論之真正思想內涵。全文共 6 小節：1.
序論；2.政治無意識；3.國策發言中的多音交響；4.在言論規則中勾畫被「同一」掩蓋的「差
異」；5.反資本主義異化的政治性；6.小結。

[20]本文以張文環戰前小說為文本，探討其作品中對鄉土的想像與背後創作靈感的來源。全文共 5 小

月　頁 139—176

342. 陳鴻逸　　生於斯的滾地郎——張文環　文化生活　第 34 期　2003 年 10 月
　　　　　　　頁 60—63

343. 野間信幸　張文環作品裡所表現的漢文教養[21]　張文環及其同時代作家學術
　　　　　　　研討會　臺南　國家臺灣文學館，國立文化資產保存研究中心籌
　　　　　　　備處主辦　2003 年 10 月 18—19 日　頁 1—15

344. 張文薰　　「風俗小說」的迷思[22]　張文環及其同時代作家學術研討會　臺南
　　　　　　　國家臺灣文學館，國立文化資產保存研究中心籌備處主辦　2003
　　　　　　　年 10 月 18—19 日　頁 83—100

345. 彭瑞金　　張文環在決戰時期的文學發言與文學創作[23]　張文環及其同時代作
　　　　　　　家學術研討會　臺南　國家臺灣文學館，國立文化資產保存研究
　　　　　　　中心籌備處主辦　2003 年 10 月 18—19 日　頁 261—274

346. 彭瑞金　　張文環在決戰時期的文學發言與創作　臺灣文學史論集　高雄
　　　　　　　春暉出版社　2006 年 8 月　頁 147—169

347. 黃萬華　　戰時臺灣文學的抵抗意識〔張文環部分〕　中國文學研究　2004
　　　　　　　年第 4 期　2004 年　頁 84—90

348. 黃萬華　　血脈的溝通：從社會心理到習俗、語言——戰時臺灣文學的抵抗
　　　　　　　意識〔張文環部分〕　中國與海外：20 世紀漢語文學史論　天津
　　　　　　　百花文藝出版社　2006 年 1 月　頁 163—167

349. 劉紀蕙　　從「不同」到「同一」：臺灣皇民主體之「心」的改造〔張文環部
　　　　　　　分〕　臺灣文學學報　第 5 期　2004 年 6 月　頁 49—83

節：1.前言；2.鄉土的血與否氣——「生存」與「埋想」；3.少年成長日記；4.山村以外的世界——
　　都市與知識青年；5.結語——追尋與救贖。
[21]本文以張文環小說為文本，探討其在日文作品中，因受漢文教養而相對應的漢文運用與背後的意
　涵。全文共 5 小節：1.「德不孤，必有隣」；2.書房での教育；3.伝統的漢文教養から近代的教養
　主義へ；4.漢文教養の底力；5.伝統的漢文教養への回帰。
[22]本文論述風俗小說與張文環及其作品的關係。
[23]本文論述張文環在決戰時期的文學發言，及其言論中的思想意涵。全文共 5 小節：1.前言：張文
　環在決戰時期的文學位置；2.張文環在決戰時期的文學發言；3.張文環在決戰時期的文學言、動
　分析；4.張文環在決戰時期的小說創作具有的時代意義；5.結語：歷史迷霧裡的羊。

350. 陳建忠　一個殖民地作家的自畫像——論張文環小說中的「成長」主題[24]
日據時期臺灣作家論：現代性・本土性・殖民性　臺北　五南圖
書出版公司　2004 年 8 月　頁 143—171

351. 蔣朗朗　臺灣日據時期小說文本精神內涵的解讀——以受難感爲例　海南
師範學院學報　2005 年第 1 期　2005 年 3 月　頁 76—78

352. 曾文樹　日治末期張文環小說中的環境建構　國文天地　第 242 期　2005
年 7 月　頁 90—96

353. 葉石濤　臺灣鄉土文學史導論——臺灣文學的「成熟期」〔張文環部分〕
葉石濤全集・評論卷（二）　臺南，高雄　國立臺灣文學館，高
雄市文化局　2008 年 3 月　頁 27—28

354. 葉石濤　接續祖國臍帶之後——從四〇年代臺灣文學來看「中國意識」和
「臺灣意識」的消長〔張文環部分〕　葉石濤全集・評論卷
（四）　臺南，高雄　國立臺灣文學館，高雄市文化局　2008 年
3 月　頁 55

355. 彭瑞金　前言：高雄文學史現代篇發展概述——臺灣新文學運動展開初期
出發的高雄作家〔張文環部分〕　高雄市文學史——現代篇　高
雄　高雄市立圖書館　2008 年 5 月　頁 39—43

356. 曾桂秋　試圖與日本近代文學接軌，反思國族論述下的張文環文學活動[25]
臺灣文學學報　第 12 期　2008 年 6 月　頁 1—26

357. 簡玉綢　陳達儒響應楊雲萍、楊逵、呂赫若、張文環、龍瑛宗對弱者的關
懷　陳達儒臺語歌詞研究　彰化師範大學國文學系　碩士論文
林明德教授指導　2008 年 6 月　頁 101—103

---

[24]本文透過分析張文環小說的主角在故事中的成長情節，探討其對於殖民地的知識分子成長經驗之
看法，及討論其作爲風俗小說家的角色和他對於成長與空間關係的詮釋。全文共 5 小節：1.前
言；2.艱困的精神角力：認識我族命運的旅程；3.從山村部落出走後：一則關於天真失落的寓
言；4.從殖民到後殖民：追尋生命安頓的處所；5.結語：臺灣人的生命哲學。

[25]本文跳脫皇民文學的國族主義論述，將張文環的文學活動接軌於日本近代文學下檢視，後重新詮
釋與評價。全文共 6 小節：1.前言；2.張文環的文學創作之路；3.張文環小說創作與日本近代文
學作品之交會；4.張文環的文學創作之理念；5.張文環文學形成的歷程；6.結語。

358. 張文薰　「故鄉」：記住與想像的敘事學——論張文環文學之梅山地區書寫
　　　第四屆「嘉義研究」學術研討會　嘉義　嘉義縣政府，嘉義大學
　　　臺灣文化研究中心主辦　2008 年 10 月 24—25 日

359. 張文薰　「故鄉」：記住與想像的敘事學——論張文環文學之梅山地區書寫
　　　臺灣文學研究集刊　第 8 期　2010 年 11 月

360. 張文薰　帝國大學之文化介入：1940 年代臺灣文壇形成史〔張文環部分〕
　　　「交界與游移」——近現代東亞的文化傳譯與知識生產國際學術
　　　研討會　臺北　臺灣大學臺灣文學研究所主辦　2009 年 9 月
　　　10—11 日　頁 209—215

361. 葉石濤　臺灣新文藝誕生之背景〔張文環部分〕　葉石濤全集‧翻譯／資
　　　料卷　臺南，高雄　國立臺灣文學館，高雄市文化局　2009 年 11
　　　月　頁 141—142

362. 李進益　張文環小說中的民俗　2009 閩南文化國際學術研討會論文集　臺
　　　南　國立成功大學中國文學系，金門縣文化局主辦　2009 年 12 月
　　　頁 175—184

363. 計璧瑞　論殖民地臺灣新文學的文化想像——在日文寫作中〔張文環部
　　　分〕　臺灣研究集刊　2010 第 1 期　2010 年 6 月　頁 18—22

364. 陳龍廷　隱喻與對抗論述——決戰時期張文環的民俗書寫策略[26]　臺灣文學
　　　學報　第 16 期　2010 年 6 月　頁 53—84

分論
◆單部作品
小說
《滾地郎》

365. 王育德　台湾版の《大地》——張文環著《地に這うもの》　臺灣青年
　　　第 182 期　1975 年 12 月　頁 27—28

---

[26]本文以決戰時期張文環的民俗書寫為考察對象，透過檢視其書寫策略，分析敘事文本自身所潛藏的隱喻意涵。全文共 5 小節：1.前言；2.冬至／中元：時間的秩序及其隱喻；3.自然／文化：動物的秩序及其隱喻；4.車鼓旦‧藝妲：男／女的秩序及其隱喻；5.結語：可見與不可見。

366. 王育德著；陳明台譯　　臺灣版的《大地》──張文環著《爬在地上的人》
　　　　張文環全集・文獻集　臺中　臺中縣立文化中心　2002 年 3 月
　　　　頁 49─52

367. 彭瑞金　　張文環的《滾地郎》　愛書人　第 45 期　1977 年 10 月 21 日　2
　　　　版

368. 彭瑞金　　張文環的《滾地郎》　泥土的香味　臺北　東大圖書公司　1980
　　　　年 4 月　頁 161─165

369. 葉石濤　　論張文環的《爬在地上的人》　臺灣鄉土作家論集　臺北　遠景
　　　　出版公司　1979 年 3 月　頁 107─116

370. 葉石濤　　論張文環的《爬在地上的人》　葉石濤全集・評論卷（二）　臺
　　　　南，高雄　國立臺灣文學館，高雄市文化局　2008 年 3 月　頁
　　　　117─127

371. 葉石濤　　沒有土地，哪有文學〔〈爬在地上的人〉部分〕　文學界　第 8
　　　　期　1983 年 11 月　頁 1─3

372. 葉石濤　　沒有土地，哪有文學〔〈爬在地上的人〉部分〕　葉石濤全集・
　　　　隨筆卷（二）　臺南，高雄　國立臺灣文學館，高雄市文化局
　　　　2008 年 3 月　頁 21

373. 野間信幸　　張文環の《地に這うもの》淺析　臺灣文學研究會報　第 10 號
　　　　1985 年 7 月　頁 115─121

374. 彭瑞金　　《滾地郎》回到梅仔坑　臺灣日報　1996 年 12 月 15 日　23 版

375. 野間信幸　　張文環《地に這うもの》にみえる家族観について──ビルマ
　　　　の農民文学「ガバ」との比較から　臺灣文學研究の現在　東京
　　　　綠蔭書房　1999 年 3 月　頁 243─270

376. 盧建榮　　小村落見證日本殖民臺灣：解析張文環《滾地郎》[27]　20 世紀臺

---

[27] 本文運用殖民論述觀點分析張文環《滾地郎》所透露的日據時期文化現象，與《滾地郎》所代表
的文學地位。全文共 7 小節：1.黃皮膚・黃面孔：主奴難分的殖民地；2.殖民主主動製作混雜文
化；3.協力者與戰時動員；4.抵殖民：語言的挪用；5.殖民主與現代性；6.兩種反殖論述；7.結
論。

灣歷史與人物——第六屆中華民國史專題論文集　臺北　國史館
2002 年 12 月　頁 525—556

377. 王玫珍　　一方山水養一方人——論張文環《爬在地上的人》小說中的梅山
　　　　　　　書寫　第三屆「嘉義研究」學術研討會　嘉義　嘉義大學臺灣文
　　　　　　　化研究中心主辦　2007 年 10 月 26—27 日

378. 葉石濤　　農村婦女哀史〔《爬在地上的人》部分〕　葉石濤全集・評論卷
　　　　　　　（三）　臺南，高雄　國立臺灣文學館，高雄市文化局　2008 年
　　　　　　　3 月　頁 271

379. 曾秋桂　　從歷史小說觀點閱讀張文環《滾地郎》[28]　臺灣日本語文學報　第
　　　　　　　24 期　2008 年 12 月　頁 59—83

380. 曾秋桂　　一部張文環自傳性、日據時代臺灣人的集體記憶小說《滾地郎》[29]
　　　　　　　淡江外語論叢　第 14 期　2009 年 12 月　頁 21—43

文集

《張文環全集》

381. 柳書琴　　《張文環全集》出版　2002 臺灣文學年鑑　臺北　行政院文建會
　　　　　　　2003 年 9 月　頁 188—190

382. 〔導讀撰寫小組〕　《張文環集》導讀　2008 閱讀臺灣・人文 100 特展成
　　　　　　　果專輯　臺南　國立臺灣文學館　2009 年 5 月　頁 60

◆多部作品

《滾地郎》、〈辣薤罐〉

383. 廖清秀　　《滾地郎》與〈辣薤罐〉　臺灣文藝　第 81 期　1983 年 3 月　頁
　　　　　　　69—72

---

[28] 本文以歷史小說的觀點來研析《滾地郎》，主要由作品中人物像以及時代輪廓掌握作品結構，並
進一步探討日治時期臺灣民眾的生活態度。全文共 6 章：1.はじめに；2.『地』の構成と特徴と
使命；3.『地』における時間と空間；4.『地』に見られる重層的社会階層構造；5.歷史小說
『地』の示唆；6.結論。

[29] 本文析論此書與張文環成長背景的關聯性，並考察《滾地郎》的創作動機，探究張文環個人精
神、寫作風格的成長。全文共 6 章：1.歷史小說風潮下的張文環《滾地郎》；2.《滾地郎》當作自
傳性小說的可讀性；3.日本殖民政策下張文環的見聞；4.觀察臺灣社會內部的現象；5.張文環個
人精神、寫作風格的面面觀；6.結論。

◆單篇作品

384. 林克敏　　創刊號を讀む〔〈過重〉（重荷）部分〕　新文學月報　第 1 期
　　　　　　　1936 年 2 月　頁 1—3

385. 郭水潭　　文學雜感〔〈過重〉部分〕　新文學月報　第 2 期　1936 年 3 月
　　　　　　　頁 5

386. 郭水潭著；蕭翔文譯　　文學雜感〔〈過重〉部分〕　郭水潭集　臺南　臺
　　　　　　　南縣立文化中心　1994 年 12 月　頁 187—188

387. 郭水潭　　文學雜感〔〈過重〉部分〕　日本統治期台湾文学文芸評論集・
　　　　　　　第 2 卷　東京　緑蔭書房　2001 年 4 月　頁 313

388. 郭水潭著；蕭翔文譯　　文學雜感〔〈過重〉部分〕　日治時期臺灣文藝評
　　　　　　　論集・雜誌篇・第 1 卷　臺南　國家臺灣文學館籌備處　2006 年
　　　　　　　10 月　頁 435

389. 徐瓊二　　《臺新》を讀んで〔〈過重〉部分〕　新文學月報　第 2 期
　　　　　　　1936 年 3 月　頁 5—8

390. 徐瓊二　　《臺新》を讀んで〔〈過重〉部分〕　日本統治期台湾文学文芸
　　　　　　　評論集・第 2 卷　東京　緑蔭書房　2001 年 4 月　頁 314—315

391. 徐瓊二著；涂翠花譯　　《臺新》讀後感〔〈過重〉部分〕　日治時期臺灣
　　　　　　　文藝評論集・雜誌篇・第 1 卷　臺南　國家臺灣文學館籌備處
　　　　　　　2006 年 10 月　頁 437

392. 陳梅溪　　創刊號を讀む〔〈過重〉部分〕　新文學月報　第 2 期　1936 年
　　　　　　　3 月　頁 9

393. 陳梅溪　　創刊號を讀む〔〈過重〉部分〕　日本統治期台湾文学文芸評論
　　　　　　　集・第 2 卷　東京　緑蔭書房　2001 年 4 月　頁 317

394. 陳梅溪著；涂翠花譯　　創刊號讀後感〔〈過重〉部分〕　日治時期臺灣文
　　　　　　　藝評論集・雜誌篇・第 1 卷　臺南　國家臺灣文學館籌備處
　　　　　　　2006 年 10 月　頁 441

395. 吳濁流　　創刊號読後感〔〈過重〉部分〕　新文學月報　第 2 期　1936 年

3 月　頁 13

396. 吳濁流　　創刊號讀後感〔〈過重〉部分〕　日本統治期台湾文学文芸評論
　　　　　　　集・第 2 卷　東京　緑蔭書房　2001 年 4 月　頁 318

397. 吳濁流著；涂翠花譯　　創刊號讀後感〔〈過重〉部分〕　日治時期臺灣文
　　　　　　　藝評論集・雜誌篇・第 1 卷　臺南　國家臺灣文學館籌備處
　　　　　　　2006 年 10 月　頁 445

398. 莊培初　　讀んだ小說から──《臺新》創刊號より八月號まで──〈過
　　　　　　　重〉　臺灣新文學　第 1 卷第 8 期　1936 年 9 月 19 日　頁 46

399. 莊培初　　讀んだ小說から──《臺新》創刊號より八月號まで──〈過
　　　　　　　重〉　日本統治期台湾文学文芸評論集・第 3 卷　東京　緑蔭書
　　　　　　　房　2001 年 4 月　頁 74—78

400. 莊培初著；涂翠花譯　　從讀過的小說談起──《臺新》創刊號到八月號
　　　　　　　──〈過重〉．日治時期臺灣文藝評論集・雜誌篇・第 2 卷　臺
　　　　　　　南　國家臺灣文學館籌備處　2006 年 10 月　頁 159

401. 許俊雅　　結論：日據時期臺灣小說總評──寫作技巧與文學成就〔〈重
　　　　　　　荷〉部分〕　日據時期臺灣小說研究　臺北　文史哲出版社
　　　　　　　1995 年 2 月　頁 711—712

402. 許俊雅　　張文環〈重荷〉賞析　日據時期臺灣小說選讀　臺北　萬卷樓圖
　　　　　　　書公司　1998 年 11 月　頁 431—446

403. 許俊雅　　張文環〈重荷〉　我心中的歌：現代文學星空　臺北　文史哲出
　　　　　　　版社　2006 年 6 月　頁 250—255

404. 陳萬益　　一個殖民地少年的啓蒙之旅──析論張文環的小說〈重荷〉[30]　百
　　　　　　　年來中國文學學術研討會　臺北　中央日報社　1996 年 6 月 1—3
　　　　　　　日

---

[30] 本文旨在探討張文環〈重荷〉中小說人物的親情關係與日本殖民下的馴化情境。全文共 6 小節：
1.母子連心親情溫馨可貴；2.描畫活生生的人心底深處的聲音；3.被殖民被馴化的具體說明；4.藉
「民俗風」作品創造另類空間以延續其控訴；5.無父的被殖民者的生存現實；6.觸動靈魂愁慘陰
影揮不去。

405. 陳萬益　　一個殖民地少年的啓蒙之旅──析論張文環的小說〈重荷〉（上、下）　中央日報　1996 年 6 月 29─30 日　19 版

406. 陳萬益　　一個殖民地少年的啓蒙之旅──析論張文環的小說〈重荷〉（上、下）　臺灣文學論說與記憶　臺南　臺南縣政府文化處　2010 年 11 月

407. 陳雅惠　　殖民地兒童的〈重荷〉　日據時代臺灣文學的童年經驗　清華大學中國文學系　碩士論文　陳萬益教授指導　2000 年 6 月　頁 132─135

408. 黃氏寶桃　　五月號讀後感〔〈部落元老〉部分〕　臺灣文藝　第 3 卷第 6 期　1936 年 5 月 29 日　頁 69

409. 黃氏寶桃　　五月號讀後感〔〈部落元老〉部分〕　日本統治期台湾文学文芸評論集・第 2 卷　東京　緑蔭書房　2001 年 4 月　頁 408

410. 黃氏寶桃著；涂翠花譯　　五月號讀後感〔〈部落元老〉部分〕　日治時期臺灣文藝評論集・雜誌篇・第 2 卷　臺南　國家臺灣文學館籌備處　2006 年 10 月　頁 51─52

411. 大村章三，吉田清一郎　　文藝時評──臺灣新文學〔〈母豬臨盆〉部分〕　臺灣新文學　第 2 卷第 4 期　1937 年 5 月 16 日　頁 31─32

412. 大村章三，吉田清一郎　　文藝時評──臺灣新文學〔〈母豬臨盆〉部分〕　日本統治期台湾文学文芸評論集・第 3 卷　東京　緑蔭書房　2001 年 4 月　頁 134─142

413. 大村章三，吉田清一郎著；吳豪人譯　　文藝時評──臺灣新文學〔〈母豬臨盆〉部分〕　日治時期臺灣文藝評論集・雜誌篇・第 2 卷　臺南　國家臺灣文學館籌備處　2006 年 10 月　頁 275─276

414. 藤野雄士　　張文環と〈山茶花〉についての覺え書　臺灣藝術　第 1 卷第 3 號　1940 年 5 月　頁 63─64

415. 藤野雄士　　張文環と〈山茶花〉についての覺え書　日本統治期台湾文学文芸評論集・第 4 卷　東京　緑蔭書房　2001 年 4 月　頁

293—294

416. 藤野雄士著；陳明台譯　關於張文環和〈山茶花〉的備忘錄　張文環全集‧文獻集　臺中　臺中縣立文化中心　2002 年 3 月　頁 8—10

417. 柳書琴著；中島利郎譯　張文環〈山茶花〉解說——部落かろ都会へ、進退窮まつた植民地の青年たち[31]　日本統治期臺灣人作家作品集‧臺灣長篇小說集 2　東京　綠蔭書房　2002 年 8 月　頁 355—388

418. 柳書琴　從部落到都會：進退失據的殖民地青年男女——從〈山茶花〉論張文環故鄉書寫的脈絡　臺灣文學學報　第 3 期　2002 年 12 月　頁 81—108

419. 李進益　張文環〈山茶花〉創作前後的相關問題[32]　通識教育年刊　第 2 期　2004 年 12 月　頁 235—254

420. 張文薰　由「現代」觀想「故鄉」——張文環〈山茶花〉作為文本的可能[33]　臺灣文學研究學報　第 2 期　2006 年 4 月　頁 5—28

421. 藤野雄士著；陳明台譯　關於張文環和〈山茶花〉的備忘錄　日治時期臺灣文藝評論集‧雜誌篇‧第 3 卷　臺南　國家臺灣文學館籌備處　2006 年 10 月　頁 6—7

422. 陳淑容　《臺灣新民報》的「新銳中篇創作集」——張文環與〈山茶花〉[34]　戰爭前期臺灣文學場域的形成與發展——以報紙文藝欄為中心（1937～1940 年）　成功大學臺灣文學研究所　博士論文　林瑞明教授指導　2009 年 7 月　頁 157—171

---

[31] 本文從「故鄉書寫」的視角分析〈山茶花〉，提供解讀「張文環文學」的新視野。全文共 7 小節：1.前言；2.張文環的故鄉書寫與〈山茶花〉；3.文壇之曙與〈山茶花〉；4.〈山茶花〉與張文環的小說世界；5.進退失據的殖民地新世代；6.故鄉書寫的洞見與不見；7.結語。本文原名為〈從部落到都會：進退失據的殖民地青年男女——從〈山茶花〉論張文環故鄉書寫的脈絡〉。

[32] 本文旨在探討張文環〈山茶花〉與其譯作〈可愛的仇人〉間的關係，後分析其文學價值。全文共 4 小節。

[33] 本文藉由分析〈山茶花〉之創作素材來了解張文環對故鄉的觀點，並利用主角來透視張文環之思想內涵，進一步探討其寫作目的。全文共 5 小節：1.前言；2.賢的矛盾；3.娟的存在；4.誰的〈山茶花〉；5.結語——給內地人的訊息。

[34] 本論文此章以《新民報》學藝欄編輯黃得時所推動的「新銳中篇創作集」為中心，探討翁鬧、王昶雄、龍瑛宗、呂赫若及張文環等五位作家所創造的中篇小說，如何引領讀者的想像，帶動《新民報》學藝欄的文運。

423. 澀谷精一　　文藝時評，小說の難しさ——幾分作品にめ觸れて[35]〔〈藝妲之家〉部分〕　臺灣文學　第 1 卷第 2 號　1941 年 9 月　頁 13—15

424. 澀谷精一　　文藝時評，小說の難しさ——幾分作品にめ觸れて〔〈藝妲之家〉部分〕　日本統治期台湾文学文芸評論集‧第 4 卷　東京　緑蔭書房　2001 年 4 月　頁 35—40

425. 澀谷精一著；陳明台譯　　小說的難處——品讀幾篇創作（節選）〔〈藝妲之家〉部分〕　張文環全集‧文獻集　臺中　臺中縣立文化中心　2002 年 3 月　頁 18—19

426. 澀谷精一著；張文薰譯　　文藝時評小說的難處——談談幾篇作品〔〈藝妲之家〉部分〕　日治時期臺灣文藝評論集‧雜誌篇‧第 3 卷　臺南　國家臺灣文學館籌備處　2006 年 10 月　頁 171—172

427. 許俊雅　　日據時期臺灣小說蘊含的思想內容——養女習俗〔〈藝妲之家〉部分〕　日據時期臺灣小說研究　臺北　文史哲出版社　1995 年 2 月　頁 350

428. 黎湘萍　　文學母題及其變奏〔〈藝妲之家〉部分〕　揚子江與阿里山的對話——海峽兩岸文學比較　上海　上海文藝出版社　1995 年 12 月　頁 134—135

429. 蔡佩均　　徐坤泉——相同的取材，異樣的視線〔〈藝妲之家〉部分〕　想像大眾讀者：《風月報》、《南方》中的白話小說與大眾文化建構　靜宜大學中國文學系　碩士論文　柳書琴教授指導　2005 年 7 月　頁 134—135

430. 韓春萌　　從民俗文化看臺灣新文學的民族抗爭精神〔張文環部分〕　江西教育學院學報　2009 第 5 期　2009 年 10 月　頁 70—71

431. 藤野雄士　　〈夜猿〉その他‧雜談[36]　臺灣文學　第 2 卷第 2 號　1942 年 3 月　頁 98—101

---

[35] 本文後分別由陳明台譯為〈小說的難處——品讀幾篇創作〉；張文薰譯為〈文藝時評小說的難處——談談幾篇作品〉。
[36] 本文後分別由陳明台譯為〈〈夜猿〉及其他‧雜談〉；葉蓁蓁譯為〈〈夜猿〉及其他‧雜談〉。

432. 藤野雄士　　〈夜猿〉その他・雑談　日本統治期台湾文学文芸評論集・第 4 卷　東京　緑蔭書房　2001 年 4 月　頁 115—118

433. 藤野雄士著；陳明台譯　　〈夜猿〉及其他、雜談（節選）　張文環全集・文獻集　臺中　臺中縣立文化中心　2002 年 3 月　頁 26—29

434. 藤野雄士著；葉蓁蓁譯　　〈夜猿〉及其他、雜談　日治時期臺灣文藝評論集・雜誌篇・第 3 卷　臺南　國家臺灣文學館籌備處　2006 年 10 月　頁 272—274

435. 楊　逵　臺灣文學問答——最近傑出の作品は？〔〈夜猿〉部分〕　臺灣文學　第 2 卷第 3 號　1942 年 7 月　頁 162，165—166

436. 楊　逵　臺灣文學問答〔〈夜猿〉部分〕　日本統治期台湾文学文芸評論集・第 4 卷　東京　緑蔭書房　2001 年 4 月　頁 176—182

437. 楊逵著；陳明台譯　　臺灣文學問答——最近傑出的作品（節選）〔〈夜猿〉〕　張文環全集・文獻集　臺中　臺中縣立文化中心　2002 年 3 月　頁 32—34

438. 楊逵著；涂翠花譯　　臺灣文學問答〔〈夜猿〉部分〕　日治時期臺灣文藝評論集・雜誌篇・第 3 卷　臺南　國家臺灣文學館籌備處　2006 年 10 月　頁 358—359

439. 李漢偉　歸不得故鄉？——論張文環〈夜猿〉的歸返意識　情何以堪——現代文學評論集　高雄　復文圖書出版社　1992 年 7 月　頁 16—20

440. 津留信代　張文環の作品〈夜猴子〉の意味　中國文學評論　復刊第 5 號　1995 年 10 月　頁 15—34

441. 津留信代著；陳千武譯　　張文環作品〈夜猴子〉的意義[37]　文學臺灣　第 18 期　1996 年 4 月　頁 227—250

442. 張恆豪　賴和、張文環小說中的民間文學素材與作家文學經驗——以〈善

---

[37]本文以張文環小說〈夜猴子〉爲文本，探討其在日據皇民化時期所代表的時代意義。全文共 7 小節。

訟的人的故事〉、〈夜猿〉為例[38] 民間文學與作家文學研討會論文
集 新竹 清華大學中國文學系 1998 年 12 月 頁 97—104

443. 張恆豪 讓「庶民記憶」在「個人心靈」裡復甦——談〈善訟的人的故
事〉、〈夜猿〉的民間故事[39] 淡水牛津文藝 第 4 期 1999 年 7
月 頁 136—145

444. 陳雅惠 洋溢著大自然芬芳的情素——張文環〈夜猿〉 日據時代臺灣文
學的童年經驗 清華大學中國文學系 碩士論文 陳萬益教授指
導 2000 年 6 月 頁 110—112

445. 江寶釵 從臺灣日據時期小說中「自然」的三種型態看張文環〈夜猿〉的
殊異性[40] 中國文哲研究集刊 第 17 期 2000 年 9 月 頁
185—215

446. 邱雅芳 以母親之名——皇民化時期臺灣男性作家作品的女性呈現（1937
～1945）〔〈夜猿〉部分〕 臺灣文學學報 第 3 期 2002 年 12
月 頁 259—264

447. 〔彭瑞金編〕 〈夜猴子〉賞析 國民文選・小說卷 1 臺北 玉山出版公
司 2004 年 7 月 頁 271—272

448. 葉石濤 世界文學的寫實主義與臺灣新文學的寫實主義〔〈夜猿〉部分〕
葉石濤全集・評論卷（六） 臺南,高雄 國立臺灣文學館,高
雄市文化局 2008 年 3 月 頁 97

449. 熊宗慧 〈夜猿〉作品賞析 閱讀文學地景・小說卷（上） 臺北 行政
院文建會 2008 年 4 月 頁 233

450. 計璧瑞 現代性的接受與反思——論日據臺灣文學的殖民現代性表徵

---

[38]本文以賴和〈善訟的人的故事〉、張文環〈夜猿〉為文本，探討其歸類於民間文學背後的歷史情
境與所代表的意涵。全文共 3 小節。
[39]本文以 1930 年代歷史脈絡為基礎，探討在民間文學的潮流下，此轉化效應對賴和、張文環等作
家的影響。全文共 5 小節。
[40]本文以自然的描寫對於敘述空間形貌的重要，舉張文環〈夜猿〉為例，就此觀點探討日據時期臺
灣小說的型態。全文共 2 小節：1.日據時期小說中自然的三種型態；2.張文環〈夜猿〉中的自
然。

〔〈夜猿〉部分〕　臺灣文學現代性學術研討會論文集　廈門　廈門大學臺灣研究中心，廈門大學臺灣研究院　2008 年 7 月 4—8日　頁 21—22

451. 窪川鶴次郎　　台湾文學半ケ年（一）——昭和十八年下半期小說總評〔〈迷兒〉部分〕　臺灣公論　第 9 卷第 2 期　1944 年 2 月 1 日　頁 104—111

452. 窪川鶴次郎　　台湾文學半ケ年（一）——昭和十八年下半期小說總評〔〈迷兒〉部分〕　日本統治期台湾文學文芸評論集・第 5 卷　東京　緑蔭書房　2001 年 4 月　頁 255—256

453. 窪川鶴次郎著；邱香凝譯　　臺灣文學之半年（一）——昭和十八年下半期小說總評〔〈迷兒〉部分〕　日治時期臺灣文藝評論集・雜誌篇・第 4 卷　臺南　國家臺灣文學館籌備處　2006 年 10 月　頁 457

454. 葉石濤，彭瑞金；許素貞記錄　　又是陳酒、又是新釀——葉石濤、彭瑞金對談評論（上）——日據下的臺灣文學〔〈論語與雞〉部分〕　民眾日報　1979 年 2 月 10 日　12 版

455. 葉石濤，彭瑞金；許素貞記錄　　又是陳酒、又是新釀——葉石濤、彭瑞金眾副小說對談評論〔〈論語與雞〉部分〕　葉石濤全集・評論卷（六）　臺南，高雄　國立臺灣文學館，高雄市政府文化局　2008 年 3 月　頁 249—250

456. 施　淑　　日據時代小說中的知識分子〔〈論語與雞〉部分〕　兩岸文學論集　臺北　新地文學出版社　1997 年 6 月　頁 29—32

457. 張恆豪　　日據末期的三對童眼——以〈感情〉、〈論語與雞〉、〈玉蘭花〉為論析重點　呂赫若作品研究：臺灣第一才子　臺北　聯合文學出版社　1997 年 11 月　頁 86—88

458. 澁谷精一　　文藝時評〔〈論語與雞〉部分〕　日本統治期台湾文学文芸評論集・第 4 卷　東京　緑蔭書房　2001 年 4 月　頁 90—96

459. 澁谷精一著；吳豪人譯　文藝時評〔〈論語與雞〉部分〕　日治時期臺灣文藝評論集・雜誌篇・第 3 卷　臺南　國家臺灣文學館籌備處　2006 年 10 月　頁 246

460. 池田敏雄　張文環〈《台湾文学》の誕生〉後記　臺灣近現代史研究　第 2 號　1979 年 8 月　頁 169—179

461. 池田敏雄著；葉石濤譯　關於張文環的〈《臺灣文學》的誕生〉[41]（上、下）　臺灣時報　1982 年 11 月 4—5 日　12 版

462. 池田敏雄著；葉石濤譯　關於張文環的〈《臺灣文學》雜誌的誕生〉　小說筆記　臺北　前衛出版社　1983 年 9 月　頁 54—69

463. 池田敏雄著；陳明台譯　張文環〈《臺灣文學》的誕生〉後記　張文環全集・文獻集　臺中　臺中縣立文化中心　2002 年 3 月　頁 53—69

464. 池田敏雄著；葉石濤譯　關於張文環的〈《臺灣文學》的誕生〉　葉石濤全集・翻譯卷（一）　臺南，高雄　國立臺灣文學館，高雄市文化局　2009 年 11 月　頁 69—85

465. 莊永明　民族話劇——〈閹雞〉[42]　臺灣文藝　第 69 期　1980 年 10 月　頁 123—137

466. 游　喚　張文環小說〈閹雞〉裡的臺灣文化典故　明道文藝　第 198 期　1992 年 9 月　頁 53—59

467. 許俊雅　日據時期臺灣小說中的愛情與婚姻〔〈閹雞〉部分〕　文學臺灣　第 7 期　1993 年 7 月　頁 109

468. 莊永明　〈閹雞〉的另一頁重要史料　文學臺灣　第 9 期　1994 年 1 月　頁 1

469. 黃英雄　品嚐共同母親的吶喊——〈閹雞〉的背影與意義　自立晚報　1995 年 4 月 14 日　23 版

470. 柳書琴　〈閹雞〉灌溉本土花園　中國時報　1995 年 9 月 2 日　31 版

[41]本文以張文環創作時代的歷史脈絡爲基礎，探討其文學創作的起源與理念。全文共 6 小節。
[42]本文探討日據時期臺灣新劇的發展，並分析〈閹雞〉所代表的地位與意涵。

471. 沈乃慧　日據時代臺灣小說的女性議題探析（下）——女性角色的反思與
社會批判〔〈閹雞〉部分〕　文學臺灣　第 16 期　1995 年 10 月
頁 189—193

472. 許俊雅　〈閹雞〉集評　日據時期臺灣小說選讀　臺北　萬卷樓圖書公司
1998 年 11 月　頁 351—352

473. 江寶釵　張文環〈閹雞〉中的民俗與性別意識[43]　中國學術年刊　第 21 期
2000 年 3 月　頁 447—464，551

474. 洪錦淳　論張文環〈閹雞〉中的月里[44]　臺灣文學評論　第 2 卷第 3 期
2002 年 7 月　頁 82—95

475. 洪錦淳　張文環〈閹雞〉中的月里　中國文化月刊　第 275 期　2003 年 11
月　頁 91—114

476. 橋本恭子　試論張文環的小說書寫——以〈閹雞〉為例[45]　張文環及其同時
代作家學術研討會　臺南　國家臺灣文學館，國立文化資產保存
研究中心籌備處主辦　2003 年 10 月 18—19　頁 58—82

477. 張　羽　臺灣「新」身體：疾病、醫療與殖民〔《閹雞》部分〕　臺灣文
學現代性學術研討會論文集　廈門　廈門大學臺灣研究中心
2008 年 7 月 4—8 日　頁 43—44

478. 陳玉慧　女性自覺是悲劇？——也談〈閹雞〉的女性形象　印刻文學生活
誌　第 59 期　2008 年 7 月　頁 121—123

479. 編輯部　不可不知的演出內幕——〈閹雞〉故事大綱　聯合文學　第 285
期　2008 年 7 月　頁 91

480. 王友輝　月里的最後一道菜——私奔前夕的三角關係〔〈閹雞〉〕　聯合

---

[43]本文旨在探討〈閹雞〉中描寫的日治體制下臺灣人深層的性別意識，與主角對女性自我的追尋。
全文共 2 小節：1.外婚制下自我追尋的女性主體；2.父權體制下自我追尋的女性主體。
[44]本文論述張文環與主角之關聯及其寫實主義的寫作手法，藉此提升張文環的地位和評價。全文共
4 小節：1.作家傳略；2.時代背景；3.作品論述；4.結語。
[45]本文旨在探討〈閹雞〉中運用「牛成論」的手稿／文本分析法，探討其書寫的獨特性。全文共 6
小節：1.前言；2.日治時期臺人、日人文藝工作者對張文環作品的評價；3.〈閹雞〉的兩種版
本；4.〈閹雞〉的日文駕馭及其特徵；5.〈閹雞〉的語言與小說結構；6.小結。

文學　第 285 期　2008 年 7 月　頁 94—97

481. 楊　照　　殘廢者的生命尊嚴——重讀張文環的〈閹雞〉　印刻文學生活誌　第 59 期　2008 年 7 月　頁 118—120

482. 李純芬　傳統與現代的混雜：張文環〈閹雞〉　帝國視線下的在地民俗實踐：殖民地臺灣文學中的婚喪書寫（1937～1945）　中興大學臺灣文學研究所　碩士論文　朱惠足教授指導　2010 年 1 月　頁 35—39

483. 施　淑　　簡析〈辣薤罐〉　中國現代短篇小說選析‧第 2 卷　臺北　長安出版社　1984 年 2 月　頁 1111

484. 黃得時　張文環的〈父之顏〉　自立晚報　1986 年 12 月 22 日　10 版

485. 黃得時　張文環的〈父之顏〉　滾地郎　臺北　鴻儒堂出版社　1991 年 11 月　頁 314—317

486. 鍾肇政　〈父親的要求〉——張文環研究　自由時報　1994 年 9 月 14 日　29 版

487. 野間信幸　論張文環〈父親的要求〉[46]　賴和及其同時代的作家：日據時期臺灣文學國際學術會議論文　新竹　清華大學　1994 年 11 月 25—27 日

488. 野間信幸　張文環の〈父の要求〉について　東洋大学中国哲学文学科紀要　第 3 號　1995 年　頁 35—60

489. 柳書琴　驚鴻一瞥：論張文環〈父親的要求〉　呂赫若作品研究會　北京北京中國社會科學院文學研究所主辦　1998 年 1 月 15—18 日

490. 張良澤　張文環的〈父の顏〉　臺灣文學評論　第 1 卷第 2 期　2001 年 1 月　頁 217—219

491. 柳書琴　前進東京或逆轉歸鄉？——論張文環轉向小說〈父之顏〉及其改

---

[46] 本文分析張文環〈父親的要求〉的寫作背景與文本。全文共 5 小節：1.〈父親的要求〉的執筆與完稿；2.〈父親的要求〉的故事大綱；3.本篇作品裡所描述的事物；4.現實世界裡張文環的生活狀況；5.〈父親的要求〉與張文環的東京生活。

---

[47]本文對 30 年代臺灣作家「前進東都文壇」的集體渴望、張文環登上日本文壇的背景與經過、轉
向小說〈父之顏〉及其改作〈父親的要求〉的血緣關係、原作與改作在創作動機與刊行流通中呈
現的逆反現象、張文環在文學活動與創作中對社會主義信仰及殖民地青年轉向問題的辯證、日本
左翼作家對其鄉土寫作的影響等問題，逐一析論，闡釋臺灣殖民地時期文學書寫與民族追尋之關
係。

[48]本文旨在探討〈父親的要求〉中被視為左翼知識分子後「轉向」成對殖民政權妥協的心路歷程，
並推翻此觀點的正確性。全文共 6 小節：1.非反抗就是妥協嗎？；2.父親到底要求了什麼？；3.
民族解放是殖民地左翼運動的目標？；4.轉向者是滿口敬語的「乞丐」；5.「生的意識」是苟且偷
安嗎？；6.論述有立場不是問題。

期　1999 年 12 月　頁 126—131

499. 李郁蕙　戰時日本語文學與「邊緣性」——「南方憧憬」的形成〔〈頓悟〉部分〕　日本語文學與臺灣　臺北　前衛出版社　2002 年 7 月　頁 82—95

500. 張文薰　〈派遣作家としての張文環——「雲の中」に語られたもの〉台湾の「大東亞戰爭」：文学・メデイア・文化　東京　東京大學出版社　2002 年 12 月　頁 99—106

501. 李進益　讀張文環〈地平線的燈火〉手稿[49]　回顧兩岸五十年文學學術研討會　臺北　中國文化大學中文系，善同文教基金會　2003 年 11 月 28—29 日

502. 李進益　論張文環〈地平線的燈火〉手稿　回顧兩岸五十年文學學術研討會論文集　臺北　中國文化大學出版部　2004 年 3 月　頁 333—348

503. 柳書琴　忠義的自問：從〈地平線的燈〉論張文環的跨時代省思[50]　臺中縣開發史學術研討會論文集　臺中　臺中縣文化局　2003 年 12 月　頁 183—212

504. 林莊生　談兩篇追思前輩人物的文章〔〈難忘的回憶〉部分〕　臺灣文學評論　第 4 卷第 4 期　2004 年 10 月　頁 158，160—163

505. 羊子喬　導讀：張文環〈檳榔籃〉　二十世紀臺灣文學金典・散文卷（第一部）　臺北　聯合文學出版社　2006 年 5 月　頁 132

506. 羊子喬　〈檳榔籃〉賞析　閱讀文學地景・散文卷　臺北　行政院文建會 2008 年 4 月　頁 344

507. 陳千武　南投文學的光芒——張文環的小說〈日月潭羅曼史〉　2008 南投

---

[49]本文從〈地平線的燈火〉之手稿著手，探討張文環生前未完成的臺灣人三部曲之二《從山上望見的街燈》的謎團。後由陳明台譯爲〈地平線的燈〉。
[50]本文透過張文環遺作〈地平線的燈〉探討張文環在人生將盡時對自己在戰爭期間的心理變化描寫，並討論其在這部小說中想傳達的內含意義，及其熱愛鄉土的主旨。全文共 3 小節：1.《滾地郎》二部曲：遺稿〈地平線的燈〉；2.跨時代的臺灣知識階層：〈地平線的燈〉的書寫主題；3.文學遺囑與時代自白：論忠義與節操。

文學學術研討會論文集　南投　南投縣文化局　2008 年 4 月　頁
11

◆多篇作品

508. 澀谷精一　　文藝時評〔〈部落的慘劇〉、〈論語與雞〉部分〕　臺灣文學
　　　第 2 卷第 1 號　1942 年 2 月　頁 198—199

509. 澀谷精一著；陳明台譯　　文藝時評（節選）〔〈部落的慘劇〉、〈論語與
　　　雞〉〕　張文環全集·文獻集　臺中　臺中縣立文化中心　2002
　　　年 3 月　頁 23—24

510. 許俊雅　　日據時期臺灣小說蘊含的思想內容——關懷婚姻情愛之自主
　　　〔〈閹雞〉、〈早凋的蓓蕾〉部分〕　日據時期臺灣小說研究　臺
　　　北　文史哲出版社　1995 年 2 月　頁 468—471

511. 賴松輝　　張文環的〈重荷〉、〈論語與雞〉研究[51]　第二屆南區四校中研系研
　　　究生學術論文研討會　臺南　成功大學中國文學研究所　1996 年
　　　11 月 10 日

512. 賴松輝　　張文環的〈重荷〉、〈論語與雞〉研究　成大中文學報　第 5 期
　　　1997 年 5 月　頁 311—329

513. 陳銘芳　　讀張文環的小說——〈重荷〉與〈閹雞〉　臺灣新生報　1998 年
　　　9 月 17 日　13 版

514. 中島利郎　　張文環作品解說〔〈落蕾〉、〈みさを〉、〈父の要求〉、〈過重〉、
　　　〈豚のお產〉、〈二人の花嫁〉、〈辣韭の壺〉、〈芸妲の家〉、〈部落
　　　の慘劇〉、〈論語と鶏〉、〈夜猿〉、〈頓悟〉、〈閹雞〉、〈地方生活〉、
　　　〈媳婦〉〕　日本統治期台湾文学——台湾人作家作品集第四卷
　　　（張文環）　東京　绿蔭書房　1999 年 7 月　頁 335—345

515. 徐照華　　論張文環的小說〈閹雞〉與〈夜猿〉[52]　臺灣文學研習專輯　臺中

[51]本文旨在探討張文環〈重荷〉、〈論語與雞〉中小說人物對日本殖民的認同狀態。全文共 5 小節。
[52]本文探討張文環的〈夜猿〉與〈閹雞〉的藝術手法及中心旨趣，進而了解作者的鄉土感情、民族

國立臺中圖書館　1999 年 8 月　頁 1—67

516. 徐照華　　鄉土的樂章——論張文環的〈夜猿〉與〈閹雞〉　通俗文學與雅正文學全國學術研討會論文集‧第二屆　臺北　新文豐出版公司 2001 年 2 月　頁 25—66

517. 陳雅惠　　淘氣的女孩——張文環〈論語與雞〉、〈頓悟〉　日據時代臺灣文學的童年經驗　清華大學中國文學系　碩士論文　陳萬益教授指導　2000 年 6 月　頁 112—114

518. 〔向陽等主編〕[53]　　小說卷——張文環作品導讀〔〈論語與雞〉、〈夜猿〉〕臺中縣國民中小學臺灣文學讀本‧導讀卷　臺中　臺中縣文化局 2001 年 6 月　頁 90—96

519. 木口毅平著；陳明台譯　　尖兵〔〈部落的慘劇〉、〈論語與雞〉〕　張文環全集‧文獻集　臺中　臺中縣立文化中心　2002 年 3 月　頁 7

520. 李郁蕙　　「差異化」的裝置——占有新式的表達工具〔〈論語與雞〉、〈頓悟〉、〈地方生活〉部分〕　日本語文學與臺灣　臺北　前衛出版社　2002 年 7 月　頁 157—161

521. 黎湘萍　　失敗的反叛：「圍城」母題〔〈藝妲之家〉、〈閹雞〉部分〕　文學臺灣——臺灣知識者的文化敘事與理論想像　北京　人民文學出版社　2003 年 3 月　頁 65—66

522. 趙勳達　　抵殖民的文學現象——重構語言的文化空間〔〈重荷〉、〈豬的生產〉部分〕　《臺灣新文學》（1935—1937）的定位及其抵殖民精神研究　成功大學臺灣文學系　碩士論文　林瑞明教授指導 2003 年 4 月　頁 135—136

523. 梅家玲　　身體政治與青春想像：日據時期的臺灣小說〔〈閹雞〉、〈頓悟〉部分〕　正典的生成：臺灣文學國際研討會　臺北　中央研究院

意識與人道關懷。全文共 4 小節：1.作者生平與時代背景；2.〈夜猿〉——勤樸淳厚的風俗畫，及柢固根深的鄉土情懷；3.〈閹雞〉——人文的關懷與鄉土的悲情；4.結論。正文後附錄〈張文環先生簡譜〉。

[53]主編：向陽、路寒袖、楊翠、陳益源、康原。

中國文哲研究所，哥倫比亞蔣經國基金會中國文化及制度史研究
中心主辦 2004 年 7 月 15—17 日 頁 58—59

524. 〔陳萬益選編〕 〈檳榔籃〉、〈難忘的記憶〉賞析 國民文選·散文卷 1
臺北 玉山社出版公司 2004 年 8 月 頁 219—220

525. 羅詩雲 帝國想像下的故鄉凝視：以翁鬧爲主要分析對象，旁論福爾摩沙
集團等其他作家〔〈閹雞〉、〈山茶花〉、〈頓悟〉部分〕 第 3 屆
臺灣文學研究生學術論文研討會論文集 臺南 國家臺灣文學館
籌備處 2006 年 7 月 頁 205—212

526. 許達然 「介入文學」：日治時期臺灣短篇小說量化探討〔〈早凋的蓓
蕾〉、〈論語與雞〉部分〕 臺灣文學史書寫國際學術研討會論文
集·第二集 高雄 春暉出版社 2008 年 6 月 頁 217—218

527. 朱雙一 從遷移到扎根：海與山的交會——福佬人：遵奉「愛拚才會贏」
的準則〔〈閹雞〉、〈藝妲之家〉、〈夜猿〉、〈論語與雞〉部分〕
臺灣文學與中華地域文化 廈門 鷺江出版社 2008 年 9 月 頁
126—127，137—138

作品評論目錄、索引

528. 施 淑 重要評論 中國現代短篇小說選析·第 2 卷 臺北 長安出版社
1984 年 2 月 頁 1112

529. 張恆豪 張文環小說評論引得 張文環集（臺灣作家全集） 臺北 前衛
出版社 1991 年 2 月 頁 271—274

530. 柳書琴，陳萬益，中島利郎編 張文環研究文献目錄 日本統治期台湾文
学——台湾人作家作品集第四卷（張文環） 東京 綠蔭書房
1999 年 7 月 頁 367—380

531. 柳書琴，陳萬益，中島利郎編 張文環研究文獻目錄 日本統治期臺灣文
學研究文獻目錄 東京 綠蔭書房 2000 年 3 月 頁 31—50

532. 柳書琴 張文環研究文獻（初編） 張文環全集·文獻集 臺中 臺中縣
立文化中心 2002 年 3 月 頁 95—119

533. 柳書琴編　　張文環研究文獻　荊棘之道：旅日青年的文學活動與文化抗爭　臺北　聯經出版公司　2009 年 5 月　頁 568—589

其他

534. 分部照成　　文匯[54]　臺灣文學　第 1 卷第 2 號　1941 年 9 月　頁 48—50

535. 分部照成　　文匯　日本統治期台湾文学文芸評論集・第 4 卷　東京　緑蔭書房　2001 年 4 月　頁 50—52

536. 分部照成著；陳明台譯　　文匯　張文環全集・文獻集　臺中　臺中縣立文化中心　2002 年 3 月　頁 20—21

537. 分部照成著；張文薰譯　　文匯　日治時期臺灣文藝評論集・雜誌篇・第 3 卷　臺南　國家臺灣文學館籌備處　2006 年 10 月　頁 187—190

538. 黃得時　　輓近の台湾文學運動史　臺灣文學　第 2 卷第 4 號　1942 年 10 月　頁 35—36

539. 黃得時著；陳明台譯　　最近的臺灣文學運動史（節選）〔張文環部分〕　張文環全集・文獻集　臺中　臺中縣立文化中心　2002 年 3 月　頁 35—36

540. 葉石濤　　張文環與《臺灣文學》　走向臺灣文學——臺灣文學五十七問　臺北　自立晚報　1990 年 3 月　頁 78—80

541. 葉石濤　　張文環與《臺灣文學》　臺灣新聞報　1996 年 1 月 4 日　18 版

542. 葉石濤　　張文環與《臺灣文學》　臺灣文學入門　高雄　春暉出版社　1997 年 6 月　頁 78—81

543. 葉石濤　　張文環與《臺灣文學》　葉石濤全集・隨筆卷（二）　臺南，高雄　國立臺灣文學館，高雄市文化局　2008 年 3 月　頁 319—322

544. 葉石濤　　臺灣文學入門——臺灣文學五十七問——張文環與《臺灣文學》　葉石濤全集・評論卷五　臺南，高雄　國立臺灣文學館，高雄市文化局　2008 年 3 月　頁 256—258

[54]本文為《臺灣文學》創刊號之評論。

545. 野間信幸　　《台湾文学》の內紛について　東洋大学中国哲学文学科紀要　第 7 號　1999 年 3 月　頁 106 -124

546. 野間信幸　　《台湾文芸》における張文環　野草　第 49 號　1992 年 2 月　頁 17—51

547. 野間信幸　　張文環の翻訳《可愛的仇人》についこ　関西大學中国文学会紀要　第 17 期　1996 年 3 月 19 日　頁 153—170

548. 野間信幸著；陳明台譯　　關於張文環翻譯的《可愛的仇人》[55]　張文環全集・文獻集　臺中　臺中縣立文化中心　2002 年 3 月　頁 70—87

549. 蔡佩均　　張文環——譯介通俗，修改通俗〔《可愛的仇人》〕　想像大眾讀者：《風月報》、《南方》中的白話小說與大眾文化建構　靜宜大學中國文學系　碩士論文　柳書琴教授指導　2005 年 7 月　頁 128—130

550. 龍瑛宗著；陳千武譯　　《可愛的仇人》　龍瑛宗全集・中文卷・評論集　臺南　國家臺灣文學館籌備處　2006 年 11 月　頁 177—178

551. 龍瑛宗　　《可愛的仇人》　龍瑛宗全集・日本語版・評論集　臺南　國立臺灣文學館　2008 年 4 月　頁 168

552. 野間信幸　　張文環と《風月報》[56]　台湾文学の諸相　東京　綠蔭書房　1998 年 9 月　頁 75—104

553. 龍瑛宗　　《文芸台湾》と《台湾文芸》　臺灣近現代史研究　第 3 號　1981 年 1 月　頁 86—89

554. 龍瑛宗著；林至潔譯　　《文藝臺灣》與《臺灣文藝》　龍瑛宗全集・中文卷・隨筆集（二）　臺南　國家臺灣文學館籌備處　2006 年 11 月　頁 8—12

555. 龍瑛宗　　《文芸台湾》と《台湾文芸》　龍瑛宗全集・日本語版・詩・劇

---

[55]本文探討張文環翻譯《可愛的仇人》的原因以及其背後所代表的意涵。全文共 5 小節：1.序言；2.《可愛的仇人》內容；3.原作和譯作的比較；4.關於第六章；5.結語。
[56]本文探討張文環參與《風月報》的編務工作與其中的編輯內容和發表的創作之間的關係。全文共 4 小節：1.はじめに；2.《風月報》について；3.《風月報》における張文環の仕事；4.まとめ。

　　　　　　　本・隨筆集　臺南　國立臺灣文學館　2008 年 4 月　頁 201—204

556. 葉石濤　　　《文藝臺灣》與《臺灣文學》　臺灣文學的悲情　高雄　派色文
　　　　　　　化出版社　1990 年 1 月　頁 50—52

557. 葉石濤　　　《文藝臺灣》與《臺灣文學》　走向臺灣文學　臺北　自立晚報
　　　　　　　社文化出版部　1990 年 3 月　頁 121—122

558. 葉石濤　　　《文藝臺灣》與《臺灣文學》　葉石濤全集・隨筆卷（二）　臺
　　　　　　　南，高雄　國立臺灣文學館，高雄市文化局　2008 年 3 月　頁
　　　　　　　371—374

國家圖書館出版品預行編目資料

臺灣現當代作家研究資料彙編. 6, 張文環／柳書
琴, 張文薰編選. -- 初版. -- 臺南市：臺灣文學館,
2011.03
　　面；　公分.

ISBN 978-986-02-7256-7（平裝）

1.張文環　2.傳記　3.文學評論

863.4　　　　　　　　　　　　　　　100003444

【臺灣現當代作家研究資料彙編】06

張文環

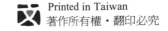

發 行 人／　李瑞騰
指導單位／　行政院文化建設委員會
出版單位／　國立台灣文學館
　　　　　　地址／70041 台南市中西區中正路 1 號
　　　　　　電話／06-2217201　　　　傳真／06-2218952
　　　　　　網址／www.nmtl.gov.tw　　電子信箱／pba@nmtl.gov.tw

總 策 畫／　封德屏
顧 　 問／　林淇瀁　張恆豪　許俊雅　陳信元　陳建忠　陳義芝　須文蔚　應鳳凰
工作小組／　王雅嫺　杜秀卿　林端貝　周宣吟　張桓瑋
　　　　　　黃子倫　黃寁婷　詹宇霈　羅巧琳
編 　 選／　柳書琴　張文薰
責任編輯／　黃子倫
校 　 對／　王雅嫺　林肇豊　黃寁婷　詹宇霈　趙慶華　羅巧琳　蘇峰楠
計畫團隊／　財團法人台灣文學發展基金會
美術設計／　翁國鈞・不倒翁視覺創意
印 　 刷／　松霖彩色印刷事業有限公司

經銷展售／　國家書店松江門市（02-25180207）
　　　　　　國立台灣文學館—雪芙瑞文學咖啡坊（06-2214632）
　　　　　　五南文化廣場（04-22260330）
　　　　　　文建會員工消費合作社（02-23434168）
　　　　　　南天書局（02-23620190）　　　　唐山出版社（02-23633072）
　　　　　　府城舊冊店（06-2763093）　　　台灣的店（02-23625799）
　　　　　　啓發文化（02-29586713）　　　三民書局（02-23617511）

初版一刷／2011 年 3 月
定 　 價／新臺幣 400 元整　全套新臺幣 5500 元整
GPN／ 1010000397（單本）
　　　 1010000407（套）
ISBN／978-986-02-7256-7（單本）
　　　 978-986-02-7266-6（套）

Printed in Taiwan
著作所有權・翻印必究